KB178378

한국 현대소설의 정점

오정희, 최명희, 이상 소설을 중심으로

저자 **장현숙** 張賢淑

경희대학교 국어국문학과를 졸업하고 같은 대학원에서 석사 및 문학박사 학위를 받았다. 저서로는 『황순원 문학 연구』 『현실인식과 인간의 길』 『대중매체와 글쓰기』 등 다수, 편저로 『황순원 다시 읽기』 『강의실에서 소설 읽기』 『한국소설의 얼굴』(1~18권) 『소낙비 땡볕 외』 등과 다수의 논문이 있다. 현재 가천대학교 한국어문학과 교수이다.

한국 현대소설의 정점
오정희, 최명희, 이상 소설을 중심으로

초판 1쇄 인쇄 · 2020년 3월 26일
초판 1쇄 발행 · 2020년 3월 31일

지은이 · 장현숙
펴낸이 · 한봉숙
펴낸곳 · 푸른사상사

주간 · 맹문재 | 편집 · 지순이 | 교정 · 김수란 | 마케팅 · 한정규
등록 · 1999년 7월 8일 제2-2876호
주소 · 경기도 파주시 회동길 337-16(서패동 470-6)
대표전화 · 031) 955-9111~2 | 팩시밀리 · 031) 955-9114
이메일 · prun21c@hanmail.net
홈페이지 · http://www.prun21c.com

ⓒ 장현숙, 2020

ISBN 979-11-308-1650-0   93800
값 29,000원

저자와의 합의에 의해 인지는 생략합니다.
이 도서의 전부 또는 일부 내용을 재사용하려면 사전에 저작권자와 푸른사상사의 서면에 의한 동의를 받아야 합니다.
이 도서의 국립중앙도서관 출판예정도서목록(CIP)은 서지정보유통지원시스템 홈페이지 (http://seoji.nl.go.kr)와 국가자료종합목록 구축시스템(http://kolis-net.nl.go.kr)에서 이용하실 수 있습니다. (CIP제어번호 : CIP2020013020)

학술총서 52

The Apexes in Korean Modern Novels : a focus on novels of Junghee Oh, Myunghee Choi and Sang Lee

장현숙

한국 현대소설의 정점

오정희, 최명희, 이상 소설을 중심으로

푸른사상
PRUNSASANG

　작가 오정희 · 최명희 · 안수길 · 이상은 한국 현대소설사의 한 정점에서 별처럼 반짝반짝 빛나는 작가들이다. 특히 오정희와 이상은 전복적인 상상력과 파격적인 실험성을 가동시켜 작중인물의 내면세계를 탁월하게 형상화한 개성적인 작가로 평가받는다. 또한 최명희 · 안수길 역시 모국어에 대한 탐색, 민족정체성 찾기와 민족의식 고취를 이들 작품 속에 육화시킨 점에서 작가의식의 진정성이 돋보이는 작가들로 인정받고 있다.

　따라서 3부로 나누어진 이 책에서 저자는 이들 작가의 작품세계를 주제의식과 작중인물의 갈등 양상, 인물 유형 등을 중심으로 고찰하였다. 문학작품은 작가의식이 집적된 결정체이다. 따라서 작품을 통하여 작가의식의 지향성을 파악하기 위해서는, 무엇보다도 각 작품의 주제의식과 작중인물의 갈등 양상, 인물 유형을 파악하는 작업이, 작품의 미학적 구조를 분석하는 작업과 더불어 선행되어야 할 필수 요건이다. 왜냐하면 개별 작품에 대한 정치한 해석과 분석을 통하여, 주제의식의 전개 양상과 작가의 지향성이 파악됨으로써, 온전히 한 작가의 작품세계를 총체적으로 고찰할 수 있기 때문이다. 또한 이상·황순원·김승옥·최인호의 서술기법을 중심으로 하여 이상의 글쓰기 방식이 어떠한 양상으로 후배 작가들에게 수용되고 있으며, 작중인물과 이미지의 측면에서 어떠한 유사성을 가지는가에 초점을 맞추었다. 왜냐하면 작가들 간의 상호 영향관계를 규명하는 작업도 상호텍스트성의 관점에서, 나아가 소설사의 흐름과 맥락을 파악하고 재구성하는 지점에서 필요한 작업이라고 보기 때문이다.

1부에서는 오정희 소설 중에서 문학적 평가가 많이 이루어지지 않은 작품, 「비어 있는 들」「불꽃놀이」「파로호」「구부러진 길 저쪽」을 대상으로 분석하였다. 그동안 오정희는 상징과 은유, 이미지의 탁월한 결합을 통하여, 작중인물의 내면세계를 심리적 수법으로 형상화하는 개성적인 작가로 평가받았다. 인간의 내면성을 추구하는 작가의 작품 경향은 그의 문학에서 사회현실 인식이 결여되었다는 부정적 평가의 동인이 되기도 하였다. 이에 저자는 오정희의 문학 속에서 사회현실 인식이 내재하고 있음을 이들 작품들을 통하여 밝히고자 하였다. 「비어 있는 들」에서 나타나는 사회현실 인식은 부부의 비껴가는 시선, 어긋남의 독백, 단절된 대화를 통하여 반영되고 있으며, 환상성의 개입 역시 불확정 시대의 현실을 이겨내기 위한 절박감의 결과라고 보았다. 「불꽃놀이」에서는 '불꽃놀이'의 이면에 가려진 정치적 은폐와 왜곡, 폭력성들이 암시되고 있다. 「파로호」에서는 미국에서 2년간 체류했던 작가의 정신적 공황상태와 결핍감, 불안의식, 탈주 욕망 등이 구체화되어 있으며 작가의 현실비판의식이 내재되어 있다. 「구부러진 길 저쪽」에서 작가는 물질만능이 야기하는 폭력성과 제도적·사회적 폭력성의 악순환을 비판하면서, 폭력성의 연결고리를 끊으려면 진정한 책임의식과 연대의식이 있어야만 가능함을 제시하였다. 즉「비어 있는 들」에서 나타나는 사회현실 인식은「불꽃놀이」「파로호」「구부러진 길 저쪽」을 통하여 지속적으로 확장되고 있음을 살펴보았다.

　2부에서는 최명희의 단편소설을 대상으로 하여 작중인물의 갈등 양상과 주제의식의 전개 양상을 고찰하였다. 또한 안수길의 장편『북간도』를 중심으로 인물 유형을 살펴보았다.

　『혼불』로 대표되는 작가 최명희는 다양한 매체를 통하여 콩트, 소설, 수필, 시 등을 발표하였다. 또한 칼럼, 엽서, 편지 등이 전해져옴에도 불구하고 최명희 문학에 대한 연구는 대하소설『혼불』에만 편중되어왔다. 이에 저자는 최명희의 초기 단편소설과 단편소설을 대상으로 하여 이들 작품 속에 드러나고 있는 주제의식, 상징적 의미, 서술방식, 인물 유형, 플롯 등이『혼불』과 내적인 연관성을 긴밀하게 가지고 있음을 살펴보았다. 특히 최명희가 그의 작품에서 추구하고 있는 '혼불 찾기'는 초기 단편소설에서부터 '자아정체성 찾기'와 '민족정체성 찾기'를 통해 구체화되면서 지속적으로 확장되고 있음을 고찰하였다. 또한「몌별」등에서 보여주는 모국어에 대한 탐색은『혼불』에서 볼 수 있는 '민족정체성 찾기' 즉 '혼불 찾기'를 지향하는 작가의식과 맞닿아 있음을 살펴보았다. 곧 최명희의 단편소설에서 나타나는 주제의식과 표현방법은 대하소설『혼불』을 통해 확장·심화되고 있었던 것으로, 최명희 문학의 실마리가 되고 있음을 파악하였다. 또한 그의 단편소설에서 보여주는 상징과 은유, 환상성, 의식의 흐름, 해체적 서술기법 등은 이후 최명희 문학의 서사적 특질이 되고 있음을 살펴보았다.

『북간도』로 대표되는 작가 안수길은 간도 이민문학을 대표하는 작가로서 문단사에 자리매김하게 된다. 안수길의 간도 체험은 「새벽」 「벼」 「목축기」 『북향보』 『북간도』를 중심으로 형상화되고 있다. 『북간도』에는 1870년대에서 해방까지의 한국 근대사를 시간적 배경으로 하고, 북간도 비봉촌을 공간적 배경으로 하여, 민족의 수난상과 이를 극복하려는 개척정신이 반영되어 있다. 이 작품에는 작가의 투철한 역사의식과 민족의식이 현실인식을 바탕으로 형상화되었음에도 불구하고, 작가의 민족의식에 의해 작중인물들이 획일적으로 도식화되고 평면적인 인물로 형상화되어 한계점을 드러내고 있다. 또한 후반부에서 독립운동의 영웅들을 중심으로 이야기가 전개되어, 작중인물들의 갈등 양상이 약화되고 리얼리티가 결여됨으로써, 서사구조가 전반부와 단절되는 아쉬움을 남겼다. 그럼에도 불구하고 일제하 한글말살 정책으로 본국에서는 모국어를 쓸 수 없었던 암흑기의 시대에, 모국어로 창작된 작품집 『북원』을 발간하여 민족의식과 독립의식을 고취시키고, 문학의 공간적 배경을 만주로까지 확대시켜 조선인들의 이주생활과 망국민의 애환을 보여주었다는 점에서 그의 문학사적 의미가 크다고 본다.

3부에서는 이상 소설의 작중인물과 이미지, 서술기법이 황순원·김승옥·최인호의 소설과 비교할 때, 어떠한 유사성을 가지는지에 대해 고찰하였다. 저자는 이상 소설의 작중인물이 '권태'를 '유희화'하고, '화폐와 성의 페티시즘'에 함몰된 모습을 보이다가 결미 부분에서 '사이렌 소리' 등을 매개로 '각성'에 이르게 되는 서사 과정에 주목하였다. 그 결과 이상 소설에 나타나는 작중인물의 설정 방식과 이미지의 사용 방식이 황순원·김승옥·최인호의 소설에서 유사하게 드러나고 있음을 파악하였다. 또한 이상의 글쓰기에서 즐겨 나타나고 있는 반복과 점층을 통한 가속효과와 대조의 병치, 시적 생략과 모던한 감각, 숫자의 도입과 해체적 기법은, 황순원·김승옥·최인호에게 직·간접적으로 영향을 끼쳐왔음을 이들 작품들과의 비교 분석을 통하여 살펴보았다. 이상과 황순원은 모더니즘 계통을 이어간 동인지『삼사문학』과 '동경학생예술좌'의 동인으로서 활동하였다. 그들이 동경에 머물렀던 시기와 화가 정현웅과의 친분관계 등을 고려하여 볼 때, 이상의 글쓰기가 황순원의 글쓰기에 직·간접적으로 영향을 끼쳤으리라고 보았다.

1960년대를 대표하는 김승옥 역시 급격한 도시화와 근대화 과정에서 단절되고 소외되는 대중들의 존재 양상을 이야기의 파편화, 침묵과 단절의 반복, 시적 생략과 모던한 감각으로 보여줌으로써 이상 문학의 영향을 받았다고 유추하였다. 황순원의 추천에 의해『현대문학』으로 재등단한 최인호 역시 현대 대도시의 일상과 부조리한 삶의 양상을 도시적 감수성과 기지, 익살, 환상 등을 통하여 묘파함으로써 이상과 황순원, 김승옥의 글쓰기에 직·간접적으로 영향을 받았음을 고찰하였다.

이 저서는 『황순원 문학 연구』『현실인식과 인간의 길』이 발간된 이후 학회지에 발표한 논문들을 묶은 책이다. 소설이란 무엇인가. 소설은 무엇을 할 수 있는가. 소설은 어떻게 형상화되어야 하는가. 이들 명제를 가지고 강단에 선 지도 32년을 넘어서고 있다. 그동안 저자는 황순원, 김유정, 김동리, 은희경 소설에 이어 오정희, 최명희, 안수길, 이상, 김승옥, 최인호 소설에 관심을 가지게 되었다. 이 저서는 이러한 관심의 작은 결과물이라고 볼 수 있다.

적지 않은 세월 동안 소설 공부를 하면서, 문학이 내장하고 있는 상징의 실타래를 풀어내면서 희열을 느끼기도 하였고, 때로는 나 자신의 부족함에 절망하기도 하였다. 그럼에도 불구하고 책 읽기와 글쓰기의 지난한 과정을 통해, 나는 나를 실현시키고 나를 정화시켰음에 스스로 감사한다. 문학 공부를 통하여 나는 희망과 용기와 사랑을 배웠다. 이 점에서 오늘의 나로 존재하게 해주신 은사님들과 오정희 선생님 그리고 세상의 위대한 작가들께 감사드린다.

학문의 길을 마무리하는 길목에 서서, 오랜 기간 동행해준 동료 교수들과 제자들에게도 고마운 마음을 전한다. 학교 생활을 잘 마무리할 수 있도록 도와주신 부모님과 가족들에게도 감사드린다. 항상 좋은 책을 만들기 위해 노력하시는 푸른사상사 한봉숙 사장님과 편집부 직원들께도 진심으로 감사의 마음 전한다.

2020년 봄. 복정동 연구실에서
장현숙

제1부 오정희 소설 분석

차례

제2부 최명희 · 안수길 소설 분석

차례

제3부 이상의 글쓰기 방식 수용 양상

이상의 글쓰기 방식 수용 양상

오정희 소설 분석

「비어 있는 들」 분석
— 작중인물과 '그'의 다의성을 중심으로

1. 서론

오정희는 1968년 데뷔작 「완구점 여인」을 시작으로 작품집 『불의 강』
『유년의 뜰』『바람의 넋』『불꽃놀이』『새』 등을 통하여 삶의 비의를 다양하
고도 복잡한 방식으로 채색하여 담아내고 있다.

오정희는 상징과 은유, 심리적 기법에 의한 내면성의 추구, 이미지의 탁
월한 결합, 내보인 것보다 더 많은 것을 함의하고 있는 예각화된 문체를
바탕으로, 의식의 흐름에 따라 파편화되고 재구성되는 다중 초점화와 다
층적 구성을 가동시키며, 일상의 허위성, 삶의 권태로움, 실존에 대한 불
안의식, 소외와 단절, 남성중심 사회에서의 폭력과 억압, 성적 욕망과 죽
음의식, 여성의 자기정체성 확인 과정을 내면화시키는 데 탁월한 솜씨를
가진 개성적인 작가이다.

따라서 50여 편의 과작임에도 불구하고 오정희 소설에 대한 연구는 주제

론적 해석과 형식주의적 측면뿐 아니라 다양한 방법론에 의해 다각도로 진행되어왔다. 즉 연구자들은 초기 소설에 대한 문학사회학으로부터 실존주의, 정신분석학, 여성주의, 서사담론, 성담론, 언어학 등의 방법론을 바탕으로 하여 작중인물의 불안의식, 죽음의식, 성의식뿐 아니라 여성성, 모성성 나아가 문체론, 상징성, 환상성, 시간성, 공간성 등에 대해 언급했다.

그럼에도 불구하고 선행 연구들은 「불의 강」「별사」「옛우물」 등 소위 문제작이라고 일컬어지는 특정 작품에 편중되어 있으며 동일한 방법론에 의해 동어반복적인 연구가 거듭되어왔다는 한계점을 지닌다. 즉 개별 작품에 대한 정치한 해석과 분석이 결여됨으로써 오정희 문학의 전개 양상과 주제의식의 변화 양상이 총체적으로 파악되지 못하는 결과를 초래하였다.

특히 오정희 작품세계에서 제2기[1]에 속하는 단편집 『유년의 뜰』에는 사회현실 인식이 심화되어 내재해 있음에도 불구하고 이들에 대한 평가는 박혜경의 박사학위[2] 논문에서 언급되고 있을 뿐이다. 그 가운데에서도 특히 「비어 있는 들」에 대한 본격적 연구는 전무하며 부분적 단평[3]에 그치고

---

1 박혜경은 오정희 작품세계를 4기로 나누어 체계화시킨다. 박혜경, 『오정희 문학 연구』, 푸른사상사, 2011, 34~35쪽.
2 박혜경은 오정희 전체 작품을 통시적으로 고찰하면서 주제의식의 변모 양상을 고찰하였다. 성담론과 사회현실의 반영, 현실인식의 중층구조, 현실과 욕망의 균열, 허무주의의 극복과 생태적 상상력을 특질로 들고 있다. 박혜경, 「오정희 소설 연구」, 경원대학교 박사학위 논문, 2009.
3 「비어 있는 들」에 대한 평가는 김혜순, 최윤정, 김병익, 하응백, 김예림, 황도경, 김치수의 평론에서 간단히 언급되고 있을 뿐이다. 이 작품에 대해 박혜경의 박사학위 논문에서 비교적 분석적으로 이루어지고 있다.
김혜순, 「여성적 정체성을 가꾼다는 것」, 우찬제 편, 『오정희 깊이 읽기』, 문학과지성사, 2007, 230~231쪽.
최윤정, 「부재의 정치성」, 위의 책, 259~263쪽.

있다는 점을 문제점으로 들 수 있다. 「비어 있는 들」이 시간성에 대한 실험성과 상징성으로 오정희의 대표작이라 일컬어지는 「별사」와 깊이 연계되어 있음에도 불구하고 이 작품에 대한 정치한 분석이 결여되어 있다는 점에서 문제점이 제기된다.

이에 본서에서는 작품 자체의 정밀한 분석을 중심으로 작품 속에 내재되어 있는 주제의식을 도출하고자 한다. 또한 작중인물들의 내면세계와 관계 양상을 파악하고 '그'의 상징성을 중심으로 '그'가 가지고 있는 다의성을 분석하고자 한다. 아울러 이 작품 속에 틈입되고 있는 환상성이 어떤 이유로 개입되고 있으며 그것은 작가의 어떠한 사회현실 인식의 반영인지를 추적하고자 한다.

2. 비껴가는 시선, 어긋남의 독백

단편 「비어 있는 들」[4]은 작가의 사회현실 인식을 배면에 깔면서 작중인

김병익, 「세계에의 비극적 비전」, 『월간조선』, 1982.7.
하응백, 「자기정체성의 확인과 모성적 지평」, 『작가세계』, 1995. 여름호.
김예림, 「세계의 겹과 존재의 틈, 그 음각의 사이를 향하는 응시」, 『문학과사회』, 1996. 가을호.
황도경, 「어긋나는 말, 혹은 감추어진 말」, 『우리시대의 여성작가』, 문학과지성사, 1999.
김치수, 「오정희론, 삶의 양면성에서 느껴지는 긴장감」, 『한국현대작가연구』, 문학사상사, 1991, 381~387쪽.
박혜경, 앞의 글, 73~80쪽.
4 「비어 있는 들」은 『문학사상』(1979.11)에 발표됨.

물 나의 시각에서 바라보는 남편과 아이의 행태와 '그'에 대한 기다림이 의식의 흐름 수법으로 포착되고 있는 가작이다. 특히 작가는 불안하고 절박한 작중인물들의 내면적 상황을 '기차, 해, 그, 안개' 등의 이미지와 "몇 시예요?"라는 물음을 통해 간접적으로 묘사하고 있다.

이 작품의 서사는, 작중화자 내가 남편의 낚싯길에 아이와 함께 동행하는 하루의 과정을 통해 보여준다. 작중화자 나는 불안과 초조로 '그'를 기다리고 '그'가 오기를 무의식 속에서 욕망하는 인물이다. 현실 속에서 남편은 실재하지만 아내가 기대하는 이상적 남편 즉 진정한 자아를 가진 남편은 부재한다. 그렇다고 하여 남편을 미워하거나 원망하지는 않는다. 다만 아내에게 무심한 듯, 말을 해도 먼 곳을 보고 있는 듯, 침묵하는 남편에 대해 안타까움을 느끼고 남편에게 다가가려고 시도한다. 그러나 나의 노력은 '무언가'로 되돌아올 뿐이다. 남편과 나의 대화는 소통되지 못하고 어긋나 있는 독백에 가깝다. 남편에게 나의 존재는 남자의 '씨앗'을 받아 생명을 잉태하고 생명의 꽃을 피우고 무한한 잠재력과 희망을 내포하는 대지의 어머니로서의 들판[5]이 되어야 함에도 불구하고 황량하게 '비어 있는 들'로서 존재할 뿐이다. 남편과의 관계는 소통되지 않는, '섬'과 같이 서로가 비껴나 있는 거리에 존재해 있다.

그렇다면 이 작품이 창작된 시대 상황에 비추어볼 때, 이 작품의 표제

---

5 들판은 광활함, 무한한 잠재력을 상징하고 대지의 어머니, 양육자로 간주된다. 흔히 남자는 씨앗, 여자는 밭에 비유된다는 점에서 들판은 대지라는 어머니 신(母神)을 상징한다. 이상화의 「빼앗긴 들에도 봄은 오는가」에서 '들'은 '조국'을 상징하며 '빼앗긴 들'은 '빼앗긴 봄'과 동일시되고 그것은 '빼앗긴 희망'을 암시한다는 점에서 '들'은 삶의 잠재력을 상징한다. 이승훈, 『문학으로 읽는 문화상징사전』, 푸른사상사, 2009, 167~168쪽.

인 '비어 있는 들'은 무엇을 상징하는 것일까. 생명력이 말소되어버린 '비어 있는 들'은 유신 체제하[6]에서의 폭력적 현실로 황폐화되어 있는 1979년 당시의 '조국'을 암시한다고 볼 수 있다. 또한 이 작품 속에 나타나는 '수몰 지구'는 70년대 산업화에 의해 파괴되어가는 자연 생태계를 의미하면서 동시에 유신독재 체제하에서 침식되어가는 조국의 현실을 비극적으로 암시한다고 볼 수 있다.

> "수몰 지구야, 그전에는 동네가 있었다는데 물에 잠기는 통에 지금은 나무뿐이야. 물 때문에 자꾸 침식돼서 머잖아 없어질 거라더군."
> 남편이 배가 비껴 지나치는, 강 가운데의 밋밋한 둔덕의 포플러 숲을 가리켰다. 포플러 잎을 뒤흔드는 새소리가 어지러웠다. 배는 스치듯 가깝게 섬을 지나쳤다. 나무 뿌리들이 물살에 허물린 땅의 단면으로 지렁이처럼 생생하고 연한 빛으로 드러나 있는 것이 보였다.
> 숲을 지나자 강의 대안에서 배를 기다리는 사람들이 하얗게 눈에 들어왔다. 바람은 안개에 갇혀 흐르지 않았다. 배가 신대리에 닿자 아이는 깡충걸음으로 뛰어내렸다.[7]

위 글에서 볼 수 있듯이, 내가 수몰 지구에서 느끼는 절박감과 죽음에의

---

6 1972년 유신체제를 출범시킨 박정희 정권은 '민청학련' 사건을 중심으로 학생, 지식인들을 구속하였을 뿐 아니라 신문사, 방송국 등 언론 탄압을 주도하였다. 또한 대통령 긴급조치 9호(1975)를 선포함으로써 정국을 유신독재로 몰아갔다. 이에 1979년 들어서 민주세력들은 반독재투쟁을 전개해 나갔다. 이때 YH사건뿐 아니라 부산·마산에서 유신 철폐를 요구하는 대학생·시민의 대규모 시위가 발생한다. 이에 10월 18일 유신정권은 부산 지역에 비상계엄령을 선포하고 각 대학을 휴교 조치하였다. 박세길, 『다시 쓰는 한국현대사』 제2권, 돌베개, 1989, 249~286쪽.
7 오정희, 「비어 있는 들」, 『유년의 뜰』, 문학과지성사, 1998, 176~177쪽. 이후 이 작품의 인용은 괄호 안에 쪽수만 표시한다.

공포는 "바람은 안개에 갇혀 흐르지 않았다."라는 단적인 묘사로 보여준다. 자유를 표상하는 '바람'[8]은 숨막힐 것 같은 '안개'에 갇혀서 흐르지 못하고 유폐되어 있는 것이다. '포플러 숲' 역시 유폐된 공간으로 상징된다. 포플러 잎을 뒤흔드는 '새소리'는 고립된 채 생명의 마지막 울음을 토해내는 새들의 절규이다.

내가 느끼는 공포감과 죽음의식은 신대리로 가는 배 속에서 아무리 찾아도 '구명 조끼'와 '구명 튜브'를 발견할 수 없는 상황으로 구체화되고 있다. 즉 내가 절박하게 기다리는 '그', 오지 않은 '그', 그냥 지나가버리는 '기차', 반복적으로 "몇 시예요?"라고 묻는 물음 등은 작가의 시각에서 보았을 때 1970년대의 비극적 사회현실의 암담함, 가위눌림 속에서 필연적으로 생겨나는 은밀한 일탈 욕망이고 유폐의식이며 죽음의식과 다르지 않다.

이러한 나의 죽음의식에도 불구하고 나는 '물살'의 파괴력 속에서도 끈질기게 살아남으려는 의지로서 "생생하고 연한 빛"으로 버티고 있는 '나무 뿌리'들을 응시하는 것이다. 특히 "무른 땅인데도 뿌리는 연한 이파리와는 달리 불가해한 힘으로 땅속에 얽혀 있었다."(183쪽), "나는 흙 속에 손을 묻은 채 한동안 동물의 내장처럼 싱싱한 빛깔로 견고히 얽힌 뿌리를 바라보았다. 따뜻하고 부드러운 흙이 손가락 사이로 감겨들었다."(183쪽)에서 볼 수 있듯이, 뿌리는 생명력의 끈질김과 생에의 의지를 표상함으로써 나

---

8 바람은 능동적이고 격렬한 상태에 있는 공기로 영(靈), 우주의 호흡, 창조적 숨결을 상징하고 우주를 지배하는 1차적 요소가 된다. 융에 의하면 아랍인들의 경우 바람이라는 낱말은 숨결과 정신이라는 두 가지 의미를 소유한다. 바람은 무형(無形)이라는 점에서 손에 잡히지 않는 것, 옮겨가는 것, 실체가 없는 것을 상징한다. 이승훈, 앞의 책, 211쪽. 이 작품에서 바람은 무형이라는 점에서 자유를 표상한다고 필자는 본다.

는 삶의 역동적인 진실과 생명의 존엄성을 인식하고 있음을 살펴볼 수 있다. 특히 '따뜻하고 부드러운 흙'을 통하여 나는 흙[9]이 가지는 포용력과 생명력을 흡수하고 있다. 즉 나의 내면 속에는 생명에 대한 경건함과 진정한 삶에 대한 희망과 삶에 대한 의지가 죽음의식과 함께 공존하고 있음을 보여준다. 작가는 이 작품 속에서 죽음의식과 함께 생명의식을 지속적으로 병치시키고 있는데 이는 삶에 대한 작가의 존재론적 성찰에 기인한다고 볼 수 있다. 곧 삶이란 생성과 소멸, 태어남과 죽음의 순환으로써 이는 자연스러운 순환이며 완성이라는 사실[10]을 은밀하게 감추고 있는 것이다.

따라서 이 작품 속에서는 생명의식과 죽음의식이 지속적으로 대비되고 공존하면서 사물을 통하여 구체화된다. 군용 비행장의 프로펠러, 신작로, 경운기 발동선, 농약 등이 암시하는 문명세계와 새파란 하늘색, 보랏빛 어둠, 수몰지구, 진딧물, 익사체, 죽어 있는 물고기 등이 암시하는 죽음의식과 대비하여 자연의 생명력은 풀벌레, 개구리, 붕어, 잠자리, 흰 새떼, 피라미, 쇠비름풀, 뿌리, 흙, 밝은 녹빛, 선명한 빛의 내장, 싱싱하게 부푼 부레 등의 이미지를 통하여 드러난다. 또한 '기차, 무지개, 클로버' 등이 행복과 희망의 이미지로 사용된다.

---

9 대지는 지상의 힘, 모신(母神), 모태, 어머니를 상징한다. 따라서 대지는 지상의 존재들을 양육하는 양육자, 다산(多産), 창조력을 상징한다. 어머니, 특히 위대한 어머니는 우주, 자연, 모든 원소를 지배하는 여주인으로 생명의 기원, 원동력과 포용 원리를 상징한다. 이승훈, 앞의 책, 395~396쪽.

10 오정희는 이태동과의 대담에서 다음과 같이 말하고 있다. "죽음과 생명은 자웅동체이며 서로에 대해 원인이며 결과이고 인과관계의 가장 강렬하고 확실한 예이며 건강하고 자연스러운 순환이고 완성이기도 합니다. 죽음과 생명에 대한 대긍정이라는 면에서 저는 오히려 생명주의자라고 할 수 있겠습니다." 오정희, 「작가와의 대화」, 『별사』, 지식더미, 2007, 99쪽.

이렇게 나는 일상 속에서 끊임없이 죽음의식과 생명의식을 섬세하게 감지하는 인물이다. 특히 내가 인식하는 불안의식과 죽음의식은 작품의 서두에서 드러나고 있는데, 이는 이 작품이 쓰여진 당대 시대현실의 상황이 야기한 절망감, 허무의식 등과 무관하지 않을 것이다.

내가 느끼는 '가위눌림'은 독재 권력이 야기한 암담함과 구속감에서 부터 기인한다고 볼 수 있다. 나는 '가위눌림'에서 벗어나 차갑게 식은 빈자리를 쓸어보다가 "몇 시예요?"라고 성마른 소리로 남편에게 묻지만 남편의 대답은 없다. 나의 물음 역시 대답을 기대한 물음은 아닐 것이다. 독백에 가까운 물음일 뿐이다. 이렇게 나와 남편의 관계는 어긋나 있으며 비껴나 있다. 이때 "한쪽 뺨이 이상하게 부풀린 모습으로 엎드려 자고 있는 아이의 얼굴을 물끄러미" 바라보며 나는 '그'가 오늘 올 것이라 예감하고 확신한다. 나는 남편이 낚시도구를 챙기는 금속성의 소리를 들으면서도, 발소리를 들으면서도 '그'를 절박하게 기다리고 있다. "그러나 그토록 절박한 기다림에도 불구하고 공복의 위벽을 적시며 뚜렷한 무늬로 차오르던 바륨용액처럼 이물감으로 차오르는 감정은 무엇인가"(171쪽)에서 살펴볼 수 있듯이, 나는 희망과 절망 사이에서 고통스러워한다. 그리고 남편의 낚시행에 동행하겠다고 "짐짓 선하품을 깨물며" 말한다. 나는 조금은 작위적으로 남편에게 다가가고 남편은 "내 말을 잘못 알아듣는 시늉으로 눈을 껌벅거리며 나를 올려다"본다. 나는 "굳이 그럴 필요가 없는데도 고집스럽게" "같이 가겠다니까요."라고 말하고 "남편의 대답을 듣지 않고" 방으로 들어간다. 즉 이들의 대화에는 약간의 위선과 과장이 개입되어 있으며 진정한 소통이 결여되어 있다. 무언가 진실한 대화를 회피하고 있는 것이다. 그렇다면 이들은 왜 진실한 대화를 회피하고 있는 것일까. 그것은 불가항력적으로 다가오는 비극적이고 암담한 시대상황 속에서 나와 남편은 각자의 자리에서 방황하고 갈등할 수밖에 없기 때문이다.

불확정 시대의 밀폐된 현실 속에서 두 사람에게는 대화를 통해 해결할 수 있는 탈출구가 없다. 유일한 출구는 폭력적 정치세력에 항거하다 죽음을 맞이하는 단 한가지의 길이 있을 뿐이다. 그래서 남편은 '낚시'하는 행위를 통해 현실을 도피하고 있으며, 나는 그러한 남편의 모습을 바라보며 '그'를 절박하게 기다리는 것이다. 암울하고 죽음으로 팽배해 있는 현실 속에서 나는 "삐죽 솟아 있는" 아이의 '잠지'를 보고 서글픔을 느낀다. 왜냐하면 아이의 생명력은 비극적 현실 속에서도 여전히 성장해나갈 것이기 때문이다. 따라서 아이가 비틀대자 나는 "잔인한 눈길"로 지켜보는 것이다. 이는 아이에 대한 모성성을 거두어 좀 더 자신의 아이를 객관적으로 엄격하게 바라보려는 어머니의 사랑에 다름아니다. 여기에서 내가 기다리는 '그'는 아이에게 희망을 주고 행복을 가져다주는 '밝은 내일', '미래'를 상징한다고 볼 수 있다. 나는 아이의 버릇없음에 대해 자주 남편을 비난한다. 남편은 "그럴 수 없을 때가 곧 오게 되는 거야." 하며 늘 아이를 옹호한다. 즉 아이를 사이에 두고도 아내인 나와 '남편'의 교육방법에는 차이가 있는 듯하다. 나는 자의식이 강하고 이성적인 반면 남편은 자상하고 부드러운 성품을 가지고 있다고 볼 수 있다. 이 작품의 결미에서 남편의 시선이 줄곧 아이에게 향하고 있음을 보면서, "나는 그러한 정경을 냉정하게 바라" 본다. 나는 "본능적인 애정으로 목이 메이면서도 가끔 아이에 대해 이상할 만큼 차가워지는 자신에 당황하곤" 한다. 이로써 나는 부모와 자식의 관계에 집착하지 않고 객관적 거리를 유지하려고 애쓰는 이성적 인물이라 볼 수 있다. 이렇게 자의식이 강하고 이지적인 나의 모습은 "감정의 과장, 극

「비어 있는 들」 분석

26

27

적인 형태, 도식으로 설명될 수 있는 모든 것을 혐오"(186쪽)한다는 사실에서도 확인할 수 있다.

반면 남편은 죽음으로써 시대현실에 적극적으로 저항하지 못하고 소극적으로 '낚시행'을 통해 울분과 분노를 달랠 수밖에 없는 나약한 지식인일 뿐이다. 이러한 남편을 바라보면서 남편을 비난할 수도 없고 그저 안타깝게 바라볼 수밖에 없을 때, 나는 절망감과 외로움을 느낀다. 그리하여 용감한 항거정신과 이상을 실현할 수 있는 남편의 또다른 분신인 '그'를 갈망하는 것이다. 이렇게 볼 때 '그'는 남편 속의 진정한 자아를 표상한다고 볼 수 있다.

남편 역시 자의식이 강한 지식인, 안경[11] 쓴 지식인으로서 폭압적인 현실을 피해 '낚시행'을 가는 자신의 모습을 자조적으로 바라볼 것이다. 이러한 자신의 모습에 대해 부끄러움과 수치심을 느낄 때 아내와의 대화는 단절될 수밖에 없다. 남편은 이 작품 속에서 아내가 누군가를 기다리며 역에 나간다는 사실을 알고도 집요하게 묻지 않는다. 지나가는 말처럼 예사롭게 물을 뿐이다. 남편은 아내의 은밀한 일탈을 의도적으로 무시한다. 왜냐하면 아내의 일탈 욕망을 저지하거나 해소시킬 대비책이 마련되어 있지 않기 때문이다. 다만 무심한 듯, 방기할 수밖에 없다. 이렇게 볼 때 남편은 소극적이고 내성적인 성격의 소유자라 볼 수 있다. 실제로 남편은 자주 낚시를 가지만 낚시하는 행위는 즐기지 않는다. 미끼를 달 때조차도 "긴장으로 이마의 힘줄이 두드"러지고 "눈꺼풀은 경련"을 일으킬 정도로 심약한

---

11 안경은 '자의식'을 표상한다. 장현숙, 『현실인식과 인간의 길』, 한국문화사, 2004, 289쪽. 이 작품에서는 자외식을 가진 지식인을 의미한다고 볼 수 있다.

인물이며 낚시바늘에 물고기의 살을 찢지 않으려고 노력하는 생명의식이 강한 인물이기도 하다. 그리하여 아이의 투정에도 불구하고 잡은 고기를 강물에 던져 살려주는 인물이기도 하다. 남편은 진정한 자아와 부정적 현실 사이에서 갈등하는 인물로서 정적인 인물로 대표된다. "정물처럼 앉아 있는 남편의 주위를 햇빛이 유리갑처럼 투명하게 감싸고 있었다. 그래서 남편은 마치 발가벗고 있는 듯한 느낌을 주었다."(182쪽)에서 볼 수 있듯이, '햇빛'[12]이 표상하는 폭력적 현실 속에서 밀폐된 유리갑[13]에 둘러싸여 있을 때, 남편은 생동감과 역동성을 상실한 채 정물처럼 고요히 죽어 있는 듯 나에게 인식되는 것이다. 햇빛에 둘러싸여 유폐되어 있는 듯한, 질식할 듯한 현실 속에서 아내와 남편의 삶은 균열될 수밖에 없고 어긋날 수밖에 없다. 비극적이고 절망적인 현실 앞에서 그들의 관계는 본질적으로 닿아 있는 관계라기보다는 피상적인 관계로 '섬'처럼 떨어져 있을 수밖에 없는 것이다.

> 남편이 언제부터 낚시를 다니게 되었던가, 그닥 오래된 일은 아니었으나 기억이 아리송했다. 어느 날 제시간에 퇴근해서 돌아오는 그의 손에는 한 벌의 낚싯대가 들려 있었다. 그리고 어느 날부터인가 나는 은밀하고 절박한 그리움으로ⓒ 남편을 떠나고 있었다.
> 나는 낚시에 흥미를 느낀 적도, 따라나선 적도 없었기에 남편이 이

---

12 카뮈는 물, 돌, 빛, 얼음, 눈, 소금 등의 이미지를 즐겨 쓰고 있다. 김화영, 『문학 상상력의 연구』, 문학사상사, 1989. 참조. 이 작품에서 햇빛은 유리와 결합되면서 현실세계의 불모성과 죽음의식, 폭력성을 표상하고 있다고 필자는 본다.
13 유리는 긴박감과 압박감, 불안감 그리고 죽음의식을 표상한다. 장현숙, 『황순원 문학 연구』, 푸른사상사, 2005, 286쪽 참조.

러한 모습으로 앉아 해를 보내리라고는 상상해볼 수 없었다. 남편 역시 혼자 있는 시간의 내 모습을 알 리 없는 것이다.

　다만 잠결에 보게 되는, 어둠 속을 도둑처럼 빠져나가는 뒷모습과 바구니에 담긴 수초의 비리고 미끈한 감각, 몇 마리의 죽어 있는 물고기, 죽은 물고기의 표피로 내솟는 점액질의 투명한 막, 옷에 묻은 뻘흙이나 민물고기의 핏자국 정도가 내가 남편의 낚시에 대해 알고 있는 전부였다. 뻘흙의 자국은 좀체로 지워지지 않아 빨래에 늘 애를 먹었다.(180~181쪽)

　위 글에서처럼 고독한 모습으로 단절되어 있는 부부의 모습은 '죽어 있는 물고기, 수초의 비리고 미끈한 감각, 점액질의 투명한 막, 핏자국, 뻘흙의 자국' 등이 상징하는 죽음의식으로 극대화되고 있다. 그리하여 비극적 현실 속에서 그들은 파편화되어 서로에게 타자화되는 것이다. 즉 이 작품 속에 드러나는 부부의 비껴가는 시선, 어긋남의 독백, 단절된 대화는 폭력적이고 억압적인 현실을 암시하기 위해 차용되고 있는 것이다.

3. 견딤의 시간, '그'의 존재

　오정희는 "산다는 것은 구체적으로 견디는 것이다."[14]라고 말한 바 있다. 「비어 있는 들」에서 남편과 아내인 '나' 역시 삶을 견디고 있다. 남편은 막막함과 두려움과 불안감을 견디기 위해 낚시를 떠난다. '사나운 비'가 쏟아졌던 다음 날 새벽에 낚시를 떠나는 행위 안에는 남편의 절망감이 내재

14　박인숙, 「품격 · 인물소묘」, 우찬제 편, 『오정희 깊이 읽기』, 445쪽.

해 있다. 남편은 "물이 흐르고 물살이 사나워" 고기를 잡지 못하고 허탕칠 것을 뻔히 알면서도 "하지만……"이라고 되뇌며 낚시행을 되풀이할 수밖에 없다. 그에게 낚시하는 행위는 절망감과 불안감을 떨쳐내기 위한 도피 행위이기도 하지만 '물'의 공간을 통하여 자아의 진정한 정체성을 응시하려는 의지의 표출일 수도 있다. 또한 비극적 현실 속에서 불가피하게 끓어오르는 적의와 분노를 정화시킴으로써 진정한 자아의 동질성을 회복하려고 시도한다고 볼 수 있다. 왜냐하면 "원형상징으로서의 '물'은 정화기능과 생명을 지속시키는 기능"[15]을 가짐으로써 '순결'과 '새 생명'을 줄 수 있기 때문이다. "자연은 인간으로서는 근접할 수 없는 영원하고 완전한 세계로 인간의 현실적 한계를 인식하게도 하지만, 인간의 비극적 인식과 그로 인해 빚어진 한을 극복하게 하는 세계"[16]이기 때문이다. 그렇다면 비극적 현실과 모순된 한계 상황 속에서 남편은 낚시행을 통하여 진정한 자아정체성을 발견하고 정화됨으로써 아내인 내가 갈망하는 이상적인 자아를 발견할 수 있을까. 이 작품에서 남편의 자기 구원은 요원해 보인다. 왜냐하면 이 작품 결미에서 나는 여전히 "몇 시예요?"를 되풀이하며 아이에게 '절망적'으로 질문하고 있기 때문이다. 그러나 남편과 나의 구원이 절망적임에도 불구하고 작가는 미래를 표상하는 '아이'[17]를 통하여 희망을 제시하고 있다. 이 점에서 오정희는 죽음과 삶의 공존을 통하여 죽음과 삶

---

15 김종호, 『물, 바람, 빛의 시학』, 북스힐, 2011, 97쪽.

16 위의 책, 95쪽.

17 아이는 미래, 새로운 단순성을 획득하는 생의 단계, 신비한 중심, 무의식, 혹은 무의식과 의식의 산물인 영혼, 나아가 신비한 아이, 철학자의 돌을 상징한다고 볼 수 있다. 이승훈, 앞의 책, 384쪽.

을 이분법으로 대립시키지 않고 죽음과 삶의 경계를 허물고 죽음을 삶에로 순환시킴으로써 생에 대한 긍정정신을 보여주는 작가라고 평가할 수 있다.

한편 나는 숙명적 인간조건과 한계상황 속에 피투된 존재로서 어떻게 어둠의 현실을 견디고 있는가. 나에게 '견딤'의 의미는 무엇일까.

오정희 소설에서는 현실 속에 회상과 환상이 모호하게 겹쳐지기도 하고 끼어들기도 한다. 「비어 있는 들」에서도 정체불명의 '그'는 수시로 등장하여 독자에게 혼란을 준다. 그렇다면 '그'는 언제, 어디서, 어떻게, 왜, 무엇을 동반하면서 등장하고 있는가. '그'의 의미는 무엇인가.

이 작품의 서사는 대체로 현재의 시간[18]이 순차적으로 진행되면서 이루어지고 있다. 그러나 현재에서 내가 가지는 생각에 회상, 환상 등이 겹쳐지기도 하고 끼어들기도 한다. 특히 한 문단 안에서 회상과 현실이 모호하게 섞여 드러나는 것을 한 특징으로 볼 수 있다. 정체불명의 '그'가 호명될 때에는 반드시 회상과 환상 속에서 드러나고 있다. 특히 '그'는 기차를 타고 오는 존재로 상징되어서인지 '기차'의 이미지와 "몇 시예요?"라는 물음과 함께 연결되면서 등장하는 경우가 많다. 이 작품 속에서 기차의 이미지는 총 일곱 번[19] 나타난다. "몇 시예요?"라는 물음 역시 총 일곱 번으로 두

---

18 이 작품은 작중인물 내가 잠에서 깨어나는 새벽 4시 조금 지난 시간부터 오후 2시가 넘은 시간까지의 여정을 보여준다. 공간이동은 나의 집, 방, 마루, 방, 마루, 길 위, 선착장, 배 안, 신대리, 빈밭, 파밭, 논둑길, 물가, 빈밭, 논둑길, 물가, 파밭, 빈밭, 선착장으로 이어진다.
19 첫 기차 떠나가는 소리(170쪽), 기차 나왔다가 사라짐(178쪽), 두 번째 기차 지나감(179쪽), 기차 지나감(182쪽), 기차 지나감(185쪽), 기차 지나감(186쪽), 기차 허덕이며 지나감(187쪽).

번은 내가 아이에게 하는 물음이며 나머지는 독백처럼 또는 남편에게 묻는 물음이다. 그러나 남편에게서는 "열 시 사십오 분이군", "벌써 두 시가 넘었군"에서 알 수 있듯이 두 번의 대답만 들었을 뿐, 나머지 세 번의 물음에 대해서는 침묵 또는 의도적 무시로 대답을 듣지 못한다. 이 작품 속에서 '그'에 대한 언급은 문단 또는 문장으로 열 번 정도 언급되고 있는데, 소설의 전반부에서 보다는 후반부에 더욱 많이 드러나고 있다.

이 작품 속에서 '그'는 다의적으로 해석 가능하다. '그'의 등장은 나의 내면상황과 밀접하게 연관되어 있다. 따라서 '그'의 등장을 중심으로 나에게 '그'는 어떤 의미를 가지는지 유추해보고자 한다. 이 작품의 서두에서 나는 가위눌림에서 깨어난다. 그리고 아이의 얼굴을 바라본다.

> 종잡을 수 없는 꿈에서 마치 등을 밀리듯 깨어난 것은 무엇 때문일까. 그는 오늘 올 것이다. 그것은 약속보다 확실한 예감이었다. 그는 한 번도 이곳 내가 살고 있는 작은 도시에 온 적이 없었다. 그러나 나는 종종 예감과 기대로 설레며 새벽을 맞고 밤을 보내었다. 칼날이 스쳐간 자국에서 내배는 피에서도, 성급히 나타난 그해 첫 나비의 서투른 날갯짓에서도, 각질 속에 연한 초록빛으로 숨어 있는 나무의 눈을 보았을 때도, 늦봄이 다 가도록 전선줄에 매달려 누추히 찢겨져가는, 정월 대보름날 어느 가난한 집 소년이 띄워올렸을 종이연을 보았을 때도 그가 오리라는 예감은 한 조각 파편처럼 반짝이며 가슴속 깊은 곳에서 눈을 떴다.(171쪽)

위 글에서 살펴볼 수 있듯이 '그'는 내가 살고 있는 작은 도시에 온 적이 없었다. 그럼에도 불구하고 나는 '그'가 확실한 예감으로 오리라고 믿는다. 칼날이 스쳐간 자국에서 내배는 '피'에서도, '첫 나비의 서투른 날갯짓'에서도, 연한 초록빛 '나무의 눈'을 보았을 때에도 '종이연'을 보았을 때도 그가 오리라고 예감한다. 여기서 '칼날'은 정치 이데올로기나 권력의 폭력성을 의미하며 '피'와 '나무의 눈'은 '생명'을, '날갯짓', '종이연'은 '자유'를 표상한다고 볼 수 있다. 그렇다면 '그'는 누구일까. '그'는 암담한 시대 현실 속에서 우리에게 생명을 주고 자유를 줌으로써 인류를 구원해 줄 '절대자'일 수 있으며 어둠의 시대가 끝난 후 다가올 '밝은 미래'라 볼 수 있다.

'그'가 오리라는 예감은 남편이 낚시를 가기 위해 "서두르는 발소리를 듣는 사이" 확신으로 바뀐다. 그렇다면 '그'는 언제 나에게 나타나는가. 그것은 내가 불안하고 절박하고 남편이 부재하는 시간에 더욱 자주 등장한다. 그러나 '그'에 대한 '절박한 기다림'에도 불구하고 나는 또다시 '이물감' 즉 절망감과 죽음의식을 느낄 수밖에 없다. 즉 내가 '그'를 절박하게 기다림에도 불구하고 현실 속으로 '그'는 오지 않는 것이다. '그'는 환상 속에서 존재할 뿐. 따라서 나는 또다시 절망감에 빠질 수밖에 없지만 그럼에도 여전히 "기차가 사라진 뒤에도" 오래도록 굴 속을 바라보면서 '그'는 지금쯤 기차를 타고 있으리라고 생각한다. 이렇게 나에게 '밝은 미래, 절대자, 자유 또는 희망'으로 표상되는 '그'는 "보랏빛의 어둠을 벗고 밝은 녹빛"[20]을 드러내는 산과 함께 동행할 것이라 인식한다. 이는 내가 갈망하는 '새로운 시대의 도래' 또는 '희망'과 함께 오는 '밝은 미래'와 다르지 않다.

세 번째 기차가 지나가자 나는 역시 "몇 시예요?"라고 묻고 남편은 "열

---

20 신화원형비평에서 초록의 의미는 성장; 감동; 희망을 상징한다. 윌프레드 L. 궤린 외, 『문학의 이해와 비평』, 정재완 · 김성곤 역, 청록출판사, 1981, 122~124쪽.

시 사십 오분"이라고 말한다.

> 기차는 이십 분 연착인 것이다. 그 이십 분이 내게 구원으로 생각되었다. 그는 이십 분 간의 유예를 갖는 것이다. 최소한 이십 분 가량은 헛되이 낯선 거리를 기웃거리며 방황하지 않을 유예. 열린 창마다 사람들이 고개를 내밀고 있었다. 선풍기는 뻑뻑히 목을 꺾으며 힘들게 돌아가고 있을 것이다. 그 끈끈한 바람에 함께 허덕이며 그는 아마 이쪽을 보고 있을까. 한유하게 낚싯대를 드리운 우리를 볼까. 아, 이십 분, 두 시간, 이틀이면 어떠랴, 나는 해(年)를 두고 그를 기다려왔던 것을.
> 나는 줄곧 그를 기다려왔다. 그 기다림은 하도 절박하면서도 만성적인 것이어서 나는 오히려 그것이 생리적, 원천적인 것이 아닐까 생각하고 있었다.(182쪽)

위 글에서 볼 수 있듯이 나는 절박하게 만성적으로 '그'를 기다려 왔음에도 불구하고 기차의 이십 분 연착을 구원으로 생각한다. '그'가 이십 분간의 유예를 갖기 때문이다. '그'가 이십 분간의 유예를 갖게 되면 "헛되이 낯선 거리를 기웃거리며 방황하지 않아도" 되기 때문이다. 그렇다면 '그'는 누구일까. 평자들[21]이 말하듯이 '그'가 죽음을 의미하는 것이라면 '낯선 거리'를 방황해야 할 이유가 있을까. '그'가 죽음을 의미하는 것이라면 내가 "해를 두고 그를 기다"릴 필요가 있을까.

최윤정은 '그'의 의미를 중의적으로 해석하면서 죽음일 수도 있으며, 혹은 떠나는 남편이 아니라 내가 절박하고 은밀하게 기다리는 남편이라고

---

21 김병익, 하응백, 최윤정 등은 아내인 내가 기다리는 '그'를 '죽음'으로 보고 있다. 김병익, 앞의 글; 하응백, 앞의 글; 최윤정, 앞의 글 참조.

분석한다.[22] 최윤정의 말대로 내가 기다리는 '그'가 남편이라면 어떤 모습의 남편일까.

이 작품 속에서 내가 기다리는 '그'는 다의성[23]을 가진다. 이 세상은 죽음의식과 혼돈과 절대권력이 야기한 폭력성으로 팽배해 있다. 이런 세속적 공간에 절대자 혹은 구원자인 예수가 인류의 죄를 대속하기 위해 온다면 그것은 나에게는 축복이지만 '예수'를 생각할 때 가슴 아픈 일일 것이다. 왜냐하면 '예수'에게 지상의 삶은 고통 그 자체일 것이기 때문이다. 따라서 '이십 분의 유예'는 나에게 기쁨이 될 수 있다. 이렇게 볼 때 일차적으로 '그'는 '신, 절대자, 예수'일 수 있다. 또한 내가 '그'를 기다리는 것이 "생리적, 원천적인 것이 아닐까"라는 문구로 볼 때, '자유' 또는 '근원적인 그리움'일 수도 있다고 본다. 인간은 누구나 실존적 존재자로서 불가항력적으로 한계 상황에 놓일 수밖에 없으며 모순된 인간조건에 갇혀 있을 수밖에 없을 때, '자유'와 '근원적인 그리움'을 생태적으로, 원천적으로 갈망할 수밖에 없는 존재이기 때문이다. 이 작품 속에서 나뿐만 아니라 남편 역시 "눈으로 기차를 좇는데"(182쪽) 남편 역시 암담한 시대현실 상황 속에서 '자유'와 '근원적인 그리움' 등을 추구하고 있으며 현실의 고통을 '낚시행'을 통해 잊고자 하는 것이다.

특히 이 작품 속에서 '그'는, 기차가 지나갈 때, 그리고 내가 "몇 시예요?"라고 물은 후, 대체로 남편의 모습이 묘사된 후 등장하고 있다. 즉 남

---

22 박혜경, 앞의 글, 76쪽, 각주 177번 재인용.

23 오정희는 내 소설 안에는 무수한 '그'가 있다고 말한다. '그'는 충족되지 못한 욕망, 엄중한 금기에 짓눌린 자아, 또는 현실을 견뎌내기 위해 불려온 곡두, 근원적 그리움, 내 의식에 투영된 나 자신일 수 있다고 말한다. 우찬제 편, 앞의 책, 38쪽 참조.

편의 말이나 행동과 중첩되면서 '그'가 등장하고 있다. 이렇게 볼 때 '그'는 실재하는 남편이 아니라 내가 이상적으로 그리는 남편의 '또다른 분신'일 수 있다.

> 남편이 주머니에서 선글라스와 모자를 꺼내 썼다. 뒷머리털이 모자의 죔고무줄에 눌려 꼿꼿하고 단단히 목덜미를 덮었다.
> 짧은 여행이었지만 그는 구겨진 옷과 당혹한 표정으로 어느 정도 나그네의 냄새를 풍기며 역사를 들어설 것이다. 나는 항상 마음속으로 그를 불렀다. 그를 너무 오래 기다려왔으므로 그 기다림에 어떤 장식적 의미, 구체적인 모습 따위는 전혀 떠올릴 수도 설명할 수도 없었다.(182쪽)

이 작품 속에서 남편의 '낚시행'은 죽음의 현실 즉 비극적인 세속적 공간에서 정화의 공간으로 들어갔다가 다시 집으로 돌아오는 삶의 여정과도 비유되고 있다. 모순된 현실 속에서 항거하려 하지만 적극적인 용기를 가지지 못하는 남편의 내면세계에는 평온하게 세상의 제도와 질서에 순응하면서 살고자 하는 욕망이 도사리고 있다. 그러나 지식인인 남편에게 암울한 현실을 외면한 채 소극적으로 살아가는 삶의 태도가 스스로 용납되지 않는다. 그래서 실재의 남편은 '낚시행'을 떠나고, 나의 상상 속의 '남편'은 변신하여 기차를 타고 '그'가 되어 나의 환상 속으로 돌아오는 것이다. 그래서 위의 글에서와 같이 짧은 여행이지만 '그'는 "구겨진 옷과 당혹한 표정으로" "나그네의 냄새"를 풍기며 기차를 타고 역사를 들어오리라고 나는 생각한다.

이렇게 볼 때 '그'는 남편의 '또 다른 분신'일 수 있으며 내가 추구하는 이상적인 남편의 진정한 모습일 수 있다. 즉 정태적이고 소극적인 남편이 아니라 불의에 항거하면서 현실 속에서 역동적으로 살아 움직이는 남편의 또 다른 모습을 나는 갈망하는 것이다. 그러나 나 역시 그러한 남편의 모습이 현실 속에서 구체화되려면 많은 고통과 희생이 따라야 함을 인식한다. 그래서 나는 '그'가 현실 속으로 들어오기를 갈망하지만 한편 현실 속에 들어오기를 두려워하는 양가감정 속에 빠져 있는 것이다. 이럴 때 나는 실재로서의 '그'가 아니라 환상 속에서의 '그'로 만나는 것이다. 나는 산책길에서 대합실로 가서 '그'가 오기를 기다리지만 '그'는 현실 속으로 들어오지 않는 것이다. 역동적이며 적극적으로 비극적 현실에 대처해나가는 남편의 모습을 갈망하지만 현실 속에서 실재하는 남편에게 무슨 일이 일어난다면, 나 역시 두려울 뿐이다.

　이러한 가상적 현실에 대한 두려움은 "때때로 나는 이제는 더 이상 젊지 않은 여자로 낯선 저녁 거리에서 울고 있는 아이의, 아니면 눈물 자국으로 얼룩진 얼굴의 사내아이의 손을 잡고 우두커니 서 있는 내 모습을 보곤 했다."(186쪽)에서 드러나고 있다. 현실 속에서 남편이 부재한다면, 나는 어쩔 수 없이 '눈물 자국으로 얼룩진' 아이의 손을 잡고 낯선 거리에서 방황할 수밖에 없을 것이다. 특히 이 작품에서 '그'의 등장은 남편의 등장에 이어 바로 나타나는 경우가 많다. 이 점에서도 '그'는 남편의 '또 다른 분신'일 가능성이 짙다. 나는 남편이 낚시행을 떠나려고 할 때, '그'가 오리라고 예감하고 확신한다(171쪽 참조). 남편이 낚시를 하러 떠나면, 나는 "은밀하고 절박한 그리움으로 남편을 떠나"(181쪽) 미래에 다가올 이상적 남편인 '그', 남편의 진정한 자아를 찾아 환상 속으로 걸어 들어가는 것이다. 그래서 나는 "그를 너무 오래 기다려왔으므로 그 기다림에 어떤 장식적 의미,

구체적인 모습 따위는 전혀 떠올릴 수도 없다."(182쪽)고 고백하는 것이다. 여기서 '그'는 남편의 '또다른 분신'일 수 있으며 또한 구체적 모습을 지니지 않은 '자유'를 의미할 수도 있다. 이렇게 나는 막막하고 어두운 현실을 '그'를 기다림으로써 견디고 극복하려고 시도하는 것이다.

중천에 떴던 해가 기울기 시작하고 아이가 잠에서 깨어나는 시간, "잠에서 깨어 현실로 돌아오기까지의 어지러운 선회(旋回)에서 빠져나오고자"(187쪽)[24] 하는 시간, 나는 개구리를 집으로 돌려보내주고 집으로 돌아갈 차비를 한다. 나 역시도 아이처럼 환상 속에서 빠져나와 일상 속으로 돌아가야 할 때임을 인식하는 것이다.

두 시가 지나가는 시간, "기차가 허덕이며" 지나가고 '그'는 여전히 오지 않는다. 나는 기다림에 지쳐 "뜻 모를 탄성을 낮게 내뱉으며 맞쥔 손을 비틀었다."(187쪽) 이제 무거운 책임과 의무만이 있는 일상 속으로 돌아가야 할 시간이 다가오기 때문에 '그'가 오지 않자 나는 안타까움으로 무의식적으로 손을 비트는 것이다. 남편은 "안타까움으로 끊임없이 비틀리는" 아내의 손의 안간힘을 보고 있다. 이때 다시 '그'는 등장한다.

> 그는 땀과 먼지에 젖어, 단조롭고 특징 없는 거리를 헛되이 헤매고 있을 것이다. 줄곧 물처럼 흐르는 땀에도 불구하고 살갗 밑에 한기가 드는 것 같았다.(188쪽)

위 글에서처럼 환상 속에서의 '그', 이상적인 남편은, 땀(삶에 대한 희망)

---

24 오정희의 작품에서 많이 나타나고 있는 이 문구는 삶 속에는 항상 현실과 환상이 공존하며 서로 넘나들고 있음을 암시하고 있다고 볼 수 있다.

과 먼지[25](죽음의식)에 젖은 채 여전히 방황할 것이라고 나는 인식한다. 좀 더 나은 미래를 위해 희망을 가지고 노력하다가도 비극적 한계 상황 속에서 또다시 죽음의식을 느낄 때 환상 속의 '그' 그리고 나와 남편 모두는 한기를 느낄 수밖에 없다. 따라서 환상 속 남편의 '또 다른 분신'은 현실 속에서 땀을 흘리며 한기를 느끼는 실재의 남편으로 치환된다. 여기에서도 역시 '그'는 절대자 또는 자유 또는 다가올 새로운 '미래'로 치환 가능하다. 일상으로 돌아가기 위해 남편이 낚싯대를 접고 빈 밭을 가로질러 갈 때, 나는 다시 '그'의 환영을 본다.

> 그는 이제 더 이상 낯선 거리에서 머뭇대지 않고 돌아갈 차비를 할 것이다. 저물녘이면 그가 떠나온 곳으로 돌아가 불 밝힌 식탁에 앉으리라.(188쪽)

이제 남편이 집으로 돌아갈 준비를 하며 자신의 방황을 끝내듯이, 나의 환상 속 '그', 남편의 '또 다른 분신' 역시 저물녘, '그'가 떠나온 곳으로 돌아가 불 밝힌 식탁에 앉으리라고 나는 생각하는 것이다.

그러나 이러한 나의 생각을 비웃기라도 하듯, 집으로 돌아가는 길목엔 뜻하지 않게 또다시 죽음의 현실이 가로놓여 있다. 이는 어쩌면 당시의 시대상황에 비추어 볼 때 지극히 당연한 결과일 수 있다. 남편이 구체적 현실, 일상 속으로 다시 나아가고자 할 때 '익사체'를 발견하게 되는 것은 작

---

25 오정희는 「비어 있는 들」뿐 아니라 「별사」에서도 '먼지' 이미지를 쓰고 있는데 이는 메마름, 불투명함, 석연치 않음, 죽음을 의미한다고 말한다. 오정희, 「작가와의 대화·오정희 vs 이태동」, 『별사』, 지식더미, 2007, 103쪽.

가의 시대현실 인식의 한 반영이라 볼 수 있다. 익사체의 한 발은 "거의 물에 잠겨" 있으며, 한쪽은 '푸른 기'[26]가 도는 맨발이었다. 여기서 '푸른'색은 죽음의 현실을 비유하고 있다. 익사체는 '햇빛'[27] 아래 불가사의한 모습으로 조용히 누워 있다. 진실과 파괴력을 동시에 상징하는 '햇빛' 아래 놓여 있는 누군지도 모르는 시체는 당대 정치 현실의 폭력성과 익명성과 희생을 의미한다. 익사체를 통하여 죽음을 마주하면서, 나는 다시 '그'를 생각한다. 나는 왜 익사체를 보며 '그'를 떠올리는가. 왜냐하면 익사체의 주검은 어쩌면 유폐된 채 죽은 삶을 살아가는 남편의 모습을 연상시키기 때문이다. 죽음의 현실을 무기력하게 견뎌내고 있는 남편의 모습을 들여다보면서 나 역시 균열된 삶을 살아갈 수밖에 없을 때 나는 '그'를 기다릴 수밖에 없는 것이다.

> 나는 늘 기다렸다. 깊은 밤 어두운 하늘을 보며 살별이 떨어져 내리기를, 가슴에 흘러들기를, 이승에서는 결코 이룰 수 없는 그리움처럼 그를 기다려왔다.(189쪽)

그러나 "이승에서는 이루어질 수 없는 그리움처럼" 그를 기다려왔다고 나는 고백하고 있다. 이것은 무슨 의미일까. 이것은 바로 내가 기다리는

---

26 이어령의 경우 청색이 모순의 색채로 인식되는 것은 청색이 지니는 양극성, 곧 밝은 청색과 검은 청색이 전제되기 때문이다. 이승훈, 앞의 책, 318쪽. 이 작품에서 '푸른 기'는 죽음의식을 동반하는 색이라고 필자는 본다.

27 빛은 하늘에서 온다는 점에서 신성, 우주창조, 말씀(로고스), 지성, 진리, 정신, 광명을 상징한다. 빛을 경험하는 것은 궁극적 실재와 만나는 것이다. 이상우·이기한·김순식, 『문학비평의 이론과 실제』, 집문당, 2005, 274~276쪽 참조. 그러나 이 작품에서 '햇빛'은 '진실을 밝히는 힘'과 동시에 '파괴력'을 상징한다고 필자는 본다.

「비어 있는 들」 분석

'그'는 '죽음'도 아니며 생존해 있는 '존재자'는 더더욱 아님을 의미한다. 이는 곧 인간존재가 근원적으로 추구하는 그리움, 자유, 희망을 의미한다고 본다. 익사체가 배로 옮겨졌음에도 사람들은 "그 자리에서 무언가 찾아내려는 듯 집요한 눈길"을 거두지 않는다. 이는 폭압적인 정치 현실 속에서 대중들이 가지는 의구심에 다름 아니다. 그러나 대중들은 곧 "자기와는 무관한 익사체" 때문에 배를 기다리는 상황이 되자 투덜대면서 무관심해져버린다. 이는 진실과 자유에 대한 의지를 포기한 채 현실 상황과 타협해버리는 사람들의 내면세계를 암시적으로 보여준다. 드디어 익사체는 외계인처럼 사라지고 만다. 이는 밝혀져야 할 진실, 정의, 자유 등이 비극적인 시대현실 속에서 굴절되고 왜곡되는 상황을 비유하고 있는 것이다.

한편 남편은 죽어 있는 붕어와 피라미를 들여다본다. 그리고 "그중 작고 비늘이 많이 떨어진 피라미" 두 마리를 집어 올려 강물에 던진다. 자신의 작은 생명을 지키기 위하여 온몸으로 항거하다 비늘을 떨어뜨리며 죽어간 피라미에게 연민을 느끼고 남편은 그들의 고향 즉 강물로 돌려보냄으로써 그들 영혼의 재생을 기구하는 것이다. 이제 남편은 자기 방어기제인 선글라스를 벗고 줄곧 아이에게 시선을 준다. 이렇게 남편이 생명에 대해 가지는 경외감은 곧바로 아이에 대한 애정으로 연결되어 드러나고 있다. '작고 비늘이 많이 떨어진 피라미'의 모습은 험난하고 폭력적인 시대현실 속에서 작은 가슴을 부비며 살아가야 할 아이의 삶과 대응되는 것이다.

> 남편은 선글라스를 벗고 눈가를 닦았다. 남편의 시선이 줄곧 아이에게 향하고 있었다.

나는 그러한 정경을 냉정하게 바라보았다. 나는 마치 짐승이 새끼를 품듯 감상이나 의지와는 무관한 본능적인 애정으로 목이 메이면서도 가끔 아이에 대해 이상할 만큼 차가워지는 자신에 당황하곤 했다.

아이가 차츰 우리를 배반해갈 동안 우리는 아이로 인해 다투고 절망하고 화해하게 되리라.

나는 아이에게 다가갔다. 아이의 손목에는 아직까지도 시든 클로버의 꽃시계가 감겨져 있었다.

"몇 시예요?"

나는 아이의 섬세한 목에 팔을 두르고 절망적으로 물었다.

아이가 가벼운 손짓으로 나를 밀어내며 손목을 눈 가까이 들어올렸다.

"다섯 시 십 분."(190~191쪽)

이 소설의 결미에서 보여지듯이, 남편과 나, 아이는 모두 집으로 돌아갈 배, 그러나 아직은 오지 않는 배를 기다리고 있다. 아이에게 애정을 가지고 바라보는 남편. 그러나 나는 본능적인 모성으로 목이 메면서도 아이와의 관계에서 객관적 거리를 가지고 바라보려고 노력한다. 왜냐하면 아이 역시도 언젠가는 독립된 개체가 되어 기성세대들이 걸어갔던 삶의 여정을 견디며 살아가야 하기 때문이다. 부모 자식 간의 관계에서 빚어질 수있는 미세한 틈새, 거리감, 부부들이 일상 속에서 겪어내는 절망, 화해 등을 아이 역시도 성인이 되어 견뎌내야 하는 삶. 실존적 인간 조건 속에서 갇혀 있을 수밖에 없는 인간 존재의 숙명성 앞에서 나는 아이의 미래를 생각하며 '절망적'으로 물을 수밖에 없다. "몇 시예요?"라고. '절망적'으로 묻는 나의 물음 속에는 또한 남편과의 단절된 관계를 회복하고자 시도하였으나 여전히 밀착되지 못한데 대한 절망감도 작용하리라. 또는 실존적 존재자로서 자유와 진실을 추구하며 살고자 하는 욕망과 기존 질서에 안주하며 살고자 하는 욕망 사이에서 길항하는 나의 모습 곧 남편의 모습을 보며 '절망적으로' 시간을 묻는 것이다. '그'가 오기를 갈망하고 기다리면서. 그러나 기다리는 배는 오지 않고 '그' 역시도 기차에서 내리지 않는다. 여전히 현실 속으로 '그'는 오지 않고 있으며 '그'의 실재는 나의 환상에 불과할 뿐이다. 이렇게 이 작품 속에서 '그'의 존재는 순간순간 일상의 현실 속으로 끼어드는 틈입자로서 환영으로 처리되고 있다.

그러나 나의 절망감에 개의치 않고, 아이는 모든 불안과 근심을 떨어내듯 '가벼운 손짓'으로 엄마를 밀어낸다. 그리고 아이가 가장 행복해하는 시간, 기다리는 시간인 "다섯 시 십 분"이라고 말한다. 이때 '다섯 시 십 분'은 아이가 제일 좋아하는 '초능력 로봇 만화영화'가 시작되는 시간이다. 아이에게 '초능력을 지닌 로봇'은 어떠한 역경과 시련도 이겨내어 자신의 꿈을 실현시켜주는 구원자로서 기능한다. 이렇게 아이는 아직 삶을 긍정적으로 희망적으로 인식하는 것이다. 비록 나는 절망적으로 삶을 바라보지만, 여전히 희망을 상징하는 아이의 내면세계를 보여줌으로써 작가는 죽음과 삶의 순환, 소멸과 생성, 절망과 희망의 경계를 허물고 있는 것이다.

왜냐하면 삶이란 생명성과 소멸성을 함께 가지고 있는 황폐한 그러나 충만함으로 채워질 수 있는 '비어 있는 들'이기 때문일 것이다.

4. 결론

오정희는 현상계 이면의 것과 보이지 않는 것의 존재함을 증명하려 한다. "인간 내면의 보이지 않는 것들, 드러나지 않은 것들이 어떻게 뿌리가 되어 행동으로 나타나며 파장을 일으키는가에 관심"[28]을 가진다. 따라서 작가는 인간의 내면심리 상황을 '의식의 흐름' 수법과 예각화된 문체를 바탕으로 묘파한다. 또한 삶 속에 내재되어 있는 실존적 고독, 죽음의식, 허무의식, 불화, 욕망, 균열 등 삶의 비의를 상징적으로 드러내 보인다. 이러한 이유로 오정희는 내면성 탐구에 치중한 작가로 인정받지만, 일부 평자에 의해 사회현실 인식이 부족하다는 부정적 평가를 받아왔다.

그러나 필자는 오정희 문학이 시대 현실로부터 유리된 문학이 아니며 끊임없이 현실 응시 속에서 예술적 형상화를 시도해온 작가라고 본다. 이는 "작가는 작품세계, 작품을 쓰는 태도 등에서 개인적으로 처한 현실이나 조건들을 피해가기는 어렵다."[29]는 작가의 말로써 뒷받침된다고 볼 수 있다. 오정희는 예술정신의 자유로움과 실험정신으로 기존의 소설 형식의 틀에서 벗어나 새로운 스타일의 소설을 창작하고자 시도하였는데, 그 대표적 작품이 단편 「비어 있는 들」과 「별사」[30]라고 본다.

작가는 「비어 있는 들」에서 현실과 환상 혹은 삶과 죽음의 경계를 허물

---

28 오정희·박혜경, 「작가대담·안과 밖이 함께 어우러져 드러내 보이는 무늬」, 『문학과 사회』, 1996, 가을호, 1524쪽 참조.

29 위의 책, 1524쪽.

30 단편 「비어 있는 들」(1979.11)과 「별사」(1981.2)는 모두 가족의 서사이며 '그'라는 대상을 기다리고 있으며, 정치 사회 현실에 대한 절망감과 불안의식이 내재되어 있다는 점에서 유사성을 가진다. 한편 「비어 있는 들」에서 다의성을 보이던 '그'가 「별사」에 와서는 실종된 남편으로 구체화된다. 따라서 이 두 작품에 대한 비교 연구는 고를 달리하여 논의하고자 한다. 또한 「중국인 거리」에서부터 「얼굴」에 이르기까지 오정희 소설 안에는 무수한 '그'가 있다.
오정희·우찬제, 「작가대담·한없이 내성적인, 한없이 다성적인」, 우찬제 편, 앞의 책, 38쪽 참조. 이와 관련하여 '그'에 대한 연구도 역시 고를 달리하여 논의 하고자 한다.

어뜨리며 1979년 당대의 폭압적 시대현실이 작중화자 나와 남편과의 관계 속에서 어떻게 균열을 일으키고 타자화시키는가를 내밀하게 보여주고 있다. 이 작품 속에서 작중화자 나와 남편은 모두 유폐된 현실상황에서 시간을 견디고 있다. 나는 기차를 타고 올 '그'를 기다리면서, 남편은 '낚시행'을 통하여 현재의 절박함과 불안감을 견디고 있다. 나에게 '그'는 '다가올 밝은 미래, 남편의 또다른 분신, 절대자, 자유, 희망, 근원적 그리움' 등을 상징한다.

그러나 나의 기다림에도 불구하고 '그'는 이 작품이 끝날 때까지도 현실 속으로 오지 않는다. 나에게 '그'는 실재로서의 '그'가 아니라 환상 속의 '그'일 뿐이다. 따라서 이 작품에서 환상의 개입은 불확정 시대의 현실을 이겨내기 위한 극복의지이며 절박함의 결과로서 작가의 의도적 장치인 것이다. 왜냐하면 환상만이 작중화자 나에게 비극적 현실에서 일탈하려는 욕망을 실현시켜주는 유일한 도구였기 때문이다. 이렇게 폭압적인 정치현실 상황에서 작가가 절망감과 구속감을 느낄 때 '환상'을 통하여 절박한 시대를 견디고자 했던 시대현실 인식이 「비어 있는 들」에 이면적으로 반영되어 있는 것이다.

이 소설의 마지막 결미에서 살펴볼 수 있듯이 기다리는 배도 오지 않고, 기다리는 '그' 역시도 오지 않을 때 나는 '절망적'으로 '시든 클로버의 꽃시계'를 감고 있는 아이에게 시간을 묻는다. 여기서 '시든'은 절망을, '클로버'는 행운을 상징한다고 볼 수 있다. 이는 작가의 절망적인 시대현실 인식에도 불구하고 작가는 '희망'을 상징하는 '아이'를 등장시킴으로써 암울하고 어두운 시대 속에서나마 다가올 밝은 미래에 대한 희망의 끈을 놓지 않고 있음을 보여준다.

이렇게 작가는 절망 속에서도 희망을, 죽음 속에서도 생명을, 생성 속에서도 소멸을 동시적으로 바라보고 있는데, 이것은 죽음의식을 통하여 삶의 역동성과 진정성을 회복하려는 작가의 순환론적 인식에 다름아니다. 그리고 이는 궁극적으로 죽음과 생명에 대한 작가의 절대 긍정에 기인하고 있다고 본다. 따라서 작가는 「비어 있는 들」에서 볼 수 있듯이, 삶과 죽음, 생성과 소멸, 일상과 환상의 경계를 허물고 있는 것이다. 왜냐하면 삶에는 이들 요소들이 서로 교차하고 넘나들며 공존하고 있으며 인간존재 또한 "시간이라는 불가항력에 의해 생성하고 소멸하고 부침 할 수밖에 없다"[31]는 점에서 인간은 근원적으로 슬픔의 존재이고 고독의 존재라고 작가가 파악하고 있기 때문이다.

이 점에서 이 작품의 표제인 '비어 있는 들'은 암시적이다. 남편에게 나의 존재는 무한한 생명력을 키울 수 있는 대지의 어머니로서 존재해야 함에도 불구하고 황폐한 '비어 있는 들'로서 존재할 뿐이다. 왜냐하면 이들 부부에게는 폭력적인 현실 속에서 탈출할 탈출구가 없기 때문에 서로에게 타자화될 뿐이다. 이렇게 단절된 부부관계는 이 작품 속에서 비껴가는 시선, 어긋남의 독백으로 드러나고 있다.

또한 '비어 있는 들'은 폭압적인 당대 사회현실 속에서 생명력이 소멸되어가고 있는 조국의 현실을 이면적으로 보여주고 있다. 나아가 인간은 누구나 '텅 빈' 그러나 '충만함'으로 채워질 수 있는 저마다의 내면세계 즉 '비어 있는 들'을 가지고 있는 실존적 존재자임을 작가는 상징적으로 드러내고 있는 것이다.

---

31 오정희, 『별사』, 앞의 책, 99~100쪽.

「불꽃놀이」에 나타난 주제의식

1. 서론

오정희는 1968년 데뷔작「완구점 여인」을 시작으로 작품집『불의 강』『유년의 뜰』『바람의 넋』『불꽃놀이』『새』 등을 통해 삶의 비의와 인간의 내면심리를 미학적으로 형상화했다는 점에서 개성적인 작가로 평가받고 있다.

오정희는 그의 작품 속에서, 자아와 세계의 단절감, 성적 욕망과 억압, 가부장제 사회의 성차별 문제, 전쟁의 불안과 상처, 중년 여성의 자아정체성 찾기, 비극적 세계인식, 여성성과 모성성 사이의 갈등, 죽음의식 등을 즐겨 다루고 있다. 따라서 작가가 현상계 이면의 세계와 인간의 내면심리 탐구에 치중한 작가로 평가받으면서, 그의 문학에서 사회현실 인식이 결여되었다는 부정적 평가[1]를 받기도 하였다.

---

1 특히 이러한 비판은 초기 연구자들에 의해 많이 지적되었는데 이러한 논의들이 오

그러나 필자는 오정희 문학이 일부에서 비판하듯이 현실과 역사로부터 도피한 문학이 아니며 역사와 현실의 내면화 작업이라는 점에서 새롭고 깊이 있게 천착되고 재조명되어야 한다고 본다. 이 지점에서 이 논문은 출발한다고 볼 수 있다. 특히 작품에 내재해 있는 주제의식과 함께 작가의식의 전개 및 변화의 양상을 살피고 현실인식의 변모 과정을 파악할 때 오정희 문학을 총체적으로 파악할 수 있다고 본다.

따라서 본 연구에서는 우선 중편「불꽃놀이」[2]를 대상으로 주제의식을 도출하고, 작중인물들의 내면세계와 갈등 양상을 파악하면서 작품 속에 드러나고 있는 이미지의 상징성을 살펴보고자 한다. 나아가 이 작품 속에 작가의 삶에 대한 인식이 어떠한 양상으로 내재되어 있으며 이는 작가의 어떠한 무의식과 사회현실 인식의 반영인지를 추적하고자 한다. 왜냐하면 제4창작집『불꽃놀이』에 수록되어 있는 중편「불꽃놀이」는 표제작임에도 불구하고 이 작품에 대해 부분적인 언급이 있을 뿐 정밀한 분석이 결여되어왔기 때문이다. 즉 개별 작품에 대한 정치한 해석과 분석이 결여됨으로써 오정희 문학의 전개 양상과 주제의식의 변화 양상이 총체적으로 파악되지 못하는 결과를 초래하였기 때문이다.

특히「불꽃놀이」는 작가가 1984년 여름부터 1986년 여름까지 2년간 미

정희 문학에 대한 일반적인 특징처럼 굳어졌다.「별사」「파로호」「그림자 밟기」등 몇 작품을 통해 시대인식에 대한 논의가 언급되고 있기는 하나 본격적인 논의 전개는 이루어지지 못했다. 박혜경,『오정희 문학 연구』, 푸른사상사, 2011, 13쪽. 박혜경은『오정희 문학 연구』에서 오정희 문학 속에 사회현실 인식이 심화되어 내재해 있다고 평가한다.

2 「불꽃놀이」는『세계의 문학』(1986, 겨울호)에 발표됨.

국에서 생활[3]한 후 춘천에 돌아와서 쓴 작품이다. 작가에게 미국 생활은 작가로서의 문학적 자세, 작가로서의 시대적 · 사회적 책무 등에 대해 깊이 생각하게 함으로써[4] 「불꽃놀이」는 이후 작품들에서 드러나듯이 사회현실 인식이 확장되는 지점에 서 있는 작품이다. 다시 말해 「불꽃놀이」는 작가의 문학세계를 4기로 구분[5]하여 볼 때, 4기에 속하는 작품으로 서사가 많아지는 시기이며, 부정적 정치현실이나 사회상황에 주목한 시기로서, 작가의식의 지향성과 변모 과정을 고찰할 수 있는 중요한 작품인 것이다. 그럼에도 불구하고 「불꽃놀이」에 대한 본격적 연구는 전무하여 부분적인

---

3 작가는 1984년 여름, 뉴욕 주립대 교환교수로 가게 된 남편을 따라 온 가족이 주 수도인 올버니로 이주한다. 작가로서는 내면의 공황상태에서의 탈출이기도 했으며, 안 보이는 전망, 써지지 않는 글에서 달아날 수 있다는 안도감과 낯선 곳에서 새로이 출발해 볼 수 있으리라는 기대감을 가졌다. 그러나 1986년 여름 춘천으로 돌아오기까지 단 한 줄의 글도 쓰지 못한다. 1986년 여름 이후 쓰여진 작품이 「불꽃놀이」라 볼 수 있다. 오정희, 「자술연보」, 우찬제 편, 『오정희 깊이 읽기』, 문학과지성사, 2007, 517쪽 참조.

4 오정희는 평론가 박혜경과의 대담에서 미국 생활(1984~1986)을 기점으로 작품 경향이 변모되었다고 말한다. "미국 생활이라는 것도 사실 표면적으로는 아무 일도 없었지만, 회복할 수 없이 내 자신이 찢긴 것 같았어요. 그러면서 제가 좀 변모를 한 게 아닌가 싶습니다. 제 문학하는 자세에 대해서 생각하게 되고, 작가로서 살아간다는 것이 무엇인가 하는 생각도 하게 되면서 제 자신을 열고 싶다는 마음이 생겨나게 된 것 같습니다. 우리 시대와 연관해서 내가 결코 편안한 삶을 살고 있는 게 아니다, 뭔가 말을 해야 한다 이런 생각도 하게 됐고. 그렇지만 또 한편으로는 잘 모르는 부분이랄지 내 자신이 정말 절실해지지 않는 문제에 대해서 이런 거라고 말할 자신이 참 없었죠. 그래서 참 비겁하게 많이 비켜갔지만, 저로서는 그 정도로밖에 쓸 수 없다는 생각 같은 걸 했던 것 같습니다." 오정희 · 박혜경 대담, 「안과 밖이 함께 어우러져 드러내 보이는 무늬」, 『문학과 사회』, 1996. 가을호, 1525~1526쪽.

5 박혜경은 오정희 전체 작품을 4기로 나누어 통시적으로 고찰하면서 주제의식의 변모 양상을 고찰하였다(20쪽 각주 2 참조). 제4기는 1986년부터 현재까지이다. 박혜경, 『오정희 소설연구』, 경원대학교 박사학위 논문, 2009 참조.

단평[6]에 그치고 있다는 한계성을 보여왔다.

이에 이 글에서는 「불꽃놀이」를 정밀하게 분석해냄으로써, 작가의 문학적 지향성 및 주제의 방향성을 통시적으로 파악하는 데 기여하고, 작가의 현실비판의식과 현실대응의지의 확대 가능성을 탐색하고자 한다.

2. '뿌리 찾기'의 서사, 신화 속 '뿌리 찾기'

중편 「불꽃놀이」는 질서와 관성에 길든 일상에서 일탈의 욕망과 불안의식, 자아정체성을 찾으려는 작중인물의 갈등 양상과 '불꽃놀이'의 허위성을 내밀하게 보여주고 있는 작품이다. 이 작품의 중심인물은 영조, 관희, 인자, 명약사로서, 화자가 영조, 인자, 관희, 인자의 시각으로 계속 바뀌면서 순환되는 다중 초점화와 다층적 구조로 연결되는 서사패턴을 가지고 있다. 특히 이 작품에서 작가는 고주몽 신화를 도입하여, '뿌리 찾기'를 갈망하는 영조의 내면세계와 아버지를 찾아가는 고주몽의 내면세계를 병치시키고 있다. 즉 이 작품은 신화 속 '뿌리 찾기'와 '뿌리 찾기'의 서사인 것이다.

6　박혜경은 「불꽃놀이」는 "인자 가족의 일상적 삶의 모습을 통해, 우리 사회의 부정적인 정치권력과 정치현실에 대한 비판과 풍자를 드러낸" 작품이라고 평가한다. 박혜경, 『오정희 문학 연구』, 198~202쪽. 최윤자는 「불꽃놀이」를 중심으로 신화적 성격에 나타난 재생 모티브를 중심으로 분석하였다. 최윤자, 「출생의 미스터리와 재생신화」, 『융, 오정희 소설을 만나다』, 푸른사상사, 2001, 230~246쪽. 그러나 이 논문은 신화비평에 초점을 맞춤으로써 이 작품의 주제의식을 도출하지 못했다는 한계점을 지닌다고 필자는 본다. 곽은희, 「일상 속에 퇴적된 여성의 내면을 찾아서」, 『문예미학』, Vol-No.11, 2005, 126~130쪽.

「불꽃놀이」에 나타난 주제의식

작가는 고주몽이 아버지를 찾아가는 신화를 작품의 서두에 도입함으로써, 과거와 현재, 미래의 연속선상에 서 있는 인간들의 운명적 삶과 인간 존재의 근원성에 대해 숙고하게 만든다. 왜냐하면 신화에는 인간이 어디에서 와서, 어디로 가는가라고 하는, 인간존재의 의미가 계시되어[7] 있기 때문이다. 또한 조상 대대로 내려오는 핏줄, 그 핏줄을 대물림하는 후손들은 여전히 자신의 '뿌리 찾기'에 열중할 수밖에 없는 운명적 인간 조건에서 벗어날 수 없기 때문이다. 자신의 '뿌리 찾기'가 모호해질 때 인간은 고독과 외로움, 자아정체성 찾기에 혼란을 겪는다. 영조는 아버지가 있으나 자기의 핏줄이 아닌 '의부'임을 막연히 인식하면서 정체성의 혼란을 겪고 있는 대표적 인물이다. 그래서 영조는 아버지를 찾아 떠나는 고주몽과 자신을 동일시한다. 왜냐하면 영조에게 현실의 아버지 관희는 무의식 속에서 공포와 낯섦으로 자리하고 있으며 이는 부자지간의 따뜻한 사랑이 결여되어 있기 때문이다.

> 처음으로 영조에게 헤엄을 가르쳐준 사람은 아버지였다. 1학년 때였던가. 영조를 벌거벗겨 장난인 듯 물 속으로 밀어넣을 때 영조는 공포로 울었다. 사내자식이 이 정도로 뭘 그러느냐. 아버지의 손은 사정이 없었다. 공포감을 느낀 것은 물보다도 그의 머리를 누르고 있는 손의, 자장처럼 무분별하게 뻗쳐 오는, 아버지 자신도 제어할 수 없는 힘 때문이 아니었을까. 아버지가 날 죽이려 한다. 영조는 버둥대며 한없이 물을 들이켰다.[8]

---

7 C.G. 융 · C.S. 홀 · J. 야코비, 『융 심리학 해설』, 설영환 역, 선영사, 1986, 345쪽.
8 오정희, 「불꽃놀이」, 『불꽃놀이』, 문학과지성사, 2007, 148~149쪽. 이후 이 작품의 인용은 괄호 안에 쪽수만 표시한다.

위 인용문에서 볼 수 있듯이 영조에게 아버지의 손은 공포로 인식된다. "공포감을 느낀 것은 물보다도 그의 머리를 누르고 있는 손의, 자장처럼 무분별하게 뻗쳐오는, 아버지 자신도 제어할 수 없는 힘 때문"에서 볼 수 있듯이 어쩌면 관희는 무의식 속에서 영조를 살해하고 싶은 충동을 느낄 수 있었을 것이다. 관희는 아이를 낳을 수 없는 성불구자이다.[9] 아이를 낳을 수 없는 상황에서 생겨난 아들에 대한 의혹과 낯섦은 아내의 종용에도 불구하고 관희로 하여금 아들과 함께 목욕 가기를 거부하게 만든다. "나는 저애 나이 때 호주 상속을 했다오." 하며 독립심을 기르려면 목욕을 혼자 가야 한다고 외면적으로는 강조하지만, 관희의 내면 속에는 속살이 부딪히는 것에 대한 부자연스러움과 함께 친자가 아닌 것에 대한 두려움과 거부감이 내재해 있는 것이다. 이렇게 부자연스럽고 소통되지 않는 낯섦은, 우연히 길에서 발견한 영조를 부르려다 부르지 못하고 체념하는 관희의 모습 속에서도 발견할 수 있다. 외면적으로는 부자지간이지만 내면적으로는 호명되지 않는 관계. 자신의 존재가 호명될 때 존재의 의미와 가치가 극대화됨에도 불구하고 이들 부자지간에는 속살이 부딪히는 따뜻함과 진정한 소통과 사랑이 결여되어 있다. 따라서 영조는 무심한 관희에게서 아버지로서의 진정한 사랑을 받지 못한 채 성장하게 된다. 그래서 사춘기의 영조는 무의식적으로 관희를 거부한다. 아버지에 대한 공포와 저항감은 아버지의 돋보기를 훔쳐 장난하는 영조의 모습 속에서 단적으로 드러나고

---

9 작가 오정희는 작품 속에 암시적으로 드러나 있지 않지만 관희가 아이를 낳을 수 없는 성불구자로 설정하였다고 밝혔다. 작품 속에 굳이 이를 암시적으로 내재시키지 않은 이유는 작가가 젊은 시절 필요 이상 많이 숨기려고 한 데에 기인한다고 말했다. 필자와 작가와의 대담 중에서(2017.9.8, 인사동 카페).

있다.

> 햇빛이 작은 무지개를 만들며 유리조각 안으로 모여들기 시작했다.
> 황색의 테로 가둔 하얗게 밝은 공간은 유리알을 움직임에 따라 아주
> 동그랗게 길둥글게 형태를 바꾸기도 한다. 흰빛이 더 이상 밝아질 수
> 없으리만치 가득 차면 날카로운 빛의 한 점으로부터 연기가 피어오를
> 것이다. 이젠 이걸 쓰지 않으면 도통 뵈질 않아. 벌써 이렇게 되었어.
> 신문을 볼 때마다 돋보기를 찾아 쓰며 탄식하던 아버지는 어제 저녁,
> 헐거워진 테에서 빠진 한쪽 알을 화장지에 싸서 마루 선반 위에 얹었
> 었다.(118쪽)

'돋보기'를 매개로 종이를 태우며 유희화[10]하는 영조의 무의식 속에는 권
태로운 현실을 '불'로써 파괴하려는 불온한 욕망 즉 일탈의 욕망이 짙게 내
재해 있다. 공포스런 아버지에게 저항하려는 욕망과 아버지로 표상되는
'돋보기'를 매개로 하여 '불'을 일으켜 지루하고 모호하고 권태로운 일상
즉 현실을 파괴해버리려는 욕망의 발현은 담임 선생님의 매로 단죄되면서
영조는 "돋보기를 아버지에게 돌려주지 않으리라" 작정한다. "이제사 매값
을 치르고 얻은 당당한 전리품"이라고 생각한다. 진정한 아버지의 사랑이
결여된 채 성장한 영조는 UFO에 관심을 가진다. 그래서 '미확인 비행물체

---

10 이상의 「날개」「지도의 암실」「지주회시」「환시기」 등에서 형상화된 작중인물의 내면
　세계는 '권태'로부터 시작되고 있으며, '잠, 거울, 돋보기, 금붕어' 등을 매개로 유희
　화되고 있다. 이러한 '권태의 유희화' 양상은 황순원, 김승옥, 최인호 등의 소설에 등
　장하는 작중인물에서도 그 유사성을 발견할 수 있다. 장현숙, 「이상 소설의 작중인
　물과 이미지의 유사성 연구」, 『현대소설연구』 제60호, 한국현대소설학회, 2015.12.
　참조. 이렇게 볼 때 오정희 작품 속에서도 이상, 황순원, 김승옥, 최인호와의 영향관
　계를 유추 가능하다고 본다.

연구 단체'의 회원이 되기를 꿈꾼다. 미지의 세계 속에 있는 UFO 즉 미확인 비행물체는 바로 뿌리가 확인되지 않은 영조 자신의 존재와 동일시된다. 뿌리가 미확인된 자기존재에 대해, '뿌리 찾기'를 하고자 하는 열망은 그대로 UFO 즉 미확인 비행물체에 대한 탐색으로 극대화되는 것이다. 그래서 영조는 UFO의 꿈을 꾼 후 감나무로 올라간다. "가장 멀리, 높이" 있을 것만 같은 UFO를 보기를 갈망하면서 첫 닭이 울 때까지 감나무 가지에 웅크리고 앉아 있곤 한다. 이 작품에서 '감나무'[11]는 영조에게 정신적 위안과 평안을 주는 표상으로, '뿌리 찾기'와 진정한 생명력을 상징한다. 영조가 나뭇가지 위에 올라가는 행위는, 아래로는 자신의 근원인 아버지의 존재를 찾고 위로는 가장 높이, 멀리에서 미확인 물체 UFO의 존재 즉 자아정체성을 탐색하려는 열망에 다름 아니다. 이 감나무는 작중인물 '중년남자'가 자신의 아들을 낳았을 때 기념으로 심은 감나무로 '부성애'를 표상한다.

　이렇게 볼 때 불확정한 자기정체성을 찾아 '뿌리 찾기' 즉 아버지 찾기를 갈망하는 영조가 부성애를 표상하는 '감나무'에 앉아 밤을 지새는 행위는 작가의 치밀한 계산에 의해 기획된 장치로서 영조의 '뿌리 찾기' 욕망을 구체화시킨 것이라 볼 수 있다. 또한 자신의 뿌리를 찾지 못하고 길을 잃

11　엘리아데에 의하면 나무는 세계의 축, 곧 세계의 중심이며 나무가 길고 수직의 형태로 되어 있기 때문에 세계의 중심, 곧 세계의 축이 된다. 따라서 나무는 절대적인 현실, 불멸을 상징한다. 뿌리가 지하에 있고, 가지가 하늘을 향한다는 점에서 나무는 상부지향성을 상징한다. 이승훈, 『문학으로 보는 문화상징사전』, 푸른사상사, 2009, 96쪽. 나무는 생명, 무진장의 풍요, 절대적 실재를 표상한다. 한편 나무와 인간은 신비적인 유대를 가지고 있다. 또 나무는 식물의 재생, 봄, 해의 재생을 상징하기도 한다. 멜시아 엘리아데, 『종교형태론』, 형설출판사, 1979, 292쪽.

은 채 방황하며 조바심하고 불안해하는 영조의 내면상황은 이 작품 속에서 길을 잘못 든 '벌'로 동일시되고 있다. "나갈 길을 찾지 못한 벌은 아직도 아이들의 머리위에서 빙빙 돌고 있다."(123쪽)에서 볼 수 있듯이, 출구를 찾지 못한 '벌'은 길을 잃고 방황하는 영조의 영혼[12]을 표상한다.

한편 좀체 체벌하지 않던 선생님은 영조에게 외로움과 굴욕감을 안겨준다. 돋보기 장난으로 불을 내어 선생님에게 뺨을 맞은 후에도 영조는 "연대기 속의 세상은 어떠했을까. 내 아버지가 누구입니까. 낯모르는 아비를 찾아 길 떠나던 아이들."(123쪽)을 생각하며 자신의 '아비'를 찾아 환상 방황을 하고 있다. 이때 선생님은 영조에게 고구려의 건국에 대해 말해보라고 하지만 영조는 답변을 하지 못한다. "손안에 미끌거리는 단단한 유리알의 감촉만이 확실"(128쪽)할 뿐. '단단한 유리알'은 아버지의 대리 표상으로서, 따뜻한 부성애가 결여된 채 차갑고 단단하게 미끌거리는 관희와의 관계를 인식하는 영조의 현실인식인 것이며 아버지에 대한 저항감의 반영물이기도 하다. 정을 주지 않는 차갑고 무심한 아버지와 자신에게 모멸감을 준 선생님에 대한 반항의식은 급기야 '차가운 불꽃'으로 폭발되면서 주머니 속 돋보기의 유리알에 베여 영조는 손에 상처를 입고 만다. 여기서 '차가운 불꽃'은 영조의 냉소적인 영혼[13]을 표상하며 이는 아버지와 선생님에게로 향한 분노의 또 다른 표출이라 볼 수 있다. 이렇게 볼 때 영조는 자

---

12 꿀벌은 재생, 불사, 근면, 질서, 순결, 혼을 상징한다. 그리스인들의 경우 벌은 순종과 노동을 상징하고 오르페우스의 교리에 따르면 벌은 꿀과 관련되며, 무리를 지어 이동한다는 점에서 인간의 영혼을 상징한다. 이승훈, 앞의 책, 240쪽.

13 여기서 '불'의 이미지는 영혼과 정신과 생명력을 표상한다고 본다. 니체는 "내 영혼 그 자체는 바로 이러한 불꽃"이라고 말한다. 아지자·올리비에리·스크트릭, 『문학의 상징·주제 사전』(상), 장영수 역, 중앙일보사, 1986, 139쪽.

의식이 강한 인물이라 볼 수 있다.

한편 이 작품에서 선생님은 삶에 대한 피로와 권태에 잠식당해 있는 인물로서, 질서와 관성의 세계에서 생동감을 잃어가고 있는 현대인을 대표한다. 지난 이른 봄 새 학기에 새로운 담임을 맡은 선생님은 "소년이여 야망을 가져라, 큰 뜻을 품어라, 보이스 비 앰비셔스"라고 소리 지르게 했던 열정이 있었으나, 시간이 흐른 지금 세 명의 자녀와 치매 걸린 어머니를 보살펴야 하는 가장으로서의 삶의 무게에 짓눌려 있다. 그리하여 수업 시간에 방심한 채 "정해놓은 십 분을 넘기고도 멍하니 밖을 내다보며 앉아있는 것이다."(125쪽) "좀처럼 체벌을 하지 않는 선생님이 다짜고짜 영조를 후려갈겨 자리에서 끌어냈다는 것은 대단한 본보기를 보인 셈이었다."(124쪽)에서 드러나듯이, 그는 어쩌면 타성적인 삶을 살아가고 있는 자기 자신에 대한 분노를 영조에게 과도하게 표출시킨 것이라 볼 수 있다.

한편 영조는 어느 날엔가 "새 자전거를 타고 등에는 회중전등과 카메라와 망원경을 넣은 배낭을 메고 집을 떠나 아주 멀리 가 볼 작정이었다. 자전거를 타고 빠른 속도감에 몸을 맡겨 한껏 달리노라면 자신이 바람 속의 아이인 듯 외롭고 행복한 느낌이 들었다."(145쪽)에서 살펴볼 수 있듯이, 진정한 아버지의 부재로 인해 실존적 외로움을 느낀다. 이 작품 속에 암시되고 있듯이 영조는 '바람'[14] 속에서 우연히 흘러들어온 이름 모를 사내와 인자의 사이에서 태어난 사생아임을 어렴풋이 감지하고 있다. 그래서 자

---

14 24쪽 각주 8 참조. 한편 역동적인 바람은 삶의 역동성(신바람), 야성적이고 충동적인 힘(바람피우다)을 상징한다. 이승훈, 앞의 책, 211~212쪽. 여기서 바람은 영조가 사생아라는 이중적 의미와 자유에의 지향을 상징한다고 본다.

신이 "바람 속의 아이인 듯 외롭고 행복한 느낌"이 들기도 하는 것이다. 권태롭게 자신을 구속하는 집을 떠나 친아버지[15]가 '바람'으로 왔다가 떠났듯이 바람처럼 자유롭게 미지의 세계 즉 UFO가 있는 세계를 향해, 자신의 뿌리를 찾기 위해 자전거를 타고 달려가고 싶은 것이다.

　선사시대 유적지인 하면도에서 영조는 물속에 들어가 무자맥질을 시작한다. 영조는 '물'속에서 부드러움과 편안함 그리고 충만감을 느낀다. '물'[16]은 재생을 상징하며 이는 곧 자궁 속 양수와 동일시된다. 즉 자신의 근원을 찾지 못하여 갈증과 고독을 느끼는 영조는 무의식 속에서 모체 속으로 들어가기를 염원한다. '안온'과 '평화'의 상징인 어머니의 자궁 속으로 퇴행하고자 하는 것이다. '모성'의 암흑과 혼연일체가 되어 거기서 자기존재의 진정한 원천을 발견하려고 꿈꾸고 있는 것[17]이다. 자신의 아버지의 존재가 누구인가를 찾으려는 영조는, 현실에서 이것이 불가능하다는 것을 인식하면서 어머니의 자궁 속으로 퇴행하기를 꿈꾼다. 영조의 이러한 자기 존재의 근원에 대한 탐색은 보편적 인간 존재의 근원성에 대한 질문으로 확대된다. 인간은 "자궁 속에서, 따뜻한 물속에서 물고기처럼 떠 있었을까", "헤엄은 인간이 모태로부터 나올 때 잊어버린 기억이며 잃어버린

15　의식이 발달함에 따라 아버지가 아들의 시야에 들어오고 그 성질이 많은 면에서 모성원형과 대립되는 원형, 즉 부성원형인 양(陽, 하늘 혹은 바람, 불)의 특성이 활성화를 보이게 된다. 박신, 「부성 콤플렉스의 분석심리학적 이해」, 『심성연구』 19권, 한국분석심리학회, 2004. 이 점에서 볼 때 아버지와 바람의 이미지가 작가의 전략에 의해 이 작품에서 결합되어 있다고 필자는 본다.

16　물에 잠기는 행위는 형태가 존재하기 전의 상태로의 회귀를 상징하며, 한편으로는 전멸과 죽음을, 다른 한편으로는 재생과 소생을 의미한다. 왜냐하면 물에 잠기는 것은 생명력을 강화하기 때문이다. 이승훈, 앞의 책, 199쪽.

17　시몬느 드 보봐르, 『제2의 성』, 조홍식 역, 을유문화사, 1977, 181쪽.

기능이라는 것은 사실일까."(147~148쪽)에 대한 의구심으로 증폭되는 것이다. 이는 작가 오정희의 인간 존재의 근원성에 대한 질문과 생과 고독의 열쇠에의 물음과 맞닿아 있다고 볼 수 있다. 즉 "우리는 어디로부터 온 것일까 혹은 어디로 가는 것일까"[18], 생이란 무엇인가, 죽음이란 무엇인가, 그리고 인간 존재에 내재해 있는 슬픔, 불안, 고독, 경이로움에 대한 작가의 끊임없는 질문인 것이다.

이렇게 아이의 눈, 즉 영조의 시각을 통하여 작가 오정희는 인간 존재와 삶과 죽음에 대한 근원적 물음을 묻고 있으며, 이는 이 작품의 또 다른 주제의식에 해당한다고 볼 수 있다. 작가는 이에 대한 해답을 몇 개의 에피소드를 통하여 보여주고 있다. 화전을 일구고 살다가 고향이 물에 잠겨 어쩔 수 없이 고기잡이로 연명하는 털보 사내의 절망감, 술에 취하기만 하면 아내를 구타하려는 털보 사내를 피해 술래잡기 놀이처럼 도망치는 아낙네, 남편인 털보 사내가 잠이 들자 "무심한 얼굴로 민물고기의 배를 따고 있"는 아낙네의 모습을 통하여 작가는 삶의 비의를 담아내고 있다. 삶에 내재해 있는 불안감과 고통과 공포 그리고 부부간의 정 같은 것들. 삶의 이면에 숨겨져 있는 그늘을 작가는 이 에피소드를 통해 해학적으로 보여준다. 또한 고향이 물에 잠겨 운양시에 내려와 절에 다니면서도 방생한 잉어를 잡아 목숨을 부지하는 노파의 삶. 이 노파 역시 자식 "아홉을 낳아 여

---

18 작가 오정희는 아이들을 소재로 한 작품을 쓰곤 하는데, 이는 "우리는 어디로부터 온 것일까 혹은 어디로 가는 것일까라는 근원적 질문과 닿아 있는 건지 모른다."라고 술회한다. "어쩌면 생과 고독의 열쇠, 우리 존재의 근원성에의 물음과 해답이 숨겨진 장소로서의 유년에 대한 편집증이 있어 내 소설 속 아이들을 그 언저리에서 머물게 하고 있는 것인지도 모른다."라고 술회한다. 오정희, 「자전에세이, 이야기의 안과 밖 · 2」, 우찬제 편, 앞의 책, 48쪽.

섯을 죽였구먼." 하고 토로한다. 가난한 시대 속에서 한을 가지고 살아가는 여인네들의 삶. 이외에도 강 위에서 "흰 한복 입은 여인과 두 사람의 남자가 무언가 한 줌씩 물 위에 뿌리고"있는 장면을 통하여 작가는 삶의 저편에 언제나 공존하고 있는 죽음의 모습을 형상화하고 있다. 물고기를 건져 올리며 생명을 이어 가고자 하는 낚시꾼의 모습과 대조적으로, 화장된 유골을 강에 뿌리는 사람들의 모습을 형상화시키면서 삶과 죽음을 병치시키고 있다. 이는 작가에게 "죽음과 생명은 자웅동체이며 서로에 대해 원인이며 결과이고 건강하고 자연스러운 순환이고 완성"[19]이라는 인식의 표출일 것이다.

한편 영조는 "꿈속에서 UFO가 있었던 곳은 어디쯤일까."라고 생각하며 '뿌리 찾기' 즉 자기 존재의 근원에 대해 탐색을 시도한다. 영조는 낚시꾼이 어항에 넣고 기르라고 준 '남생이'를 물가에서 조금 떨어진 곳에 옮겨놓고 모래로 얕은 둑을 쌓는다. 이러한 영조는 아무짝에도 쓸모없는 '남생이'와 자기 자신을 동일시한다. '자라'도 되지 못한 채 "모래투성이가 되어 둑을 벗어나려는 몸부림으로 사그락대는, 목마름과 조바심, 물의 기억으로 괴로워하는"(150쪽) 남생이는 일상 속에 구속된 채 '아버지 찾기'에 대한 목마름과 조바심을 가진 채, 모체회귀를 욕망하는 영조 자신의 또 다른 분신일 수 있는 것이다.

---

19 "죽음과 생명은 자웅동체이며 서로에 대해 원인이며 결과이고 인과관계의 가장 강렬하고 확실한 예이며 건강하고 자연스러운 순환이고 완성이기도 합니다. 죽음과 생명에 대한 대긍정이라는 면에서 저는 오히려 생명주의자라고 할 수 있겠습니다." 오정희,『작가와 함께 대화로 읽는 소설「별사」』, 지식더미, 2007, 99쪽.

3. 집단무의식의 발화, '에비'와 몰살에의 공포

「불꽃놀이」의 서사적 시간은 단 하루 동안에 걸쳐 있다. 이 도시, 운양시[20]는 새로운 명명일을 맞아 '불꽃놀이'를 계획한다. "이 지방에 융성했던 성읍국가를 재현하여 문화시민, 도의 시민으로서의 긍지를 되찾고 부흥시키자는, 즉 뿌리 찾기 운동"(136쪽)으로 모든 시민들은 거도적, 거시적 축제에 참여할 예정이다. 이렇게 화려한 '불꽃놀이'가 있는 예정일에도 불구하고 「불꽃놀이」에 등장하는 작중인물들의 내면에는 공포와 불안감이 도사리고 있다. 관희, 명약사, 인자는 도시의 들뜬 분위기에서 오히려 초조와 공포감, 불안감에 시달린다.

관희는 도굴을 하며 골동품 가게를 운영한다. 관희의 부모는 관희가 다섯 살 때, 해방되기 3년 전에 가출한다. 이 때문에 할아버지는 일제치하에서 고문을 당한다. 글이 높고 좋았다는 할아버지는 시국을 탄식하고 프랑스 선교사에게서 물길 찾는 법을 배운다. 할아버지를 따라다니며 관희는 일본인들이 도굴하는 장면을 목격한다. "그때부터 자신은 무덤 속에는 지상에서 찾을 수 없는 많은 것들이 있으리라는 환상에 빠지게 된 것일까."(143쪽)라고 독백하듯이 현재의 삶을 풀어가는 해법으로 고고학에 관심을 가지고 도굴을 하기도 했다.

이 작품 속에서 우리 민족 내부에 깊숙이 침윤되어 있는 불안의식 즉 집

---

20 이 작품 속 '운양시'는 가상의 도시로 작가 오정희가 살고 있는 춘천시를 모델로 했다고 작가는 말한다. '춘천'은 고조선 시대에 '예맥'이 위치했던 곳으로 춘성군에서 춘천시로 승격하였다고 작가는 말한다. 필자와 작가와의 대담 중에서(2017.9.8, 인사동 카페).

단무의식[21]의 대표적 발화 현상인 '에비'는 '공포감'을 표상한다고 볼 수 있다. 다른 집들은 전쟁이 나자 피난을 갔지만 할머니, 할아버지와 함께 남겨진 관희는 피난을 가지 못한다. 사람들이 마을을 떠나기 전에는 '에비'는 "우렁찬 계명성의 새벽 그가 사는 곳으로 쫓겨가기 마련"(142쪽)이었으나 사람들이 피난을 떠나자 '에비'는 새벽이 되어도 물러가지 않는다. 이렇게 전쟁 체험에 대한 기억은 관희에게 집단무의식의 대표적 발화 현상인 '에비'를 만남으로써 불안의식으로 극대화된다.

> 새소리 잦아들면 에비가 찾아왔다. 어둠이 가득 차는 것이다. 사람들이 마을을 떠나기 전에는 그렇지 않았다. 아이들이 밤울음 울면 에비가 찾아왔으나 쉬잇, 에비 온다, 할머니들의 위협적인 속삭임과 담배씨처럼 박힌 봉창의 불빛이 에비를 몰아내었다. 개들은 마루 밑에서 이를 드러내며 사납게 으르렁거려 에비는 밤새 울짱 밖에서 머뭇대다가 이윽고 우렁찬 계명성의 새벽, 그가 사는 곳으로 쫓겨가게 마련이었다. 그러나 사람들이 떠나버린 이제 에비는 낮은 토담, 썩은 이엉을 타넘고 빈집을 가득 채워 새벽이 되어도 물러가지 않는다. 정자나무에 매달린 빈 종을 청동의 울음으로 흔들고, 지나가는 비한 줄금에 말갛게 고여 머무는 햇빛을 내쫓고, 제홀로 쟁반만큼 큰, 황금빛으로 무심히 타오르는 해바라기 줄기를 흔들었다. 에비는 바람이다가, 물이다가, 어둠이다가, 근원을 알 수 없는 먼 소리이다가, 호롱불빛에 일렁이는 고할머니의 커다란 그림자이다가, 끝내는 단단히 오그라든 사추리를 차갑게 훑어내리는 손이 되곤 했다.(142쪽)

---

21 작가 오정희는 고고학, 신화적 세계, 집단무의식에 관심을 가지고 있으며, 봉인된 세계, 내가 체험해보지 않은 세계 즉 미심거리에 대한 관심이 많다고 말한다. 필자와 작가와의 대담 중에서(2017.9.8, 인사동 카페). 이러한 작가적 관심이 작품 「불꽃놀이」에 전략적으로 배치되었다고 본다.

부모가 가출하고 할아버지와 고할머니에게 남겨진 관희에게 '에비'는 바람이다가, 물이다가, 어둠이다가, 먼 소리이다가, 고할머니의 커다란 그림자이다가, 끝내는 단단히 오그라든 사추리를 차갑게 훑어내리는 손이 되곤 하는 것이다. 어린 관희에게 주어진 삶은 그 자체가 '에비' 즉 '공포'이며 '불안감'에 다름 아니다. 더구나 '물미치광이'가 되어버린 할아버지는 6·25전쟁 때 자취도 없이 사라져버린다. 할아버지가 좋아하던 물길을 쫓아 신화처럼 스러져버린 것일까. 부모가 돌아와 다섯 달을 함께 살지만 부모는 공산주의 이념을 찾아 열두 살인 관희를 버려두고 또다시 떠나버린다. 이렇게 열두 살에 고아가 되어버린 관희는 또다시 밤마다 '에비'를 만난다. "……열두 살의 다 큰 아이가 되었어도, 고향 마을을 떠났어도, 사추리에 손을 넣고 웅크리고 자는 밤마다 에비는 찾아왔다……"(155쪽)

이 지상에 혼자 버려졌다는 고아의식과 결핍감은 관희로 하여금 결국 지하 세계에 대한 환상을 가지게 하면서 '도굴'과 '고고학'에 빠져들게 한다. 부모의 사랑이 결핍된 채 성장한 관희는 내성적인 성격을 가질 수밖에 없을 것이며 도덕의식이 결여됨으로써 도굴꾼이 되었을 것이다. 그리하여 유황가루를 풀어 진짜 부장품으로 만드는 일을 아무런 죄의식 없이 수행한다. 또한 관희는 현실의 문제를 적극적으로 대응해서 해결하기보다는 소극적으로 외면한다. 관희는 영조에게서 "어렴풋이 어리는 낯선 얼굴"(156쪽)을 발견하고 두려움을 느끼지만 영조의 출생에 대해 인자에게 직접적으로 묻지 않는다. 관희 자신이 아이를 가지지 못하는 고자라는 사실을 추측하면서도 영조 출생의 비밀을 외면해버린다. 따라서 인자와의 결혼 생활은 "썩은 지푸라기로 엉글게 동여맨 듯 불안하고, 의구심에 잠식당하"(131쪽)는 생활이라고 인자가 술회하고 있듯이 진정한 소통과 사랑이 결여되어 있다. 이렇게 가정과 세상에서 단절된 채 미분화되고 유폐된 자의식은 어둠의 세계, 무덤과 같은 유폐된 공간, 봉인된 세계로 관희를 유인하는 것이다.

> 할아버지가 말한 죽은 흙, 썩은 땅의 뜻을 알게 된 것은 아주 훗날 그가 옛 무덤에 실제로 삽질을 시작했을 때였다. 단단한 땅에 꽂을대를 박으면 땅은 살맞은 짐승처럼 푸들푸들 일어나고, 좀체 보이지도 열리지도 않는 입구를 찾아 조바심과 안타까움으로 빙빙 돌며 더듬을 때, 어두운 연도(羨道)를 지나 만나는 음부(陰府)의 잠, 이윽고 깨어나는 천년의 꿈. 닫혀진 무덤은 순결한 처녀였다.(144쪽)

현실과 유리된 채 폐쇄된 관희의 자아세계에서 '무덤'은 '천년의 꿈'이 깨어나는 몽환적인 공간이며, 닫혀진 무덤은 '순결한 처녀'로 인식되는 것이다. 즉 관희에게 '무덤'은 할아버지가 사라진 그리움의 공간이자 신화의 공간이며, 선조들의 숨결이 살아 숨쉬는 풍성한 생명력의 공간으로 자리하는 것이다. 따라서 성인이 된 지금도 관희는 불안감과 공포감을 느낄 때마다 죽음을 동경하며 관 속에 들어가기를 무의식 속에서 희망한다.

> 크게 심호흡을 하고 눈을 감았으나 의혹과 미망(迷妄)의 뿌연 혼이 되어 땅밑을 헤매는 듯한 답답함은, 또한 나는 아마 죽겠지요, 라고 속삭이던 명약사의 목소리는 사라지지 않았다. 바깥 큰길을 오가는 자동차 바퀴 구르는 소리, 때없이 울리는 경적, 가게 앞을 지나는 발소리, 모든 살아 있는 것들의 끓어오름이 날카롭게 귀를 긁었다.
> 유리문을 닫고 다시 누우니 좁은 가게 안은 그대로 관이 되어, 자신은 온갖 부장품들을 거느린 제왕의 주검이 되었다. 백골이 되고, 다시

어린아이가 되었다.
　　그리고 에비가 찾아왔다.(140쪽)

　명약사가 혈액암에 걸렸다는 말을 듣자 관희는 심한 불안의식에 시달린다. 이런 불안의식은 환영 속에서 자신이 죽어 백골이 된 후 다시 어린아이로 재탄생하게 만든다. 즉 관희는 불안감과 공포감을 느낄 때 죽음 즉 모체에로의 퇴행을 통해 다시 어린아이가 되어 재생하고자 무의식 속에서 욕망하는 것이다. 그리고 이렇게 관희는 삶에서 불안감과 공포감을 느낄 때마다 '에비'를 만나는 것이다. 지하의 세계, 무덤의 세계에 대한 집착은 닫힌 공간에 유폐된 채 고독한 이방인으로서의 삶을 살아가는 관희에게 "인간이란 무엇인가", "삶을 사는 것과 아는 것의 차이는 무엇일까"(144쪽)라고 질문하게 만든다. 이는 바로 작가의 인간과 삶에 대한 질문과 다름 아닐 것이다.
　한편 명약사에게 전쟁의 기억은 집단무의식, 즉 몰살과 떼죽음에 대한 공포로 내재해 있다. 명약사는 대학가에서 '깽깨갱깽깽' 하고 울리는 깽쇠 소리에 신경질적으로 반응하며, "저 소릴 들으면 전쟁 때 생각이 난다."고 관희에게 말한다. 명약사에게 깽쇠 소리는 전쟁을 상기시키고, 전쟁의 기억은 몰살과 떼죽음 등의 공포를 야기시킨다. "언제부터인가 우리들의 집단무의식 속에는 몰살의 공포가 있지 않나 싶어요. 떼죽음 당하는 것 말예요. 전쟁이라든가 따위의 일어나서는 안 될 일들을 무방비 상태에서 많이 겪었기 때문일까요. 그뿐 아니지요. 머지않은 장래에 핵전쟁으로 인류가 다 같이 멸망할 거라든가, 예수 믿지 않는 사람은 모조리 심판의 날에 가라지처럼 불에 던져질 거라고 하지요."(137쪽)라고 말하는 것에서 살펴볼 수 있듯이 명약사는, 자신의 유년기 체험을 통해 불안의식과 공포를 느낀다. 명약사의 무의식 속에 내재해 있는 몰살에의 공포는, 대대로 우리 조상들이 광기의 역사 속에서 체험해 퇴적된 집단무의식의 원형에 다름 아니다. 그래서 "우리 부모들이 늘 하시던 말씀이, 사람 많이 모이는 데 가지 말라는 거였습니다."라고 하며 명약사는 "잠시라도 입을 다물면 자기 속에 끓어오르는 말들을 도둑맞을 듯한, 아니 속으로부터 넘쳐흐르는 말에 익사해버릴 듯한 불안으로 물을 쏟듯 쉴 새 없이 쏟아내는 것이다." 이렇게 명약사의 내면세계에는 불안감이 팽배해 있는데, 이는 자신이 혈액암이라는 요인 이외에도 군부독재정권이 부정적인 방법으로 국민을 강압적으로 지배하던 역사적·시대적 정치상황에 기인한다고 볼 수 있다.

그는 전쟁을 체험하고 폭력성의 시대에 인권이 파괴되는 현실을 살면서 "인간은 본성적으로 악한 걸까요, 선한 걸까요."라고 관희에게 질문한다. "모든 사람들은 살기를 원하는데 살인은 끊임없이 자행되고, 모든 사람이 평화를 원하는데 전쟁은 도처에서 벌어지지요. 이런 모순은……"(138쪽) 하고 이면적으로 당대의 폭압적인 현실을 비판한다. 이는 인간 본성과 삶과 역사에 대한 작가의 질문이며 이 세상을 광기 속으로 빠져들게 만드는 미치광이들에 대한 비판의식에 다름 아니다. 즉 명약사가 과거에 겪었던 '몰살에의 공포'는 그대로 현재의 불안한 정치상황에서 나타날 수도 있으며 미래의 핵전쟁과 종교전쟁에서 나타날 수도 있다고 불안해한다. 이렇게 광기의 역사 속 집단무의식이 관희에게는 '에비'의 공포감과 불안의식으로 내재해 있다면, 명약사에게는 '깽쇠 소리'가 상기시키는 전쟁의 기억 즉 몰살에의 공포로 내재해 있다.

4. 불안의식, 현실인식의 확장

이 작품 속 작중인물들은 모두 불안의식에 시달린다. 특히 명약사의 말과 내면세계를 통해 당대 어두운 시대적 상황에 놓여 있는 민중들의 삶을 이면적으로 보여주고 있다. 명약사는 혈액암을 앓고 있는 인물로 절대 고독과 불안한 내면세계를 가지고 있는 인물이다. 명약사는 관희를 찾아와 "죽음의 공포와 외로움으로, 막바지에 몰린 절대 고독의 광기로 뒤죽박죽된 머리를"(139쪽) 흔들며 "불안으로 물을 쏟듯 쉴 새 없이"(138쪽) 말을 쏟아낸다. 작가는 명약사를 통하여 "시간이라는 불가항력에 의하여 생성, 소멸, 부침할 수밖에 없다는 것이 인간의 근원적인 슬픔이고 고독"[22]임을 보여주고 있다. 명약사는 "잠깐이라도 내 삶의 조건이라든가 명분 따위를 생각할 시간을 갖기 위해서," "잠시라도 내 몸의 주인이 되어 시간을 가져보기" 위해서 부인에게도 혈액암을 숨기고 있다고 말한다. 이 점에서 명약사는 주체의식을 가지고 있는 자의식이 강한 인물이라 볼 수 있다. "모든 사람들의 하루하루가, 그것이 얽힌 생활이 각자 느끼지는 못해도 어디론가 한 줄기 큰 흐름으로 흐르고 있고 그것이 역사라는 것일 텐데 그 방향은 신만이 알고 있다라든가, 사람이란, 삶이란 대체 무엇일까 따위 생각이나 하면서요."(139쪽)에서 살펴볼 수 있듯이 명약사는 삶과 인간과 역사와 신에 대해 생각할 줄 아는 지식인이다. 지식인인 만큼 시대·역사의식과 현실비판의식도 상당히 가지고 있다.

명약사는 도시의 새로운 명명일이, 뿌리 찾기의 일환으로 시행된다고는

---

22 오정희, 『작가와 함께 대화로 읽는 소설 「별사」』, 99~100쪽.

하지만, 사실은 "어떤 식으로든 민심을 몰고 갈 구심점이 필요"해서라고 관희에게 말하며 현재 제5공화국의 정치상황에 대해 비판적 시각을 드러내고 있다. "몇 해를 두고 대학가의 약국에서 팔리는 건 마스크와 안약" 뿐인 시대상황을 체험해온 명약사는 안을 까맣게 채운 전경 버스 세 대가 비상 출동 표지를 달고 잇달아 달려가는 것을 보며, "오늘 약국 문 일찍 닫아야겠어요. 잔치 끝에 난리 치른다고, 심상치 않은 것 같은데요."라고 관희에게 말한다. '잔치 끝에 난리 치른다'는 속담 역시 집단무의식 속에 내재해 있는 공포감과 불안감의 투영이라 볼 수 있다.

이처럼 「불꽃놀이」에는 작가의 현실비판의식이 명약사의 시각을 통하여 직접적·간접적으로 드러나고 있다. 1980년대 제5공화국의 폭압적 정치상황 아래에서 전 국민들이 심한 혼란과 불안감으로 팽배해 있는 모습을, 작가는 관희, 명약사, 인자의 시각을 통하여 이면적으로 묘사하고 있다. 국민들에게 단종[23]을 강권하는 정부, 그들이 화려하게 부각시키는 '불꽃놀이'는 운양시의 '뿌리 찾기'를 시도한다고는 하지만 실질적으로는 부당하게 획득한 권력에 대한 대의명분과 합리화를 꾀하기 위한 위장술에 지나지 않는 것이다.

아이들은 부모의 손을 잡고 뿔나팔을 불어대고 장사치들은 오색 풍

---

23 억압의 기초는 섹슈얼리티와 다산성 사이의 통제된 연결에 있다. 어느 때는 억압이 산아제한 쪽으로 수행된다. 이때 사회 구성원들의 한 부분은 독신이 강요되고, 갓난 아기들이 희생되며, 매음·동성애·자위행위가 중요성을 가지게 된다. 억압은 생물학적 생리학적 삶과 자연·유년·교육학·인생 입문에까지 확대된다. 억압은 근신과 금욕을 강요하고, 이데올로기의 길을 통해 박탈을 장점과 충만으로 간주하도록 만든다. 앙리 르페브르, 『현대세계의 일상성』, 박정자 역, 기파랑, 2016, 274쪽.

선과 딸랑이, 알록달록한 플라스틱 장난감들을 꽃판처럼 꾸며 둘러메고 따라가는데, 어깨에 무등 태운 보다 어린 아이들은 그들 부모의 내일이 되어 높고 밝은 웃음으로 깔깔대는데, 이들이 모두 한 덩어리로 뒤섞인 군중들의 발걸음에는 뒤를 쫓아오는 정체 모를 그 무언가에게 쫓기듯, 피난 행렬인 양 신경질적이고 다급한 데가 있었다.(153쪽)

"뒤를 쫓아오는 정체 모를 그 무언가에 쫓기듯, 피난 행렬인 양 신경질적이고 다급한 데가 있었다."에서 볼 수 있듯이 '불꽃놀이' 가는 시민들은 전쟁하에서와 같이 집단무의식의 표출이라 할 수 있는 몰살에의 공포와 불안의식을 느끼는 것이다. 또한 인자가 사는 집을 처음 지었다고 하며 찾아온 중년 남자[24] 역시 청년 장교 시절 어떤 사건에 연루되어 오래 감옥살이를 하고 나와 보니 아내와 아들이 간 곳이 없다고 말한다. 몰라보게 자란 감나무는 아들을 낳은 기념으로 심었었다고 하며 감나무를 쓰다듬는다. 중년 남자 역시 자유와 인권이 말살된 군부독재의 정치상황 속에서 단란했던 가정이 해체됨으로써 비극적인 삶을 살아가는 인물이다.

이는 1980년 제5공화국이 자행했던 광주에서의 학살 사건, 삼청교육대 숙청작업, 언론통폐합, 언론조작 등 일련의 폭압정치[25]에 대한 작가의 현

---

24 중년 남자는 이 작품 속에서 영조의 친부인 듯 보여지기도 하지만, 작가 오정희는 영조의 친부로 설정하지는 않았다고 말한다. 작가는 이 작품 속에서 우연성을 도입한 작가의 의도적 작위성을 배제하고 싶었다고 말한다. 필자와 작가와의 대담 중에서(2017.9.8, 인사동 카페).

25 1980년 이후 전두환 군부독재가 군림하던 시기는 한마디로 고문의 연속이었다. 수많은 민주인사들이 기관에 끌려가 상상도 할 수 없는 혹독한 고문을 받았다. 이러한 가운데서 극단적인 모습들이 자주 나타났는데, 성고문은 그중의 하나였다. 박세길, 『다시 쓰는 한국현대사 · 3』, 돌베개, 2003, 83쪽.
특히 이 작품이 쓰인 1986년은 전두환 정권을 뒤집어엎고 민주정부를 세워야 한다

실비판의식의 발로라고 볼 수 있다. 작가가 「불꽃놀이」에서 직접적·간접적으로 현실비판의식을 드러내고 있다는 점에서, 오정희의 문학세계에서 현실에 대한 작가적 자세와 작가의식의 지향성을 가늠할 수 있는 중요한 작품이라 볼 수 있다.

한편 영조의 출생에 얽힌 비밀 때문에 인자는 관희에게 죄의식과 불안감을 느낀다. 인자가 느끼는 불안감은 영조의 외출이 길어질수록, 집 밖에서 보내는 시간이 길어질수록 단단한 뿌리를 내리며 자라갔다. 영조가 떠나갈지도 모른다는 불안감은 계속 이어지는 '벨소리'의 환청을 듣는 것으로 묘사되기도 한다. 남편과의 밀착되지 않는 어긋남, 자신의 내면세계를 솔직히 드러내지 못하고 끄집어내지 못하는 인자의 억눌린 마음은 '수탉'을 죽이는 행위에서 단적으로 드러나고 있다.

이 작품 속에서 '늙은 수탉'은 다양한 함의를 가지고 있다. 장마철이 있기 전 양계장은 꽤 잘 되어갔다. 남편 관희도 닭에게 물과 모이를 주고, 닭똥을 긁어모아 농원으로 내갔다. 그러나 장마철에 접어들자 돌림병이 돌면서 닭들은 죽어 넘어간다. 인자는 분노와 절망감에 빠진다. 양계장은 인자와 남편과의 관계를 관성에 길들여진 형태로나마 붙들어 매어주고 있던 매개체였던 것이다. 그러나 닭들이 죽어나감으로써 "희망은 올 때처럼 갑작스럽게, 속임수처럼 사라졌다."(131쪽) 인자와 관희와의 결혼 생활

는 열망이 더없이 높아져간 시기로, 신민당을 중심으로 개헌 열기가 드높았다. 이에 부응하여 1986년 10월 28일에는 건국대 민주광장에서 '전국 반외세·반독재 애국학생투쟁연합' 발족식을 거행하였으나 건대 사태는 학생들의 구속으로 끝난다. 전두환 정부는 '금강산댐 사건'을 날조하여 공포 분위기를 조성하고 '평화의 댐' 건설 계획을 발표, 그 자금 조달을 위해 대대적인 성금 운동을 전개했다. 위의 책, 169~176쪽.

이 또다시 흔들리기 시작한다고 느낄 때 인자의 절박감과 불안감은 극대화된다.

자신보다 약한, 무방비한 상태에 있는 암탉을 죽이려고 위해를 가하고, 암탉을 여럿 거느리며, "젠체하고 거드름 피우는 걸음걸이, 거칠 것 없는 탐식"(159쪽)을 보면서, '늙은 수탉'의 포학에 닭들이 공포스러워하는 모습을 보면서, 인자는 마침내 수탉을 죽이기로 결심한다. 여기서 '늙은 수탉'은 가부장적 사회에 길들여진 남성 전반을 표상한다. 이렇게 볼 때 '수탉'을 죽이는 행위는 영조를 잉태시킨 이름 모를 수컷, 사내에 대한 적의나 살의의 표출이라 볼 수 있을 것이며, 잠자다가 무방비 상태에서 아무런 방어도 하지 못한 채 성폭행당한 인자 자신에 대한 분노의 표출일 수 있다. 또한 가부장제 사회에서 영조의 출생 비밀을 밝히지 못하고 억눌려 살아온 인자 자신에 대한 슬픔과 의구심만을 가진 채 인자에게 거리를 두는 남편에 대한 원망감이 '수탉'의 살해를 통해서 구체화되고 있는 것이다.

　　물이 스, 스, 낮은 소리로 끓기 시작하고 인자는 수돗물을 세게 틀어 어제의 닭이 열기와 악취로 끓어오르며 충실히 썩고 있는 냄비를 씻었다.
　　다시 인자가 닭을 안고 칼날을 대었을 때 검붉은 닭의 볏이 순간적으로 돌올하게 일어서고 놀람과 공포를 견디지 못해 눈은 회색으로, 초록으로, 담홍색으로 변하며 쉴새없이 깜빡거렸다.
　　물은 이제 쐐애쐐애, 절박한 소리로 끓고 자욱이 어리는 김 속에서 인자는 땀투성이가 되어 조금만 더, 조금만 더, 부드럽게 어르고 속삭이며 칼 쥔 손에 힘을 주었다. 따뜻한 닭의 몸에 한 차례씩 세찬 경련이 지날 때마다 인자의 드러난 팔뚝과 목덜미에 열꽃이 피듯 붉은 반점이 군데군데 돋았다. 날 선 쇠붙이의 감각이 더 이상 가 닿을 수 없는 뜨거움의 정점에서 날카로운 울림으로 폭발하고, 인자는 아아, 자지러지는 신음을 내뱉으며 손목의 힘을 놓아버렸다. 목덜미와 가슴팍털이 붉게 젖어들었으나 이미 오래 전에 삶의 리듬을 잃어버린, 때없이 울어대는 수탉은 좀체 죽지 않았다. 힘없이 벌어진 부리로 간헐적인 헐떡임을 토해내고 무력해진 갈퀴발로 헛되이 시멘트 바닥을 긁었다. 그러나 자신이 닭의 죽음을 기다려 온밤을 지새우게 되리라는 것은 공연한 걱정일 것이다. 이제 살과 뼈와 보잘것없는 누런 기름으로 해체되는, 잔혹한 질서의 세계가 남아 있을 뿐이다.(159~160쪽)

위 인용문에서 살펴볼 수 있듯이, 작가는 '수탉' 잡는 장면[26]을 예리한 직관과 감각적 묘사로써 섬뜩할 정도로 집요하게 포착하고 있다. 시각, 청각, 후각, 촉각 등 인간이 가지고 있는 총체적 감각을 동원하여 대상을 리얼하게 형상화하고 구체화시킨다. 특히 "물이 스, 스, 낮은 소리로 끓기 시작하고"에서 보여주는 청각적 이미지와 인자가 닭을 안고 칼날을 대었을 때 "검붉은 닭의 볏이 순간적으로 돌올하게 일어서고 놀람과 공포를 견디지 못해 눈은 회색으로, 초록으로, 담홍색으로 변하며 쉴 새 없이 깜빡거렸다."에서 보여주듯 시각적 이미지는 절묘하게 결합한 채 분노와 살의로 들끓는 인자의 내면세계를 리얼하게 묘파하고 있다. 이러한 인자의 내면세계는 "물은 이제 쐐애쐐애, 절박한 소리로 끓고"에서 볼 수 있듯 가일층 절박하게 끓어오르다가 "조금만 더, 조금만 더, 부드럽게 속삭이며 칼 쥔

---

26 작가 오정희는 어렸을 때 본 닭 잡는 광경이 무의식 속에 내재해 있었던 듯하다고 말한다. 돌이켜보면 30대 후반에는 끓어오르는 분노, 정염, 생명을 뚫고 눌러도 눌러도 분출되어 나오는 살기 같은 것들이 자신의 내면에 자리하고 있었던 듯하고 이것이 닭 잡는 묘사를 통해 구체화된 듯하다고 술회했다. 필자와 작가와의 대담 중에서(2017.9.8, 인사동 카페).

손에 힘"을 주는 인자의 모습을 통해 구체화된다. 그러다가 급기야 분노와 살의의 정점에서 "날 선 쇠붙이의 감각이 더 이상 가 닿을 수 없는 뜨거움의 정점에서 날카로운 울림으로 폭발하고, 인자는 아아, 자지러지는 신음을 내뱉으며 손목의 힘을 놓아버"리는 것이다. 즉 살의와 분노와 슬픔으로 뒤죽박죽된 채 들끓고 있는 인자는 '수탉'을 죽이는 행위로써 분노를 표출하고 해소하려 하지만 인자의 내면 깊이 내재해 있는 생명존엄성 때문에 결국 '수탉'을 결정적 순간에 놓아버린다.

이렇게 인자가 가지고 있는 생명존엄성에 대한 인식은 관희의 요구에도 불구하고 감나무를 베어버리지 않는 모습에서도 살펴볼 수 있다. 중년 남자가 아들의 출생을 기념하여 심었다고 하는 감나무는 지금 어디에선가 성장하고 있을 중년 남자의 아들에 대한 표상으로서, 감나무를 베어버리지 않는 것은 인자의 따뜻한 인간애와 생명존엄사상에 기인한다고 볼 수 있기 때문이다. 그럼에도 불구하고 인자는 다시 현실 세계 속에서 자신의 분노와 살의를 가동시켜 수탉의 목숨을 끊을 것이다. 왜냐하면 현실에는 "이제 살과 뼈와 보잘것없는 누런 기름으로 해체되는, 잔혹한 질서의 세계가 남아 있을 뿐"임을 인자는 절실하게 인지하고 있기 때문이다. 애정 없이 썩은 동아줄로 묶여진 결혼생활 즉 일상을 탈출하여 벗어나고 싶지만 결국에는 사회적 시선과 결혼제도의 틀에서 벗어나지 못한 채 잔혹한 질서의 세계에서 머무를 수밖에 없는 자기 자신의 모습을 인자는 스스로 깨닫기 때문이다. 이렇게 볼 때 인자에게 '수탉'[27]은 현실의 잔혹한 질서의 세

---

27 인간은 닭을 자신의 분신이나 비참한 자기 인식의 수단으로 삼는다. 이재선, 『한국문학주제론』, 서강대학교 출판부, 1991, 396쪽.

계에 머물 수밖에 없는 비참한 자기 자신의 실체를 인식시키는 매개체일 수 있다. 작가는 인자를 통하여 실존과 일상 사이에서 길항하는 자아의 충돌을 보여주고 있으며 작가가 가지고 있는 생명에 대한 경외감 그리고 생명에 대한 연민도 이면적으로 드러내고 있다.

한편 인자는 마당으로 나와, 돌아오지 않는 아들과 남편을 기다리다 '불꽃놀이'를 목격한다.

> 그가 누구였던가, 남편이 오래 집을 비웠던 어느 봄날, 혼곤한 낮잠 속에서 꿈결처럼 받아들였던 사내. 남편은 옛 무덤에서 녹슨 칼을 찾아 돌아왔고, 달을 채운 아이는 그녀의 자궁을 찢고 가슴을 찢고 세상으로 나왔다.
> 강 쪽에서 또다시 불꽃이 오르고 외침이, 탄식이, 흐느낌이, 정욕과 혼란으로 가득 찬 어둠을 찢으며 흩어졌다.(160쪽)

"남편이 오래 집을 비웠던 어느 봄날, 혼곤한 낮잠 속에서 꿈결처럼 받아들였던 사내"에서 보여지듯 어쩌면 인자의 내면 안에서는 자신도 억제하지 못하는 성적 욕망이 내재해 있었을 것이다. 그래서 크게 저항하지도 못한 채, "꿈결처럼" 사내를 수용할 수 있었을지도 모른다. 오래 집을 비운 남편에 대한 원망감, 거세게 사내에게 반항하지 못한 자기 자신에 대한 모멸감, 아비 없는 아이를 낳았다는 죄의식과 슬픔. 이렇게 복합적으로 감추어진 인자의 내면세계는, 일상 속에서 억눌린 채 묻혀 있다가 일상을 일탈한 세계 즉 '불꽃놀이'를 계기로 일상의 틈새를 비집고 나와 불꽃으로 확산되고 파편화되어 흩어지는 것이다. 이러한 인자의 불안한 내면세계는 이 작품 속에서 영조의 출생 비밀을 둘러싼 개인적인 요인 이외에도

1986년 당대 한국사회가 직면했던 사회·정치적 배경과도 긴밀하게 연관되어 있다.

> 　어두운 하늘에 현란히 불꽃이 피어오르고 강의 상류로부터 꽃처럼 피어난 꽃등이 흐른다. 뿔나팔을 불고, 오색 풍선을 날리며 놀던 아이들은 잠이 들고, 어른들은 어두운 강을 내려다본다. 물빛보다 더 검은 얼굴로, 불꽃을 사위며 흘러가는 꽃등을 싣고, 먼 옛날로부터 흐르는 강을 바라본다. 어디로인가가 닿는 곳이 있으려니. 닭이 울기 전, 계명성의 새벽이 오기 전에.(160~161쪽)

　관희, 인자, 또는 작가의 시각에서 쓰여진 것이라 보아도 좋을 결미 부분에서 작가는 화려한 불꽃놀이의 이면에 드리워진 어둠을 응시한다. "어른들은 어두운 강을 내려다본다. 물빛보다 더 검은 얼굴로"에서처럼 억압과 고문이 자행되는 죽음과도 같은 정치현실을 "물빛보다 더 검은 얼굴로" 바라보는 것이다. 그러나 이러한 절망감은 "불꽃을 사위며 흘러가는 꽃등을 싣고, 먼 옛날로부터 흐르는 강을 바라본다."에서 나타나듯이, 끝내 절망감 속으로 함몰되지는 않는다. 우리 민족이 유구한 역사 속에서 부침하며 진보해 나아왔듯이, 그것이 역사가 가지는 진보성이듯이, 이 어둠의 현실도 강물이 흘러가듯이 세월의 순리에 따라 흘러갈 것이라는 작가의 역사의식이 내재해 있다고 볼 수 있다. 이렇게 작가는 폭압적이고 자유가 억압된, 불투명한 정치상황 속에서나마 미래에 대한 전망을 드러내고 있다. 이 작품의 결미에서 작가는 밝지만은 않은 미래이지만, 어두운 밤은 끝날 것이고 아침이 올 것이라는 막연한 기대감을 형상화하고 있다. 먼 옛날로부터 흐르는 강은, "어디로인가 가 닿는 곳이 있"을 것이라는 확신감으로,

"닭이 울기 전, 계명성의 새벽이 오기 전에," 희망과 소망을 담은 연꽃등이 어서 제자리에 닿아 이 어둠이 빨리 끝나가기를 작가는 염원하는 것이다. 여기서 "먼 옛날로부터 흐르는 강"은 유구한 역사를 가진 한국 또는 우리 민족의 역사를 표상하며 '꽃등'[28]은 소망과 희망을 담은 생명의 등불이라 볼 수 있다. 이렇게 이 작품에는 어둠 속의 이야기 즉 무덤, 불꽃놀이로 표상되는 어둠의 세계가 끝나면, 빛의 세계 즉 희망의 새벽이 올 것이라는 작가의 사회현실 인식이 이면적으로 형상화되어 있다.

5. 결론

오정희 소설에서 아버지의 부재는 초기 작품 「번제」(1971), 「유년의 뜰」(1980)에서부터 후기 작품 「불꽃놀이」(1986), 「저 언덕」(1989), 「구부러진 길 저쪽」(1995) 등에서 지속적으로 다양한 변주를 보이면서 드러난다. 죽은 아버지 뿐 아니라 아버지의 부재, 의붓아버지, 간교한 늙은 아버지 등의 형상화를 통해 오정희 작가는 '부성성의 부재'에 대해 그의 소설에서 즐겨 다루고 있다.

---

28 불가의 온갖 수행, 만행을 상징하는 연꽃등에는 번뇌와 무지로 어두움, 무명세계를 부처의 지혜로 밝혀달라고 하는 마음이 담겨 있다. 최윤자, 앞의 책, 245쪽.
연은 태양과 달 양자에 속하며 따라서 삶과 죽음, 재생을 상징한다.
연꽃은 더러운 물속에 있어도 항상 맑은 본성을 유지하기 때문에 청정, 순수, 완전 무결을 상징하고 불교의 경우 연꽃은 오랜 수행 끝에 번뇌의 바다에서 벗어나 깨달음에 이른 수행자를 상징한다. 빛의 상징이고 생명의 근원인 연꽃 하나하나에 부처가 탄생한다는 점에서 연꽃은 부처를 상징한다. 이승훈, 앞의 책, 408~409쪽.

이는 작가의 무의식 속에 내재한 필연적인 결과로서, 가부장제 사회에 대한 거부와 저항의식[29]의 표출이라고 볼 수 있다. 특히 작가가 유년기에 겪은 아버지의 부재,[30] 전쟁 체험, 부모로부터 버림받을지도 모른다는 공포와 불안감, 수치감 등은 그의 문학세계를 형성하는 바탕이 된다. 작가의식의 밑바탕에 내재된 '부성성의 부재'는 중편 「불꽃놀이」에서 영조와 관희의 내면세계를 통하여 이면적으로 형상화된다.

이 작품의 중심축이라 할 수 있는 '아버지의 부재'는 영조에게 일탈의 욕망과 '뿌리 찾기'와 미확인 물체인 UFO에 대한 강한 집착으로 표출된다. 자기존재를 확인하고자 하는 영조의 욕망은 미확인 물체인 UFO를 확인하고자 하는 욕망과 부합한다. 특히 작가는 고주몽 신화를 도입하여, '뿌리 찾기'를 갈망하는 영조의 내면세계와 아버지를 찾아가는 고주몽의 내면세계를 병치시키고 있다.

영조 개인의 '뿌리 찾기'의 서사는 이 작품 속에서 운양시를 중심으로 한 '뿌리 찾기'로 확장되고 있다. 운양시가 '뿌리 찾기'의 일환으로 벌이는 화

---

29 오정희 소설을 여성주의 시각으로 접근한 대부분의 평자는, 오정희 소설 속에 그려지고 있는 아버지의 부재를 작가의 가부장제 사회에 대한 거부와 저항이라고 분석한다. 박혜경, 앞의 책, 195쪽 참조. 작가는 어린 시절 성격이 급하고 화를 잘 내시는 아버지에 대해 공포와 거부감을 느꼈다고 술회했다(작가 오정희와 필자와의 대담, 2016. 11. 9. 잠실 카페). 이 영향은 가부장제에 대한 폭력성으로 인식하게 되어 작가의 작품에 자주 등장하는 것으로 필자는 본다.

30 오정희의 아버지는 황해도 해주시에서 철공장을 운영하다 1947년 봄 월남한다. 6·25전쟁이 발발하자 1951년 피난길에 올랐고 아버지는 제2국민병으로 징집된다. 아버지는 1954년에야 집에 돌아온다. 돌아온 아버지는 어머니와 함께 장삿길을 다녀 작가는 외할머니와 함께 지낸다. 1955년 아버지가 조양석유회사의 인천출장소 소장으로 취직되어 인천으로 이주한다. 오정희, 「자술연보」, 우찬제 편, 앞의 책, 494~495쪽.

려한 '불꽃놀이'를 배경으로, 작중인물 관희, 명약사, 인자의 무의식 속에 내재해 있는 불안의식과 허무의식과 불온한 욕망, 슬픔 등 삶의 비의들이 질서와 관성으로 길들여진 일상의 틈새를 비집고 표출되는 양상을 이 작품에서 묘파하고 있다. 특히 부모에게로부터 버려졌다는 고아의식과 가족 사이의 단절감은 관희로 하여금 무의식 속에서 죽음을 동경하게 만들고 이는 '무덤'을 통한 '모체회귀 욕망'으로 나타나기도 한다.

특히 이 작품 속에서 개별 주체들이 가지고 있는 불안의식은 광기의 역사 속에서 형성된 집단무의식과 긴밀하게 연결되고 있다. 공산주의 이데올로기에 부모를 빼앗긴 공포감과 전쟁 체험에 대한 기억은 관희에게 집단무의식의 대표적 발화현상인 '에비'를 만남으로써 불안의식으로 극대화된다. 또한 혈액암을 앓고 있는 명약사에게 불안의식은 실존적 고독감을 가속화시키고 이것은 끊임없는 발화 욕망으로 표출되고 있다. 여기에 더하여 대학가에서 들려오는 깽쇠 소리는 명약사에게 전쟁을 상기시키고 전쟁의 기억은 몰살과 떼죽음의 공포로 확장된다. 한편 사생아를 낳고 남편에게 자책감을 가지고 있는 인자는 자신의 내면세계를 열어 보이지 못하고 억눌린 채 불안해하는 인물이다. 그녀는 남편으로부터 정신적으로 소외된 채 일상과 매너리즘에 빠져 있는 인물로서 가부장적 사회와 결혼제도 속에 갇혀 있는 가정주부의 한 전형을 보여준다. 그녀의 불안감과 일탈에의 욕망과 자신을 범한 사내에 대한 분노와 살의는 '수탉'을 죽이는 행위 속에서 단적으로 묘파되고 있다.

이 작품에서 작가는 개별 주체들이 가지고 있는 불안의식[31]이 과거 기억

---

31 모든 불안은 과거의 공포로부터 생기는 위험에 대한 두려움이다. 그러므로 불안이

에 대한 집단무의식과 겹쳐지면서 극대화되고 있음을 보여준다. 나아가 작가는 과거의 기억은 현재와 미래 속에서도 지속적으로 계승되고 재편되고 파편화되기도 하면서 의미화되어 증폭될 수 있음을 시사하고 있다. 이를 작가는 화려한 '불꽃놀이'의 이면에 가리워진 정치적 은폐와 왜곡, 폭력성들을 작중인물을 통하여 직·간접적으로 형상화하고 있다. 이는 제5공화국의 광기 어린 정치적 상황에 대한 작가의 현실비판의식의 발로라고 볼 수 있다.

또한 작가는 이 작품의 결미에서 "과거, 현재, 미래는 역사의 거대한 흐름 속에서 부침을 거듭하며 진보적으로 나아갈 수 있다"는 작가의 역사인식도 함께 보여주고 있다. 작가가 고구려 건국신화인 고주몽 신화를 도입하여 '뿌리 찾기'를 시도하는 이유도 폭압과 금기의 시대에서 혼돈을 거듭하고 있는 당대 민중들에게 우리 민족의 혼 또는 '뿌리 찾기'를 통해 희망을 제시하고 싶었던 작가의식의 한 반영이라 본다. 따라서 「불꽃놀이」는 자유가 말살되고 인권이 유린되는 폭력성의 시대에서 작가의 현실비판의식이 직·간접적으로 드러나고 있다는 점에서, 또 인간의 본성에 대한 탐구와 삶과 죽음에 대한 성찰을 담고 있다는 점에서 오정희 문학세계를 고찰하는데 중요하게 다루어져야 할 작품이라고 볼 수 있다.

다만 중편 「불꽃놀이」에서 드러나고 있는 '부성성 부재', 집단무의식이

억압을 일으키는 것이지 억압이 불안을 일으키는 것은 아니다. 프로이트, 『꼬마 한스와 도라』, 김재혁·권세훈 역, 열린책들, 2003, 148쪽 참조; 프로이트, 『늑대인간』, 정연희·김명희 역, 열린책들, 2003, 329쪽 참조.
프로이트는 불안의 원인을 애초에 겪은 외상성 경험의 잔존물로서 마음에 새겨져 있다가 비슷한 상황이 일어나면 기억 상징물처럼 되살아난다고 보았다. 최영자, 「오정희 소설의 정신분석학적 연구」, 강원대학교 석사학위 논문, 2004.8, 79쪽.

이후 작품들에서 어떠한 양상으로 변주되어 나타나고 있는지에 대한 연구와 인간존재와 본성 그리고 삶과 죽음에 대한 성찰이 어떠한 양상으로 내면화되고 있는가에 대한 연구는 다음 기회에 논의하고자 한다. 특히 미국에서 귀국 후 변화한 작가의 현실대응의지와 현실비판의식이 「불꽃놀이」를 기점으로 어떻게 확장되고 있는가에 대한 연구도 「그림자 밟기」 「파로호」 「저 언덕」 등의 작품을 정치하게 분석해냄으로써 고찰 가능하리라 본다.

「파로호」에 나타난 주제의식

1. 서론

오정희는 1968년 「완구점 여인」을 시작으로 작품집 『불의 강』 『유년의 뜰』 『바람의 넋』 『불꽃놀이』 『새』 등을 통하여 인물의 내면의식 세계를 정치하게 다루면서도 유려한 문체와 다층적 구성으로 미학적으로 형상화했다는 점에서 개성적인 작가로 평가받았다. 따라서 50여 편의 과작임에도 불구하고 오정희 소설에 대한 연구는 1977년 첫 단편집 『불의 강』이 발표된 이후 본격적으로 전개되었다. 즉 연구자들은 초기 소설에 대한 주제론적 해석을 중심으로 하여 작중인물과 세계와의 불화, 성의식, 동성애, 불안의식, 죽음의식 등에 대해 연구하였다. 또한 실존주의, 정신분석학, 여성주의 관점에서뿐만 아니라 이미지와 상징, 문체론, 구조론에 이르기까지 다양한 방법론을 통하여 작가의 작품을 심도 있게 분석하였다.

그럼에도 불구하고 선행 연구들은 「불의 강」 「중국인 거리」 「유년의 뜰」

「동경」「별사」「옛 우물」 등 소위 문제작이라고 일컬어지는 특정 작품에 편중되어 있으며 동일한 방법론에 의해 동어 반복적인 연구가 거듭되어왔다는 한계점을 지닌다. 즉 개별 작품에 대한 정치한 해석과 분석이 결여됨으로써 오정희 문학의 전개 양상과 주제의식의 변화 양상이 총체적으로 파악되지 못하는 결과를 초래하였다.

특히 오정희 문학의 후기 작품이라 볼 수 있는 중편 「파로호」에 대한 연구는 부분적이고 단편적으로 언급된 논문들[1]이 있을 뿐 이 작품만을 가지

---

1 중편 「파로호」에 대한 평가는 이소연 · 단유경 · 박미란 · 김영순 · 곽은희 · 이정희 · 윤애경 · 조회경 · 이봉일 등에 의해 자아실현을 위한 정체성 찾기와 서재원에 의해 타자로서의 자연 발견이라는 논지로 간략히 언급되고 있다. 한편 강숙아에 의해 서사의 시간과 스토리 시간 배치 등에 관해 집중적으로 논의되고 있다. 이 외에도 정미숙 · 김경희 · 송창섭에 의해 「파로호」에 대한 간략한 평가가 이루어지고 있다.
이소연, 「오정희 소설 속에 나타난 여성 정체성의 의미화 과정 연구」, 『한민족문화연구』 제30집, 2009. 8. 31, 78~82쪽.
단유경, 「오정희 소설에 나타난 여성 인물의 정체성 연구」, 중앙대학교 교육대학원, 2010. 2, 39~41쪽.
박미란, 「오정희의 소설에 나타난 트로마의 시학」, 서강대학교 석사학위 논문, 2000, 89~90쪽.
김영순, 「오정희 소설의 여성 인물 연구」, 경기대학교 석사학위 논문, 2012. 12, 70~76쪽.
곽은희, 「일상 속에 퇴적된 여성의 내면을 찾아서」, 『문예미학』, Vol-No.11, 2005, 121~126쪽.
이정희, 「오정희 소설에 나타난 탈영토화 전략」, 『여성문학연구』 제4호, 2000, 300~302쪽.
윤애경, 「오정희 소설에 나타나는 '죽음'의 의미 연구」, 『한국문학이론과 비평』 35, 한국문학이론과 비평학회, 2007.6, 317~319쪽.
조회경, 「일상과 비일상의 지도에서 길 찾기」, 『우리문학연구』 25, 우리문학회, 2008.10, 452~454쪽.
이봉일, 「일상성, 내면성, 테러리즘」, 『고황논집』 제24집, 경희대학교 대학원, 1999,

고 정치하고 세밀하게 분석한 본격적인 연구는 많지 않다. 특히 「파로호」
는 「불꽃놀이」 「그림자 밟기」에 이어 사회현실 참여에 대한 작가의 태도와
작가의식이 투영된 작품으로, 오정희 문학 전체를 총체적으로 바라볼 때
반드시 중요하게 다루어져야 한다고 본다. 또한 작가의 사회현실 인식이
어떻게 확장되고 있는지에 대해서도 면밀한 연구가 필요하다고 본다.

이에 이 글에서는 중편 「파로호」[2]를 대상으로 하여, 작품 자체의 정밀한
분석을 중심으로 작품 속에 내재되어 있는 주제의식을 도출하고자 한다.
또한 작중인물들의 내면세계와 갈등 양상을 파악하고 작가의 사회현실 인
식이 어떠한 양상으로 드러나고 있는지 고찰하고자 한다. 나아가 이 작품
속에 내재되어 있는 이미지들의 상징적 의미를 함께 분석함으로써 작가의
삶과 죽음에 대한 인식을 추적하고자 한다.

55~57쪽.

서재원, 「오정희 소설의 타자성 연구」, 『우리어문연구』 56집, 우리어문학회,
2016.9.30, 79~86쪽.

강숙아, 「파로호의 시간 배치와 시간의 불일치 연구」, 『한국문예창작』 제11권 제2호
(통권 25호), 2012.8, 341~367쪽.

정미숙, 「오정희 소설과 노년 표상의 시점시학」, 『인문사회과학연구』 제14권 제2호,
부경대학교 인문사회과학연구소, 2013.10.31, 90~92쪽.

김경희, 「오정희 소설에 나타난 강원도의 힘」, 『강원문화연구』 제24집, 2005,
183~201쪽.

송창섭, 「한국영문학 속의 비교문학, 비교문학 속의 한국영문학」, 『영미문학교육』
제9집 2호, 2005, 117~120쪽.

2   중편 「파로호」는 『문예중앙』(1989. 봄호)에 발표됨.

2. 불안과 위기의식으로부터의 탈주
: '물 마시기'와 도둑고양이 죽이기

중편 「파로호」는 작가가 1984년 여름부터 1986년 여름까지 2년간 미국에서 생활한 후 춘천으로 돌아와 쓴 작품 「불꽃놀이」 「그림자 밟기」에 이어세 번째로 쓴 작품으로서, 작가의 자전적 요소가 상당 부분 투영된 작품[3]이라 볼 수 있다. 왜냐하면 이 작품의 시·공간적 배경은 현재로서 파로호찾아가기에 맞추어져 있지만, 미국 생활에서 겪은 작중인물 혜순의 내면세계가 과거 회상으로 병치되면서 정치하게 드러나 있기 때문이다. 즉 작중인물 혜순의 내면세계에는 미국에서 2년간 체류했던 작가 오정희의 정신적 공황상태와 결핍감, 불안의식, 탈주 욕망, 공포감[4] 등이 구체화되어형상화되고 있음을 발견할 수 있다.

작중인물 혜순은 중학교 국어교사로서 소설쓰기에 대한 욕망을 가지고있는 인물이다. 고등학교 사회과 교사인 남편 문병언이 학교에서 이유도

---

3 50쪽 각주 3 참조. 미국에서 소설을 쓰지 못한다는 절망감은 오정희의 수필집 『내 마음의 무늬』 중 「나의 문학과 생활」에서 토로되고 있다. 오정희, 『내 마음의 무늬』, 황금부엉이, 2006, 171쪽 참조.

4 "소설을 쓰는 일은 둘째 치고 저는 그 곳에서 혀가 굳어지는 듯한 무서운 공포를 맛보았습니다. ……제 땅을 떠나자 언어가 힘을 잃고 실감을 잃어버리는, 따라서 자신의 실체감이나 살아가는 실감을 잃어버리는 것은 참 이상하고 무서운 경험이었고 저 자신 얼마나 언어에, 즉 문학에 의존해 살아왔는가 하는 새삼스런 깨달음을 주기도 했습니다. 작가에게 있어서 유일한 수단이고 무기인 언어를 잃어버릴지도 모른다는 것은 제 땅과 언어를 떠나는 것에 대한 지나친 두려움 때문에 생긴 강박증이었을지도 모릅니다. 결국 소설을 한 편도 못 쓰고 남편과 치열하게 싸웠던 기억만을지닌 채 피폐해져 돌아왔지요." 위의 글, 171쪽.

모른 채 해고당한 후, 어쩔 수 없이 미국 뉴욕주의 한 대학에서 입학허가서를 받은 남편을 따라 그녀는 미국 뉴욕주 대도시로 이주하게 된다. 그러나 뉴욕 또는 미국의 공간은 혜순에게 유폐되어 있는 '낯선 공간'으로 인식되면서 불안감과 위기의식을 야기시킨다. 혜순이 남편을 따라 미국으로 갈 때에는 "세상을 보고자 하는 새로운 삶에 대한 욕구"가 있었다. "자신을 떠나게 한 거지에의 환상, 가난에의 환상, 고독에의 환상, 그리고 그 간교한 절망에의 환상"[5]을 가지고 있었다. 그러나 이러한 환상이 "막다른 길에 부딪혔을 때 자기를 걸어보는 방법 중 가장 비겁한 자기 기만의 하나"(72쪽)임을 인식하게 되면서 혜순은 습관적으로 '물 마시기'를 한다.

그녀에게 '물 마시기'는 소외로부터 오는 공포, 무력감으로부터 벗어나기 위한 절박한 몸부림인 것이다. 미국에서의 혜순의 집은 평화와 안식의 공간이기보다는 불안과 상실감과 좌절감으로 팽배해 있는 이질적 공간으로 자리매김한다. 도서관에서 공부하고 돌아오는 남편 병언을 기다리며 혜순은 '물 마시기'[6]를 시작한다. TV에서는 온갖 욕망, 엽기적인 살인, 섹스, 근친상간을 다룬 천박한 영화들이 상영되고 있었으며, 한밤중 누군가는 전화를 걸어와 자기의 섹스 파트너가 되어달라고 지껄인다. 이때 혜순은 자신의 가족만이 '홀로 고립된 섬'처럼 동그마니 떠 있는 듯 느껴지곤 한다. 즉 뉴욕은 그녀에게 진정한 자아를 찾을 수 있는 공간이 아니라 이

---

5 오정희, 「파로호」, 『불꽃놀이』, 문학과지성사, 2007, 72쪽. 이후 이 작품의 인용은 괄호 안에 쪽수만 표시한다.

6 이 작품 속에서 작가는 '물 마시기'에 대한 혜순의 욕망을 동행한 김선생을 매개로 연상기법으로써 연결시켜 서사로 진행시킨다. 김선생의 흡연욕구를 충족시켜줄 '물 마시기'를, 혜순의 '물 마시기' 욕망과 연결시키고 있다.

질적인 나를 발견하는 공간이면서 일상에서 '섬'처럼 고립되어 있는 유폐된 공간으로 변질되고 마는 것이다. "미국에 사는 동안 그녀는 낯선 땅에서 아이들을 기르고 살아야 한다는 짐승 같은 본능과 불안에"(71쪽) 시달릴 때마다 '물 마시기'를 반복한다. 이는 트로마적 신경증이라 볼 수 있는데 강박성과 반복성을 가진다는 특징을 가진다.

> 잠이 오지 않는 밤이면 혜순은 물을 마시곤 했었다. 석회질이 많은 물을 병에 받아놓고 앙금을 가라앉혀 습관적으로 마셔댔다. 물이 목까지 차올라 구역질이 날 지경이면 소금을 집어먹었다. 그 찝찔한 맛에 안도감이 왔다. 불안이 사라졌다. 유리병 속의 물을 다 비우고 나면 몸 속에서 투명한 물소리가 나는 듯했다. 물을 많이 마신 다음날 아침이면 얼굴이 부석부석 부어올라 자신의 것이 아닌 듯 낯설어 보였다. 끊임없이 비워내고 씻어내지 않으면 안 될 듯한 절박감은 무엇이었을까. 끊임없이 물 마시고 소금 집어먹는 행위로 무엇으로부터 사면받기를 바랐던 것일까.(54쪽)

혜순이 미국에 거주했던 시기는 제5공화국의 만행이 극대화되었던 시기로, 혜순에게는 폭력적인 조국 현실을 외면하고 도피했다는 자괴감이 무의식에 내재해 있었을 것이다. 물이 가지고 있는 순정성, 정화 작용을 통하여 그녀의 내면에 깊이 웅숭거리고 있는, 조국의 비극적 현실에 적극적으로 대항하지 못하고 행동하지 못했다는 죄의식과 부끄러움을 씻어내고자 했을 것이다. '물 마시기'를 통하여 혜순은 고국을 외면했다는 자괴감에서 '사면 받기'를 원했던 것일지도 모른다.

한편 남편 병언은 이해할 수 없는 해직과 두 해에 걸친 실직 상태를 거쳐, 일생을 두고 벗어날 길 없는 피해의식으로 미국행을 결심한다. 착실하고 선량한 교사였던 병언은, 미국에 온 후 그의 의도와는 달리, 두 명의 해직교사처럼 투사로, 반체제 인사로 군림하게 된다. 이러한 상황은 혜순에게 고통과 환멸감을 안겨준다. 또한 인권협회에서 본 광주민주화운동의 참상과 이인걸, 염준기의 싸움은 그녀로 하여금 발작적으로 히스테리를 일으키게 하는 동인이 된다.

섬약해 보이는 인상의 염준기는 독립운동가의 후손으로 술에 취해 이인걸에게 친일파 새끼라고 몰아세운다. "니 할애비가 훈장을 주렁주렁 달고 친일 매국할 동안 우리 할아버지는 독립운동을 했단 말이다."라고 악을 쓰면서 타국에서 우국지사 흉내내는 교민들을 비판한다.

> "이 친일 매국놈의 새끼 나와. 주둥아리들만 까져서 정치가 어떠니 사회가 어떠니 민중이 어떠니…… 그렇게 가슴 쓰리고 아프면 왜 여길 왔지? 얼뜨기 양놈이 다 되어 그걸 미국적 자유니 양심이니 민주주의니 하고 떠들어? 나라 밖에서 제 나라 욕을 해대고 양놈들에게 살살 고자질해대고……그렇게 우국지정에 가슴 아프면 들어가서 부딪쳐봐. 유치한 망명객, 우국지사 흉내내지 말고. 나는 늬네들이 얼마나 계산에 빠르고 자기 보호에 민감한 줄 안다구, 이 약아빠진 도련님들. 네가 어째서 내 동족이야?" 그가 자동차에 구겨박히듯 실리면서 울부짖던 '네가 어째서 내 동족이야?'라던 소리가 혜순에게는 창날처럼 차갑고 섬뜩하게 와 닿았다.
> 그것은 추하고 난처한 광경이었다. 아니 그렇게 말하는 것만으로는 충분치 않았다. 손댈 수 없이 깊게 썩어가는 부끄러운 병소였다.(85쪽)

불안하고 폭력적인 조국의 현실에서 도피했다는 자괴감을 가진 혜순에게 '네가 어째서 내 동족이야?'라고 외치는 염준기의 말은 창날처럼 그녀

의 가슴에 박힌다. 싸움으로 난장판이 된 집안을 보며 그녀는 병언에게 발
작적으로 외친다. 이젠 제발 사람들을 부르지 말라고. 나는 시간제 파출부
노릇을 하고 당신을 생선가게 점원이라고. 우리 인생은 실패하면 만회할
길이 없다고. 늘 신경은 불안하고 초긴장 상태라고.

> 우린 점점 거지가 되어가요. 단지 돈이 없다는 얘기가 아니라 마음
> 이 초라하고 남루해져 긍지와 자존심을 잃고 황폐해져가는 걸 느끼
> 게 돼. 당신은 정말 초밥이나 만들면서 살 거야? 썩은 글들에서 주워
> 읽는 것을 근거로 시국 토론이나 하면서? 그것을 나라 사랑의 지적 행
> 위라고 여기면서? 진정한 비판은 애정을 가진 자만의 권리가 아닐까?
> ……나는 마리온의 집에 일하러 갈 때 손가방도 하나 안 들고 가. 한
> 국에서 파출부들이 주인에게 정직하게 보이고 싶어서 하는 태도야.
> 당신은 돌아가지 않겠다고 말하지만 나는 정말 돌아가고 싶어요. 다
> 시 소설을 써보겠어.(86쪽)

이렇게 타국에서 긍지와 자존심을 잃고 황폐해져간다는 인식은 혜순으
로 하여금 공포감과 위기의식과 불안감을 야기시키고 이는 아이들에게 휘
두르는 폭력성으로 나타나기도 한다. 저녁 식사 시간이 지나도록 밖에서
놀았다고 아이들을 발가벗겨 문밖으로 내몬 적도 있으며, 아이들 앞에서
큰 소리로 울거나 그릇을 깨뜨리기도 한다. 이러한 자신의 모습을 보며 그
녀는 "자신이 병들어가고 있다." 하고 중얼거린다. 그녀의 공포감은, 자신
이 병들어가는 것보다, 병들어가는 자신을 바라보면서 '잔인한 쾌감'을 느
낀다는 점이었고, "자기 자신을 복수의 대상으로 삼고 있는 자기 안의 낯
설음"을 발견할 때였다고 고백한다.

남편과의 갈등과 단절감 그리고 자기 자신이 황폐해져가고 병들어가고 있으며 자존감을 상실하고 있다는 공포감은 결국 히스테리적 발작을 일으키게 함으로써 도둑고양이를 죽이게 되는 동인이 된다. 숲에서 사는 도둑고양이는 옛 주인의 집을 찾아 혜순의 아파트로 찾아들곤 한다. 혜순은 "그 고양이의 더러움을, 문밖에서 들려오는 처량한 울음소리와 비루한 몸짓 따위를 점차 참을 수 없었다. 발화점을 향해 모이는 불꽃처럼 그녀 속의 모든 적의와 잔인함과 분노가 잿빛 고양이를 향해 모아지는 것을 스스로도 이해할 수 없었다."(88쪽)에서 살펴볼 수 있듯이 혜순은 도둑고양이에게 자신에 대한 복수심, 잔인한 쾌감과 적의 등을 투사시킨다. 왜냐하면 옛 주인의 집을 향해 귀향하려는 도둑고양이의 본능은, 고국으로 귀향하고자 하는 혜순의 귀향욕구와 일치하며, 떠난 옛 주인을 그리워하며 처량하게 우는 고양이의 울음소리는 폭력적인 조국의 현실을 외면하고 떠나왔지만, 미국에서도 안주하지 못하고 절박함과 위기감으로 미만해 있는 자신의 울음소리와 맞닿아 있기 때문이다. 곧 자기 자신에 대한 적의와 존재론적 불안감으로 팽배해 있는 혜순의 내면세계는 '도둑고양이'와 동일시되면서, 도둑고양이를 숲으로 유인해 살해한다. 고양이의 살해는 곧 그녀 자신을 죽이는 행위에 다름아니다. 남편의 허위의식을 바라보며 느끼는 고통과 단절감, 낯선 나라에서 아이들을 키워야 한다는 공포감, 조국의 현실을 외면하고 있다는 자괴감은 자아의 분열을 일으키고 분노로 극대화되면서 고양이를 자루에 넣어 죽이는 파괴적인 행위를 하게 되는 것이다. 도둑고양이를 자루에 넣어 단단히 소나무 가지에 매달은 후, 무심히 나무뿌리라고 생각해 눈길을 준 곳에는 '사슴의 뼈'가 있었다. 죽은 사슴의 "휑하니 뚫린 눈구멍은 벌레의 집이 되어 개미들이 부지런히 기어들고 있었다."(89

쪽) 여기서 사슴은 '정신적 고양'을[7] 표상한다. 정신과 영혼의 승리를 표상하는 '사슴의 눈'은 죽어서 '텅 빈 구멍'으로 뚫어져 있다. 즉 혜순의 영혼과 정신이 고갈되어 해체된 채 '텅 빈 구멍'으로 잔존해 있음을 의미한다. 그녀는 사슴의 "텅 빈 구멍에서 표정을 읽으려 애쓰는 부질없는 노력을 한다." 그러나 그것은 부질없는 노력일 뿐, 정신적 고양을 갈망하던 그녀의 영혼은 이미 죽어 있을 뿐이며 그 증거로 죽어가는 '도둑고양이'의 처절한 울음소리와 몸부림을 목도할 뿐이다.

> 혜순이 그것의 텅 빈 구멍에서 표정을 읽으려 애쓰는 부질없는 노력을 하는 동안 자루 속의 고양이는 간헐적으로 몸부림치고 날카로운 소리로 울어대다가 문득 잠잠해지고 다시 가지가 끊어질듯 격렬하게 몸부림쳤다. 혜순은 넘어진 나무 둥지에 걸터앉아 오래 소리 내어 울었다.(90쪽)

사슴의 휑하니 뚫린 '텅 빈 구멍'은 혜순의 황폐해진 내면세계와 동일시되면서 그녀로 하여금 소리 내어 울게 만든다. 이는 일상 속에서 건조하게 생의 감각도 없이 공동화되어 가고 있다는 인식의 발로로서 그녀의 절망적 몸부림이라 볼 수 있다.

혜순은 매일 숲속으로 가서 도둑고양이의 사체가 들어 있는, 점점 작아지는 청회색 피크닉 주머니를 바라보면서, "더 이상 붉을 수도 푸를 수도 없이, 퉁퉁하다거나 길다거나 형체를 말할 수 없이 해체되어 자루 속에

---

7 사슴의 뿔은 재생, 영원한 생명을 상징한다. 뱀을 밟고 있는 수사슴은 정신, 영혼의 승리를 상징한다. 또한 사슴은 정신적 고양을 상징한다. 이승훈, 『문학으로 읽는 문화상징사전』, 푸른사상사, 2009, 291쪽 참조.

서 악취가 풍기고 썩어가는 것은 고양이가 아니었다. 바로 자신의 내면에서 붕괴되고 부패해가는 그 무엇이었다."(90쪽)라고 자각하게 된다. 곧 도둑고양이의 죽음은 붕괴되어가고 부패되어 가는 혜순의 죽음과 같은 삶과 동일시된다. 즉 혜순은 '도둑고양이 죽이기'라는 통과제의를 거치면서 죽어가는 자신을 소멸시키고 새로운 자아로 재생하고자 한다. 도둑고양이는 자아정체성 찾기와 건강한 삶으로의 재생을 위해 황폐한 일상으로부터 탈주하게 만드는 매개체가 되는 것이다.

즉 혜순은 '물 마시기'로 끊임없이 자신의 불안감과 절망감으로부터 정화되고자 시도했으나, 온갖 위선과 가식과 거짓만이 범람해 있는 미국 생활에서 이를 성취시키지 못한다. 조국의 현실을 외면하고 도피하고 있다는 자괴감과 부끄러움은 "네가 어째서 내 동족이야?"라던 염준기의 일침에 의해 히스테리를 일으키게 되고, 한국에 돌아가고 싶다고, 소설을 써보겠다고 남편에게 선언하게 되는 것이다. 결국 혜순은 병들어가는 자신을 바라보는 잔인한 쾌감에 공포를 느끼며 도둑고양이를 살해하게 되는 것이다. 그러나 '도둑고양이 죽이기'는 혜순에게 '말하기'와 '소설쓰기'에 대한 욕망을 불러일으키게 되면서 불안감과 위기의식으로부터의 탈주를 시도하게 만드는 전환점이 되고 있는 것이다.

3. 주체적 삶을 향한 탈주 : 발화 욕망과 소설쓰기

오정희의 소설에서 작중인물의 발화 욕망은 「불꽃놀이」「구부러진 길 저쪽」 등에서 자주 거론되고 있다. '말하기'[8]에 대한 욕망은 기본적으로 폐쇄적이고 닫혀 있는 자아로부터의 탈출을 의미하며, 이는 폭력적이거나 억압적인 타자와의 관계 혹은 폭력적인 시대상황과 긴밀하게 연관되고 있다.

이 작품 속에서 혜순은 왜곡된 허위의식 속에 길들여져가는 남편과의 관계 속에서 갈등한다. 혜순의 남편 병언은 교사직에서 해직된 후 대인기피증을 갖게 되고 공포와 피해의식을 가지게 된다. "대체로 언동이 눈에 띄지 않고 착실한 교사"인 그는 학교 측의 만만한 희생양일 가능성이 많아 보였으나, 무능교사라는 굴욕감과 수치심에서 벗어날 수 있었던 것은 두 명의 해직교사의 전력 때문이었다. 병언은 미국에서 자신의 의도와는 무관하게 투사로, 반체제 인사로 연출된다. 폭력적 현실 속에서 탈주를 시도한 병언은 왜곡된 허위의식에 길들여지게 된다. 이러한 상황이 혜순과의 갈등을 불러일으키게 된다. 병언은 고국의 맛, 가정적인 분위기를 누리게 하는 것도 좋은 일이라고 말하며 지인들을 시도 때도 없이 불러들인다. 병언의 허세와 시국 토론이나 하면서 그것을 나라 사랑의 지적 행위라고 여기면서 떠들어대는 주위 사람들에게 염증을 느끼던 혜순은 결국 이인걸과 염준기의 싸움을 계기로 히스테리를 일으키게 되고 결국 '도둑고양이'를 살해하게 된다.

남편과의 단절감과 자기 자신이 썩어가고 있다는 절망감은, 그녀 자신도 의식하지 못하는 사이, 소설을 써보고 싶다고 부르짖는다. 이에 대해

---

8 이 작품 속에서 작가는 '말하기'에 대한 혜순의 욕망을, 동행한 김선생의 금단현상과 연결시켜 연상기법으로 접목시키고 있다. "줄곧 떠들어대지 않으면 안 되는 조바심과 안타까움"이라고 묘사되고 있다.

남편은 "당신은 왜 그렇게 적응력이 없는가. 이곳 생활에 대한 거부감은 당신의 허위의식에서 비롯된 것일 수도 있다는 비난"을 한다. 또한 그는 "가정을 떠나면서까지, 그렇게 어렵게 이룬 생활과 맞바꿀 만한 것이 무엇인가, 어떤 새로움이 가능하겠는가"라는 힐난을 퍼붓는다. 혜순은 그의 웃음에 반발하듯 고집스럽게 되풀이했다. "어렵겠지만 소설을 쓰려고 해요."라고. "자기 자신에게조차 막연하고 확신이 없었던 생각이 그리도 쉽게 서슴없이 나와 버린데 대해 스스로 놀라고 있었다."(71쪽)에서처럼 혜순은 한때 단편소설로 현상문예에 응모했다가 낙선하면서 상처를 받았다. 그리고 자신감을 잃었다. 그럼에도 불구하고 내면 깊숙이에서는 '말하기'에 대한 열망과 '소설쓰기'에 대한 갈망이 내재해 있었던 것이다. "마치 벙어리의 소리치려는 충동처럼, 혀가 굳어가는 안타까움과 같은 뒤늦은 열망의 정체는 무엇일까. 무엇이 남편과 아이들을 향해 소설을 쓰고 싶어 혼자서라도 돌아가겠노라고 당당히 말하게 한 걸까. 잃어져가는 말에 대한 복수일까, 사랑일까"(72쪽)에서 살펴볼 수 있듯이 그녀의 내면 깊숙이에서는 끊임없이 활화산처럼 식지 않고 타오르는 말하기와 글쓰기에 대한 욕망이 내재하고 있었던 것이다. 남편과의 관계에서 대화가 되지 못하고 단절되면서 발산되지 못한 욕구와 권태와 고독 속에서 죽어가고 있다는 자기 자신에 대한 인식과 조국의 사회현실에 대해 아무런 대응도 하지 못하고 억눌려 있는 자기 자신에 대한 자괴감, 부끄러움 등이 서서히 표현의 욕구로 분출되고 있는 것이다. 그녀의 상처와 결핍감이 남편과의 사이에서 '말하기'로 치유되지 못할 때, 혜순에게 한 단계 승화된 욕구 즉 '소설쓰기'의 욕구로 분출되는 것이다.

결국 '소설쓰기'를 욕망하는 그녀를 냉소적으로 바라보는 남편과 아이들을 미국에 남겨두고 부패해가는 자기 자신을 구출하기 위해 혜순은 고국으로 돌아온다. 귀국 후 가장 먼저 혜순은 즉석 사진촬영소에서 '사진 찍기'를 통하여 자기 자신이 한국인으로 돌아왔다는 자기 증명을 시도한다. 충실한 시민으로 돌아가기 위해 '신문 사기'를 하고, 더 이상 떠돌이가 아님을 스스로에게 증명해 보이기 위해 '올림픽 복권'을 사기도 한다. "그러면서도 시차 극복이 안 된 듯한 어정쩡한 상태에 매달려" 혜순은 '유예'의 시간을 보내고 있었다. "낙하가 두려운 다이빙 선수처럼 스스로에게 가한 유예"(60쪽)에서 나타나듯, '소설쓰기'는 혜순의 뜻대로 진행되지 않는다. 혜순은 이천 매가 넘는 남의 소설을 토씨 하나 빼지 않고 원고지에 옮기고는 뿌듯함과 성취감을 느끼는 자신에게 절망한다. "이 어둠의 시대에 글을 쓰는 것이 무슨 의미가 있겠는가, 라는 부르짖음을 일생 되풀이하며 횡음과 췌사로 타락해버린 작가들을 떠올리고 공포에"(78쪽) 사로잡힌다. "어둠의 시대에 글을 쓰는 것이 무슨 의미가 있겠는가"라며 타락해버린 작가들의 모습이 혜순 자신의 모습이 될지도 모른다는 공포감에 그녀는 절망한다. 그래서 스스로 질문한다. "무엇이 자신을 그토록 황폐하게 했던 것일까. 소설을 쓰는 일이 도망치는 말에 대한 가장 확실한 복수의 방법일까."(78쪽)라고. 어둠의 시대에 글을 쓰지 못한다는 혜순의 절망감은, 어쩌면 작가 오정희의 내면세계와 대응된다[9]고 볼 수 있다.

문학은 어떤 이념이나 정의, 혹은 계몽이라는 목적의식에 봉사하는

---

9 작가란 어떤 이야기를 쓴다 해도 자신이 형상화시킨 인물들에게 더없는 애정과 생명을 나누어 생기를 불어넣는 것이기에 모든 작품은 자전적인 것이 아닐까 생각합니다. 오정희, 『내 마음의 무늬』, 104쪽.

수단이 아니라 문학 자체의 미학과 인간의 삶을 포괄적으로 다루고 보여주는 것이라는 입장을 견지하고 있었다. 그러면서도 군부독재가 본격화하고 공공연한 탄압이 심화되던 30년 동안 작가 생활을 하면서 나는 한순간도 이 물음에서 놓여난 적도, 당혹감과 자괴감에서 놓여난 적도 없었다. 많은 문학인과 지식인, 학생을 비롯하여 사회 각 분야, 각 계층의 사람들이 자유와 평화를 위한 투사가 되어 목숨을 잃거나 고초를 겪는 것을 보면서 자신의 시대의 폭압과 부정의함에 대해 증언하고 행동해야 한다는 강박증에 갈등하면서 내가 택한 것은 '내 안으로 파고들어가기'였다. 어린 날의 기억을 불러내어 전쟁 후의 피폐한 삶 속에서 성장을 거부한 어린아이들을 그리기도 하고 반정부 활동의 혐의로 지명수배자가 되어 떠돌다가 자살로 추정되는 죽음을 겪는 대학강사, 민주투사연하는 해직교사의 허위의식 등을 소설 속에 담기도 했는데 그 작품들 속에는 작가로서의, 그리고 그 시대를 살아가는 한 자연인으로서의 나 자신의 나약함과 비겁함에 대한 무력한 분노와 우울함이 반영되어 있었다.[10]

작가 오정희의 고백과 같이 민주투사연하는 해직교사의 허위의식 등을 형상화한 작품 「파로호」에도 작가 자신의 나약함과 비겁함에 대한 무력한 분노와 우울감이 반영되어 있다고 볼 수 있다. 이는 곧 혜순이 느끼는 공포감과 절박감과 안타까움과 동일시되어 작품 속에 투영되어 있다고 볼 수 있다.

끊임없이 말하고자 하는 욕구와 이윽고 찾아오는 텅 빈 공백상태. 사용되지 못한 말들과, 그것이 지칭하는, 지시하고 가리키는 사물들

---

10 위의 책, 195~196쪽.

은 텅 빈 뇌 속에서 화석처럼 굳어갔고 혜순은 자신의 사유와 세계라는 것이 얼마나 말의 질서 위에 세워져 있었던가를 참혹하게 깨닫곤 했었다. 입은 언제나 말하고자 하는 욕구로 벌어져 있고 귀는 미풍에도 쫑긋거리고 눈은 항상 의심쩍게 번쩍였다. 뇌의 회백질 속에서 굳어가는 것은 말이 아니라 말로써 표상되는 그 모든 것, 꿈 혹은 열망이라 해야 하지 않았을까.(57쪽)

끊임없이 말하고자 하는 욕망은 부유하기만 할 뿐 소설쓰기로 질서화되고 체계화되어 표현되지 못한다. 새삼 그녀는 그녀에게 결핍되어 있는 것이 '말'의 상실이 아니라 '꿈 혹은 열망'의 상실임을 깨닫게 된다.

결국 혜순은 자기 자신이 잃어버린 것이 삶에의 '꿈 혹은 열망'임을 깨닫고, '파로호'로 들어가게 된다. '파로호'에 들어가기는, 자기부정과 환멸을 통해서 잃어버린 자아정체성을 회복하고자 하는 시도이며, 이는 '소설쓰기'를 하기 위한 적극적인 실천의지의 발로라 볼 수 있다. 주체적 삶을 향한 탈주 즉 자아정체성 찾기는 끊임없는 '발화 욕망'을 거쳐 '소설쓰기'에 의해 실현 가능하리라 믿는 것이다.

4. '파로호'에 들어가기 : 영원으로의 열림

'물 마시기'를 통하여 불안과 위기의식으로부터의 탈주를 욕망하던 작중 인물 혜순은 '도둑고양이 죽이기'를 통하여 부패해가는 자기 자신을 소멸시키고 진정한 자아정체성을 찾아 나아가고자 한다. 이는 주체적 삶을 향한 탈주로서, '발화 욕망'과 '소설쓰기'의 욕망으로 발현된다. 그러나 '발화 욕망'이 '소설쓰기'로 구체화되지 못하고 혜순의 의식 속에 갇힌 채 유폐되어버릴 때, 혜순은 바닥을 드러낸 거대한 호수 '파로호'[11]로 찾아 들어가게 된다.

혜순은 평화의 댐 공사를 위해 물을 뺀 퇴수지에서 선사시대 문화층이 발견되었다는 기사와 함께 게재된 흑백사진에 몹시 마음이 끌린다. "바닥을 드러낸 거대한 호수의 황량한 모습, 그 호수 뒤켠의 멀고 흐린 산의 능선"에서 '텅 빈 충만함'을 느낀다. 여기서 물이 사라진 호수는 황폐해져 있는 혜순의 마음과 동일시된다. '텅 빈' 호수를 찾아가는 것은 자아정체성을 찾아가기 위한 적극적 실천의지로서, 황폐함 뒤에 '물'로 가득 채워질 수 있으리라는 '충만함'에 대한 기대라고 볼 수 있다. 즉 이 작품에서 '파로호'는 황폐함 즉 죽음이 물로 채워짐으로써 재생할 수 있는 공간인 것이며 죽음과 재생을 연결시키는 순환적 공간을 표상한다.

이는 작가 오정희의 삶과 죽음에 대한 인식과 대응시켜볼 수 있다. 곧 삶이란 죽음과 맞닿아 순환하고 있으므로, 생성과 소멸의 회로이며, 어쩌면 '보이지 않음의 실체'를 통과하여 영원으로 열릴 수 있으리라는 작가의 삶과 죽음에 대한 인식 혹은 '영원으로의 열림'에 대한 인식과 닿아 있다고 본다. 곧 삶이란 죽음 너머의 또 다른 삶들과 호흡을 같이 하고 영혼으로 교감할 수 있는, '영원으로의 열림'을 가능하게 할 수 있는, 신비함을 가진

---

11 화천댐 건설(1939~1944)로 조성된 인공호수인 파로호는 해방 후 북한지역에 소속되어 대붕호라 불리었다. 그러나 6·25전쟁 중 화천전투에서 화천댐을 차지하려는 치열한 전투로 북한군, 중공군 약 3만 명이 수장되었고, 전쟁 후 1955년에 이곳을 방문한 이승만 대통령이 오랑캐를 물리친 호수라 하여 파로호(波虜湖)라는 친필 휘호를 남기면서 파로호라고 불리기 시작했다고 한다.

보다 근원적인 어떤 힘이라는 것이다. 작가 오정희가 "생명의 시작과 끝은 그 불가해함으로 영원한 신비일 수밖에 없다. 우리는 어디에서 와서 어디로 가는 것일까. 우리가 그로부터 왔고 또 다시 돌아가야 하는 곳, '있음'이라고도 '없음'이라고도 하는, 혹은 '있음의 없음' '없음의 있음'이라고도 하는, 인간의 언어에는 그 곳을 지칭할 힘이 없다. 다만 현묘함이나 유현함 등으로 막연히 이를 뿐이다."[12]라고 토로하고 있듯이, 작가의 분신이라 할 수 있는 작중인물 혜순은 물 빠진 파로호에서 '텅 빈 충만함'을 느낀다. 어쩌면 '파로호'에 들어가기는 본질적이고 근원적인 어떤 것을 향한 여정인지도 모른다. 이는 곧 자아정체성 찾기에 다름 아닐 것이다.

이 작품 속에서 '파로호'의 공간은, 선사시대부터 현재에 이르기까지의 장구한 역사를 파노라마처럼 펼쳐 보여주고 있다. 파로호 여행은 시간여행으로, 파로호에 닿기까지 등장인물들의 대사, 또는 서술자의 묘사 등을 통해 수시로 암시된다. 시간은 선사시대, 고생대, 구석기처럼 고고학적 차원에서, 고대사, 고려 중기 같이 먼 역사적 차원에서, 또는 사변, 왜정, 일제 등과 같이 가까운 현대사의 차원에서 측정된다. 혜순이 군용도로, 조명탄, 전쟁, 적기, 나라사랑, 태극기, 새마을기 등의 '친숙한' 기표들을 따라서 도착하는 파로호는 오만 년 십만 년의 시간의 흐름을 잉태하고 있으면서, 또한 남북의 이념이 대립하는 역사적 공간이다.[13]

'파로호'에서 지석묘가 다수 발견된 것으로 보아 이 곳은 인구 일이천 정도의 성읍국가가 형성되었던 장소로 추정된다고 김선생은 말한다. 혜순과

---

12 오정희, 『살아있음에 대한 노래를』, 창, 1999, 109쪽.
13 송창섭, 「한국 영문학 속의 비교문학, 비교문학 속의 한국 영문학」, 『영미문학교육』 제9집 2호, 2005, 117쪽 참조.

김선생이 상무룡리를 찾아 택시를 타자 운전사는 그가 태어난 마을이 물에 잠겨 지명조차 사라졌다고 안타까워한다. 그는 이곳이 수몰되기 전 양구와 화천을 잇던 도로이고 왜정 때 목탄버스와 승합마차가 다니던 길이라고 설명하면서, 이곳은 함춘벌의 곡창지대였다고 안타까워한다. 근대화의 세태 속에서 발전소도 좋지만 "그 좋은 땅들을 다 물속에 처넣어버렸어요."(63쪽)라고 분노한다.

고향집이 수몰되면서 받은 상처와 향수는 수몰된 자신의 집을 찾아 파로호를 방문한 '노인'의 모습에서도 형상화되고 있다. 노인은 화천댐이 착공될 때 조상 뫼를 이장하고 떠났다가 43, 44년 만에 댐 물이 빠졌다고 하여 자손과 함께 옛 집터를 찾아와 감개무량해한다. 노인은 "나무는 천년이 되어도 물 속에서는 썩지 않아요."라고 하며 목화씨가 싹을 틔운 마른 풀포기를 소중히 들고 있었다. "여긴 토질이 좋아 왜놈들이 목화를 심게 했었지. 그래서 가을이면 온통 솜밭이었거든. 그런데 오다 보니 이게 있잖소. 사십 년 물 속 땅에 묻혔다가 싹이 나다니 난 도통 그 조화 속을 알 수가 없어."라고 말한다. 여기에서도 작가 오정희가 소멸과 재생의 순환 원리와 생명의 영원성을 강조하고 있음을 살펴볼 수 있다. 특히 노인의 손자가 주춧돌을 집으로 가지고 가자고 하자, 노인은 "그나마 이 자리에 놔둬야 물 속에서라도 천 년 만 년 집터가 남아 있지 않겠느냐."고 대답한다. 이 점에서도 노인은 자연의 섭리와 이치를 꿰뚫어보면서도 생명을 사랑하는 인물임에 분명하다. 따라서 파로호의 공간은 생명이 잉태되고 자라서 소멸했다가 또 다시 재생하는 공간으로서 '생명의 영원성', 자연의 섭리, 자연의 신비를 구체화시켜주는 공간이다.

바람이 빈 벌을 가득 메우며 불고 있었다. 상처입은 거대한 짐승의 노호처럼 사납게 웅웅대는 바람 소리에 뒤돌아보면 바람은 보이지 않고 모질게 몸 비비며 흔들리는 마른 풀들이 씨앗주머니를 터뜨려 풀씨를 날려보내고 있었다.(76쪽)

여기서 '바람'은 생명의 풀씨를 날려보내는 매개체로, 우주의 호흡, 창조적 숨결, 생명[14]을 상징한다고 볼 수 있다. 이렇게 바람에 흔들리며 마른 풀들이 씨앗주머니를 터뜨려 풀씨를 날려보내는 '파로호'는 생명을 키우는 공간으로서 '영원으로의 열림'으로 트여 있는 공간이기도 한 것이다. 또한 파로호는 현재에도 지속되고 있는 남북의 분단 상황을 첨예하게 보여주는 이념 대립의 공간이다. 북한은 금강산댐을 건설하고, 남한은 평화의 댐을 건설하기 위해 다이너마이트 소리가 요란하게 울리는 공간이기도 한 것이다. 6·25전쟁 당시에는 화천댐을 서로 차지하기 위해 남과 북이 치열하게 교전을 했던 공간으로 북한군, 중공군 약 3만 명이 수장되어 있는 비극적 공간이기도 하다. 이렇게 '파로호'의 공간은 역사적, 사회적 진실을 담지하고 있는 공간으로, 작가는 이 작품을 통하여 동서를 가로지르는 155마일의 휴전선과 남북 2킬로미터의 비무장 지대, 지뢰 표지판, 북위 38도선 표지석이 "단순히 지나간, 종결된 전쟁의 흔적이나 잔재가 아니라는 것"[15]을 강조한다. "전쟁의 망령들이 아직 살아 우리의 의식과 사회 전반에 영향을 미치고 때때로 집단무의식과 광기로 히스테리를 일으킨다."[16]고 말

---

14 24쪽 각주 8 참조. 바람은 죽음을 극복하는 생명 혹은 사랑을 상징한다. 이승훈, 앞의 책, 211~213쪽 참조.
15 오정희, 『내 마음의 무늬』, 194쪽.
16 위의 책, 194쪽.

한다. 파로호를 소설가 전상국 선생님과 다녀온 후 작가는 다음과 같이 토로하고 있다.

> 몇 해 전 한국전쟁 당시의 격전지로 유명한 파로호의 퇴수지에서, 필시 전사한 중공군의 유품일 녹슨 수통을 발견하면서 느꼈던 무상감과 쓸쓸함을 기억한다. 수만 명의 중공군을 수장시켰다는 그곳, 황량한 빈 들판을 훑는 바람소리를 오래전 죽은 자들의 탄식처럼 들으며 그곳이 바로 문학의 못, 문학이 출발하는 자리가 아닐까 생각했다. 끝났다고, 해결되었다고 여겨지는 시점에서 비로소 시작되는 것. 그것은 음험하게 몸을 숨긴 것들에 대한 새로운 추적이기도 하고 어쩌면 회복과 화해를 위한 힘겨운 싸움의 시작이기도 할 것이다.[17]

즉 '파로호'의 공간은 분단 상황이 지속되고 있는 한국의 비극적 역사를 다시 돌이켜보고 새로운 진실과 대면해야 함을 일깨워주는 공간으로서, '회복과 화해'를 위해 힘겨운 싸움의 시작 즉 노력을 해야 한다고 작가는 힘주어 말하고 있는 것이다. 어쩌면 작가는 '소설쓰기'를 통하여 아직도 끝나지 않은 통일의 문제와 역사적 사회현실을 반영하고 싶었는지도 모른다. 그리하여 '시'의 형식이 아닌 '서사'의 형식 즉 '소설쓰기'를 욕망하는 혜순으로 하여금 '파로호'로 들어가게 형상화하였을지도 모른다.

> 벌과 마을과 길. 물밑으로 사십여 년의 시간 속에 침전된 것들. 사라진 마을. 사라진 삶들. 김선생에게는 모처럼 드러난 옛 강줄기에서 새로운 돌을 찾으리라는 목적이 있다. 그녀 자신에게는 무엇을 보려, 찾

---

17 위의 책, 194~195쪽.

으려는 요구가 있었던 것일까. 그 어떤 간절함이, 갈증이 물 마른 호수로 이끌었던 것일까.(64쪽)

인용문에서 살펴볼 수 있듯이, 혜순은 '그 어떤 간절함과 갈증' 즉 자아정체성을 찾고자 파로호에 들어가게 된다. '파로호'의 공간에서 혜순은 '텅 빈 충만함'을 느끼게 된다. 황폐함 속에서도 목화씨처럼 생명의 씨앗은 자라나 다시 태어나고 생을 살다가 소멸해가는 자연의 섭리를 통하여 혜순은 자신과 화해하고 나아가 타자와 소통하면서 모성성의 세계, 영원의 세계를 향하여 자기 자신을 열어놓게 되는 것이다. 절망과 비극적 일상 속에서 극도로 황폐해져가던 혜순은 이 소설의 마지막 결미에서 확인할 수 있듯이, 자연과 '노인'으로 대표되는 타자와의 교감 속에서 '영원으로의 열림'을 향해 나아가고 있는 것이다. 이는 삶과 죽음의 고리로 이루어진 순환적 시간관을 통해 가능함을 작가는 보여주고 있다. 물속에서도 오랜 시간 생명의 씨앗을 잉태하고 있다가 다시 싹을 틔우는 목화씨처럼 이제 혜순도 묻혀져 있던 자아정체성을 발견하고 '소설쓰기'가 가능해지리라는 암시가 드러나는 것이다. 목화씨가 재생과 영원한 생명을 표상하는 '물'을 통하여 새로운 생명을 얻었듯이, 혜순도 '파로호'의 공간을 통하여 묻혀져 있었던 '자기 실존'의 모습과 대면하게 되는 것이다. 이는 '여자의 얼굴'이 새겨진 '돌'을 통하여 더욱 구체적으로 증명되고 있다.

유적지에서 발견한 '손바닥만한 흰빛 타원형의 차돌'에는 '여자의 얼굴'이 새겨져 있었다.

그것은 분명 사람의, 그것도 여자의 얼굴이었다. 단장이 손바닥으로 문질러 흙을 닦아내고 구멍을 메운 흙을 파내자 그것은 생생한 표정으로 되살아났다. 단순히 갸름한 흰 돌에 날카로운 돌로 세 개의 구멍을 쪼았을 뿐인데 그것이 어우러져 만드는 표정은 놀랄 만치 깊고 풍부했다. 학생들은 저마다 그 돌을 들여다보며 웃고 있다, 울고 있다, 슬퍼하고 있다 등등 느낌을 말했지만 혜순으로서는 그 얼굴에 대해 표현할 수 있는 말을 찾아낼 수 없었다. 옛 여인의 얼굴에서 깊은 슬픔, 지극한 그리움과 간절함을 보았다고 한다면 그것은 그렇게 보고자 하는 그녀의 마음일 것이다. …(중략)…

"제가 좀 볼 수 있을까요?"

혜순이 학생들을 비집고 단장을 향해 염치없이 손을 내밀었다. 단장이 혜순의 태도에 잠시 놀랍고 의아한 듯 눈을 치떴으나 말 없이 돌을 건네주었다. 혜순은 돌을 손바닥 위에 얹고, 해독할 수 없는 암호를 바라보듯 그 표정을 읽으려 애썼다. 수만 년의 세월 뒤 흙을 털고 일어난 여인의 눈으로 물이 사라진 호수, 영원한 화두인 양 웅웅대며 떠도는 바람을 보려 애를 썼다.(95~96쪽)

"수만 년의 세월 뒤 흙을 털고 일어난 여인"은 '돌'이 가지고 있는 영속성[18] 또는 자연의 영속성을 표상할 뿐만 아니라 삶의 유한성을 초월하여 넘나드는 영혼의 영원성과 교감을 의미한다고 볼 수 있다. 또한 여자의 얼굴이 새겨진 '돌'은 묻혀져 있던 '실존'의 재생으로서 황폐함 속에 묻혀져 있던 혜순 자신의 실존적 모습을 인식하게 하는 매개체이다.

이 작품 서두에서 혜순은 안개로 싸인 '파로호'로 들어간다. 이 작품에서 '안개'[19]는 혼미, 막연함을 상징하는데 여인의 얼굴이 새겨진 차돌을 발

---

18 돌은 응집, 불멸성, 영원성, 안정을 상징한다. 이승훈, 앞의 책, 157쪽.
19 안개는 공기와 물이 혼합된 상태로 윤곽이 모호한 모습이나 발전 과정을 상징한다.

견하게 됨으로써 혜순의 영혼이 안개의 어두움과 혼란 상태를 통과해 정신적 광명에 도달함을 암시한다. "옛 여인의 얼굴에서 깊은 슬픔, 지극한 그리움과 간절함"을 보는 혜순의 마음은 바로 작가 오정희의 마음일 것이며 이는 작가의 생에 대한 인식과 맞닿아 있을 것이다. 구석기인들이 연모로 썼던 '돌'을 통하여, 죽은 자와 산 자가 교감하고 체온을 느낌으로써 어쩌면 삶과 죽음은 순환 고리로 연결되어 영원성을 획득하는 것일지 모른다. 그럼에도 유한한 인간은 근원적으로 슬픔[20]과 그리움과 간절함을 내면 세계 속에 가질 수밖에 없는 존재라는 인식은 오정희 작품세계의 기저를 형성하고 있다. 그리하여 혜순은 "수만 년의 세월 뒤 흙을 털고 일어난 여인의 눈"으로 '물이 사라진 호수'와 "영원한 화두인 양 웅웅대며 떠도는 바람"[21]을 보려고 애를 쓴다. '돌'을 통하여 '보이지 않음의 실체'를 발견하고 영혼의 교감과 자연의 섭리를 인식한 혜순은 생명의 탄생과 소멸, 삶이 가지고 불가해함, 외로움, 그리움, 슬픔, 안타까움, 삶의 복병, 운명성 등을

이런 상태는 혼란, 착오를 암시하고 영혼은 안개의 어두움과 혼란 상태를 통과해 정신적 광명에 도달한다. 일반적으로 안개는 혼미, 막연함을 상징하고 아일랜드에서는 이승과 저승의 중간, 죽음의 전조를 상징한다. 위의 책, 387~388쪽 참조.

20 "사람은 상처와 슬픔을 통해 근원성을 찾아가는 것이 아닐까요?" 오정희, 『내 마음의 무늬』, 103쪽.

21 오정희는 그의 작품에서 '바람'의 이미지를 많이 쓰고 있는데, 그 이유에 대해 "근원 모를 불안과 떠돎의 마음, 그것이 허약할 수밖에 없는 인간조건과 운명의 자각에서 비롯된 것인지 제 개인의 무의식에서 비롯된 것인지는 알 수 없습니다."라고 토로하고 있다. 위의 책, 98쪽. 바람은 융에 의하면 숨결과 정신 두 가지 의미를 가진다. 바람은 태풍이 되며 태풍은 회오리바람과 함께 파괴, 폭력, 황폐를 상징한다. 바람은 무형이라는 점에서 손에 잡히지 않는 것, 옮겨가는 것, 실체가 없는 것을 상징한다. 또한 고난, 정처 없음, 허무, 무정견을 상징한다. 불교적 무상을 상징한다. 이승훈, 앞의 책, 211~212쪽 참조.

'바람'을 통하여 응시하는 것이다. 실존의 '눈'으로, 자아정체성을 가진 '눈'으로 새롭게 삶과 죽음을 바라보고, 자신과의 화해와 타자와의 화해, 세상과의 화해를 시도하면서 자신의 꿈인 '소설쓰기'를 향해 나아가고자 하는 것이다. 결국 '파로호'에 들어가기를 통하여, 혜순은 자아정체성을 회복하고 '소설쓰기'를 통하여 사회현실을 반영하고자 시도하고 있음을 고찰할 수 있다.

5. 폭력적 현실로부터의 탈주 : 왜곡된 허위의식

이 작품 속에서 혜순이 미국에서 귀국하여 파로호를 방문한 시기는, 평화의 댐 기초공사를 위해 물을 뺀 퇴수지를 방문한 때이므로 대략 1987년경으로 추정된다. 즉 이 작품 속 현재의 시간적 배경은 1987년경이며, 7년 전 병언과 함께 물이 가득 찼던 파로호를 방문한 시기는 1980년 가을로 유추해볼 수 있다. 1980년에는 5·18광주민주화 운동이 일어났던 때로서 이 작품에서 이야기를 끌고 가는 내적 동인이 되고 폭력적 현실을 이면적으로 드러내는 시간적 배경과 비극적 분위기를 조성하는 상징적 배경이 되고 있다.

혜순의 남편 병언은 고등학교 사회과 교사직에서 이유 없이 해고당한다. 그 후 병언은 공포와 피해의식 때문에 대인기피증을 갖게 된다. 그런 어느 날, 혜순은 근무하던 학교에 병가를 내고 '파로호'에서 병언과 함께 일주일을 묵는다. "새벽녘 귓가에서 찰박대는 물소리에 눈을 떠보면 병언이 곁에 없었다." 병언은 낚싯대를 드리운 채 웅크리고 소주를 따라 마시곤 했다.

> 물가의 새벽은 믿을 수 없이 고요했다. 물에서 피어오르는 안개가
> 자욱이 골짜기를 메우고 물에 뜬 산은 그대로 물 따라 흐르는 듯 보였
> 다. 밤새 물에서 기어나와 사르락대며 돌아다니던 조개들은 미처 물
> 속에 숨기 전 자욱이 내려앉은 흰새떼에게 살을 앗기고 빈 껍질만 남
> 았다.(66쪽)

여기서 '안개'는 '혼란'과 '불확정성'을 상징함으로써 당대 폭력적 현실
의 비극성과 미래에 대한 불확정성을 의미한다고 볼 수 있다. 특히 생명을
상징하는 '조개'[22]가 악으로 표상되는 '흰새떼'[23]에게 "살을 앗기고 빈 껍질
만 남았다"에서 살펴볼 수 있듯이, 자유와 생명을 말살시키는 제5공화국
의 폭력성을 암시적으로 보여준다고 볼 수 있다. 쪽배를 타고 호수를 건널
때 보게 되는 "뿌리 없이 떠서 흐느적거리는 수초"나 잠수함처럼 몸을 숨
겨 느릿느릿 헤엄치는 '잉어'들을 보면서 혜순은 심한 불안감을 느낀다. 그
때 혜순은 임신 중이어서 날카롭고 사나운 신경 상태로 "모호하고 복잡한
고립감과 고독감에" 빠져 있었으나 '아이'는 오히려 그녀에게 안전한 닻이
되어준다. 아이의 생명력이 그녀에게 오히려 불안을 떨칠 수 있는 용기와

---

22 조개는 물과 관련되기 때문에 여성 원리, 곧 우주의 모태, 탄생, 재생, 결혼을 상징
하고 그 형태는 여성의 생식기를 상징한다. 조병화의 경우 조개는 바다가 표상하는
생명을 의미한다. 이승훈, 앞의 책, 469~470쪽 참조.
23 새는 초월, 영혼, 공기의 정령, 승천, 신과의 교류, 의식의 고양을 상징한다. 그렇지
만 디엘이 지적했듯이 새 떼는 '악'을 상징한다. 왜냐하면 곤충의 무리가 그렇듯이
새 떼는 충만되고 지칠 줄 모르고 모호한 분산의 힘을 암시하기 때문이다. 이승훈,
위의 책, 303~305쪽 참조.

힘을 준 것이다. 그럼에도 불구하고 혜순은 파로호를 다녀온 직후 4개월 된 아이를 유산시킨다. "아이를 새로운 희망으로 삼기에는 현실의 날들이 너무도 어둡고 불확실했던 것이다."(94쪽) 아이에게 주어질 미래가 안개에 둘러싸인 듯 너무나 어둡고 불안하고 절망적으로 느껴졌다.

그녀의 유년시절에는 꿈이 있었다. "집 밖으로 나서는 것은 확실히 약속되어진 길, 미래의 세상으로 나아가는 길이었다. 지금 그녀는 지난날 그토록 기다렸던 숱한 내일에 도달해 있다."(58쪽) 그러나 그녀는 "새로이 맞는 아침을, 문밖의 세상을 더 이상 미래라고 서슴없이"(58쪽) 말하지 못한다. 그녀는 '미래'가 약속되지 않는 세상으로 '아이'를 내보낼 수가 없었던 것이다. 현재는 폭력적이고 파괴적인 시대이기 때문에 아이들의 미래가 되어서는 안 된다는 인식이 결국 그녀로 하여금 유산을 감행하게 한 것이다. 이러한 폭력의 시대를 살아내려면 인간은 누구나 '거짓 위안'과 '자기 연민'의 꿈을 꾸어야만 한다. 그러나 혜순은 기본적으로 자의식이 강한 여성이기 때문에 '거짓 위안'과 '자기 연민'으로 도피할 수 없으므로 '꿈을 꾸지 않기 위해' 이를 악물고 잠들곤 하였다.

파로호에서의 마지막 날 새벽, 혜순은 그들이 묵고 있는 집의 딸 '벙어리 소녀'가 물 밖으로 나온 '조개'가 '새'에게 쪼아 먹힐까 걱정이 되어 끊임없이 물속으로 '조개'를 주워 던져 넣고 있는 장면을 또다시 목격하게 된다. 혜순은 '벙어리 소녀'에게서 말은 잃었으나 생명을 옹호하고 보호하려는 안타까운 절규를 보면서, 혜순 자신의 마음과 동일시됨을 느낀다. 그리하여 혜순에게 '벙어리 소녀'는 "그 소리없음으로 인해 그림자처럼 부피도 무게도 느껴지지 않아 물가에 있으면 물에서 태어난 듯, 나무 밑에 있으면 나무에서 태어난 듯"(67쪽) 생각된다. 곧 '벙어리 소녀'는 '물'

과 '나무'[24]가 생명을 표상하듯 '생명' 그 자체를 표상하는 존재로서 작가의 생명존엄사상이 이면적으로 투영되어 형상화된 인물이라고 볼 수 있다. 작가는 '벙어리 소녀'의 행위를 통하여 생명을 말살시키고 파괴시키는 당대 현실의 폭력성을 역설적으로 극대화시켜 보여주고 있다.

한편 병언은 '벙어리 소녀'를 응시하며 '옛 노래'를 생각했다고 말한다. 어릴 때 그의 할아버지가 늘 부르시던 창의 한 구절로서 신광수의 〈관산융마〉[25]이다. 이 시에도 역시 두보의 나라사랑에 대한 마음과 걱정이 잘 드러나 있는데 이는 곧 병언과 혜순의 마음일 것이며 나아가 작가 오정희의 마음이기도 할 것이다. "가을 강 적막하여 어룡도 잠드는데, 가을 바람 맞으며 누각에 선 사람이여."(67쪽)라며 창을 부르는 병언의 모습에서 혜순은 "보이지 않는 곳에 무언가 있으리라는 환상과 기대로 자신의 앞에 놓인 막막함과 좌절감을 이겨 보려한 것일까."라고 생각한다. 이유도 모르고 해고당한 채 앞으로 살아가야 할 길에 대한 막막함과 좌절감, 그리고 조국의 현실에 대한 안타까움 같은 병언의 감정이, "잠든 용의 숨결처럼 부드럽게 부풀어 오르는 호수와 말 없는 소녀가 가 닿은 아득함."과 맞닿으면서 옛 노래를 상기시킨 것이라 볼 수 있다. 여기에서도 당대 폭력적 현실에 대한 작가의 비판적 사회현실 인식이 내재되어 있다고 볼 수 있다.

---

24 나무는 끊임없이 지속되는 생명을 상징하고, 따라서 불멸성을 상징하는 이미지들과 등가의 관계에 있다. 이승훈, 앞의 책, 96쪽.

25 〈관산융마〉는 서도시창(西道詩唱)으로 영조 때의 문인 석북 신광수의 시에 당대 평양 기생 모란에 의해 곡이 붙여져(1750년경) 조선 팔도에 널리 알려졌다고 전한다. 내용은 신광수가 동정호 악양루에 오른 두보를 상상하며 두보의 입장에서 전란에 휩싸인 나라의 불행과 두보의 불우한 처지, 그리고 나라에 대한 충성심을 표현하고 있는 시이다. 신석초 편, 『석북시집』, 대양서적, 1973.

이 작품 속에서 당대의 폭력적 현실은 혜순이 미국에서 본 1980년 5·18광주민주화운동의 참상[26]을 담은 비디오테이프 등을 통해 여실하게 드러나고 있다.

인권협회는 급진적 사상을 가진 퀘이커 교도들의 모임으로, 그날 한국 문제에 관한 발표회가 있었다. 한국에서 찍어온 비디오 테이프 시청과 보고회가 그날의 프로그램이었다. 화면은 몹시 흔들리고 사람과 차량의 윤곽이 간신히 구별될 정도였지만 혜순은 단박 남도의 한 도시를 알아보았다. 한번도 가본 적이 없는 곳임에도 불구하고, 첫머리에 비춰주는 산의 모습과 하늘빛이 자연스럽게 눈에 익었다. '우리의 소원은 자유'를 부르는 목쉰 합창과 짧은 외침들, 잇단 총소리들이 어지러운 화면을 뒤덮었다. 횃불 대행진과 불타는 건물, 얼굴을 난자당한 시체, 부릅뜬 채 굳어진 눈망울, 그리고 마지막 날 도청 건물에서 총을 들고 서 있던 어린 소년의 한없이 고독한 모습. 그들은 모두 시체로 발견되었다고 해설자는 말했다. 축제의 현수막 아래 굴비 두름처럼 엮인 사람들이 트럭에 실려졌다. 손을 뒤로 묶여 땅에 엎드린 청년이 문득 고개 들어 하늘을 보았다. 더부룩한 머리, 맑은 눈, 표정에는 분노도, 외침도, 탄약 냄새도 없었다. 다만 투명하고 슬픈 빛이 가득했다. 잠깐 하늘을 올려다보던 청년은 눈을 감고 땅에 얼굴을 묻어버렸다. 흰 천으로 싼 관들과 끝없는 통곡, 몹쓸 전염병이 지나간

---

26 1980년 5월 18일 광주민주화운동이 일어났다. 1980년 5월 31일 '국가보위 비상대책위원회(국보위)가 출범했다. 1980년 8월 27일 전두환이 통일주체국민회의의 선출로 대통령 자리에 오른다. 박세길, 『다시 쓰는 한국현대사·3』, 돌베개, 1992, 39~80쪽.
1980년 11월에는 언론 방송기관 통폐합이 있었다. 광주민주화운동 과정에서 발생한 희생자 수는 아직까지 정확히 밝혀지고 있지 않다. 사상자 수가 대략 2천 명에 이른다는 것은 충분한 근거가 있다고 볼 수 있다. 위의 책, 66~67쪽.

뒤처럼 소독약을 뿌리고 고무 호스로 물 뿌려 핏자국을 닦는 모습들. 협회 위원들은 흐리고 흔들리는 화면 상태 때문에, 특히 참혹한 장면은 테이프를 되돌려 몇 번이고 다시 보곤 했으나 혜순에게 그것은 보는 대로 대번에 뚜렷이 각인되어졌다. 그 하늘, 그 땅, 그 얼굴들이 결코 낯선 것이 아니었기 때문이었다.

　몇 해를 두고 끈질기게 떠돌던 소문의 실체였다. 아우슈비츠 이후에도 시가 존재하는가를 광주 이후에도 시가 존재하는가라고 바꿔 말하는 비탄과 분노의 뿌리였다.(81~82쪽)

하늘을 올려다보며 죽어가는 청년의 모습에는 "다만 투명하고 슬픈 빛"이 가득하다. '영혼'을 표상하는 '하늘'[27]을 올려다보며 죽어가는 그의 의식은 투명하고 순수하고 맑다. 그래서 그는 하늘을 올려다보며 자유를, 꿈을 기원했는지 모른다. 자유와 꿈이 말살당하는 암울한 시대는 한국에서뿐만 아니라 시공간을 넘어 미국에 살고 있는 유학생 교민들에게까지 그 영향을 미치고 갈등과 분열을 일으키게 된다. 김영규와 박진규는 인권 모임의 프로그램 제작에 참여했다고 협박 전화를 받는다. "유학생 사회에도 프락치가 있다, 사찰원이 들어와 있다는 소문"이 횡행한다. '객지생활의 폐쇄성'과 '철저한 개인주의'는 이인걸과 염준기의 싸움을 통해 극명하게 나타난다. 미국에서도 로열 패밀리들끼리 이루는 상류사회가 있으며, "전직 고관 자식이 해외 도피 재산의 충실한 관리인으로서 초호화 아파트에 살며 십만 불짜리 차를 몰고 다니고 정부까지 두었다"는 소문 등으로 알 수 있듯이, 미국에서의 한인 사회 역시 가식과 은폐와 왜곡으로 가득 찬 공간으

27　하늘은 땅과 대비된다. 하늘이 영혼을 상징한다면 땅은 물질을 상징하고 하늘이 부성을 상징한다면 땅은 모성, 어머니를 상징한다. 이승훈, 앞의 책, 564쪽.

로 혜순에게는 인식된다.

특히 염준기가 자리를 뜬 후 다른 사람들이 그를 비난하는 소리를 들은 혜순은 남편을 향해 소리를 지른다. 선량하고 착실한 교사였던 병언이, 어느덧 투사로, 반체제 인사로 연출되는 상황이 혜순에게는 고통이었고 부끄러움이었다. 또한 한국 음식을 먹여야 한다면서 시도 때도 없이 지인들을 불러들이는 병언의 허위의식을 참을 수 없었으며, 시국 토론을 나라사랑의 지적 행위라고 여기는 병언의 왜곡된 애국심에도 분노가 치밀어 올랐던 것이다.

병언과 혜순은 폭압적인 한국의 정치·사회적 현실로부터 탈주하여 새로운 삶을 기대하였으나, "뉴욕은 그들에게 한국의 어두운 이면이 그 정체성을 드러내는 공간"[28]일 뿐이었다. 뉴욕의 공간은 병언에게는 왜곡된 허위의식과 허영을 가져다주었으며, 혜순에게는 부끄러움과 환멸감으로 스스로를 유폐시키는 공간으로 변질되고 만 것이다. 혜순에게 남편과 유학생들을 비롯한 한인들은 "70~80년대 한국의 억압적 정치상황이 빚어낸 기형아들"[29]로 인식되면서 환멸감과 분노를 불러일으키게 되는 동인이 된다. 또한 조국의 폭압적 현실을 외면하고 도피했다는 자괴감은 혜순으로 하여금 신경증을 야기시켜 자기 자신을 복수의 대상으로 삼는 요인으로 작용하는 것이다. 이러한 혜순의 분노는 작가 오정희가 80년대의 폭력적 현실을 살아내면서 느꼈던 작가로서의 부채감과 자기환멸, 자기부정[30] 등이 구체화된 것이라 볼 수 있다.

---

28 송창섭, 앞의 글, 118쪽.

29 위의 글, 118쪽.

30 박혜경, 『오정희 문학 연구』, 푸른사상사, 193쪽.

80년대에 이르러 작가로서의 저는 역사적 · 사회적 인식의 결여 또는 작품세계가 좁다라는 비판을 받기도 했고, 저는 넓이가 부족하면 깊이를 갖추면 된다거나 인간의 사고와 행동은 어쩔 수 없이 필연적으로 사회적 산물이라는 말로 저 자신을 변호하기도 했었지요.

　많은 문인, 학자, 지식인들이 고초를 겪는 이 폭압적인 시대고의 한복판에서 너는 퇴폐적인 부르주아의 정서에 빠져 있고 음풍농월만을 하는가, 왜 독재를, 사회의 모순과 불평등을, 광주를 말하지 않는가, 직무 유기가 아닌가 하는 분위기가 팽배하던 시절이었습니다. 의식이 있는 사람이라면 누구라도 역사와 사회에 대해, 우리가 겪고 있는 시대의 고통에 대해 부채감을 느끼고 있었고, 무풍지대에서 마냥 마음까지 편하게 사는 것은 아니었지만 참여하지 않은 자에게는 반성의 몫도 없다라는 말도 아프게 가시가 되어 박혔지요. 이런 시대에 나의 글쓰기란 비 오는 날 마른 땅 골라 딛기가 아닌가, 배부른 자의 반찬투정이 아닌가 하는 자괴감에 빠지게 되었고 글쓰기는 점차 힘들어졌습니다. 이른바 작가들이 여러 차례 겪는다는 수렁과 일종의 정신적 공황상태에 빠져버린 것입니다. 가슴에 불길이 솟는 듯하면서도 이상하게 소설이 써지지 않았습니다. …(중략)…

　마침 대학에 재직하는 남편이 교환교수로 외국에 가게 되어 저는 써지지 않는 글에서, 막다른 길에서, 갇혀 있는 세계에서 달아나듯 외국으로 이주를 하였습니다. 낯선 곳에의 환상, 고독에의 환상이 있었음을 부인할 수 없었겠습니다. 혹은 절망에의 환상도요.[31]

　이렇게 작가 오정희는 1980년대의 폭압적인 시대현실 속에서, 역사와 사회에 대한 작가로서의 책무에 고민하게 되면서 스스로 자괴감과 정신적 공황상태에 빠져버리게 된다. 그리고 마침 교환교수로 남편이 미국으로

---

31 오정희, 「나의 문학과 생활」, 『내 마음의 무늬』, 169~170쪽.

가게 되자 이주를 한다. 그러나 그곳에서 작가는 "소설을 쓰는 일은 둘째 치고 저는 그곳에서 혀가 굳어지는 듯한 무서운 공포"[32]와 "언어를 잃어버릴지도 모른다는"[33] 강박증 때문에 소설을 한 편도 못 쓰고 돌아오게 된다. 이러한 작가의 내면세계는 작중인물 혜순의 내면세계를 통하여 정치하게 드러나고 있다고 볼 수 있다.

이제 혜순이 자기정체성을 찾아 미국에서 귀국하여 '파로호'에 들어오면서 자신과 타자와 화해하고 '영원'의 세계를 향해 자신을 열어놓았듯이, 작가 오정희도 미국 생활(1984~1986)을 정리하고 고국으로 돌아오면서 작품 경향이 변모된다. "제 문학하는 자세에 대해 생각하게 되고, 작가로서 살아간다는 것이 무엇인가 하는 생각도 하게 되면서 제 자신을 열고 싶다는 마음이 생겨나게 된 것 같습니다."[34]에서 고백하고 있듯이, 작가 오정희의 작품세계에서 사회현실 인식이 좀더 적극적으로 확장되고 있음을 고찰할 수 있다. 그 대표적 작품으로 미국에서 귀국하여 쓴 소설, 중편「불꽃놀이」(1986. 겨울),「그림자 밟기」(1987. 여름),「파로호」(1989. 봄),「저 언덕」(1989),「구부러진 길 저쪽」(1995. 가을) 등을 들 수 있을 것이다.

6. 결론 : 사회현실 인식의 확장

오정희는 초기 작품에서부터 후기 작품에 이르기까지 지속적으로 인간

---

32 위의 책, 171쪽.
33 위의 책, 171쪽.
34 50쪽 각주 4 참조.

의 내면심리를 정치하게 그려내고 있다. 즉 그의 작품에는 사회현실의 배경이 직접적으로 드러나 있기보다는 이면적으로 내재되어 있다. 이는 작가에게 외부의 현실은 거대하고 폭력적인 메커니즘으로 인식되면서 외부현실에서 비껴나 인간의 내면세계에 침잠하도록 했기 때문일 것이다. 이렇게 외부적 현실세계에서 비껴나 의식의 내면으로 시선을 돌리는 작품경향들은 작가가 유년기에 가족관계에서 받은 상처들과 6·25전쟁에서 겪은 원체험의 영향일 가능성이 크다고 본다.

특히 "인간 내면의 보이지 않는 것들, 드러나지 않은 것들이 어떻게 뿌리가 되어 행동으로 나타나며 파장을 일으키는가에 관심"[35]을 가지는 작가적 경향은 그로 하여금 '의식의 흐름' 수법과 상징적 이미지, 환상을 자주 도입하게 함으로써, 일부 평자에 의해 그의 작품에 사회현실 인식이 부족하다는 부정적 평가를 받기도 하였다.

그러나 단편「비어 있는 들」(1979.11)과 「별사」(1981.2) 등에서 살펴볼 수 있듯이, 오정희 작품 속에는 사회현실 인식이 배제되어 있는 것이 아니라 "정치 사회현실에 대한 절망감과 불안의식이 이면적으로 내재화"[36]되어 있다는 점에 주목해야 한다고 본다. 특히 작가는 미국 생활(1984~1986)을 통해 문학하는 자세와 작가로서 살아간다는 것의 의미에 대해 깊이 통찰하면서, 사회현실 인식이 확장된 작품세계를 보여주는데, 그 대표적 작품이 「불꽃놀이」「그림자 밟기」「파로호」 등이라 볼 수 있다.

---

35 오정희·박혜경, 「작가대담·안과 밖이 함께 어우러져 드러내 보이는 무늬」, 『문학과 사회』, 1996, 가을호, 1524쪽 참조.
36 장현숙, 「오정희의 「비어 있는 들」 분석」, 『한국문학논총』 제62집, 한국문학회, 2012.12, 286쪽 참조.

중편 「파로호」에는 1980년대의 폭압적인 시대현실 속에서 작가가 느껴야 했던 작가로서의 부채감과 자기 환멸, 자기 부정 등이 작중인물 '혜순'의 내면세계를 통하여 정치하게 형상화되고 있다. 작가가 술회하듯이 "써지지 않는 글에서 달아날 수 있다는 안도감"과 환상을 가지고 미국으로 이주해갔지만, 그곳에서 작가는 단지 왜곡된 허위의식과 자신에 대한 무력한 분노와 절망감만을 가진 채 피폐해져 고국으로 돌아올 수밖에 없었다. 이러한 작가의 황폐하고 절박한 내면 풍경이, 「파로호」에서 혜순의 내면세계와 의식의 변화 과정을 통하여 형상화되고 있어, 「파로호」는 그의 어느 소설보다도 작가의 자전적 체험이 내밀하게 육화되어 있다고 볼 수 있다.

중편 「파로호」는 작중인물 혜순이 '파로호'의 시·공간을 통하여 자아정체성을 확립해가는 서사 과정을 보여주고 있다. 이 작품에서 작가는 동일한 모티프를 매개로 하여 연상기법을 사용하면서 현재의 시간으로 과거의 회상을 반복적으로 삽입시킨다. 거미줄처럼 얽힌 인물의 의식과 시간대의 반복 이동 속에서도 질서를 구축하면서 서사 전체에 일관성을 부여한다.

이 작품 속에서 작중인물 혜순은 폭력적 현실로부터 탈주하여 미국으로 이주해가지만 미국의 공간은 왜곡된 허위의식과 위선과 자괴감으로 미만해 있는 유폐된 공간으로 변질된다. 특히 1980년 5·18 광주민주화운동의 참상을 담은 비디오테이프 등에는 당대의 폭력적 현실이 반영되어 있어, 작가의 생명존엄의식과 현실비판의식이 내재되어 있다.

특히 조국의 폭압적 현실을 외면하고 도피했다는 자괴감은 혜순으로 하여금 신경증을 야기시킨다. 존재론적 불안과 위기의식으로부터 탈주하려는 욕망은 '물 마시기'와 '도둑고양이 죽이기'의 행위로 나타난다. '물 마시기'는 물이 가지고 있는 '순정성'을 통해 혜순의 죄의식과 부끄러움을 씻어내고자 하는 행위이다. '도둑고양이'는 분열된 자아로서 병들어가는 혜순 자신과 동일시된다. 자기 자신을 복수의 대상으로 삼아 '잔인한 쾌감'을 느끼는 자기 안의 낯섦을 발견할 때 혜순은 도둑고양이에게 자신에 대한 복수심, 잔인한 쾌감과 적의 등을 투사시킨다. 그리하여 '도둑고양이 죽이기'를 감행한다. 즉 혜순은 '도둑고양이 죽이기'라는 통과제의를 거치면서, 죽어가는 자신을 소멸시키고 새로운 자아로 재생하고자 하는 것이다. 결국 '도둑고양이 죽이기'는 혜순에게 '말하기'와 '소설쓰기'에 대한 욕망을 불러일으키게 되면서 자아정체성 찾기 즉 주체적 삶을 향해 나아가는 전환점이 된다.

한편 혜순의 '발화 욕망'은 닫혀 있는 자아로부터의 탈출을 의미하는데, 이는 폭력적이거나 억압적인 타자와의 관계 혹은 폭력적인 시대상황과 긴밀하게 연관된다. 혜순의 상처와 결핍감이 왜곡된 허위의식 속에 길들여져가는 남편과의 관계 속에서 '발화 욕망'을 통하여 치유되지 못할 때, '소설쓰기'의 욕구로 분출된다. 그러나 '발화 욕망'이 '소설쓰기'로 체계화되어 표현되지 못할 때, 혜순은 자신이 잃어버린 것이 삶에의 '꿈 혹은 열망'임을 깨닫고 '파로호'에 들어가게 된다.

'파로호'의 공간은 선사시대부터 현재에 이르기까지 시·공간의 연속성을 보여주면서 '보이지 않음의 실체', '영원으로의 열림'을 상징적으로 보여주는 공간이다. 동시에 근대사회의 폐해라 할 수 있는 수몰지구로서의 상처와 남북의 이념이 대립되는 역사적 공간이기도 하다. 특히 혜순이 '텅 빈 충만함'을 감지하고 '파로호'에 들어가는 행위는 진정한 자아정체성을 찾아가기 위한 적극적 실천의지로서, '파로호'는 죽음과 재생을 연결시키는 순환적 공간을 표상한다. '파로호에 들어가기'를 통하여 혜순은 여인의 얼굴이 새겨진 흰 '돌'에서 '보이지 않음의 실체'를 인식하고 묻혀져 있던 자신의 실존적 모습과 대면하게 된다. 곧 삶이란 죽음과 맞닿아 순환하고 있으므로, 생성과 소멸의 회로이며, 어쩌면 '보이지 않음의 실체'를 통과하여 영원으로 열릴 수 있으리라는 작가의 삶과 죽음에 대한 인식 혹은 '영원으로의 열림'에 대한 인식과 맞닿아 있는 것이다. 그리하여 작중인물 '혜순'은 실존의 눈으로 자신과 타자와, 세상과의 화해를 시도하면서 자신의 꿈인 '소설쓰기'를 향해 나아가고자 한다. '파로호에 들어가기'라는 긴 여정을 통해, 결국 혜순의 분신이라 할 수 있는 작가 오정희는 자아정체성을 회복하고 사회현실 인식이 비판적으로 드러나 있는 중편 「파로호」를 완성하게 되는 것이다.

이상으로써 중편 「파로호」는 작가가 제3기 문학에서 자주 보여주던 허무주의를 극복하고 작중인물들로 하여금 자기 부정과 자기 환멸의 시간을 거쳐, 잃어버린 자아정체성을 회복하고자 하는 적극적인 실천의지를 보여준 점에서 주목해야 할 작품이라고 본다. 또한 「불꽃놀이」가 자유가 말살되고 인권이 유린되는 폭력성의 시대에서, 작가의 현실비판의식이 직·간접적으로 드러나고 있다면, 「그림자 밟기」를 거쳐 「파로호」에서는 80년대의 폭력적 정치현실에서 소극적으로 도피하고 있던 소시민들의 허위성과 위선을 좀더 직설적으로 부각시켜 비판하고 있음을 그 특징으로 들 수 있다. 이렇게 작가가 「파로호」에서 보여주는 적극적인 현실비판의식은, 작가가 2년간의 미국 생활에서 절감한 작가로서의 사회적 책무와 자기반성의 결과에 기인한 것이라고 본다. 이제 작가의 사회현실 인식이 중편 「파로호」 이후 어떠한 양상으로 확장되고 깊어지는지에 대한 고찰은 다음 과제로 미루고자 한다.

「구부러진 길 저쪽」에 나타난 주제의식

1. 서론

오정희는 1968년 데뷔작 「완구점 여인」을 시작으로 작품집 『불의 강』 『유년의 뜰』 『바람의 넋』 『불꽃놀이』 『새』 등을 위시하여 「집」(1982), 「멀고 먼 저 북방에」(1983), 「저 언덕」(1989), 「요셉씨의 가족」(1992), 「구부러진 길 저쪽」(1995), 「얼굴」(1999) 등을 발표한 바 있다. 최근 작가는 「얼굴」 이후 본격 소설을 발표하지 않은 채 동화집, 민담집, 우화소설집 등을 출간하고 있다.

그동안 오정희 소설에 대한 연구는 주제론적 해석과 형식주의적 측면에서뿐 아니라 문학사회학, 실존주의, 정신분석학, 언어학 등 다양한 방법론에 의해 다각도로 진행되어왔다.

그럼에도 불구하고 선행 연구들은 「불의 강」 「별사」 「유년의 뜰」 「중국인 거리」 「동경」 「옛우물」 등 소위 문제작이라고 일컬어지는 특정 작품에 편중되어 있으며 동일한 방법론에 의해 동어반복적인 연구가 거듭되어왔다는 한계점을 지닌다. 특히 후기작[1]이라 할 수 있는 「저 언덕」「요셉씨의 가족」「구부러진 길 저쪽」「얼굴」에 대한 연구는 박혜경의 박사학위 논문[2]에서 부분적으로 언급될 뿐, 개별 작품에 대한 정치한 분석은 전무한 실정이다.

한 작가의 작품세계를 고찰함에 있어서, 초기 작품부터 후기 작품까지를 통시적으로 바라보고 주제의식의 전개 양상과 작가의 문학적 지향성 및 작가의식을 추출하는 작업은 가장 기본적으로 선행되어야 하는 작업이다. 그럼에도 불구하고 후기 작품을 중심으로 한 정치한 해석과 분석이 결여됨으로써 오정희 문학의 전개 양상과 주제의식의 변화 양상이 총체적으로 파악되지 못하는 결과를 초래하였다.

오정희의 작품 중 개별 작품에 대한 연구 성과가 제일 많은 작품 중 하나가 「옛우물」이다. 그런데 일 년 후에 발표한 「구부러진 길 저쪽」에 대한 평가는 공종구,[3] 박혜경[4]에게서 간략하게 언급될 뿐이다. 「구부러진 길 저쪽」은 제4회 오영수문학상을 수상하였으며, 1996년 올해의 문제소설로 선정되었음에도 불구하고 이 작품에 대한 심도 있는 연구가 결여되었다. 특히 이 작품은 소설이 가져야 할 재미와 미적 리얼리티와 작가의 삶에 대한 인식 그리고 사회현실에 대한 비판의식을 두루 갖추고 있음에도 불구하고

---

1   박혜경은 오정희 문학을 4기로 나누고 있는데, 제4기의 문학을 1986년부터 현재까지로 보고 있다. 이 글에서 후기작이라 명명한 작품도 이 시기에 준하여 통칭하고자 한다. 박혜경, 「오정희 소설연구」, 경원대학교 박사학위 논문, 2009.
2   20쪽 각주 2, 50쪽 각주 5 참조.
3   공종구, 「존재와 세계에 대한 비극적 통찰」, 『문학과 사회』, 1995. 가을호, 314~321쪽.
4   박혜경, 『오정희 문학 연구』, 푸른사상사, 2011, 202~208쪽.

오정희 소설집으로 묶여 있지 않다는 이유로 연구가 유보되어왔다.

이에 이 글에서는 중편 「구부러진 길 저쪽」을 대상으로 하여, 작품 자체의 정밀한 분석을 중심으로 작품 속에 내재되어 있는 주제의식을 도출하고자 한다. 또한 작중인물들의 내면세계와 갈등 양상을 파악하고 '원천'의 공간 이미지가 가지는 상징성을 살펴보고자 한다. 나아가 작가의 삶에 대한 인식과 작가의 어떠한 사회현실 인식의 반영인지를 추적하고자 한다.

2. 실존적 고독과 발화 욕망

중편 「구부러진 길 저쪽」[5]은 수몰지구에 둘러싸인 '원천'이라는 도시를 공간적 배경으로 하여 빚어지는 작중인물들의 실존적 고독과 물질만능주의와 폭력적 현실 속에서 파괴되어버린 인간성 상실을 비판적으로 보여주고 있는 작품이다.

이 작품의 중심인물은 인자, 은영, 현우인데, 계속 화자가 인자, 은영, 현우, 은영, 현우, 인자 등으로 바뀌면서 순환되는 다중초점화와 다층적 구조로 연결되는 서사 패턴을 가진다. 동시에 이들이 삶을 바라보는 시각이나 에피소드들이 중첩되고 씨실과 날실처럼 교직되면서 유기적으로 맞물려 순환되면서 서사가 진행된다는 점에서도 개성적인 작품이라 볼 수 있다.

이 작품 속 인물들, 인자, 은영, 현우에게 아버지는 부재한다. 인자에게

---

5 「구부러진 길 저쪽」은 『문학과 사회』(1995, 가을호)에 발표됨.

는 사랑을 베풀었던 어머니가 있지만, 아버지에 대한 기억은 없다. 인자의 어머니는 겨울 찬바람 속을 걸어 학교에서 돌아온 인자를 불붙는 아궁이 앞에 앉히고 두드러기에 소금을 문질러준다. 그러면 두드러기도 가라앉고 혼곤한 잠이 찾아온다. 그리고 "따뜻하고 눈내 나는 어머니 치마폭에 머리를 묻고 잠들곤"[6] 했다. 인자에게 "불은 모든 것을 태워 사라지게 하지만 불의 기억은 따뜻하다."(291쪽)에서 볼 수 있듯이 인자에게 '불'은 사랑을 파괴하기도 하지만 어머니의 사랑을 상징하기도 한다. 만삭의 처녀였던 인자는, 자기를 버리고 달아난 사내를 찾아 그의 고향인 '원천'으로 오게 되면서 은영을 낳고 '원천'에 정착하게 된다. 노동운동 또는 운동권 대학생이라고 암시되는 사내는 여공이었던 인자에게 "내게도 정당한 권리, 싸워야 할 큰 적이 있다는 것을"(301쪽) 깨우쳐주었지만, "목을 베어간 사람"으로 인식된다. 따라서 정체성의 혼돈을 겪으며 홀로 은영을 키우며 신산하고 고독한 삶을 살아온 인자는 삶에 대해서도 부정적이다. 즉 인자에게 '삶'은 '양배추'의 이미지로 인식된다. 인자는 달아난 사내를 찾아 원천행 기차를 타기 전에는, "인생을 잠겨진 비밀 서랍처럼 생각"했다. "삶에는 비밀이 있다고, 숨겨진 질서가 있다고, 믿었던 시절이 있었다."(253쪽) 그래서 사내를 찾아 희망을 가지고 원천행 기차를 탔던 것이다.

그러나 처음 원천을 찾아오며 본 양배추밭을 통해 인자는 스스로를 '양배추'의 이미지에 투사시킨다. "산 채로 몸만 매장된 사람의, 지상에 남겨

---

6   오정희, 「구부러진 길 저쪽」, 『문학과 사회』(1995, 가을호), 291쪽. 이후 이 작품의 인용은 괄호 안에 쪽수만 표시한다.

진 머리처럼 둥글고 단단하게 보"이는 양배추. 이를 통해 자신의 모습을 "해 뜨는 아침의 예배의식 혹은 제물처럼"(252쪽) 인식한다. 곧 '양배추'는 임신한 자신을 버리고 달아나버린 사내에게 바친 자신의 잘려나간 육체로서, '제물' 혹은 '희생제의'로 인식되는 절망감이 투사된 것이라 볼 수 있다. 은영 역시 인자의 삶을 "순교자처럼 제물로 바쳐진 삶을 산다."고 인식한다.

세월이 흐른 현재, 오직 은영만을 키우며 한 평생을 사내에게 바친 제물로서 희생한 자신의 삶에, 더 이상 '비밀'과 '숨겨진 질서'는 존재하지 않는다고 인자는 인식한다.

> 양배추의 시든 겉이파리들을 떼어내다가 인자는 문득 손을 멈추고 그것을 골똘히 바라보았다. 노랗게 속살을 보이는 양배추는 무엇인가 숨긴 듯, 터지지 못하는 함성처럼 단단히 뭉치고 고인 듯이 보였다.(251쪽)

양배추는 "무엇인가 숨긴 듯, 터지지 못한 함성처럼 단단히 뭉치고 고인 듯이" 보이지만, 이제 더 이상 삶은 '비밀'과 '숨겨진 질서'가 있는 신비와 호기심과 꿈이 있는 그런 것이 아니라, 자신의 싱싱하지 않은 육체처럼, '양배추'는 "이목구비가 뭉개져 사라진 얼굴처럼 똑같은 속껍질"로 드러난다. 이는 인자가 느끼는 삶에 대한 권태와 무위로서, "아무리 벗겨보아도 끝내 해독할 수 없는 암호처럼, 일견 무의미하게 그려진 섬유질의 무늬 외에는 아무런 알맹이를 찾을 수 없다"(252쪽)고 인자에게 인식된다. 그래서 "살아간다는 것도 그런 것이 아닐까. 그 난해함과 엄청난 단순함"(252~253쪽)이라고 인자는 독백한다.

잘린 양배추에 잔 칼질을 하자 무딘 칼날 아래 흙과 태양과 뿌리의 기억들, 추억과 욕망의 입자들은 날카롭고 섬세한 떨림으로 잘려지고 은밀한 놀람으로 부서졌다.

어제 썼어야 했을 양배추는 시들었다. 인자는 다 썬 양배추를 찬물에 담갔다. 시든 양배추 조각들은 곧 물기를 머금어 일시적이고 기만적인 소생으로 빳빳이 싱싱하게 살아나리라.

어제 인자는 식당문을 닫고 계친구 몇몇과 어울려 단풍놀이를 갔다. 그녀가 겨울 양식을 모으는 다람쥐를 좇고 도토리를 줍던, 해 있을 동안 양배추는 천천히 시들어갔다.(253쪽)

인자가 잘린 양배추에 잔 칼질을 하자, "흙과 태양과 뿌리의 기억들", 즉 자신을 존재하게 하였던 생명력과 "추억과 욕망의 입자들은 날카롭고 섬세한 떨림으로 잘려지고 은밀한 놀람"으로 부서지는 것이다. 이제 인자에게는 과거의 생명력과 기억들, 추억과 욕망은 기습적으로 해체되고 마는 것이다. 시든 양배추 조각들은 찬물에 담기자 "일시적이고 기만적인 소생"으로 "빳빳이 싱싱하게" 살아난다. '양배추'를 통한 인자의 이러한 인식은 진정한 생명력이 마멸된 채 가식적으로 살아가고 있는 자기 자신의 모습을 투사한 것이라 볼 수 있다. 그러나 다시 '양배추'는 천천히 시들어간다. 삶의 난해함과 엄청난 단순함에 대하여, 죽음을 향해 서서히 나아가는 삶의 모습에 대하여, 독백하는 인자의 모습은 작가 오정희가 삶과 죽음을 바라보는 의식과 동일시된다고 볼 수 있을 것이다. 작가는 '양배추'의 이미지를 통해 삶과 죽음에 대한 인식, 즉 삶의 난해함과 드러나지 않는 복잡함을 내포한 엄청난 단순함에 대해 말한다. 또한 삶은 죽음으로 가는 필연적인 과정임을 보여준다.

한편 죽어가고 시들어가는 '양배추'의 이미지와 대조적으로 작가는 '탐스러운 송이버섯'을 통하여 인자의 성적 욕망을 이면적으로 드러내고 있다. "하룻밤 사이 싱싱한 흰빛이 죽었지만 제 몸을 말리는 향기는 더욱 강렬했다."라는 지문에서 볼 수 있듯이, 어쩌면 생명력이 마멸되고 권태와 무위에 잠식해 있는 인자의 내면 깊숙이에는 아직도 제 몸을 말리는 향기 즉 성적 욕망이 은밀히 내재해 있는지 모른다. 작품의 서두에서 보여지듯, 인자는 '양배추'를 보며 "노랗게 속살을 보이는 양배추는 무엇인가 숨긴 듯, 터지지 못한 함성처럼 단단히 뭉치고 고인 듯이" 인식하는데, 이는 인자의 내면 깊이 내재된 성적 욕망을 드러낸다고 볼 수 있다. 즉 인자의 내면에는 실존적 고독감과 성적 욕망의 양가감정이 "터지지 못한 함성처럼 단단히 뭉치고" 고여 있는 것이다.

이렇게 인자의 내면에 숨겨져 있는 성적 욕망은 고독감을 야기하고 이는 발화 욕망으로 드러난다.

> 스웨터를 벗고 러닝셔츠 바람으로 된숨을 몰아쉬다가 불거진 젖가슴을 내려다보았다. 한 손으로 각각 젖가슴을 쥐어보았다. 한 손 가득 뿌듯하게 잡혔다. 문득 어제 낮에 산에서 본 단풍의 선연한 붉은빛이 꿈이었나 싶었다.
> 귀머거리의 집 뒷방에서 얼결에 보았던 티브이 화면의 벌거벗은 모습들이 겹쳐 떠올랐다. 잇몸에 조그만 벌레들이 기어가는 것처럼 근지러웠다. 잇몸뿐이 아닌, 몸 안의 어디랄 것도 없이 깜짝 놀란 작은 벌레들이 핏줄을 타고 돌아다니는 것처럼 조바심나고 근지러웠다. 뭔가 한없이 안타깝고 서러운 느낌들이 빈 부대처럼 텅 빈 몸을 채웠다. 입을 한껏 벌리고 입 안을 들여다보았다. 무엇이든 쉬지 않고 말하고 싶었다.(281쪽)

위 인용에서 볼 수 있듯이 '조바심', '근지러움', '안타까움', '서러움'은 인자의 성적 욕망을 암시한다. 이러한 성적 욕망은, 이를 채워줄 성적 상대가 없기 때문에 외로움을 가속화시키고 이는 다시 발화 욕망으로 표출된다.

인자가 느끼는 권태와 외로움은 "벽 틈서리로 천천히 사라지는 바퀴벌레"로 동일시되어 나타나기도 한다. 또한 '낯선 세계'에서 고립된 채, "뭔가 해야할 일을 잊고 있는 듯한 조바심과 안타까움, 답답함"으로 느끼기도 한다. 그리고 "오늘 역시 기억되지 않을 많은 날들 중의 하루로 지나갈 것이다."라는 독백에서 볼 수 있듯이 인자는 지루한 일상과 권태로운 삶을 살아가고 있다. 이러한 인자의 실존적 고독과 외로움은 '발화 욕망'으로 표출된다. 그러나 아이들에게는 인자의 존재가 "경계해야 할 어떤 존재", '수상한 아줌마'로 인식되고 결국에는 아주 무시당하고 만다. 실존적 고독감과 소외감, 단절감, 성적 욕망을 극복하고자 하는 인자의 발화 욕망은 '귀머거리'와 '아이들', '성호네', 딸 '은영'에게 표출되지만 번번이 좌절되고 만다. 좌절된 인자의 발화 욕망은 '찜질방', '건강식품매거진'에 의미 없이 전화하는 모습 속에서 극대화되고 있다.

특히 인자는 '검정 속옷'을 입은 은영을 보며, 이제 딸이 "자신의 미래를 선택할 권리"와 "남자에게 모든 것을 걸어버린 삶에 자신을 던져버릴 수도 있"다는 사실을 위협적으로 느끼며, 삶의 '수렁' 속으로 빠져서는 안 된다고 은영에게 소리지른다. "인생이 자신에게 준 실망과 환멸과 슬픔을 말하고자 목질린 소리"로 외쳐댄다. 그리고 인자는 "유리창에 납작하게 짓눌려져 형체를 알 수 없는, 얼음에 갇힌 물고기의 몸부림같은 숨막힐 듯한 가위눌림을" 본다. 삶이 자신에게 준 실망과 환멸과 슬픔에 더하여, 인자가 머무르고 있는 '원천'의 공간은 한 선량했던 소년의 살해로 말미암아 공포가 극대화되면서, 인자 자신이 '얼음에 갇힌 물고기'로 인식되는 것이다.

> 소리의 향방을 좇아 불안하게 움직이던 인자의 눈길이 주방의 창문으로 향하는 순간, 인자는 유리창에 납작하게 짓눌려져 형체를 알 수 없는, 얼음에 갇힌 물고기의 몸부림 같은 숨막힐 듯한 가위눌림을 보았다. 문득 거역할 수 없는 힘으로 몸 일으키는 형체 없는 괴물, 이 도시, 갇힌 물의 꿈을 보았다.
> 어디선가 강물이 범람하는 소리가 들리는 것도 같았다. 그러나 거대한 댐으로 물을 가둔 이 도시에 넘쳐흐를 강물은 존재하지 않는다. 물에 갇힌 꿈이 있을 뿐. 아버지. 물 밑에 눈뜨고 누운 죄 많은 아버지의 겨드랑이와 사타구니에서 무성히 자라는 물풀들이 있을 뿐.(313쪽)

인자는 차가운 '얼음'[7] 속에 갇힌 구속의 공간, 죽음의 공간에 갇혀 죽어가는 한 마리의 '물고기'[8]에 자기 자신을 동일시한다. '물'과 '안개'에 갇혀 탈출구가 없는, 황폐해져가고 인간성이 마멸되어가는 공간, '원천'[9]은 이

---

7 얼음은 응결, 동결, 차가운 경직을 상징한다. 또한 물이 내포하는 잠재력인 죽음을 상징한다. 또한 물의 잠재력을 파괴한다는 상징적인 의미를 지닌다. 이승훈, 『문학으로 읽는 문화상징사전』, 푸른사상사, 2009, 398~399쪽 참조.

8 물고기는 남근을 상징하며 따라서 다산, 번식, 재생, 생명의 원천, 바다나 강(생명)을 상징한다. 한편 물고기는 물과 관련되어 무의식, 곧 일체를 고양하는 힘이 부과된 심리적 존재를 상징한다. 위의 책, 203~204쪽.

9 작가 오정희는 물과 안개로 둘러싸인 호반의 도시 춘천을 모델로 하여 '원천'이라는 가상의 공간을 이 작품에 설정하였다고 말한다. 겉으로는 아름다운 호반의 도시이지만, 안개와 물 속에서 들끓고 있는 불온한 욕망들, 감추어진 욕망들을 드러내 보이고 싶었다고 말한다(작가 오정희와 필자와의 대담, 2016.11.9. 잠실 카페에서). '원천'은 한자 源泉이 의미하듯, 물이 흘러나오는 근원, 사물의 근원을 뜻하며 이 작품에서는 삶의 근원, 뿌리라고 할 수 있는 '아버지' 즉 부성을 표상한다고 필자는 보

제 더 이상 예전의 평화롭고 정겹던 공간이 아니다. 물질만능주의와 공교육의 붕괴로 한 선량한 소년이 살해를 저지르게 만드는 공포의 도시로 변모해버린 것이다. 그래서 인자는 '원천'을 "거역할 수 없는 힘으로 몸 일으키는 형체 없는 괴물"로서 이 도시를 단정짓는다. '안개'가 "아직 살아 있는 불씨를 죽이"고 '원천'에는 "물에 갇힌 꿈"이 있을 뿐이라고 독백한다. 이는 인자의 사랑과 꿈이 '원천'이라는 공간에 갇혀 죽음을 향해 소멸해가고 있음을 암시한다. 인자는 수몰지구로 둘러싸여 있는 도시 '원천'을 '물'과 '안개'로 상징되는 '구속'과 '죽음'의 도시로 인식한다. 수몰지구에서 이장도 하지 못한 채 "물 밑에 눈 뜨고 누운 죄 많은 아버지"[10]는 다양한 함의를 내포한다. '도덕적 원리'를 상징하는 '아버지의 부재'로 말미암아 온 가족이 겪게 되는 고통과 사생아의 탄생과 부성애의 결여는 결국 한 개인에게 정체성의 혼란을 가져옴으로써 삶의 비극성을 가중시킨다. 아버지가 없는 세계는 도덕적 원리가 사라진 세계로서, 사생아를 양산하게 됨으로써 폭력의 악순환을 가져오게 되는 동인이 된다. 그럼에도 불구하고 가족을 책임지지 않는 "죄 많은 아버지"의 "겨드랑이와 사타구니에서 무성히 자라는 물풀"들은 여전히 이 세상에서 사라지지 않을 것이다. 어린아이, 사생아를 지칭하는 '물풀'들은 생명력을 가진 채 성장해갈 것임을 시사함으로써, 작

앉다. 즉 이 작품에서 작가는 부성의 부재가 야기하는 폭력성에 대해 주목하고 있다.

10 작가 오정희는 "물 밑에 눈 뜨고 누운 죄 많은 아버지"는 '부성이 가지는 적대성'을 의미한다고 언급하였다. 작가는 어린 시절 성격이 급하고 화를 잘 내시는 아버지에 대해 공포감과 거부감을 느꼈다고 술회했다(작가 오정희와 필자와의 대담, 2016.11.9. 잠실 카페에서). 이 영향은 가부장제에 대한 폭력성으로 인식하게 되어 작가의 작품에 자주 등장하는 것으로 필자는 본다.

가는 면면히 이어지는 삶의 지속성을 말하고 있다. "물 밑에 눈뜨고 누운 죄 많은 아버지"가 머무는 공간, 죽음의 세계에서도 희망의 씨앗인 물풀은 면면히 무성히 자라나갈 것임을 시사한다. 더 나아가 인간 자체가 원죄를 가진 아담의 후예라고 볼 때, 인간은 '죄 많은 아버지'의 사타구니에서 나온 '물풀'과도 같은 존재임을 작가는 말하고 있는지 모른다. 이런 점에서 '물풀'은 원죄와 슬픔을 간직한 채 고통스럽게 살아가는 '인간'의 상징물일 것이다. 그리하여 이 작품의 결미에서 인자의 독백을 빌려 "아버지. 물 밑에 눈뜨고 누운 죄 많은 아버지의 겨드랑이와 사타구니에서 무성히 자라는 물풀들이 있을 뿐."이라고 작가는 죽음과 삶에 대한 경구를 던진다.

또한 작가는 이 작품에서 개발이라는 명분하에, 조상부터 대대로 머물렀던 농토와 땅이 물속에 잠기고, 가족이 해체되고 지역공동체가 무너지는 물질만능주의와 산업화의 폐해를 비판적으로 바라본다.

3. 아버지의 부재와 모체회귀 욕망

한편 인자의 딸 은영 역시 아버지의 부재로 인해, 사생아 의식을 가진 채 자아정체성의 혼란을 겪으며 고통스럽게 살아가는 인물이다. 현실에 존재하지 않는 아버지에 대한 은영의 갈망과 그리움은 영화 속 '외계인'과 동일시되어 나타난다. 우주의 한 별로부터 날아와 지구에 불시착하는 외계인과 아버지 없이 외롭게 자라던 '소년'과의 우정과 사랑을 다룬 영화였다고 어머니 인자의 시각으로 기술되고 있다. 소년과의 깊은 우정과 사랑으로 외계인은 죽음의 위기에서 살아나고 죽은 꽃을 피우게 한다는 영화 내용이었는데, 그 영화를 본 후 은영은 '말라 죽어버린 치자꽃 화분'을 방에 들여놓고 밤새 들여다보았다고 기술된다. 이는 아버지를 '외계인'과 '말라 죽어버린 치자꽃'으로 동일시하고, 은영 자신을 '소년'과 동일시한 것으로, 은영이가 내면 깊숙이에서 가지고 있는 아버지에 대한 그리움이 투영된 것이라 본다.

아버지의 부재로 인한 사생아 의식은, 은영으로 하여금 자아정체성에 대한 혼란을 야기함으로써 실존적 고독과 자기학대의 행위로 나타나기도 한다. "뜨거운 여름 햇빛 아래 두 팔을 들고 땀을 철철 흘리며 서 있던, 자신에게 형벌을 가하듯" 서 있던 '고독한 모습'의 은영은 끊임없이 굴러떨어지는 돌을 끌어올리며 부조리한 삶을 살아가는 시지푸스와 동일시된다. 은영의 이러한 행위는 어쩌면 부조리한 생에 대해, 자신의 운명에 대해 온몸으로 저항하고 있는 모습이라 볼 수 있다. 아버지의 부재로 인한 사생아 의식은 생에 대한 공포와 죽음의식과 권태와 무위를 야기시키는 동인이 된다.

은영은 세상 속 어디에도 속하지 못한다는 고립감과 단절감을 느끼며 엄마 인자가 있는 '원천'이 아닌, "아주 먼 곳, 땅 끝까지 가고" 싶었다고 독백한다. 왜냐하면 은영에게 '원천'의 공간은, 순교자처럼, 희생당한 모습으로 제물로 바쳐진 삶을 살아가고 있는 어머니 인자가 있는 공간으로, 구속과 억압의 공간으로 인식되기 때문이다. 은영에게 '원천'이라는 공간은 재봉질하는 엄마와 "엄마와 같은 색, 같은 무늬, 같은 모양의 옷"들을 입고 지냈던 슬픔의 공간이다. 아버지로부터 버림받았다는 수치심과 '사생아'라는 죄의식은 '같은 색, 같은 무늬, 같은 모양의 옷'들이 주는 '죄와 감금'의 냄새를 거부한다. 그래서 은영은 엄마와 같은 옷 입기를 거부했던 것을 기억한다. 그래서 "나는 얘 없인 못 살아, 혹은 이 세상에 우리 둘뿐이다."라고 세상에 말하고 싶었을지도 모르는 엄마의 마음을 외면하고, 은영은 남성중심 사회에서 희생당한 채 힘겹게 살아가는 엄마로부터 벗어나고자 한다.

은영은 자신이 엄마의 환상이 낳은 '괴물'로서, 어쩌면 성적 충동의 산물일지도 모른다고 인식한다. 어머니의 사랑은 "나이 든 여공의 들꽃처럼 가난하고 불확실하고 불안한 사랑"일지도 모르나 그것은 중요하지 않다고 생각한다. 어머니의 아버지에 대한 감정이 "그것이 사랑이었는지 눈먼 욕정이었는지는 중요하지 않다. 캄캄한 어둠 속에서 두 개의 눈동자처럼 정자와 난자는 만났다. 그것이 근원이고 시초였다. 진실은 아름답지 않다. 때로 이 사이에 낀 음식물의 찌끼처럼 불편하고 불쾌하고 구두 밑에 달라붙는 껌처럼 난처하기도"(300쪽) 한 것으로 은영은 인식하게 된다. 즉 은영에게 자신이 '사생아'라는 진실은 "불편하고 불쾌하고 난처"한 것으로 인식되는 것이다. 그러나 엄마는 사생아인 딸에게 자신의 성을 주기 위해 법적 투쟁을 벌였다. 자신의 존재에 대한 부정적 인식은 은영이가 가지고 있는 삶에 대한 권태와 실존적 고독감과 맞닿아 있다. 그래서 "어느 막다른 곳에 자신을 내맡기고 싶기도" 하고 "아주 낯선 곳, 땅 끝까지 가고 싶은" 충동을 느낀다. 그러나 현실 속에서는 무한한 잠속으로 빠져들기도 하고 무의식에서는 죽음에 대한 욕망을 느끼며 모체회귀를 갈망하기도 한다.

골프장 캐디인 은영은 여성을 성 상품화하는 물질만능 사회 속에서 모욕감을 느끼고 숲으로 간다. 그곳에는 '황금빛' 잔디와 '햇빛'과 '한없는 적요로움'이 있는 곳으로 '하얀 의자'가 놓여 있었다.

황금빛 잔디의 완만한 경사면이 만나는 곳에 사람의 자취는 없는데 웬일로 하얀 의자가 하나 놓여 있었다. 그것은 끝없는 잠의 욕망을 불러일으켰다. 햇빛과 한없는 적요로움이 이승의 광경 같지 않았다. 문득 그 흰 의자에 앉아 있는 자신을 본 것도 같았었다.

하얀 의자는 그녀가 와 앉기를 기다리고 있는 듯 그 자리에 그대로 있었다. 은영은 군데군데 라카칠이 벗겨진 의자의 먼지를 손수건으로 닦고 앉았다. 저편 구릉으로 넘어가는 사람들의, 조금씩 솟아오르다가 차츰 낮아지며 사라지는 모습이 마치 사막의 부드럽고 고운 모래 속으로 묻혀가는 것 같다고 생각하며 몽롱한 가수상태에 빠져들어갔다. 졸음에 못 이겨 의자에서 스르르 내려와 잔디에 몸을 뉘였다. 오래 전부터 이곳에서 눕기를 원해왔던 것 같은 생각이 들었다. 차가운 흙내와 풀냄새, 제초제의 냄새가 섞여 풍겼다. 햇빛 속에 자신의 손이 팔이 다리가 이윽고 몸 전체가 하얗게 사라지는 것 같았다.

아마도 잠이 들었던가. 은영을 발견한 명희는 은영이 발가벗고 누워 있는 줄 알았다고 말했다. 시체 같았다고도 말했다. 은영은 물론 윗도리의 목단추 하나도 끄르지 않고 있었다. 그녀의 말을 듣고 은영은 자신에게 발가벗고 눕고 싶다는 욕망이 있었을지도 모른다는 생각을 했다. '너는 사람들과 좀더 부드럽게 지내는 법을 배워야 해.' 명희는 충고했다.(277쪽).

'황금빛 잔디'[11]와 '햇빛'[12]과 '적요'가 있는 공간은 파라다이스와 평화를 상징하는 천상의 세계를 상징한다. '하얀 의자'[13]에 앉은 자신의 모습을 환

---

11 황금색은 태양, 신의 힘, 광명, 최고 가치, 영광, 남성원리를 의미한다. 진 쿠퍼, 『세계문화상징사전』, 이윤기 역, 까치, 1994. 74~80쪽. 이 작품에서 황금빛 잔디는 소멸과 죽음을 상징한다.

12 41쪽 각주 27 참조. 이 작품에서 '햇빛'은 천상의 세계를 상징한다.

13 백색 : 긍정적인 면에서 매우 가치 있고 의미 있는 빛으로서의 순수, 순진, 영원, 부정적인 면에서 죽음, 공포, 초자연. 그리고 수수께끼 같은 우주적 신비에 싸여 있는

영하는 것은 바로 무의식 속에서 은영이 천상의 세계 혹은 죽음의 세계를 동경하고 있음을 보여준다. 그리하여 "사막의 부드럽고 고운 모래 속으로" 사람들이 사라지는 모습을 환영하며 가수상태에 빠져드는 은영의 모습 안에는 죽음에 대한 갈망과 모체회귀 현상이 드러나고 있음을 살펴볼 수 있다. 이 작품 속에서 '사막'[14] 역시 죽음을 상징한다. "햇빛 속에 자신의 손이 팔이 다리가 이윽고 몸전체가 하얗게 사라지는 것" 같은 환영을 그리며 은영은 자신의 몸이 해체되어 죽음의 세계로 소거되고 이제 발가벗은 아기의 모습을 한 채 모체 속으로 회귀하는 것이다. 이러한 은영의 죽음의식은 이 작품 곳곳에서 드러나고 있는데, "달리는 열차에서 뛰어내린다거나 손가락 하나의 가볍게 미는 힘에 의해 떨어지거나 자신이 팔을 뻗어 누군가를 그렇게 밀쳐버릴지도 모른다"는 생각을 "아무런 감정을 수반하지 않고" 떠올리는 모습 속에서도 나타난다. 이렇게 아버지의 부재로 인해 내재된 은영의 죽음의식 또는 죽음에 대한 욕망은 무의식 속에서 모체회귀 욕망으로 표출되고 있다.

아버지의 부재로 인해 자아정체성의 혼란을 겪고 있는 은영은, 어머니가 있는 '원천'으로 가기 위해 밤기차를 타게 된다. 역 광장에서 부는 바람, 비둘기떼, 인구탑의 숫자, "어둡고 따뜻하고 축축한" 은영이 알지 못하는 '방'을 가진 '그 여자'와의 만남, 그리고 청년의 모습을 발견한다. 기차 안에

알 수 없는 진리(cf. 허먼 멜빌의 『모비 딕』에서 '고래의 흰색')

이상우 · 이기한 · 김순식, 『문학비평의 이론과 실제』, 집문당, 2005, 244쪽. 이 작품에서 하얀 의자는 죽음을 상징한다.

14 사막 : 신화원형 비평에서 사막은 정신의 황폐, 죽음, 니힐리즘, 절망을 상징한다. 윌프레드 L. 궤린 외, 『문학의 이해와 비평』, 정재완 · 김성곤 역, 청록출판사, 1981, 123쪽.

서 "낡은 녹색 사파리"가 눈에 익은 듯도 싶은 '청년'과의 조우와 탐색, 그리고 "아무 말 없이 서로간의 마음에 스쳐간 서로에 대한 느낌과 생각들이 물비린내 속에 섞여든다."

> 밤기차를 타면 왠지 국경을 넘어간다는 공상에 빠지게 된다. 국경, 국경 수비대, 얼어붙은 국경에서 제 땅을 지키는 힘세고 사나운 사내. 아름다운 처자를 남겨두고 북방에 수자리를 살러 갔던 사내들, 먼 아버지의 아버지의……
>
> 은영은 어둠이 짙어지는 밖을 본다. 산모롱이, 기차가 구부러져가는 곳에 문득 나타난 불빛은 곧 까무룩히 멀어지고 한층 더 깊은 어둠이 고인다. 어둠 저편은 숲이리라. 그 숲에 이르기 전의 푸른 잔디와 빈 의자.(276쪽).

은영의 내면 깊숙이에는 '밤기차', '국경' 등이 불러일으키는 '낭만성'과 국경을 지키던 '힘세고 사나운 사내'에 대한 성적 욕망이 내재해 있으며 사랑에 대한 호기심이 내재해 있다. 이는 어렸을 적 '만월의 달'을 바라보고 "아앗, 징그러워 하며 진저리를 치고 앙가슴을 싸안는" 모습에서도 발견할 수 있다. 이는 성적 욕망의 발현으로 "제 안에서 싹터 오는 것, 필연적으로 다가오는 것에 대한 두려움, 항거의 몸짓"이기도 한 것이다. 이는 자신도 모르게 싹터오는 사랑에 대한 욕망, 혹은 성에 대한 호기심일 수 있으며, 다가올 여자로서의 삶에 대한 두려움이며, 운명의식에 대한 항거이다.

죽음에 대한 갈망과 미래에 대한 두려움을 가진 은영에게 어둠이 짙게 다가온다. 이 작품의 표제인 '구부러진 길 저쪽'에서 '구부러진 길'은 삶의 여정을 의미한다. 반듯하게 평탄하게만 지속되지 않는 험난한 삶의 여정을 작가는 '구부러진 길'로 표상하고 있다. "기차가 구부러져 가는 곳"에 문득 나타난 '불빛'은 희망, 사랑 같은 것일지도 모른다. 그러나 불빛은 "곧 까무룩히 멀어지고 한층 더 깊은 어둠이 고인다." '깊은 어둠'은 현재 은영이 느끼고 있는 삶에 대한 절망과 죽음의식 등을 표상한다고 볼 수 있다.

그러나 "어둠 저편은 숲이거나"에서 보여주듯 '숲'[15]은 미지의 세계, 새로운 세계를 표상한다. 이는 은영에게 펼쳐질 미래의 세계를 의미한다. 그리고 그 숲에 이르기 전의 '푸른 잔디'는 희망과 사랑이 있는 미래를 상징한다고 볼 수 있다. 어제 골프장에서 은영이 본 천상의 세계 혹은 죽음을 의미하는 '황금빛 잔디'와 대조적으로, 오늘 은영은 '푸른 잔디'를 통해 사랑과 희망을 갈망하는 것이다. 그리고 '빈 의자'에 누군가가 와서 앉아주기를 무의식 속에서 희망하는 것이다. 어제의 '황금빛 잔디'가 오늘의 '푸른 잔디'로 나타나듯, 이렇게 삶은 한순간도 정체되어 있지 않고 움직이며 변화하고 나아가는 것이다. '구부러진 길 저쪽'에 무엇이 있을까, 어렸을 적에는 궁금해하고 신비해하다가도, 어른이 되면 아무 의미 없는 것이 되어버릴 수 있는 삶. 내 앞으로 어떤 비극적 삶이 운명적으로 다가올지 모른다는 공포와 불안감, 미래에 대한 불확실성, 여기에 삶에 대한 난해함이 있고 불가해함이 있음을 작가는 이면적으로 보여준다.

작가의 삶에 대한 이러한 인식을 반영이라도 하듯, 은영은, 광장에서 본 불편한 걸음걸이의 청년, 그 청년을 기차에서 보지만, 같은 인물로 인식하지 못한다. 그들은 서로를 탐색하고 "말없이 서로간의 마음에 스쳐간 서로

---

15 일반적으로 숲은 어둡고 신비하다는 점에서 여성원리를 상징하고 어머니와 동일시된다. 한편 어둠을 강조하면 숲은 암흑, 미지의 세계를 상징하고 따라서 숲으로 들어간다는 것은 미지의 탐험, 새로운 세계를 탐험한다는 점에서 영적 세계를 상징한다. 이승훈, 앞의 책, 358쪽.

에 대한 느낌과 생각들을" 공유한다. 그리고 결국 청년은 여러 과정을 거쳐 은영의 집으로 찾아들게 되면서, 이들의 만남은 예정되어 있는 듯 보인다. 이렇게 삶은 불가해함과 난해함으로 가득 차 있다. 편집할 수 없는 삶, 갑자기, 우연한 것들이, 사소한 것들이 뒤흔들어놓는 삶의 역동성, 삶의 비극성, 삶의 불확정성, 그리고 난해함과 엄청난 단순함, 이것을 '구부러진 길 저쪽'이라고 작가는 말하고 있는지도 모른다.

인자에게 '원천'의 공간이 사랑과 꿈이 좌절된 공간으로서 죽음을 향해 소멸해 가는 공간이었듯, 은영에게 있어서 '원천'의 공간 역시 '물'[16]과 '안개'[17]로 둘러싸인 '죽음'과 '혼란'의 공간으로 인식된다. 그래서 은영은 인자를 떠나 외지로 도망가버린다. 은영이 어릴 적 보았던 이 도시에서 아이들은 '권태'와 '나른함'과 '고독'을 견디지 못하고 '밤기차'를 타고 외지로 달아나버린다. 또는 "철길을 베고 눕거나 엷고 어색한 화장을 하고 미군 부대 앞을 서성"이기도 했던 공간으로서, '원천'은 상처가 남긴 흉터의 기억을 가지고 있다. 지금은 '미국 당국은 만행을 사과하라' '당신들은 점령군이 아니다' 따위의 항의가 담벽에 붉은 스프레이로 씌여져 있는 공간으로 변했다. 여기서도 미제국주의가 낳은 폭력성, 성범죄 등을 고발하는 작가

---

16 물에 잠기는 행위는 형태가 존재하기 전의 상태로의 회귀를 상징하며, 한편으로는 전멸과 죽음을, 다른 한편으로는 재생과 소생을 의미한다. 왜냐하면 물에 잠기는 것은 생명력을 강화하기 때문이다. 이승훈, 위의 책, 199쪽. 이 작품에서 물은 죽음을 상징한다.

17 일반적으로 안개는 혼미, 막연함을 상징하고 아일랜드에서는 이승과 저승의 중간, 죽음의 전조를 상징한다. 엘리엇의 경우 안개는 윤곽이 모호한 발전 과정, 나아가 모호한 심리 상태, 무력감에 빠진 심리상태를 상징한다. 위의 책, 388쪽. 이 작품에서 안개는 혼미와 죽음을 상징한다.

의 사회현실 인식이 드러나 있다. 이제 '원천'은 산업화·근대화로 인한 무분별한 도시 개발로 불안감이 만연하는 도시로 변모해버렸다.

4. 삶의 우연성과 사소함의 비극성

인자가 남편 없이 사생아를 기르며 실존적 고독과 자아정체성의 혼돈을 겪는 인물이라면, 은영은 아버지의 부재로 인해 자아정체성의 혼돈을 겪으며 죽음의식과 함께 모체회귀를 통해 새로운 삶을 갈망하는 인물이다. 현우 역시 실존적 고독, 자아정체성의 혼돈, 모체회귀 욕망, 발화 욕망을 가지는 인물이라는 점에서 인자, 은영과 동일 범주에 서 있다. 즉 이들은 어쩌면 각자가 자신의 또 다른 분신들인지 모른다.

장현우는 어렸을 적 부모를 잃어버리고 고아로 자랐으며 현재는 엑스트라 배우이다. 현우는 어제 석촌호수 근처 술집에서 사소한 시비로 주정뱅이의 머리를 치게 되는데, 주정뱅이는 맥없이 쓰러져 움직이지 않는다. 주정뱅이의 몸속에서 나온 부적을 현금만 뺀 지갑째 쓰레기통에 처넣는다. 그런데 역 뒤켠에서 여자와 자고 난 후 신문지에서 본 '신원 미상의 변사체 발견'이라는 문구를 발견하고 가슴이 덜컹하여 자세히 본다. 현우는 석촌호수가 아닌 '영등포 당산동 철교 부근'임을 확인하지만, 석촌호수로 가서 "그 남자를 구겨박았던 장소"로 가본다. "아무도, 아무런 흔적"이 없음을 발견하고 "믿을 수 없는 안도감, 혹은 불안감" 때문에 "씁쓸한 환멸의 표정"을 짓는다.

어제 현우는 영화 '그날의 함성'을 찍느라 "하루 종일 '대한독립만세' 한

마디를 외치며 말 탄 일본순사의 칼을 맞고 죽었다. 대한독립만세, 대한독립만세를 부르며 쉴새없이 죽고 죽으며 현우는 이를 갈았다."(271쪽) 사건 당시 현우는 "몹시 피곤하고 신경이 날카로운 상태였"던 것이다. 만약 현우가 몹시 신경이 날카로운 상태가 아니었다면 사소한 싸움은 일어나지 않았을 것이다. 몹시 피곤한 상태에서 빚어진 사소한 시비는, 현우를 살인범으로 몰고 갈 수도 있다. 현우는 '사소함이 주는 삶의 비극성'을 이미 체득하였다. 그래서 "뭔가 희망을 가지고 시작하려고 하면 꼭 장애물이 나타난다"고 현우는 독백한다. "언제나 재수가 없었다. 자기처럼 불운한 인간도 드물 것"이라고 자조한다. 그리고 도피를 하느라 허둥대다가 지하도 층계에서 고꾸라져 "그러지 않아도 위태롭던 구두 앞창"이 딱 벌어져버렸다. 구두를 수선하기 위해 역 광장의 간이 수선소에 들어간다.

여기서 수선공 청년은 "남루하고 늙은 두꺼비 같은 몰골인 구두의 닳아진 뒷굽"을 사정없이 뜯어낸다. '구두'[18]는 남루한 삶을 살아온 현우와 동일시되고 있다. 그런데 구두수선소에 들어가게 되면서 주간지 기사를 보게 된다. 부모인 듯 여겨지는 사람들이 '안개'가 무섭게 낀 날 잃어버린 아들을 기다리느라, 수몰지역 근처에서 기다린다는 내용으로 현우는 어릴 적 시점을 돌이키며 '원천'으로 가기로 결심한다. 고아로서의 삶을 살아온 현우에게 자신의 인생은 "어딘가에서 연결핀이 빠지고 그때부터 줄 끊긴 구슬 목걸이처럼 깨진 사발 조각처럼 마구 흩어져"(273쪽) 버린 것으로 인식된다. 현우에게 삶은 유기적이고 질서정연한 완전한 결합체가 아니라, 쪼

---

18 모자가 고상한 세계라면 구두는 저급한 세계를 상징한다. 신발은 권위와 자유를 상징한다. 이 작품에서 구두는 현우의 분신으로서 자의식을 표상한다고 볼 수 있다. 이승훈, 앞의 책, 68쪽.

개어지고 나누어진 파편들의 불완전한 결합체라고 인식되는 것이다. 그리하여 그는 "언제나 중대하고 결정적인 일은 예기치 않은 사소한 것이 빌미가 되는 법"이라는 것을 체득해왔다. 그래서 우연한 '사소함'이 주는 운명의식을 그는 믿는다. '신문을 발견한 것'을 어떤 운명적인 필연성으로 여기고, '떨어진 구두 밑창'도 부모를 만나게 해주는 매개체로서 예사롭게 여기지 않는다. 주정뱅이의 사건으로 "결국 되돌아온 것이다.", "그러나 언제나 재수가 없었다.", "자신의 인생은 항상 그래왔다."고 자조하던 그는, 이제 삶의 우연성과 사소함의 운명을 믿으면서 희망적인 심리상황으로 반전하기 시작한다. 그래서 "현우는 단단히 붙은 구두창을 확인하듯 힘차게 걸음을" 내딛는다.

그리고 기차 속에서 본 여자(은영)에게 자기는 이십 년을 한결같이 기다려온 부모를 찾아가는 길이라고, 특별한 날이라고 말하고 싶은 충동을 느낀다. 현우는 원천에 도착하지만 수몰지로 가는 배편을 놓치고 만다. 현우는 '원천'이 도시개발로 인도만 남긴 채 온통 파헤쳐져 있고 굴착기와 포클레인이 밤빛에 괴물처럼 흉측하게 서 있음을 발견한다. 흰 종이꽃을 단 패랭이를 쓴 농악놀이 사람들이 말없이 게를 먹고 있는 장면을 보면서 현우는 "자신이 현실의 세계가 아닌 다른 세상에 와 있는 것만" 같은 이질감을 느낀다. "어제와 오늘, 그리고 물만 건너면 닿을 수 있는 곳, 이십 년째 그를 기다리며 굴뚝에 연기를 피워올리는 부모가 있다는 곳과의 거리는 얼마나 아득한 것일까"라고 생각한다. 부모가 있을 듯한 '신장리'에 대한 기억을 더듬으며 현우는 "친숙한 쪽과 생소한 쪽 어느 쪽을 택하여야 할까. 침을 뱉어서 튀는 방향으로 발길을 잡던 때처럼." 하고 독백한다.

현우는 언제나 자신을 도박대 위에 올려놓았다. 동전을 던져 앞면이 나오면 집에 들어가고 뒷면이 나오면 안들어가기. 종이 비행기를 접어 날리며 그것이 날아가는 쪽으로 자신의 발길을 옮겨놓기. 언제나 아주 하찮은 것에 자신의 모든 것을 걸어보는, 종이접기나 동전던지기 따위로 자신의 모든 운을 걸어보는 습성. 자신의 의사와는 관계없이 방향을 트는 운명에서 그에게 허락된 선택이란 그 정도뿐이 아니었던가.(295쪽)

위 인용에서 살펴볼 수 있듯이, 현우는 삶의 우연성을 믿는다. 사소한 우연성이 절대적 필연성으로 다가와 삶을 뒤틀어 놓고 왜곡시키고 비극적으로 만든다고 믿었다. 현우는 단지 짙은 '안개' 때문에 부모를 잃어버리고 고독과 소외된 삶을 살아왔다. 현우에게 있어 '안개'는 자신의 삶을 뒤틀어버리고 의식을 뒤틀어버리고 오리무중으로 자기정체성의 혼란에 이르게 하는 매개물이다. 현우는 영재라는 이름을 버리고, 입양한 양부모가 지어준 이름으로 현우가 되었다. '은식'이에서 '영재' 다시 '현우'로 호명됨으로써, 그는 자기정체성의 혼돈을 경험하게 된다. "자신은 이제껏 자신의 의지와 선택과는 무관하게 어떤 잔인한 심술궂은 힘"에 떠밀려왔다고 믿는다. "기억할 수 있을 때부터의 보육원, 입양과 파양은 그의 선택도 의지도 아니었던" 것이다. 현우는 상습적인 거짓말과 좀도둑질로 일 년 만에 파양되어 다시 보육원으로 돌아갔다. 다시 양부모집에 찾아갔을 때 "자신이 타던 자전거를 타고 있는 사내애"에게 '현우야'라고 부르던 양모의 소리를 들으며 현우는 "극심한 혼란과 분열"을 겪는다.

감기 증상이 심해지면서 현우는 TV를 틀게 되고 살인사건의 보도를 듣게 된다. 현우는 혹시 자신이 범인으로 지목받을까 봐 알리바이를 생각해

본다. 부모가 기다리는 '신장리'로 가기 위해 택시를 타자 거기에서도 살인 사건이 보도가 된다. 검문을 당하다 보면 지난밤 석촌호수의 일이 드러날 수도 있다는 생각에 순경의 검문을 피하기 위해 등산로 쪽으로 간다. 그곳에서 동굴을 발견하고 "아늑하고 따뜻한" 공간 속에서 잠이 든다. 여기서 '동굴'19은 어머니의 자궁을 상징한다. "햇빛은 따뜻하고 가끔씩 갈나무잎들이 바스랑대며 떨어지는 소리뿐 조용했다. 현우는 햇빛이 쬐는 쪽에 얼굴을 두고 비스듬히 누웠다. 둥지 속에 든 듯 아늑하고 편안한 잠이 쏟아졌다."(298쪽)에서 볼 수 있듯이 그는 고통스런 현실을 떠나 그리운 어머니의 자궁 속, 즉 모체회귀를 통하여 새로운 삶으로 나아가기를 갈망하는 것이다.

새로운 삶에의 갈망은, 지금 잃어버렸던 부모님을 찾아가고자 하는 현우의 상황과 맞물려 있다. 그러나 주정뱅이의 일에 신경쓰다 현우는 '작은 나무 뿌리'에 걸려 넘어지고 만다. 그래서 다시 '구두창'이 벌어졌다. "상처를 입힌 것은 조그맣게 돌출된 나무 뿌리에 지나지 않았다." "인생에 있어서도 정작 넘어뜨리는 것은 크고 우람한 것이 아닐 수 있다."라고 현우는 생각한다. 이러한 현우의 삶에 대한 인식은 이 작품의 주제의식과 맞물려 있으며, 이는 작가 오정희의 삶에 대한 인식에 다름 아니다. "조그만 나무 뿌리에 걸려 넘어졌던 것이" 좋지 않은 조짐으로 여겨져 현우는 다시 시내로 돌아온다. 살인 사건이 발생하지 않았다면 그는 이미 부모와 재회하고 있을 터였다.

---

19 동굴은 격리, 단절, 수용, 은신처를 상징하고 죽음과 재생을 상징한다. 동굴로 들어가는 것은 정신적 죽음을 상징하고 동굴을 나오는 것은 재생을 상징한다. 한편 동굴은 여성원리를 상징한다. 이승훈, 앞의 책, 159쪽.

'사소한 시비'와 자기도 모르는 '살인사건'은 결국 부모와의 재회를 방해한다. 구두 앞창을 다시 수선하기 위해 구둣방을 찾아 두리번대던 현우는 우연히 사내아이와 조우하게 된다. 사내아이가 총을 겨누다가 총 쏘는 시늉을 하자 현우는 몹시 비틀거린다. "부족함이 없이 자란 듯 눈이 둥글고 순한" 아이를 보며 현우는 누구에게랄 것도 없이 억울함을 느낀다. "누군가, 낯선 곳에서 사내아이의 손을 탁 놓아버린다면." 자기처럼, 현우는 문득 유괴를 떠올린다. 이는 자기 자신이 당한 일을 다른 사람에게 전가시키려는 보상심리라 할 수 있다. 억울하게 부모의 사랑을 받지 못하고 자란 복수심을 아이에게 투사하려고 하는 무의식적 욕망이라 볼 수 있다. 현우는 아이를 유괴하기 위해 아이가 원하는 지게차와 소방차, 햄버거를 사먹인다. "해를 끼칠 생각은 없어. 부자들도 나눌 줄을 알아야지." 하고 생각한다. 그런데 머리가 심하게 아파온다. 그때 아이는 "아저씨, 많이 아파? 땀이 많이 났어. 내가 총을 쏴서 그런가 봐. 그건 가짜 총이야. 걱정할 게 없어."라고 말하며 현우의 가슴팍과 이마를 만진다. "아이의 앙증맞게 작은 손은 따뜻하고 부드러웠다." 마치 모성처럼 따뜻한 사랑의 손길과 같다고 현우는 느낀다. "아이의 손이 닿은 곳에 잠시 통증도 멎는 듯 싶었다." 그러자 아이를 유괴하려는 자신의 행동이 얼마나 황당한 짓인가를 깨닫는다. 결국 선성과 사랑으로 대표되는 아이의 손을 통해, 현우는 자기 자신의 어처구니없는 행동을 객관적으로 바라보면서 심리상황이 반전된다. 결국 아이의 모성과 같은 따뜻한 사랑이 현우의 유괴 계획을 포기하게 함으로써 또 한 번 일어날 수 있는 범죄를 방지하게 만든 것이다. 여기에서 사랑만이 이 세상의 범죄와 죄악을 소거할 수 있다는 작가의 의식을 발견할 수 있다. 그리하여 현우는 "모두 빌어먹을 두통 탓"이라고 독백하며, 아이를 이층집 앞에 데려다 주고 발길을 돌린다.

아이의 손을 놓은 손이 허전했다. 무언가 잊고 잃은 것 같은 허전함과 외로움이 가슴을 후볐다. 머리를 흔들면서, 벌어진 구두창에 신경을 쓰면서 천천히 걸었다.

'그'는 머리가 아프다, '그'는 외롭다, 라고 중얼거려보았다. 자신이 없고 불안할 때, 부당한 멸시를 받거나 보잘것없는 존재로 여겨질 때, 아무런 희망도 가질 수 없을 때 늘 써보던 방법 중의 하나. 어린 날, 번개치는 무서운 밤에 잠을 깼을 때도, 발가벗겨 문밖으로 쫓겨났을 때도, '그애는 번개를 무서워한다'거나 '그애는 발가벗겨 쫓겨났다'라고 말해보면 한결 무섬증도 부끄러움도 덜해졌다. 머리가 좀더 커서 뒷골목에서 무수한 구둣발 아래 개처럼 피 흘리며 몰매를 맞을 때도 그랬다. 그러면 괜찮았다. 견딜 만했다.(305쪽).

현우는 자기 자신의 고통과 공포와 절망을 견디기 위해 "그는 외롭다"라고 자신의 내면상황 또는 사실상황을 객관화시켜 발화한다. 이는 자아정체성의 혼돈을 겪는 그가 객관적인 개체로 자신을 거리두기함으로써, 자아정체성을 확인하려는 무의식적 시도라고 볼 수 있다. 그는 자신의 고통을 나눌 부모도, 사랑하는 사람도 없는 '섬'과 같은 외로운 존재일 뿐이다. 그리하여 절망에서 희망으로, 희망에서 다시 절망에 빠진 현우는 "늙은 팽나무가 누워서 자라는 그 집에 대한 기억은 얼마나 황당하고 근거없는 것일까. 은식이란 누구인가. 나란 도대체 어디 있는 것일까. 이렇게 헤매고 다니는 나는 누구인가."(305쪽)라고 질문한다. 이는 현우가 가지고 있는 고아의식과 친자 확인에의 열망과 정체성의 혼란을 겪고 있는 현우의 내면상황을 투영한 것이라 볼 수 있다. "허기인지 외로움인지 알 수 없는" 감정 속에서 현우는 다시 분노의 감정에 휩싸인다. "삶의 비루함이 보잘 것 없음이" 가슴을 후빈다. 당장 한끼 밥과 잠자리가 아쉬운 터에 아이에게 비싼 차와 아이스크림을 사주던 호기가 어리석고 우스꽝스럽게 느껴지고 자신의 어설픈 감상과 비겁함에 화가 치민다.

"하루 종일, 아니 어젯밤부터 이때까지 맴돌아 결국 같은 자리에 돌아온" 공간인 '원천'은, 그에게 "회전목마처럼 도시 멈출 수도 없이 결국 같은 곳을 맴돌게 하는 정체불명의 도시로" 정체성의 혼란을 겪는 자기 자신의 모습과 동일시된다. 그래서 그는 이 도시를 저주했다. 그러자 "구두는 그예 아주 밑창이 달아나버렸다." 이 작품 속에서 현우의 내면심리 상황은 '구두'의 상황과 일치되고 있다. 이제 그는 자신을 구속하는 정체불명의 이 도시, '원천'을 저주하고 '남루한 구두'로 상징되는 자신의 존재가치에 대해 절망한다. 그리고 현우는 '꼬리가 엄청나게 긴 죽은 쥐'를 발견하고 "밑창이 나간 구두를 벗어 그것으로 쓸어 함께 파헤쳐진 땅속으로 쓸어넣는다." 여기서 '꼬리가 엄청나게 긴 죽은 쥐'[20]는 두 번이나 부모에게서 버림받으며 정상적인 삶을 살지 못하고 사회의 사각지대에서 기형적인 삶을 살았던 현우의 또 다른 분신을 표상하며, '밑창이 나간 구두'는 남루한 자기 자신의 모습과 동일시된다. 그리하여 그는 '밑창이 나간 구두'를 벗어 '쥐'를 땅속으로 쓸어넣는다. 이는 남루하고 흉물스런 자기 자신의 모습을 사장시키는 행위라고 볼 수 있다. 그러다 거기서 살해도구로 쓰인 '연탄집

---

20 쥐는 병을 옮기고 무엇이든 갉아먹는다는 점에서 질병, 파괴, 죽음, 악을 상징한다. 이승훈, 앞의 책, 477쪽. 융에 의하면 동물은 인간의 세계를 초월하는 정신, 곧 인간의 심층에 숨어 있는 본능, 무의식의 영역을 상징한다. 따라서 자신을 동물과 동일시하는 것은 무의식과 하나가 되려는 마음을 상징한다. 이승훈, 앞의 책, 163쪽.

「구부러진 길 저쪽」에 나타난 주제의식

게'를 발견한다. 그러나 현우는 그것이 살해도구로 쓰인 '연탄집게'라는 사실을 인지하지 못한다.

인자의 단단하고 묵직한 연탄집게를, 귀머거리가 가져가게 되고, 그것은 결국 소년의 손에 의해 귀머거리 부부를 죽이는 살해도구가 되어 버려지고, 이것을 현우가 발견하게 되는 것이다. 여기서 작가는 사소한 우연이 순환되면서 끔찍한 비극을 야기할 수 있음을 보여준다. 그리고 우연의 고리들이 이어져 어떤 운명을 결정하였다면, 인생을 좌우하는 것은 우연인가 필연인가, 사소함이 가져다주는 운명의식을 인간은 어떻게 받아들여야 하는가, 그렇다면 삶을 향한 우리의 태도는 어떠해야 하는가, 인간의 본성은 주어진 상황에서 어떻게 변화할 수 있을까, 에 대해 질문한다.

배고픔과 갈증과 감기로 시달리던 현우는 결국 은영의 집 창문을 두드리게 됨으로써, 또다시 우연이 필연적인 만남으로 예정된다. 광장에서 은영은 다리가 불편한 청년을 보게 되고, 다시 녹색 바바리의 청년을 기차에서 보게 되고 다시 자신의 집으로 찾아온 현우를 보게 된 것이다. 이제 현우는 기차에서 호감을 느꼈던 은영과 헤어졌다가 결국 다시 은영의 집에서 조우하게 되는 것이다. 삶은 이렇게 예기치 않았던 우연으로 점철되어 있고, '안개' 속에 은폐되어 있다가 어느 날 문득 나타나 현실의 질서를 뒤흔들어 놓기도 하는 정체불명의 난해함, 그것임을 작가는 이 작품에서 보여준다. 만남과 어긋남의 과정을 거쳐 다시 조우하게 될 현우와 은영과의 만남은 과연 어떤 모습일까. 누구도 그들의 미래에 대해 아무 것도 예측할 수 없을 것이다. 삶은 난해함과 엄청난 단순함과 불가해성과 사소한 우연성이 주는 절대적 필연성을 동반할 것이기 때문이다.

5. 물질만능주의와 폭력성의 악순환

오정희는 초기 작품에서부터 후기 작품에 이르기까지 사회현실 인식을 꾸준히 드러내고 있다. 특히 1990년대에 창작된 작품들에는 부정적 정치현실이나 사회상황[21]에 주목한 작품들이 대부분이다. 중편 「구부러진 길 저쪽」에서도 작가는 물질만능주의와 산업화의 폐해로 인한 타락상과 폭력성에 주목하면서 현실을 비판하고 있다.

이 작품에서 물질만능주의를 대표하는 인물은 '귀머거리'이다. 귀머거리는 연탄집게 살 돈을 아끼느라 그런지 또는 인자의 연탄집게가 마음에 들어서인지 확실치 않지만 인자의 연탄집게를 허락도 없이 수시로 가져간다. 인자의 연탄집게는 "끝이 날렵하고 암팡지게 단단한 것"으로 이 작품에서 살해도구로 악용된다. 귀머거리는 돈을 벌기 위해 전자오락실 골방에서 어른들에게 음란비디오를 틀어준다. '전자오락실', '음란비디오'는 자본주의가 양산하는 폐해를 대표한다. 승리전자오락실의 주인인 귀머거리는, 말이 어눌하고 좀체 말을 하지 않는다. "그녀의 유일한 주장, 감정의 표현은 물 끼얹기이다." 그래서 그녀의 집 앞은 항상 질척이거나 반들반들 얼어 있다. 타인에 대한 사랑도 배려도 이해도 없이, 오직 자신의 철벽 안에서 그녀는 고립되어 있다. 전자오락실이 '청소년 비행의 온상'이라거나

---

21 박혜경은 제4기의 문학(1986~현재)으로, 「그림자 밟기」 「파로호」 「옛우물」 「불꽃놀이」 「저 언덕」 「구부러진 길 저쪽」 「얼굴」 「분극」 「요셉씨의 가족」 등을 들고 있으며, 이들 작품들은 부정적 정치현실이나 사회상황에 주목한다고 언급하였다. 박혜경, 『오정희 문학 연구』, 푸른사상사, 2011, 189~190쪽 참조. 많은 평자들이 후기작으로 말하는 「분극」은 작가 오정희의 작품이 아니라고 작가는 언급하였다. 동명이인의 작품으로 보인다(필자와 작가 오정희의 대담 중에서, 2016.11.9).

'탈선의 지름길'이라고 운운해도 "귀머거리의 강철처럼 완강한 귓바퀴에서 공허하게" 스러질 뿐이다. "언제나 아이들로 바글대고 요란하게 빽빽대는 전자오락기의 소음 속에서 견딜 수 있는 것은 철벽 같은 귀 때문일 것이다. 귀머거리는 그녀를 둘러싼 무엇으로도 뚫을 수 없는 침묵의 세계에서 안전하다."(259쪽)에서 알 수 있듯, 귀머거리는 타인과 전혀 의사소통을 하지 않는다. 심지어 남편과의 관계에서도 의사소통을 원하지 않는다. 그녀의 의사소통 수단은 오직 '물 끼얹기'에 국한될 뿐이다. 그리고 귀머거리는 주화 쌓기로 놀이를 한다. 물질에 집착이 많은 그녀는 주화 쌓기 놀이를 통하여 자기정체성을 확인하는 것인지도 모른다.

　개발이라는 명분하에 무분별하게 파헤쳐지는 '원천'의 공간은, 예전과 같이 조용하고 평화로운 공간이 아니다. 이곳은 '그림자'가 없는 도시, 즉 '영혼'이 없는 도시, 인간성이 상실된 도시로 전락한다. 헬리콥터의 엔진음이 도시를 위협하고 반공 이데올로기의 강요로 만들어진 비상시 대피소를 가진 지하도시로 탈바꿈하기 시작한다. 개발을 위해 생명을 가진 나무들은 무분별하게 베어져버린다. 더구나 고등학생의 살해사건으로 온 도시는 충격과 불안에 휩싸이게 된다.

　고등학생인 소년은 '내성적이고 착실한 학생'이다. 그런데 교련시간에 총검술을 제대로 하지 못한다는 이유로, 하루 종일 토끼뜀과 운동장 달리기 등으로 교관에게 시달림을 받는다. '찔러 총의 자세'를 수도 없이 반복하다가 겨우 놓여난 소년은, 스트레스를 풀러 오락실에 갔다가 가방을 두고 온다. 좀 늦게 오락실에 가서 가방을 찾으러 왔다고 하자 도둑놈 취급하고 귀머거리는 소년에게 '물'을 끼얹는다. 하루 종일 교련훈련 때문에 "열받은" 소년은 그만 '연탄집게'로 귀머거리 부부를 살해해버린다. 소년은

'찔러 총의 자세'로 "배운 대로, 정확히 각도를 맞추기에 애쓰면서 무릎을 꿇고 표적을 향해 겨누었을 것이다."라는 인자의 독백으로써 작가는, 반공 이데올로기로 학생들을 길들이려는 교련수업의 폭력성을 비판하고, 전쟁과 이데올로기의 허위성을 폭로한다. 공교육의 붕괴와 제도권이 가진 권위주의적 폭력성이 한 선한 학생을 끔찍한 살인자로 만들어버림으로써 그의 삶을 파멸시킨다. "국가권력과 사회체제로부터 합법적으로 습득한 총검술을 응용하여"[22] 소년은 '배운 대로' 귀머거리를 살해한 가해자인 동시에 희생양인 것이다. 소년은 자신이 "사형을 당하게 되면 장기를 기증하겠노라고" 말한다. 이렇게 장기를 기증할 정도로 선량했던 한 소년은 제도권의 폭력성에 의해 피해자가 되어버린 것이다. 만약 소년이 교련수업으로 하루 종일 시달림을 받지 않았다면 결코 귀머거리 부부를 살해하는 일은 발생하지 않았을 것이다. 또 소년이 교련수업의 폭력성에 격앙되었다고 할지라도 '귀머거리'의 '물 끼얹기'가 없었다면 역시 살해사건은 일어나지 않았을 것이다. 결국 폭력성은 순환되면서 더 큰 폭력을 야기한다는 것을 작가는 이 작품을 통해 제시한다.

이 작품에서 작가는 두 개의 에피소드를 대조적으로 보여주고 있다. 하루 종일 교련수업에 열받아 있던 소년과 자신의 삶에 대해 억울함을 느껴 아이를 유괴하려던 현우. 그들은 모두 분노한 상황이었지만, '물 끼얹음'을 당한 소년은 살해를 함으로써 살인범이 된다. 반면 현우는 아이의 진심 어린 사랑과 걱정을 통해 유괴를 포기함으로써 범죄자가 되지 않는다. 이는 '외계인' 영화 에피소드에서도 볼 수 있듯이, '사랑'과 '관심'만이 폭력성의

---

22 공종구, 앞의 글, 319쪽.

고리를 끊어낼 수 있음을 작가가 이면적으로 보여주는 장치라고 볼 수 있다.

특히 이 작품에서 작가는 인간성 상실과 집단 죄의식, 집단 히스테리의 양상을 보여주면서 '사랑의 연대성'을 이면적으로 강조한다. 도망가버린 아이의 남편을 찾아 '원천'으로 가던 '미혼모'가 기차 안에 '아이'를 두고 떠나가버린다. 이 작품에서 "유리알처럼 투명하고 건조한 눈빛"을 가진 젊은 여자의 암담한 내면세계는 "눈은 빡빡하게 메말라 박제된 짐승을 연상시켰다. 자신이 처한 상황을 이해할 수 없어하는 가면과도 같은 무표정이었다."(284쪽)라고 묘사되고 있다. 동시에 작가는 기차간에다 아이를 버리려는 젊은 여자의 모습을 "짧고 돌연한 느닷없는 웃음소리" 등의 지문을 통하여 암시적으로 보여준다.

> 화들짝 놀란 늙은 여자는 벌떡 일어나 아기를 자신이 앉았던 자리에 내려놓았다. 알지 못할 공포에 기차 안이 조용해졌다.
> 몸에 닿던 사람의 체온을 잃어 허전했던 탓일까, 아니면 자신에게 닥쳐올 운명의 필사적인 항거일까. 갑자기 아기가 불에 덴 듯 맹렬히 울기 시작했다. 늙은 여자는 의자 등받이를 꽉 움켜쥐고 선 채 공포에 질린 얼굴로 감히 손을 내뻗지 못하고 바라보기만 했다. 귀를 찢는 울음을 토하느라 목젖이 들여다보이도록 한껏 열린 입을, 그 바닥 모를 심연을 망연히 응시하였다.

> 종착역인 원천에 닿을 때까지도 아기는 울음을 그치지 않았다. 아무도 아기에게 손을 댈 엄두를 내지 못했다. 불려온 젊은 역무원은 수십 년래의 낡고 더러운 초록빛 빌보드 의자에 홀로 눕혀져 악을 쓰며 우는, 유실물이나 분실물 중 어느 품목으로도 분류할 수 없는 아기를

난감하고 망연한 표정으로 내려다보았다. 기차가 종착역에 닿아 완전히 정차하자 사람들은 이 도시에서 고함으로, 비명으로 칭얼거림으로 흐느낌으로 밤 내내 이어질 울음 소리가 그들을 막연한 수치심과 두려움으로 잠 못 이루게 하리라는 것을 생각하며 재빨리 종종걸음으로 흩어져갔다.

　버려진 아이는 이 도시의 어디선가 자라게 되리라. 누군가, 무엇인가가 거두리라. 바람에 불려 흩어진 풀씨가 그 떨어진 곳에서 싹을 틔우듯 이제껏 없었던 새로운 종으로, 미래라는 이름으로, 거역할 수 없는 힘으로 자라나리라.(286~287쪽)

'닥쳐올 운명'에 필사적으로 항거하듯이 우는 아이, 즉 '유실물'이나 '분실물' 중 어느 품목으로도 분류할 수 없는 아기를 버려둔 채 사람들은 "재빨리 종종걸음으로" 흩어져간다. 사람들은 아이를 버려두었다는 데에 막연한 '수치심'을 느낄 것이며, 아이의 미래에 대해 '두려움'을 느낄 것이라는 생각을 하면서도 재빨리 사라져간다. 이렇게 '버려진 아이'를 외면함으로써 집단 죄의식은 확산되는 것이다. 인간에 대한 사랑과 사랑의 연대의식이 결여됨으로써 우리는 또다시 '사생아'와 '고아'를 양산하는 것이다. 여기서 작가는 '아버지의 부재'가 아이를 사생아로 만들고 더 나아가 어머니마저 아이를 버림으로써 '고아'로 자라게 하는 부정적 현실을 비판한다. 또 버려진 아이에 대한 관심과 사랑의 결여가 또 다른 폭력성으로 순환되어 범죄로 이어질 수 있음을 작가는 보여주고 있다. 아버지의 무책임성과 어머니의 무분별한 사랑이 결국 '버려진 아이'로 만들 것이고, 이 아이는 정체성의 혼란을 겪으며 어디선가 고독하고 외로운 삶을 살아갈 것이다. "바람에 불려 흩어진 풀씨" 즉 버려진 한 생명은 어떤 인간으로 성장해갈지 알 수 없는 '새로운 종'으로, '미래'라는 이름으로, 거역할 수 없는 운명의식을 지닌 채 성장해 갈 것임을 작가는 비판적으로 제시하고 있다.

한편 이 작품에서 살해사건이 사람들에게 가져다준 충격과 공포는, 집단 히스테리의 양상을 보여주는데, 지나치게 높거나 낮은 사람들의 말소리와 과장된 조심성을 가진 표정에서도 드러나고 있으며, 커다란 수족관에 있는 '비단잉어들'이 "서로 머리를 박거나 공연히 무엇에 놀란 듯 물을 뒤집으며 밑으로 곤두박질치는" 모습에서도 이면적으로 드러난다. 딸이 강간이나 누군가에게 이유 없이 살해를 당할까 봐 공포스러워하는 엄마의 모습과 "플라스틱 장난감 칼을 휘두르는 어린 아들에게" "커서 뭐가 되려고 이따위 흉기를 갖고 노느냐"며 칼을 빼앗아 부러뜨리고 따귀를 때리는 아버지의 모습 속에서도 집단 히스테리의 양상이 표출되고 있다. 살해사건으로 인한 불안과 공포와 신경증들이 집단적인 히스테리의 양상으로 과도하게 드러나는 것이다.

이 작품에서 작가는 아버지의 부재와 물질만능이 야기한 폭력성과 제도적·사회적 폭력성의 악순환을 비판적으로 보여준다. 작가는 사소한 우연이 삶에서는 돌이킬 수 없는 비극성을 동반할 수 있음을 이 작품 속에서 반복적으로 제시하고 있다. 나아가 폭력성의 연결고리를 끊으려면 진정한 책임의식과 사랑의 연대의식이 있을 때에 가능함을 제시하고 있다. 그리고 개개인의 잘잘못보다 억압적 구조 체제 자체의 문제, 그 체제에 의해 필연적으로 생겨나는 구조적 메커니즘의 문제에 주목해야 한다고 강조한다. 또한 작가는 공약을 남발하는 어른들의 타락한 선거방식을 답습하고 있는 어린아이들을 통해서도 부정적 정치 현실을 비판적으로 보여주고 있다. 아울러 인자가 어린 학생들과 소통하고 싶어 관심을 가지고 말을 걸자, 유괴의 예비 수단으로 생각하고 무시해버리는 아이들의 모습 속에서 타락한 자본주의와 물질만능주의가 야기한 황폐한 현실상을 보여준다.

이 점에서 「구부러진 길 저쪽」은 작가의 시선이 인간 본성에 대한 탐구와 삶에 대한 성찰뿐만 아니라 사회현실의 제도적·구조적 모순의 문제로 확대되고 있음을 고찰할 수 있다.

6. 결론

오정희 소설에서 아버지의 부재[23]는 초기 작품 「번제」(1971), 「유년의 뜰」(1980)에서부터 후기 작품 「불꽃놀이」(1986), 「저 언덕」(1989), 「구부러진 길 저쪽」(1995) 등에서 반복적인 변주를 보이면서 드러나고 있다. 아버지의 부재는 가족 관계에서 균열과 갈등, 경제적·정신적 결핍을 가져올 뿐만 아니라 사회적 관계 속에서도 불안과 고립과 단절을 야기함으로써 사회악으로 표출되기도 한다. 한 개인에게 있어 아버지의 부재는 앞으로 나아갈 삶의 지표를 상실하게 함으로써 자아정체성의 혼돈을 불러일으킨다. 특히 사생아 의식은 사랑의 결핍과 결락을 가져오게 되면서 타자화되고 병리적인 증상을 불러일으키면서 또 다른 폭력성을 수반하는 악순환으로 구조화된다.

중편 「구부러진 길 저쪽」은 아버지의 부재로 기인하는 실존적 고독의 문제와 정체성의 혼돈, 제도적 폭력성이 야기하는 또 다른 폭력성의 순환 구

---

23 오정희 소설을 여성주의 시각으로 접근한 대부분의 평자는 오정희 소설 속에 그려지고 있는 아버지의 부재를 작가의 가부장제 사회에 대한 거부와 저항이라고 분석한다. 박혜경, 앞의 책, 195쪽 참조.

조를 작중인물의 내면 풍경을 통해 밀도 있게 그려내고 있다. 특히 이 소설은 다중초점화와 다층적 구조로 연결되면서 서사가 진행되고 있음에 주목할 필요가 있다. 남편의 부재나 아버지의 부재로 인해 정체성의 혼란을 겪는 인자, 은영, 현우는 모두 동일선상에 서 있는 인물들로서 서로가 자신들의 또 다른 분신들이라고 볼 수 있다. 인자는 정체성의 혼란과 실존적 고독과 내재된 성적 욕망과 발화 욕망을 가지고 있는 인물이다. 인자의 삶에 대한 인식과 내재된 성적 욕망은 '양배추'와 '송이버섯'의 이미지로 포착되고 있다. 은영 역시 실존적 고독과 정체성의 혼란을 겪는 인물로서 죽음을 갈망한다. 그래서 그녀의 무의식에서는 모체회귀를 통해 죽음을 통과하여 다시 재생하기를 갈구한다. 은영의 죽음의식과 모체회귀 욕망은 '황금빛 잔디', '하얀 의자', '사막', '환영' 등의 이미지로 형상화되고 있다. 아버지의 부재로 인한 자아의 균열과 어머니 인자와의 소통 단절은 어쩌면 앞으로 운명적으로 다가올 현우와의 만남으로 치유되고 극복될 수도 있을 것이다. 그러나 미래에 대한 전망을 단정지을 수 없다. '구부러진 길 저쪽'의 삶은 난해함과 불가해성과 우연성으로 충만해 있기 때문이다. 현우 역시 어렸을 때 부모를 잃어버리고, 양부모에게 또다시 버림받은 인물로서 실존적 고독과 함께 권태와 무위에 젖어 있는 인물로서 정체성의 혼돈을 겪으며 무의식 속에서 모체회귀를 갈망하고 있다. 현우는 '우연성'과 '사소함'이 주는 비극성을 누구보다 잘 체득하고 있는 인물로서, 그 역시 발화 욕망을 느낀다. 자신의 외로움과 고독감을 소리 내어 발화시킴으로써 자신을 객관화시킨다. 자신을 타자화시킴으로써 오히려 위로와 힘을 얻는다. 절망의 극한을 타자화시킴으로써 역설적이게도 스스로를 치유시키려고 시도한다. 현우의 내면심리 상황은 '남루한 구두'와 '꼬리가 엄청나게 긴 죽은 쥐'의 이미지로 형상화된다.

이들이 가지는 실존적 고독과 정체성의 혼란, 모체회귀 욕망, 발화 욕망 등은 아버지의 부재 또는 남편의 부재에서 기인한다. 결국 아버지의 부재 또는 남편의 부재로 인한 정체성의 혼란은 자신을 세상 속에서 타자화시킴으로써 세상과 타인과의 관계 속에서 철저히 단절되고 유폐된다. 이들이 느끼는 불안감과 죽음의식, 공포감과 권태는 '안개'와 '물'로 둘러싸인 '원천'의 공간 속에서 부유하고 있다. 그래서 이들은 '원천'으로부터 이탈하고 벗어나려고 시도하지만 여전히 '원천'의 공간 속에서 환상방황을 되풀이하고 있다. 옛날 평화와 인정이 있던 '원천'의 공간은 이 작품 결미에서 볼 수 있듯이 물질만능주의와 산업화의 폐해로 인해 황폐화되어 '괴물'과 같은 도시로 변모되었으며, 버려진 아이의 울음소리와 살인사건으로 인해 공포와 불안으로 집단 히스테리를 일으키는 공간으로 변질되고 만다. 또한 작가는 미제국주의의 폭력적인 횡포와 양공주의 양산, 그리고 공교육의 붕괴 등이 야기하는 폭력성의 악순환을 '원천'의 공간을 중심으로 냉정한 시각으로 포착해낸다. 동시에 작가는 폭력성의 악순환을 끊어내기 위해서는 진정한 책임의식과 사랑의 연대의식이 있어야 가능함을 제시한다.

작가는 '원천'의 공간은 다름 아닌 우리 모두의 보편적인 삶의 공간으로서, 불안과 파괴와 불확정성과 혼돈으로 만연해 있는 공간이지만, 그럼에도 불구하고 여전히 새로운 생명들이 태어나고 삶이 지속되는 공간임을 상징적으로 보여준다. 동시에 표제 '구부러진 길 저쪽'에서 '구부러진 길'은 삶의 험난한 여정을 의미하며, '저쪽'은 삶의 난해함과 복잡함이 내재해 있는 엄청난 단순함, 사소한 우연성이 절대적 필연성으로 변모할 수 있는 역동성과 불확정성과 비극성으로 미만해 있음을 의미한다.

특히 오정희는 후기 작품「그림자 밟기」「파로호」「불꽃놀이」「저 언덕」「구부러진 길 저쪽」 등에서 소시민적 삶에 대한 반성과 성찰을 보여주기도 하고, 현실정치의 문제점을 비판하기도 하며, 작중인물의 현실대응의지의 변화 등을 통하여 사회현실 인식의 지평을 늘리고 있는데, 이는 미국 생활에서 귀국 후 변화한 작가의 내면세계와도 긴밀하게 연관되어 있다.[24] 이 점에서 후기 작품들에 대한 정밀한 연구는 작가 오정희의 전개 양상과 지향성을 총체적으로 밝히는 데 크게 기여하리라 본다. 그동안 연구되지 않은 후기 작품들을 정치하게 분석해냄으로써 사회현실을 바라보는 작가의 시각과 작가의 현실대응의지의 변화, 작가의식 등을 초기에서부터 후기까지 통시적으로 고찰 가능하리라 본다. 이 논고에서 다루지 못한「저 언덕」「얼굴」「요셉씨의 가족」 등은 다음 기회에 논의하고자 한다.

---

24 50쪽 각주 4 참조.

제2부

최명희 · 안수길 소설 분석

최명희 초기 단편소설

— 작중인물의 갈등 양상과 주제의식의 전개를 중심으로

1. 서론

작가 최명희(1947~1998)[1]는 대하소설『혼불』의 작가로 대표된다. 대하
소설『혼불』은 근대사의 격랑 속에서 굴절하는 민중들의 삶의 고난과 애
환을 생생하게 묘사하면서, 한국인의 정체성과 '민족혼 찾기'로 나아가고

---

1   작가 최명희는 1947년 10월 10일, 전북 전주시 풍남동(당시 화원동)에서 일본 와세
다대학 법학부로 유학한 당대의 지식인이었던 아버지 최성무 씨와 전남 보성군 득
량면 출신의 양천 허문으로 깊이 있는 인품과 예술적 조예를 겸비한 어머니 허묘숙
씨의 2남 4녀 가운데 장녀로 출생하였다. 본적은 전북 남원군 사매면 서도리 560번
지이다. 본관은 삭녕이다. 조선 세종조에 장원급제하여 이후 성종조까지 대제학과
영의정 등 삼정승을 두루 거쳐 영성부원군에 오른 명신 문정공 최항은, 작가의 19대
조로서 훈민정음 창제에 공이 크신 분이었다. 작가 최명희가 근원에 대한 그리움을
좇아 아름다운 모국어를 진주처럼 새겨 작품을 이루려 했던 정신은 이러한 조상의
인연과 무관하지 않다. 작가는 1998년 12월 11일, 오후 5시, 난소암으로 투병 생활
을 하다 51세로 타계하였다.

있다. 결국 작가는 소설『혼불』을 통하여 '민족정체성 찾기'[2]와 '혼불 찾기'[3]를 의도했던 것이다. 최명희는 소설『혼불』에서 말하듯 '목숨이 혼'이며 '혼이 있어야 목숨'임을 강조하면서 "어쩌든지 마음을 지켜야 한다."고 강조한다. "마음을 잃어버리면 한 생애 헛사는 것이다."라고 말한다. 즉 개인에게 '혼불 찾기'는 진정한 '자아정체성 찾기'이며 '삶의 진정성 찾기'이다. 또한 한 민족에게 '혼불 찾기'는 '민족정체성 찾기'에 다름 아니다. 그리하여 작가는 소설『혼불』에서 민족정체성 찾기를 위하여 전통문화의 근간이 되는 한국의 언어, 세시풍속, 사회제도, 역사, 관혼상제, 전통 가옥구조, 생활습관, 음식, 가구, 의복 등을 상세히 소개하고 있으며 민요, 한시, 가사, 민담, 무가 등의 원본을 그대로 삽입하고 있는 것이다. 나아가 전통생활의 기저에 자리하고 있는 무속, 불교, 도교, 주역사상 등을 도입하여 작품의 서사구조와 유기적으로 결합시킴으로써 '민족정체성 찾기'를 시도하고 있는 것이다.

　이러한 최명희의 '혼불 찾기'는 온 우주와의 교감으로 확장되기도 한다. 즉 자연과 우주와의 소통을 통하여 '혼불 찾기'를 시도하는 것이다. 끊임없이 순환하는 우주 속에서 자연이 주는 평화와 순리의 법칙과 화해하고 교감하는 소통의 방식이 바로 최명희가 말하는 '혼불 찾기'이기도 한 것이다.

2　작가는 "우리 역사 가운데서 제일 어둡고 암울했던 시점인 일제 강점기에 외부로는 국권을 잃었지만 내부적으로는 아직도 우리의 전통문화를 그대로 지키며 살고 있는 한 가문을 중심으로 모든 것을 잃어버렸지만 그 잃어버린 상태에서 진정한 삶을 일궈낸 사람들의 이야기를 쓰고 싶었다."고 말한다(1997.11, 단재상 수상 소감 중에서).

3　'혼불'이란 전라도 방언으로 사람의 혼을 이루는 바탕이며 죽기 얼마 전에 몸에서 빠져나간다고 하는데, 맑고 푸르스름한 빛을 띤다고 한다.

이러한 작가의 '혼불 찾기'는 단편「잊혀지지 않는 일」「탈공(脫空)」「정옥(貞玉)이」「오후」「쓰러지는 빛」「만종(晚鐘)」「몌별(袂別)」「주소(住所)」「까치 까치 설날은」「이웃집 여자(女子)」와 미완성 장편소설『제망매가』에서도 내면화되어 드러나고 있다. 즉 최명희의 단편소설에서 나타나는 주제의식과 표현방법은 장편『혼불』을 통해 확장 심화되고 있었던 것으로, 최명희 문학의 실마리가 되고 있다는 점에서 주목할 필요가 있다.

다시 말해 최명희 단편소설에 드러나고 있는 상징적 의미와 주제의식, 서술방식과 인물 유형 및 구도 등은『혼불』과 내적인 연관성을 긴밀히 갖고 있는 것이다. 그럼에도 불구하고 최명희 단편소설에 대한 연구는 몇 편[4]의 논문에서 한정적으로 다루어져왔다. 김윤식, 김훈, 이덕화, 박현선, 김병용, 구자희 등의 논문들이 이에 해당한다.

김윤식은 최명희의「쓰러지는 빛」에 대해 "소녀취 혹은 센티멘틀한 요인을 가장 짙게 풍기는 작품"이라고 언급하면서 '근대성'이 부족하다고 평가[5]한다. 김훈은「몌별(袂別)」에 관한 단평에서 "최명희의 문장은 말의 흘러가는 리듬 위에 언어와 사물을 균형 있게 배치하고 그 리듬과 균형을 다시

4 　구자희,「최명희 소설에 나타나는 에코페미니스트 철학」,『한국현대소설과 에콜로지즘』, 국학자료원, 2008.
　　김병용,「최명희소설연구」, 전남대학교 박사학위 논문, 2004.
　　김윤식,「헤겔의 시선에서 본 '혼불'」,『현대문학이론연구』제12집, 현대문학이론학회, 2009, 27～49쪽.
　　김훈,「내 마음속 사랑의 호롱불 한 점」,『내 가슴에 섬 하나 있어』, 푸른숲, 1990, 279～287쪽.
　　이덕화,「'혼불'의 작가의식과 그 외 단편소설」,『현대문학이론연구』제12집, 현대문학이론학회, 1999, 311～333쪽.
5 　김윤식,「미숙성과 가능성－80년도 신춘문예 소설을 읽고」,『서울신문』, 1980. 1. 17.

인간의 정한(情恨) 속으로 끌어들인다."[6]라고 긍정적으로 평가한다. 그러나 김윤식, 김훈의 평가는 최명희의 단편소설에 대한 본격적인 분석이기보다는 단평에 그친 한계점을 지닌다. 이덕화[7]는 「쓰러지는 빛」「만종(晚鐘)」「메별(袂別)」「정옥(貞玉)이」 등에 대해 언급하였으나 피상적 파악에 그치고 있다.

최명희의 단편소설에 대한 본격적인 논문은 박현선의 「최명희 소설 연구」[8]에 이르면서 심화된다.[9] 박현선은 최명희 문학의 총체적 면모를 밝히기 위해 단편소설의 특징과 의미 분석에 집중한다. 박현선은 최명희 단편소설의 세계를 여성정체성의 인식이라고 보면서 서술방식에 드러난 해체적 징후에 대해 언급한다. 그러나 단편소설 「주소(住所)」와 「까치 까치 설날은」이 제외되었다는 점에서 한계점을 지닌다.[10]

---

6 김훈, 앞의 글, 279~287쪽.

7 이덕화. 앞의 글, 311~333쪽.

8 박현선, 「최명희 소설 연구」, 경원대학교 박사학위 논문, 2002.

9 김병용은, "박현선의 논문은 최명희 단편에 대한 사실상 첫 연구를 시도하였다는 점, 이를 통해 『혼불』과의 연계성을 추적한 점이 높이 살 만하나, 부실한 자료를 사용함으로써 그 신뢰도를 스스로 떨어트리고 있을뿐더러, 단편의 '불안정한 시점'에 관한 논의가 『혼불』의 '흔들리는 정체성'으로 연결된 부분은 설득력이 떨어진다."고 평가한다. 김병용, 『최명희 소설의 근원과 유역: 『혼불』의 서사의식』, 태학사, 2009, 28~29쪽.

10 "박현선은 「주소」와 「까치 까치 설날은」 두 편을 제외한 6편을 논의 대상으로 삼았다. 또, 박현선은 미완이긴 하지만 분명히 장편 형태를 갖춘 『제망매가』를 단편으로 분류하기만 했을 뿐, 전혀 언급치 않은 우를 범했다. 박현선 이전 논평은 모두 세 개가 있다. 앞서 살펴본 ① 김윤식의 단평과 ② 김훈의 「내 마음 속 사랑의 호롱불 한 점」(서영은 외, 『내 가슴에 섬 하나 있어』, 푸른숲, 1990) 중 「袂別」을 언급한 일부분은 소략한 단평이라고밖에 할 수 없고, ③ 이덕화의 「혼불의 작가의식과 그 외 단편소설」은 총 5편의 단편을 대상으로 하였으나, 해석이라기보다는 소개의 차원에서 접근하고 있다."고 언급한다. 김병용, 『최명희 소설의 근원과 유역: 『혼불』의 서사의

김병용은 최명희의 단편소설과 수필을 대상으로 작가의 발화 양상을 고찰하였다. 또한 「최명희 소설 연구」에서 최명희 단편소설에 대한 서사구조 탐색을 통해 작가의 자아정체성과 서사정체성의 통합을 이끌어내고 있다. 나아가 "최명희 초기 작품에서 발견할 수 있는 개인 욕망의 키워드는 '아비 찾기', '가난', '장녀의식'[11]이라고 언급한다. 김병용의 논문은 원전과 자전적 자료를 충실하게 정리하고 있음에도 불구하고 작품의 미적 구조와 면밀한 분석을 통한 주제의식을 도출하는 데 미비함을 드러내고 있다.

구자희는 비판적 에코페미니즘[12]의 관점을 통하여 "최명희 단편소설에서 포착되는 생태 위기를 진단하고 이를 극복할 수 있는 생태적 전망에 대해 에코페미니스트의 철학적 관점을 제시"[13]한다. 이 논문은 에코페미니즘을 통하여 최명희 소설을 분석한 점에서 비평적 시각의 새로움을 보여주었으나 도식적인 분석에 치우친 한계점을 드러내고 있다.

장일구[14] 조나영[15]의 평가 역시 일부 단편소설에 대해 언급하고 있으나 『혼불』과의 연관성에 초점을 맞춤으로써 작품 전체에 대한 정치한 분석이 결여되어 있다는 한계점을 지닌다.

식」, 29쪽.
11 김병용, 『최명희 소설의 근원과 유역』, 64쪽.
12 에코페미니즘은 생태비평의 한 방법론으로 심층생태론(Deep Ecology), 사회생태론(Social Ecology)에서 천착하는 생태위기에 대한 대안적인 측면을 내포하고 있는 철학적 세계관이자 문학적 방법론으로 평가된다. 구자희, 『한국현대소설과 에콜로지즘』, 국학자료원, 2008, 176쪽.
13 위의 책, 199쪽 재인용.
14 장일구, 「환원론의 오류를 경계함」, 『작가세계』, 1997. 가을호.
15 조나영, 『『혼불』의 교육인간학적 의미 연구』, 연세대학교 석사학위 논문, 2006.

김순례[16]의 석사논문은 최명희의 단편소설과 『혼불』을 대상으로 여성인물의 정체성 형성 과정을 밝히고 있지만 기존의 연구들을 답습하고 있다는 한계점을 드러내고 있다.

윤영옥[17]은 「쓰러지는 빛」 「탈공」 「이웃집 여자」 『혼불』을 대상으로 작가의 젠더의식 형성 과정과 양상 및 의의를 포착한 점에서 새로운 의미가 있으나 몇몇 단편소설에 국한시켜 다룸으로써 단편소설 전반에 대한 본격적인 논의라고 평가하기 어렵다.

최기우[18]는 석사논문 「최명희 문학의 원전 비평적 연구」에서 최명희 문학작품 전체를 시기별로 구분해 체계적으로 정리한 점에서 중요한 의의가 있다고 본다. 특히 선행연구자들이 밝혀내지 못했던 미완성 장편소설과 다수의 단편소설, 콩트, 수필, 칼럼, 엽서, 편지 등을 포함한 서지적 자료들을 대상으로 하여 작가로서의 성장 과정과 습작 과정을 살피고 작가의 삶과 작품과의 상호 영향관계를 파악하고자 한 점에서 최명희 문학 연구에 크게 기여했다고 본다. 그럼에도 불구하고 작품 자체의 미학적 구조와 주제의식을 도출하기 위한 정밀한 분석이 결여됨으로써 한계점을 드러낸다.

---

16 김순례, 「최명희 소설의 여성인물 정체성 연구」, 경희대학교 석사학위 논문, 2005.
17 윤영옥, 「최명희 소설에 나타난 젠더의식」, 『현대문학이론연구』 제32집, 2007.
18 특히 최기우는 「공작새가 되어야 하는 이유」를 최명희의 최초 단편소설이라고 밝히고 있다. 최기우는 이 작품에서 아버지와 어머니의 부재가 나타나 있으며, "최명희 소설에 자주 등장하는 가족의 해체는 이 작품에서부터 시작한다."고 언급한다. 최기우, 「최명희 문학의 원전 비평적 연구」, 전북대학교 석사학위 논문, 2008, 19~22쪽 참조.

따라서 이 글에서는 일차적으로 최명희가 정식으로 등단[19]하기 전, 즉 1960년대와 1970년대에 걸쳐 창작된 단편「잊혀지지 않는 일」「탈공(脫空)」「정옥(貞玉)이」, 콩트「오후」를 대상으로 하여, 작중인물의 갈등 양상을 중심으로 작품을 해석학적 관점에서 분석하고 주제의식을 도출하고자 한다.[20] 왜냐하면 작품이란 작중인물의 삶을 반영한 것이며 작중인물의 삶은 소설적 갈등을 통해 구체화되기 때문이다. 즉 "소설 갈등은 등장인물과 상황, 그리고 플롯의 진행과정에서 주플롯과 부플롯의 얽혀짐을 통해서 구

---

19 최명희는 서울 보성여고에 재직 중이었던 1980년에『중앙일보』신춘문예 소설 부문에 단편「쓰러지는 빛」이 당선됨으로써 문단에 정식으로 데뷔한다. 그리고 이것을 계기로 보성여고를 사직하고 창작에만 몰두한다. 박현선, 앞의 책, 32쪽.

20 이 글은 최명희의 단편 모두(콩트「완산 동물원」「오후」를 포함하여 단편「공작새가 되어야 하는 이유」「잊혀지지 않는 일」「데드마스크」「脫空」「貞玉이」「쓰러지는 빛」「晩鐘」「訣別」「住所」「까치 까치 설날은」「이웃집 女子」)를 대상으로 삼고자 하였으나 분량 관계로 논문 2편으로 나누어 고찰하고자 한다. 즉, 본고와 후속 논문은 최명희 단편을 다룬 논문이다. 특히「완산동물원」「공작새가 되어야 하는 이유」「데드마스크」에 대한 논의는 후속 논문에서 다루고자 한다. 왜냐하면 최명희 전집이 나올 때까지는 원문 유출이 유보되었기 때문이다.

최명희의 단편소설과 콩트를 연대순으로 정리하면 다음과 같다.

단편「잊혀지지 않는 일」(1964.5) : 동국대학교 신문사 주최 제2회 고교생 문학 콩쿠르 소설부 당선작.

단편「脫空」(1971.12.17) : 숙대신보사 주최 제2회 '대학문학상' 소설부 당선작.

단편「貞玉이」(1971.12.31) :『전북대신문』주최 제16회 학예상 소설부 당선작.

콩트「오후」(1972.10.6) :『전북대신문』400호 게재.

단편「쓰러지는 빛」(1980.1.1) :『중앙일보』신춘문예 당선작.

단편「晩鐘」(1980.8) : 전북대 교지『比斯伐』8호 게재

단편「訣別」(1982.11) :『한국문학』11월호;『우리 시대의 한국문학』25권에 재수록.

단편「住所」(1983) : 유족 소장. 출처 미상.

단편「까치 까치 설날은」(1983) : 유족 소장. 출처 미상.

단편「이웃집 女子」(1983) :『일곱 빛깔 무지개 같은』(강석경 등 10인, 서울신문사),『이웃집 여자』(최명희 등 10인, 스포츠서울, 1991)에 재수록.

체화"된[21] 것이다.

　따라서 작중인물의 갈등 양상을 분석하는 것은, 작품의 주제의식뿐만 아니라 작가의식의 지향성을 고찰하는 데 있어서 기반이 되는 작업이다. 왜냐하면 "의식이 언어로 구조화되어 있으며 언어로 욕망하는 것이고 무의식마저도(타인의) 언어로 구조화된다."[22]고 볼 때, 문학작품은 작가의식이 집적된 결정물이라 볼 수 있기 때문이다. 즉 작품 속에서 작가의식의 지향성을 도출하기 위해서는 무엇보다도 주제의식을 도출해내는 작업이 우선되어야 한다고 본다. 왜냐하면 작가가 문제시하고 있는 이야기의 서술적 양상과 전개 · 변이 과정은 결국 작가 스스로의 대화의 기록이자 작가가 동시대와 교섭해온 자취이며, 분명한 지향성의 소산이기 때문이다.[23] 이 점에서 이 글은 작중인물의 갈등 양상을 중심으로 작품의 미학적 구조와 함께 주제의식을 도출해내면서 작가의식의 지향성을 고찰하고자 한다.

　특히 최명희가 등단하기 전에 쓴 습작기 소설들은 작품의 미학적 가치에서 완성도가 떨어질 수 있지만, 작중인물의 갈등 양상과 표현방법, 주제의식의 전개 과정을 고찰함으로써 초기 단편소설에서 나타나는 최명희의 주제적 관심과 소재적 관심 그리고 표현방법을 파악할 수 있다고 본다. 즉 최명희의 초기 단편소설들을 고찰하는 일은 대표작 『혼불』로 이어지는 작가의식의 편린을 추출하는 일로서 『혼불』을 심도 있게 이해하는 한 방법론에 해당할 수 있기 때문이다. 따라서 초기 단편소설에 드러난

21　현길언, 『한국소설의 분석적 이해』, 문학과비평, 1991, 164쪽.
22　Jacques Lacan, 「무의식에 있어 문자가 갖는 권위(주장) 또는 프로이트 이후의 이성」, 민승기 · 이미선 · 권택영 역, 권택영 편, 『욕망이론』, 문예출판사, 1994. 참조.
23　김병용, 앞의 책, 36쪽 참조.

작가의식을 작중인물의 갈등 양상과 주제의식의 전개를 중심으로 고찰하려는 이 작업은 최명희 단편소설과『혼불』의 연관성을 구축하는 밑바탕이 되리라 본다.

2. 고향 상실의식과 부재의식 :「잊혀지지 않는 일」

단편「잊혀지지 않는 일」[24]은 작가 최명희가 기전여고 2학년 시절에 창작한 최초의 단편「공작새가 되어야 하는 이유」[25]와 함께 최명희 문학의 시발점이 되면서 장편『혼불』과 깊게 연관되어 있다. 이 작품에는 가난한 민중의 삶이 형상화되어 있으며 고향 상실의식과 부재의식이 드러난다는 점에서『혼불』과 연계성을 가진다. 특히 '늦바위 고개'[26]나 '강골'과 같은 지명들이 장편『혼불』에서도 드러나고 있다는 점에서 주목을 요하는 작품이다. 왜냐하면 작가에게 있어서 같은 지명을 반복적으로 쓴다는 것은 작가의

---

24 단편「잊혀지지 않는 일」(1964.5)은 동국대 신문사 주최 제2회 고교생 문학 콩쿠르 소설부 당선작이다. 이 글은 동국대 신문사가 2002년에 간행한 '문학콩쿠르 40주년 기념 당선 작품집'인『생각의 꽃』에 수록되어 있다.

25 「공작새가 되어야 하는 이유」는 기전여고 1년(겨울방학)이던 1964년 1월 23일 발행된 기전여자중고등학교 교지『기전』4호(기전여자고등학교, 1964)에 실린 단편소설로, 200자 원고지 33장 분량이다. 최기우, 앞의 글, 19~22쪽.

26 늦바위 고개는 갓 신학교에 들어간, 몸 약한 강모를 안서방이 늘 업고 넘던 고개(1 : 54~7)이며, 강골은『혼불』의 맨 첫 장인 '청사초롱' 중(1 :13)에 등장하는 지명으로 허효원의 친정인 대실마을을 소개할 때, 대실마을 강 건너 마을로 드러나고, 강연록「혼불과 국어사전」을 통해 최명희 스스로가 '청암부인'의 모델이라고 언급하기도 했던 '강골 할머니'의 그 강골이다. 김병용, 앞의 책, 73쪽 재인용; 최명희,「혼불과 국어사전」,『새국어생활』겨울호, 국립국어연구원, 1998, 265쪽.

의식 또는 무의식 속에서 이 공간이 상징성을 지니고 재생됨을 의미하기 때문이다.

이 작품 속에서 '늦바위 고개'는 공포와 죽음의 공간으로 대표된다. 작중 화자인 '나'는 읍에서 살다가 부모를 따라 어떤 이유인지는 몰라도 '늦바위 고개'가 있는 산마을로 이사를 온다. '일이라곤 모르던' 아버지는 국유림에서 풀과 나무를 해다가 생계를 유지한다. 이 작품에서 아버지는 근대화로 이행되는 시대적 공간 속에서 파생되는 익명성과 폭력성의 희생양을 대표한다고 볼 수 있다. '나'의 누이 분녀는 풍을 앓다가 '늦바위 고개'에 가로막혀 병원에 가보지도 못하고 죽고 만다. 나의 가족에게 있어 '늦바위 고개'는 바로 죽음과 공포의 공간인 것이다. 그런데 진녀 누이마저 풍으로 쓰러진다. 아버지는 한밤중에 '늦바위 고개'를 넘어 읍내로 가려다 고개 밑에 떨어져 그 후유증으로 죽고 만다.

> 늦바위 고개는 무척 가파른 길이었다. 늦바위가 버티고 앉은 고개는 음산하고 칙칙한 잡목 숲이었다.
> 그리고 바람이 없이 햇발이 고운 날에도 이상하고 으스스한 바람이 끊일 새가 없었다. 칙칙한 소나무 빛깔은 어찌 보면 검기도 했다.
> 나뭇잎이 흔들리는 소리는 소름이 끼칠 지경이었다. 더구나 늦바위 고개 밑에는 인공 때 후퇴하던 빨치산이 무더기로 학살되었다는 넓덕하고 긴 무덤이 있었다. 또 얼마 전에는 겁 많은 아랫마을 처녀가 으스름한 저녁에 그 고개를 넘다가 실신을 하고 미쳤다는 소문이 돌았다.
> 아버지는 사흘을 앓다가 돌아가셨다.[27]

---

27 최명희, 「잊혀지지 않는 일」, 『내가 그 나이였을 때 소설이 나를 찾아왔다』, 여백, 2001, 206쪽. 이후의 인용은 괄호 속에 쪽수만 표시한다.

이 작품 속에서 지속적으로 드러나는 '칙칙하고 음산한 소나무', '칙칙한 소나무 빛깔', 끊임없이 부는 '바람', 빨치산의 '긴 무덤', 처녀의 '미침' 등의 이미지는 죽음, 공포, 전쟁, 광기를 암시하면서 비극적 분위기를 조성하고 있다. '겁 많은' 아랫마을 처녀가 미쳐버리고 인공 때 후퇴하던 빨치산이 무더기로 학살당한 '늦바위 고개'는 이데올로기의 대립이 빚은 상처와 갈등의 역사적 공간이기도 하다. 나의 가족에게 있어서도 역시 '늦바위 고개'는 분녀 누나와 아버지를 빼앗아간 상실과 상처의 공간인 것이다. 풍을 앓고 난 진녀 누나가 "얼굴 반쪽을 못쓰고, 웃을 때는 얼굴이 뒤틀리며 이상하게 실룩"거리자, 마을 사람들은 "귀신이 집안에 머무른 탓"이라며 말한다. 작가 최명희는 가난하고 배우지 못한 민중들이 가지고 있는 이러한 미신적 사고야말로 한국 민족의 기층에 자리하고 있었던 정신세계의 한 반영이라 보면서, 샤머니즘을 『혼불』에서도 즐겨 다루고 있다. 이는 작가가 그의 소설을 통해 우리 민족의 정체성과 정신적 원류에 관심을 가지고 있음을 보여준다.

또한 『혼불』에서와 같이 이 작품에서도 역시 작가는 '늦바위 고개'에 설화적 요소를 더하고 있다. '늦바위 고개'가 의인화되면서 머리 풀고 앉은 여인 즉, '과부바위'라 불린다든지, 바위가 이동성을 가지고 생물화된다는 이야기 등을 통하여 작가가 전설 혹은 민담 등에 일찍부터 관심을 기울여 왔음을 살펴볼 수 있다.

분녀 누나와 아버지를 잃은 '나'의 가족은 '지름길'을 갈망한다. '늦바위 고개'가 전근대의 산물이라면 '지름길'은 근대의 산물이다. '늦바위 고개'가 고향 상실의식을 상징적으로 보여준다면, '지름길'은 부재의식을 암시한다. 고향을 떠나 '늦바위 고개'가 있는 산마을로 들어온 '나'의 가족에게

'늦바위 고개'는 분명 고향 상실의식을 보여주는 상징적 공간이기도 하다. '지름길'만 있었다면 분녀 누나도 아버지도 죽지 않았을 것이며 진녀 누나도 풍을 고칠 수 있었을 것이다. 이 점에서 '지름길'은 결핍과 부재의식을 상징한다. 즉, '늦바위 고개'는 읍내로 가는 통로를 단절시키는 공간이기도 한 것이며 기아와 추위를 극대화시키는 동인이 되기도 한다.

정부에서 풀과 삭정이를 못 캐오게 하자 '강골 양반'은 "산지기 몰래 나무를 해서 읍내로 지고 가다가" '북풍'[28]이 몰아치는 산 고갯길에서 쓰러져 죽고 만다. 그래서 "사람들은 읍에 나갈 일은 엄두도 못 냈다."(209쪽)

기아와 추위 속에서 아이들이 울자 어머니는 나무를 구하러 산으로 가고 진녀 누나는 산지기 탑동양반네 집에 가서 삭정이를 도둑질해온다. 그리고 동생을 위해 불을 땐다. 추위와 배고픔 속에서 진녀 누나는 불을 때다 잠이 들고 온몸에 불이 붙어 화상을 입고 죽는다. 이렇게 '늦바위 고개'는 가난과 기아를 극대화시키는 비극의 공간이 되기도 하면서 생사의 갈림길을 제공하는 지점이기도 하다. 나의 가족에게 '고개'[29]는 사랑하는 가

---

28 24쪽 각주 8 참조. 바람은 태풍이 되며 태풍은 회오리바람과 함께 파괴, 폭력, 황폐를 상징한다. 이승훈, 『문학으로 읽는 문화상징사전』, 푸른사상사, 2009, 211쪽. 이 작품에서 필자는 북쪽에서 불어오는 북풍은 고난, 시련, 파괴, 폭력, 황폐를 상징한다고 본다. '북풍'의 상징을 통해서 제도권에서 소외된 가난한 자들의 삶을 표현하고 있다고 본다.

29 고개는 그 성격에 있어서 지역과 지역의 공간 분할 및 벽이나 단절과 유통과 통로로서의 연속성이 전제되며 동시에 길의 분기점이 된다. 고개는 우리 문학의 장소적인 심상에 있어서 기다림, 이별 등이나 분기점 혹은 접점의 장소로서 받아들여진다. 한국 사람들의 이별은 주로 공간이 갈라지는 산마루인 고갯길이나 나루터에서 이루어진다. 그리고 기다림의 장소도 원근법적인 시각의 지평이 열리는 나루터나 고갯마루에서다. 그곳이 바로 사방과 원근을 가장 잘 볼 수 있는 전망과 관찰의 위치가 될 수 있기 때문이다. 이재선, 『한국문학주제론』, 서강대학교 출판부, 1991, 286쪽.

족을 이승에서 저승으로 이별하게 만드는 공간으로 작용하였으며 그로 인하여 어머니를 정첨지네 집 후처로 가게 만드는 동인이 된다. 그리하여 어머니는 시집가는 날도 "망할 놈의 지름길… 그 길만 있었어도…"(210쪽)하고 '지름길'이 없었음을 원망한다.

온 가족이 갈망하던 '하얀 신작로'가 나던 날, 아이러니하게도 어머니와 나는 정첨지에게 쫓겨난다. 작가는 가부장적 사회체제하에서 타자로서의 삶을 살 수밖에 없었던 타자화된 여성들의 비애를 어머니의 모습을 통해 보여주고 있는 것이다. 꿈에 그리던 '하얀 신작로'는 다시 어머니와 '나'에게 '추방'이라는 정신적 상처를 남기고 아버지와 분녀 누나의 영혼의 집 즉, 무덤을 해체시키는 동인으로 작용한다. 바라고 기다리던 '지름길'은 '하얀 신작로'로 변신하여 등장하면서 이들에게 추방과 결핍과 부재의식만을 남기는 것이다. 즉, 부재하던 '지름길'에 대한 갈망이 현실적으로 구체화 되지만 역설적이게도 '하얀 신작로'는 어머니에게 추방의 상처와 결핍의식과 부재의식으로 시달리게 만든다. 이 작품에서 '하얀 신작로'의 '흰색[30]은 욕망을 좌절시키는 색으로 변절의 표상이 되는 것이다. 근대화 과정을 거치면서 개발된 '지름길'은 아버지와 분녀 누나로 하여금 영혼의 집

---

[30] 흰색은 육신적인 순결을 상징한다. 또한 여성의 육신의 관능적 흰빛 또는 유방의 풍요로운 영향을 공급하는 흰빛으로 상징된다. 그러나 말라르메의 흰빛은 불모와 무기력의 증거이다. 아지자·올리비에리·스크트릭, 『문학의 상징, 주제 사전』, 장영수 역, 중앙일보사, 1986, 107쪽.
부정적인 속성이 강조될 때 흰색은 죽음을 상징하며 달과 관계된다. 이승훈, 앞의 책, 315쪽.
필자는 이 작품에 등장하는 '하얀 신작로'의 흰색은 '불모'를 상징하며 욕망을 좌절시키고 변절시키는 색으로 보았다.

을 잃고 헤매게 만드는 불모의 '길'로 변모하게 된다. 그리하여 성인이 된 나는 "잊혀지지 않는" 과거의 시간을 거슬러 '허연 신작로'를 내려다본다. 과거의 '하얀 신작로'는 기억의 시간을 거슬러 빛이 바랜 '허연 신작로'로 인식되는 것이다. 그리고 나는 "아버지와 누나의 무덤이 있었을 만한 곳을 더듬어"보는 것이다.

이 작품에서 작가는 산업화되어가는 '근대'의 과정을 겪으면서 주체로 참여할 수 없었으며 소외된 타자로서의 삶을 살았던 민중들의 고통과 상처를 형상화하고 있다. 동시에 가난의 리얼리즘과 함께 '늦바위 고개', '하얀 신작로' 등의 이미지를 통하여 고향 상실의식과 부재의식 등을 보여주고 있는 것이다.

3. 갈망과 욕망의 대립 : 「탈공(脫空)」

단편 「탈공(脫空)」[31]은 작중화자 '나'의 심리적 갈등상황을 감성적 문체로 묘파한 작품이다. 아버지에게 다가오는 죽음을 거부하려는 심리와 사랑하는 '그'의 오해를 풀어 '탈공'[32]하려는 양가감정 사이에서 나는 갈등한다. 아버지의 생존을 기구하는 '갈망'과 그의 오해를 풀고 탈공하려는 '욕망' 사이에서 나는 방황하는 것이다. '나'의 심리적 갈등상황은 이 작품의 서두에

---

31 단편 「脫空」(1971.12.17)은 숙대신보사 주최 제2회 대학문학상 소설부 당선작이다. 「脫空」은 1971년 최명희가 전북대학교 국문과 재학 시에 창작한 작품으로 『전북대학 신문』에 세 차례에 나누어 연재되었다.

32 '탈공'이란 뜬소문이나 억울한 죄명에서 벗어나는 것을 의미한다.

서 '햇빛' '거미줄' '그물' '끈적거리며' '명주올' 등의 이미지로써 묘사되고 있다.

> 햇빛이 거미줄처럼 벽모서리에 걸려 있었다.
> 그것은 아무 곳에나 닿기만 하면, 사방으로 끈적거리며 발을 내렸다.
> 처음에는 벽모서리에나 촘촘히 그물을 치던 것이 점점 고목나무 잎사귀와 옷을 벗고 있는 비너스의 뒷목, 값싼 금붕어들이 느릿느릿 꼬리를 흔들며 지나가는 어항 속의 빨간 풍차, 밍밍하여 도대체 무엇 때문에 가져다주는지 알 수 없는 엽찻잔에 엉겨붙어 왔다.
> 손을 들어, 거미줄을 걷어낼 때처럼, 휘저어 보았다.
> 햇빛은 끈적이며 들어붙었다.
> 어깨를 오그렸다.
> 보이지 않는, 어쩌면 명주올같이 가느다란 끈으로 온몸을 죄는 것 같았다.[33]

여기서 '햇빛'은 아버지의 죽음을 대가로 사랑하는 '그'의 오해를 풀어 탈공하려는 '나'의 '무의식'을 환하게 드러내주는 역할을 담당한다. 그래서 '나'는 햇빛이 싫고 무섭다. 따라서 '나'에게 '햇빛'은 '거미줄'처럼 집요하게 "아무 곳에나 닿기만 하면, 사방으로 끈적거리며 발을 내리"고 "명주올같이 가느다란 끈으로 온몸"을 죄는 것처럼 인식되는 것이다. 여기서 '햇빛'[34]

---

33 최명희, 「脫空」, 『문학사상』, 1980.11. 409쪽. 이후의 인용은 괄호 안에 쪽수로만 표기한다.

34 빛을 받는 것은 심리학적으로 빛의 근원을 자각한다는 것, 곧 정신적 힘의 자각을 의미한다. 빛은 최초의 창조물이고, 최초의 창조가 어둠, 혼돈의 질서화라는 점에서

이미지는 '거미줄'[35]의 이미지와 결합하여 나를 구속하고 공포심을 야기하는 상징으로 치환된다. 따라서 이러한 나의 내면세계에는 불안과 초조와 공포감이 내재해 있다. "그가 나오지 않을 것 같은 불안"과 "정말 꼭 만나야만 할 것 같은 초조감"에 휩싸인 채 '나'는 '그'를 기다린다. 이러한 '나'의 내면 풍경은 "선풍기의 바람은 눅눅하고" "살갗에 끈적이며 들어붙었다." 등으로 묘사되고 있다. 또한 "어항 속의 빨간 풍차에서는 퐁퐁 물거품이 떠올랐다. 끊임없이 떠오른 거품은 수면 위에 둥글게 퍼져나가다가 힘없이 꺼지곤 했다."에서 살펴볼 수 있듯이 힘없이 꺼지곤 하는 '거품'의 이미지는 생명력이 말살되어가는 아버지와 동일시됨으로써 나에게 죽음의식과 허무감을 야기시킨다. 따라서 나는 "거품이 떠오를 때마다 아무런 실감도 없는 환각 같은 생각들"을 토막토막 떠올린다. 그리고 나의 환각은 아버지의 영정사진을 빼오라며 사진을 내밀던 어머니의 떨던 손가락 끝과

악이나 어둠을 쫓아내는 힘을 상징한다. 한편 빛은 하늘에서 내린다는 점에서 비와 관련된다. 빛을 경험하는 것은 궁극적 실재와 만나는 것이다. 이상우 · 이기한 · 김순식, 『문학비평의 이론과 실제』, 집문당, 2005, 274~276쪽 참조. 그러나 이 작품에서 '햇빛'은 무의식의 세계를 드러내는 힘을 가짐으로써 '나'에게 공포로 다가온다. 41쪽 각주 27 참조.

35 거미의 이미지는 의혹을 상징한다. 또 알 수 없는 세계에서 길을 잃은 사람의 고통을 상징하기도 한다. 아지자 · 올리비에리 · 스크트릭, 앞의 책, 400쪽.
거미는 창조적인 힘, 파괴적인 힘, 지속적인 희생을 상징하기도 한다. J.E. Cirlot, *A Dictionary of Symbols*, New York, Philosophical Library, 1971, p.304.
거미가 암시하는 공격성, 파괴성은 또한 현상 세계와 관련된다. 슈나이더가 지적하듯이 거미는 끊임없이 직물을 짜고 다시 없앤다는 점, 곧 집을 지으며 파괴한다는 점에서 우주가 의존하는 힘의 끊임없는 교체(창조와 파괴)를 상징한다. 거미줄 역시 창조와 파괴를 상징하고 특히 후자를 강조할 때 거미줄은 세계를 삼키는 회오리바람으로 인식된다. 거미나 개구리는 모두 현실적 공포, 박해를 상징한다. 이승훈, 앞의 책, 28~29쪽.

중첩된다.

또한 나는 "순간적으로, 기나긴 장례행렬, 조종(弔鐘)소리, 검은 테 두른 아버지의 사진을 들고 걸어가는 오빠의 모습"들을 떠올린다. "누구의 어떤 힘으로도 제어할 수 없는 막막하고 깊은 물결이 밀려들어 손가락 끄트머리까지 차오른 것을 느낀다."에서 살펴볼 수 있듯이 나는 아버지의 죽음에 대한 불안감과 절망감에 사로잡혀 있다. 그래서 "머리를 한 가닥 한 가닥, 빗은 곳을 또 빗었다. 피가 배어날 만큼 아프게 빗었다."에서 드러나듯이 나는 "머리를 한 가닥 한 가닥" 빗으로 빗어내는 행위를 통하여 아버지의 죽음에 대한 불안감을 떨쳐내려고 하는 것인지 모른다. 혹은 스스로를 자학함으로써 앞으로 다가올 아버지의 죽음에 항거하는 것일지도 모른다. 여기서 빗[36]은 '희생, 삼켜짐, 매장'을 상징하며 '죽음'을 상징한다.

> 머리를 한 가닥 한 가닥, 빗은 곳을 또 빗었다.
> 피가 배어날 만큼 아프게 빗었다.
> 빨간 금붕어가 풍차를 건드리며 물거품 사이를 가로질러 어항 귀퉁이 쪽으로 헤엄쳐 갔다. 초등학교 이학년, 막내, 계집아이 동생의 빨간 원피스 리본처럼 금붕어 꼬리가 하늘하늘 흔들렸다.
> "언니, 인제는 이런 거 못 입어?"
> "왜에? 누가 그러든?"
> "앞집 수영이가 그래. 나는 이렇게 색 있는 거 인제 못 입는다고. 흰옷만 삼년 입는 거래."

---

36 빗은 살이 없는 물고기 꼬리와 유사하다는 점에서 여성을 상징하고 대체로 여인들과 관계된다. 살이 없는 물고기 꼬리를 강조할 때 빗은 희생, 삼켜짐, 매장을 상징한다. 이승훈, 앞의 책, 273쪽.

계집아이는 원피스 자락을 손가락에 감아쥐고 몹시 설움에 북받힌 얼굴로 나를 바라보았다.

어항 속의 금붕어는 한두 마리가 아니고, 관처럼 커다란 어항에 거의 **빽빽**할 만큼 가득 차 보였다.

사방에서 꼬리가 나풀거렸다.

두루마기 자락, 모시 옷고름, 토방과 현관에 어지럽게 놓인 고무신, 구두, 금붕어의 눈 같은 무수한 눈들… (411쪽)

위 인용에서 볼 수 있듯이 '빗'의 이미지는 다시 물고기 꼬리의 이미지[37]로 확대되고 실제로 현실 속에서 어항 속의 '빨간 금붕어'의 꼬리와 중첩된다. 다시 '빨간 금붕어 꼬리'는 계집아이 동생의 '빨간 원피스 리본'으로 이미지가 치환된다. 여기서 '빨간 원피스'의 적색[38]은 아이로 표상되는 생명의 원리를 내포한다. 반면 '빨간 금붕어'의 적색은 죽어가는 아버지로 표상되면서 피, 상처, 죽음의 고통[39]을 암시한다. 여기서 '적색'은 생명과 죽음의 이중적 의미를 내포한다. 이 작품에서 가족의 질서[40]를 유지시키고 가족을 위해 희생하고 죽어가는 '아버지'는 '빨간 금붕어'[41]와 동일시된다. 다시 죽음을 예감하는 계집아이의 '설움'은 작중화자 '나'의 설움으로 감정이

---

37 '빗'은 이 작품에서 '살이 빠진 물고기 꼬리'와 유사성을 지니면서 죽음의식과 연관된다고 필자는 본다.

38 적색 : 화성의 속성을 나타내며 격정, 감상, 생명의 원리를 상징한다. 이승훈, 앞의 책, 311쪽.

39 적색 : 피, 상처, 죽음의 고통, 승화. 위의 책, 309쪽.

40 유교에서 물고기는 질서를 상징하는데 물고기가 떼를 지어 다니지만 한 마리의 인솔에 따라 질서 있게 움직이기 때문이다. 물고기는 왕을 지키는 수호신을 상징하는 경우도 있다. 위의 책, 205쪽.

41 126쪽 각주 8 참조.

입 되면서, '어항'은 '관'이 되고 어항 속의 금붕어는 무수히 많아진다. 죽음의 공포를 불러일으킬 정도로 많은 '금붕어 꼬리들'은 이제 "두루마기 자락, 모시 옷고름, 토방과 현관에 어지럽게 놓인 고무신, 구두, 금붕어의 눈 같은 무수한 눈들…"의 이미지로 치환된다. 이는 곧 아버지의 상가에 모일 사람들의 모습을 암시한다고 볼 수 있다. 따라서 '나'의 내면에 내재해 있는 아버지의 죽음에 대한 불안감과 공포감은 "죽음에 대한 준비 때문에 말없이 움직여지던 손과 손들, 그 손들이 먼지같이 부수어내는 메마른 소리들"로 인식된다. 여기서 '먼지'의 이미지는 '메마른' 모래, 사막의 의미로 확장될 수 있으며, 정신의 황폐, 죽음, 니힐리즘, 절망[42]을 상징한다고 볼 수 있다. '먼지'가 표상하는 죽음의식과 절망감은 다시 '햇빛'의 이미지와 결합되면서 죽음의식과 절망감과 허무감을 극대화시킨다. "그런 것들이 그늘 하나 없이 사방에서 쬐어오는 햇빛처럼 나를 견딜 수 없게" 만드는 것이다. 즉 아버지의 죽음을 예감하는 나의 절망감과 '그'의 오해를 풀어 '탈공'하고 싶어하는 무의식 사이에서 '햇빛'은 나에게 끊임없이 공포로 다가오는 것이다. 그리고 아버지의 죽음을 암시하듯 "어항 속의 물거품은 무수히 떠오르고 흔적 없이 사라져"가는 것이다.

한편 '나'는 오빠 친구이며 군인인 그를 사랑함에도 불구하고 이를 밝히지 못한 채 그와 단절되어 있다.

> 노인들의 가래 섞인 음성, 끊임없이 울려오는 이야기 소리에 묻은 죽음의 냄새, 무언지 비밀스럽고 민첩하게 진행되는 슬픔에 대한 준

---

42 신화원형 비평에서 사막은 정신의 황폐, 죽음, 니힐리즘, 절망을 상징한다. 윌프레드 L. 궤린 외, 『문학의 이해와 비평』, 정재완·김성곤 역, 청록출판사, 1981, 123쪽.

비와 초조함, 말없는 공포, 거역할 수 없는 어떤 일에 대항하는 한없이 가냘프고 무기력한 의지, 그런 것들 속에, 거의 일년 만에 들려온 그의 음성이 밝은 노랑색으로 풀려드는 것을 느꼈다.

　햇빛이 누글누글 녹아내리는 포도(鋪道)를 바라보며 그는 카키색 군복을 입고 어느 가게 처마 그늘에 서 있었다.(414쪽)

　위 인용문에서처럼 '밝은 노랑'[43]으로 대표되는 '그'의 성격은 밝고 가볍고 즉흥적이다. 반면 '나'는 먼지만한 상처도 혼자 감당하지 못하고 전전긍긍하는 내성적 인물로서 동물적인 속성 혹은 성적인 것을 거부하는 인물이다. 성(性)을 자연스럽게 받아들이지 못하고 거부하는 '나'의 내면상황은 "너는 지금도, 남자 여자가 같이 걷는 것만 보아도 추해지니? 동물적이어서?"라는 그의 말을 통하여 입증된다. 또한 그림틀이 정확하게 걸려 있어야만 직성이 풀릴 정도로 강박관념에 싸여 있다. 이렇게 강박관념과 섬세하고 복잡한 내면세계를 가진 '나'를 '그'는 이해하기 어렵다. 그래서 그는 나에게 섬세한 '거미줄' 같다고 말하면서 그런 내면세계에서 벗어날 수 없느냐고 힐책한다. 이렇게 볼 때 '나'와 '그'는 진정으로 소통하기 어렵다. 밝고 가볍고 즉흥적인 그에게 '나'는 아버지의 병을 직접적으로 말하기가 두렵다. 위암을 앓고 있는 아버지의 위독함을 그에게 알린다면, 아버지의 죽음이 현실에서 구체화될 것 같은 예감 때문에 사랑하는 그에게 직접 말하

43　노랑은 태양의 색이므로 명랑하고 쾌활하다. 낙관주의자들은 태양의 성품을 가지며 그들의 색은 노랑이다. 노랑은 빛을 발하고 미소 짓는 색, 친절함을 나타내는 주요 색이다. 노랑은 빛의 색으로 흰색에 가깝다. '빛'과 '가벼움'은 특성상 동일한 성격이다. 노랑은 모든 색 가운데 가장 밝고 가벼운 색이다. 에바 헬러, 『색의 유혹·Ⅰ』, 이영희 역, 예담, 2002, 144~146쪽.

지 못하고 암시만 준다.

그런데 가볍고 즉흥적이며 신중하지 못한 그는 내가 처녀성을 상실했다고 오해한다. 수치감으로 당황한 나는 명쾌하게 그에게 해명하지 못하고 횡설수설하고 만다. 그는 "그런 것은 생각조차 해본 일이 없다"는 나의 말을 믿지 않고 나를 철저히 소외시켜버린다. "나는 정말, 지고(至高)하고, 지순(至純)한 여자이고 싶어요……."라는 나의 말을 믿지 않는다. 나는 그에게 완벽하게 타자화된다. 성(性)을 자연스럽게 받아들이지 못하는 '나'가 처녀성을 어떻게 상실할 수 있는지에 대해 의혹을 가지지 않을 정도로 그는 단순하고 진지하지 못하며 즉흥적이다. 또 보수적인 그는 내가 처녀성을 상실했다고 확신하자, "아버지가 편찮으시다"는 나의 말을 건성으로 듣는다. 나는 '네모의 고리'를 쓴 것처럼 억울함과 구속감을 느끼지만 적극적으로 그의 오해를 풀려고 하지 못한다. "오자(誤字), 실수, 그런 것들에 나는 얼마나 민감했으며, 한번 저질러진 티끌만한 실수를 두고, 스스로 할퀴고 되새기고 그것을 다시 만회해 보려는 억울한 노력을 되풀이 했었던가. 그러다보면, 바둥거리고 헐떡이다가 다시 나를 돌아보면, 꼼짝없이 그 작은 실수에 칭칭감겨 한동안 헤어 나오지 못하고 있는 것을 발견하곤 했었다."(418쪽)에서처럼 나는 소극적이고 내성적인 인물이다. 오지 않는 그를 기다리며 '나'는 초조하고 불안하다. 명확하게 자신의 누명을 벗기지 못하는 나, "나는 내가 싫었다. 아주 싫었다."에서 볼 수 있듯이 '나'는 자아정체성을 찾지 못하고 갈등하는 인물이라 볼 수 있다.

나는 어항을 들여다본다. "회색 작은 붕어 한 마리가 수면에 떠" 있다. "거품이 부서졌다." 죽은 '회색 작은 붕어'는 죽어가는 아버지를 연상시킨다. 아버지의 죽음에 대한 불안감과 암시는 이 작품 속에서 선풍기 바람의

'끈적거림'이나 '금붕어의 눈', '먼지', 수면에 떠 있는 '회색 작은 붕어', 두 번이나 꺼지는 '성냥불', 진을 빨리우듯 소리 없이 시드는 '꽃들,' 숨 막힐 만큼 눅진하게 괴어오르는 '햇빛' 등으로 상징된다.

이 작품에서 아버지는 신뢰와 성실성을 대표하는 인물로 나에게 언제나 의지가 되어주는 존재이다. 나에게 아버지는 자상하기보다는 공포를 물리쳐주는 힘을 가진 인물로 인식된다. 아버지는 나에게 오빠가 주는 공포감으로부터 도피할 수 있도록 은닉처를 제공해준다. 아버지는 현실적 삶을 타협적으로 살아가는 인물은 아니지만, 나에게 아버지는 "굳고 성실한 신뢰를 지닌 모습"으로 서 있는 존재이다. 마치 내 등을 받치고 있는 거대하고 따뜻한 두 손처럼. 손이 힘, 새로운 세계를 생성하는 힘,[44] 기둥[45]을 표상한다고 볼 때 나에게 아버지는 정신적 힘이자 마음의 기둥으로 존재한다. 그럼에도 불구하고 '그'의 오해를 풀어 탈공하고자 하는 욕망은 아버지가 "정말 안 돌아가시면 어떻게 하나!"라고 독백하게 만든다. 아버지의 죽음을 거부하는 '나'와 탈공하고자 하는 욕망으로 아버지의 죽음을 기대하는 또 하나의 '나' 사이에서 나는 죄책감과 수치감으로 갈등한다.

오지 않는 그를 기다리며 '나'는 그가 오해하고 있는 사실을 오빠에게 알릴까 봐 두려움을 느낀다. 오빠는 남성중심의 가부장제 사회 속에서 억압적인 폭력성을 행사하는 인물로 대표된다. 따라서 나에게 오빠는 폭력성과 두려움의 표상이다. 오빠가 나에게 가하는 폭력성은 내가 자아정체성

---

44 손은 힘, 나아가 새로운 세계를 생성하는 힘을 상징한다. 이승훈, 앞의 책, 334~335쪽.
45 이집트인들의 경우 손은 지탱이나 힘을 상징하는 기둥이나 종려나무와 관련된다. 위의 책, 333쪽.

을 확립해나가는데 방해요소로 작용한다. 오빠의 존재는 나에게 강박관념과 구속감을 유발시키는 동인이 된다.

끝내 그는 약속장소에 나타나지 않는다. 따라서 내가 그의 오해를 벗어나 탈공하려면 아버지의 부고장을 그에게 보내는 길밖에 없다. 그래서 나는 아버지의 죽음을 무의식속에서 욕망한다. 그런 나는 또다시 죄의식을 느낄 수밖에 없는 것이다. 이렇게 대립적인 심리의 파장을 작가는 '햇빛' '거품' '거미줄' '쥐' '빨간 금붕어' 등의 이미지로 형상화하면서 섬세하게 포착한다.

실가닥같이 가늘고 긴 '거미줄'의 이미지는 이 작품의 서두와 결말에서 '햇빛' 이미지와 함께 형상화된다. 햇빛이 거미줄처럼 끈적거리며 따라와 온몸을 죄어오는 듯한 압박감을 나는 느낀다. '거미줄'은 나의 표상이기도 하면서 나를 구속하는 또 다른 나의 분신이기도 한 것이다. 이렇게 자아정체성이 확립되지 못한 나의 갈등 양상은 '쥐'의 환영을 통해 묘사되기도 한다. "갑자기 사방에서 쥐가 나무판자를 깎는 것 같은 깊은 밤중 천정지를 찢어내는 것 같은 소리들이 끊임없이 들려"(415쪽)오는 환청 소리를 듣는다. '먼지'같은 상처 때문에 분별없이 만사에 괴로워하는 나는 나무판자를 깎는 '쥐'로 표상된다. '쥐'[46]는 바로 나의 내면을 갉아먹는 또 다른 무의식적 자아의 표상이다.

사랑하는 그를 기다리면서 아버지의 부고장으로 자신의 결백을 밝히려는 갈망과 아버지에 대한 죄책감으로 갈등하는 나는, 이 소설 결미에서 보여주듯 혼미한 상태에 이르게 된다.

---

[46] 143쪽 각주 20 참조.

노트의 하얀 종이가 햇빛을 받으며 눈을 쏘았다.

머릿속이 하얗게 쬐어지면서, 아찔한 공간으로 끝도 없이 떨어져 내리는 것 같았다.

다리에 힘을 주고 버티어 서서는 한동안 눈을 감고 이빨을 물었다.

그리고 페이지를 넘겼다.

하나하나 외듯이 주소를 읽어나갔다. 그의 주소가 어떻게 생겼던 가?

온몸의 신경을 팽팽하게 잡아당겼다. 군우, 군우…… 군…… 우……

노트 위의 글씨들이 불개미처럼 구물거렸다.

거미줄 같은 햇빛에 온몸과 머릿속의 세포들이 감겨들어 자꾸만 숨이 답답하게 막히고, 혼미해졌다.(423쪽)

아버지의 죽음을 확인하고 그에게 보낼 부고장의 주소를 찾으면서 나는 혼미해진다. 나는 아버지의 죽음을 통해 '탈공'의 욕망이 실현될 기미가 보이고 있음에도 불구하고 아버지의 죽음이 남긴 상처와 무의식 속에서 아버지의 죽음을 갈망한 죄책감 사이에서 갈등하면서 혼미한 상태에 빠지게 되는 것이다.

그럼에도 불구하고 나의 절박한 '탈공' 욕구는 나의 양가감정을 통하여 '진정한 자아 찾기'로 나아가는 도정에 서 있다고 볼 수 있다. 이 점에서 이 소설 역시 최명희가 추구하는 '혼불 찾기'의 한 시발점에 놓여 있는 것이다.

4. 모성성으로 여성정체성 찾아가기 :「정옥(貞玉)이」

　단편「정옥(貞玉)이」[47] 역시 작중인물의 내면적 갈등 양상을 중점적으로
포착하고 있다는 점에서「탈공(脫空)」과 동일 계열에 서 있다고 볼 수 있다.
특히「잊혀지지 않는 일」「이웃집 여자(女子)」「까치 까치 설날은」에서와 같
이 기독교 종말론적 세계관과 토속적 어휘가 많이 사용되었다는 점에서
공통점을 가진다.

　이 작품에서 화자 '나'는 친구인 정옥이의 불행한 삶을 바라보고 있다.
정옥이는 출생하면서 친어머니를 잃고 새어머니 밑에서 성장한다. 새어머
니는 정옥이에게 사랑을 주지 않는다. 따라서 정옥이는 모성애의 결핍으
로 늘 사람을 그리워하고 언제나 허기를 느낀다. 즉 정옥이는 성장과정에
서 애정의 결핍으로 인하여 자아정체성을 형성해 나아가는 데 실패한 인
물이다. 새엄마와의 단절감과 이로 인한 소외감은 정옥이를 불안한 심리
상황으로 빠져들게 함으로써 타인의 냉정함이나 무관심을 견뎌내지 못하
고 대처하지 못해 안절부절하게 만드는 것이다. 반대로 조금만 다정하게
대해주면 온몸을 의지하려 한다. "나는 살이 닿는 게 좋아."라고 고백하고
있듯이, 정옥이는 모성애의 결핍을 타인과의 육체적 접촉을 통하여 보상
받고자 한다. 육체적 접촉을 통하여 따뜻함과 평화로움을 느끼고 황홀감
을 느끼려 한다.

　어린 시절 정옥이는 밤이면 더듬거려 어머니를 찾지만, 새어머니는 혀
를 차고 돌아누워버린다. 그런 밤이 계속되면서 정옥이는 밤이 되면 "가

47　단편「貞玉이」(1971.12.31)는『전북대신문』주최 제16회 학예상 소설부 당선작이다.

최명희 초기 단편소설

180

181

슴이 답답하고" 눈물이 나는 것이다. 즉 그녀에게 '밤'의 공간은 모성의 죽음 또는 삶의 불모성을 상징한다.[48] 항상 애정결핍을 느끼고 있는 정옥이는 산에서 우연히 만난 남자와 성관계를 가지게 된다. 자아정체성이 확립되지 않은 채 낭만적 사랑에 빠진 정옥이는 낭만적 사랑이 가진 허상성을 인식하지 못한 채 남자와 성관계를 가짐으로써 임신을 하게 되고 버림받게 된다. 이에 반해 '나'는 정옥이와 대척적 관계에 서 있다. 정옥이가 육체적 접촉에 집착하고 성관계에 대해 거부감을 가지지 않고 있다면, 나는 성적 관계에 대한 강박관념이나 거부감을 가진 인물이기 때문이다. 이는 정옥이가 남자와의 성관계 후 나의 립스틱을 예쁘다면서 입술에 바르자, 내가 두 손가락 끝으로 립스틱을 집어 쓰레기통에 던져버리는 행위 속에서 살펴볼 수 있다. 정옥이의 입술이 닿은 립스틱을 불결하게 느끼는 것은 정옥이와 남자의 성관계를 화자 '나'가 더러움으로 인식한 데에 기인한다.

한편 정옥이가 임신을 하자 정옥이 집에서는 동네 부끄럽다고 결혼을 서둘러 시키지만 남자는 군대로 떠나버린다. 남자는 정옥이가 아들을 낳았음에도 불구하고 의도적으로 연락을 하지 않고 그녀를 버린다. 시집에서도 버림받는다. 정옥이는 가부장제의 제도권 속에서 보호받지 못하고 소외된다. 친정에서도 시집에서도 남편에게서도 타자화된 채 살아가는 정옥이는 외할머니가 마련해준 혼수옷을 고서점에 가서 문고본으로 바꾸어 올 정도로 분별이 없고 비현실적으로 삶을 살아간다. 축복과 행복의 상징이라 할 수 있는 혼수옷을 정옥이가 처분하는 행위를 통하여 정옥이의 결

---

48 밤은 물이 그렇듯이 비옥, 잠재력, 발아를 의미한다. 전통적인 관점에서 밤은 죽음이나 흑색의 상징적 의미와 동일시된다. 밤은 모성의 죽음, 삶의 불모성을 상징한다. 이승훈, 앞의 책, 219~221쪽.

혼 생활이 파탄에 이르리라는 운명을 작가는 암시하고 있는 것이다.

이렇게 가부장제하에서 타자로서의 여성적 삶을 살아가는 정옥이에게 은테 안경의 여자 집사는 구원자로 다가온다. 정옥이가 해산할 때 하나님에게 기도하라고 위로하면서 충고해준 집사는 새어머니에게서도, 남편에게서도, 시집에서도 버림받은 자신의 운명을 구원해주는 하나님과 같은 존재자로 다가오는 것이다. 이때부터 정옥이는 아들을 목사로 만들기로 작심하면서 맹목적으로 신앙에 빠져들게 된다. 아이가 아파 교회에 나가지 못하자 목사는 하나님이 믿음을 시험한 것이라고 하며 정옥이에게 맹목적인 믿음을 강요한다. 목사와 정옥이 사이의 중개자는 집사로서 아들 이삭을 목사에게 바칠 것을 끈질기게 종용한다. '이삭'은 아브라함이 하나님에게 바친 절대적 믿음을 핑계삼아 정옥이로부터 아들을 빼앗으려고 목사가 의도적으로 지은 이름인 것이다. 이 작품에서 아들 이삭은 가부장제적 권위를 상징하는 교회 안에서 왜곡된 신앙이 빚어낸 희생양으로서 하나님에게 바치는 번제물로 설정된다.

이 작품에서 목사는 신도에게 사랑으로서의 하나님을 보여주기보다는 진노하고 징벌을 내리는 하나님을 부각시킨다. 목사는 아이가 아파도 병원에 가기보다는 교회에 나오기를 강요한다. 정옥이는 아이의 곪은 종기가 나을 때까지 병원에 가지 않고 철야기도를 하기로 약속한다. 그리고 자신의 죄를 아이가 받는다고 자책하며 하나님에게 속죄해야 한다고 믿는다. 그리고 "우리 애기만 낫게 해준다면 나는 애굽으로 팔려가는 노예가 돼도 좋아."라고 말한다. 정옥이가 보여주는 모성성은, 헌신과 인내의 이름으로 표상되는 전통적인 의미의 모성성을 대표하는 것으로, 자식에 대한 절대적 애정을 내포한다. 정옥이가 아이를 향해 가지는 희생적 모성성은 그녀가 가진 왜곡된 신앙으로 미신화되어가고 집사와 목사가 강요하는 맹목적 믿음의 요구로 가속화된다. 그리하여 '나'가 내미는 약도 불안과 두려움 때문에 받지 않는다. 아이가 낫자 정옥이는 정신 없이 교회에 매달린다.

이러한 목사와 집사를 바라보는 나의 시선은 비판적이다. "나는, 본 일도 없는 그 목사에 대하여 미묘한 반감을 가지고 있었다."에서 드러나듯이 나는 정옥이의 맹신적 믿음과 맹목적인 신앙을 강요하는 목사와 집사에게 비판적 시선을 보낸다. 이렇게 작중화자 나를 통하여 작가가 기독교의 부정적 행태를 고발하고 있다고 볼 수 있다.

한편 살림도 젖혀놓고 오직 교회에만 매달리던 정옥이는 밤중에 나를 찾아온다. 정옥이는 집사의 요구대로 이삭을 하나님의 대행인인 목사에게 번제 드림으로써 자신의 믿음을 증거하려는 욕망과 아이를 목사의 양자로 보내고 싶지 않다는 욕망 사이에서 충돌한다. 즉 목사는 아브라함이 하느님에게 이삭을 번제 드리려고 했던 절대적 믿음을 정옥이에게 요구한다. 정옥이는 목사의 왜곡된 신앙관과 이기적 욕망에 의해 이용당한다. 아들 '이삭'을 아브라함처럼 하느님에게 바쳐야 한다는 강박관념과 아들을 주고 싶지 않다는 욕망 사이에서 정옥이는 갈등한다. 이러한 정옥이의 갈등은 그녀로 하여금 버림받은 운명으로 태어났다는 비극적 인식을 하게 만든다. 정옥이는 새어머니가 정옥이의 손을 뿌리쳤을 때부터 자신이 버림받을 운명이었는지도 모른다고 두려워한다. 정옥이가 목사의 청을 거절하지 못하는 이면에는 갈 곳 없는 자기를 교회마저 버릴까 두려워하는 공포감이 잔존해 있다고 볼 수 있다. 그럼에도 불구하고 정옥이는 이삭 대신에 번제 드릴 수양 한 마리를 하나님께서 보내셨듯이, 하나님의 기적을 갈망한다. 그리고 아들을 양자로 보내고 싶어 하지 않는다는 죄의식 때문에 괴로워한다. 은테 안경 집사는 정옥이로 하여금 시험을 이기고 하나님의 사자에게 아들을 바치면 '사라'처럼 열국의 어미가 될 것이라고 말한다. 맹목적 신앙심과 속죄의식으로 하나님에게 이삭을 번제로 드려야 한다는 욕망과 '어머니 노릇(mothering)'의 경험을 통하여 자신의 모성성을 회복함으로써 아이를 주고 싶지 않다는 욕망 사이에서 정옥이는 격렬한 갈등과 혼돈에 빠지게 되는 것이다.

드디어 집사가 아이를 빼앗아가려고 할 때 정옥이는 "있는 힘을 다하여 아이를 끌어안은" 채 뒷걸음친다.

정옥이는 아이를 끌어안았다.

"애기 이름이… 이삭이야."

그녀의 볼이 부어오르더니 툭 꺼지며 목에서 끅, 끅 소리가 났다. 목에 굵은 핏줄이 퍼렇게 솟아올랐다.

"정말로 나는 주기 싫어!"

갑자기 커다란 그림자가 정옥이와 아이의 얼굴을 덮고, 벽을 타고 올라갔다.

방안이 그림자로 덮여 어두워졌다.

문간에 은테 안경의 집사가 날카롭고 정갈한 눈으로 이삭을 내려다보았다.

정옥이가 오르르 떨었다.

나는 벌떡 일어섰다.

집사와 나와 정옥이와 아이의 사이에 보이지 않는 예리한 줄이 팽팽하게 당겨졌다.

숨소리들이 칼날 같았다.

아이가 별안간 자지러지게 울었다.

숨이 깔딱 넘어갈 것처럼 울었다.

아이는 조그만 손으로 제 어미의 목을 감아 안고, 개구리같이 찰싹
붙어 안겼다.
　　정옥이는 있는 힘을 다하여 아이를 끌어안았다.
　　그리고 퍼렇게 질린 입술을 반쯤 벌린 채 벽 구석 쪽으로 뒷걸음질
을 쳤다.[49]

　　이제 정옥이는 가부장제적 권위를 상징하는 목사를 거부하고 자식을 제
물로 바치는 번제행위를 거부하게 된다. 맹목적 신앙으로 교회에서 버림
받지 않겠다는 욕망과 아이를 내놓고 싶지 않다는 욕망의 격렬한 충돌을
거쳐 결국 정옥이는 자신의 모성성을 회복하고 나아가 새로운 자아정체성
을 찾아 나아가는 도정에 서게 되는 것이다. 즉 정옥이는 욕망의 희생자로
서의 전통적 모성성을 기반으로, 주체로서의 여성적 자아정체성을 찾아
나아가게 되는 시발점에 서게 되는 것이다. 다시 말해 자식에 대한 모성애
로 인하여 여성으로서의 새로운 주체성 확립에 긍정적 계기를 마련하게
되는 것이다. 이제 정옥이는 자신이 새어머니로부터 받지 못한 모성애이
기에 자식에게 더욱더 절대적일 수 있는 모성성을 선택하고 맹신적 신앙
을 거부함으로써 여성정체성 찾기로 나아가게 되는 것이다.
　　열린 결말로 끝난 이 작품에서 미루어볼 때 정옥이의 저항이 현실적으
로 수용될 수 있을지는 불확실하다. 허지만 이제 정옥이는 자신의 의지로
아들을 보호하려는 열망을 가지고 자아의 정체성을 찾으려 한다는 점에서
그 의미가 있다. 이렇게 볼 때 이 작품 역시 목사와 집사, 그리고 정옥이를
통하여 왜곡되게 종교를 믿는 신앙인에 대한 비판과 함께 타자화된 여성

49　최명희, 「貞玉이」, 「80년도 신춘문예 당선작가 특집」, 『한국문학』, 1980. 5, 205쪽.

의 주체적 자아정체성 찾기에 초점이 맞추어져 있는 것이다.

5. 자아 분열과 실존적 허무의식 : 「오후」

콩트 「오후」[50]는 자아의 분열 양상과 실존적 허무의식을 환영과 환청 등의 실험적 기법을 통해 모던하게 형상화한 작품이다. 구체적인 사건이 없는 이 작품의 시간적 배경은 '오후'이다. '오후'는 '지는 해'[51]를 표상하며 '죽음'과 동일시되는 시간이다. 오후는 무의식의 공간과 해체를 표상하는 밤[52]으로 진입하는 시간이기도 하다. 작중화자 '나'는 "참 질기고 집요한 울음소리"에 이끌려 무의식과 대면하기 위해 또는 무의식을 표상하는 밤의 세계에 도달하기 위해, 오후의 시간 속에 있는 것이다. 어쩌면 밤의 공간으로 대표되는 무의식적 공간과 진정한 자의식의 공간 그리고 모성을 찾기 위해 '길'을 헤매고 있는 것이다. 이 과정에서 어머니 즉 모성성과 연관된 아이를 발견하는 것은 의미심장하다.

---

50 콩트 「오후」(1972.10.6)는 『전북대신문』 400호에 게재된다.

51 신화원형 비평에서는 사계절을 하루의 시간과 결부시켜서 새벽 : 봄 · 출생 / 정점 : 여름 · 승리 / 일모 : 가을 · 죽음 / 어둠 : 겨울 · 해체로 상징하고 있다. 윌프레드 L. 궤린 외, 앞의 책, 124~125쪽.

52 밤은 어둠과 마찬가지로 우주 창조 이전의 암흑, 탄생 전의 암흑을 상징하고 혼돈, 죽음, 광기, 붕괴 나아가 태아 단계의 삶을 상징한다. 그런 점에서 밤은 여성적이고 무의식적인 수동성의 원리를 상징한다. 헤시오도스에 의하면 밤은 '신들의 어머니'로 위대한 모성을 상징하고 그리스인들의 경우 밤과 어둠은 모든 창조에 앞서 존재한다. 이승훈, 앞의 책, 219~220쪽.

이 작품 속의 작중화자 '나'는 현실적 자아를, '어린아이'[53]와 '쥐'[54]는 무의식 속에 있는 또 다른 자아를 표상한다고 볼 수 있다. 영혼이 통과하는 문 즉, '거울'이 깨어지면서 작중화자 '나'의 내면은 분열되기 시작한다. 이 작품 속에서 '거울'[55]의 이미지는 '흰 빛'으로 표상되고 있다. 백색이 의미하는 '정신분열증'[56] 즉 균열의 메타포와 빛[57]이 의미하는 '정신'의 메타포가 결합된 '흰 빛'은 이 작품 속에서 햇빛 이미지로 치환되고 '모래' 이미지와 결합되면서 '거울가루'로 묘사된다. 크고 작은 '모랫더미'는 죽음을 암시하듯 '무덤'처럼 널려 있고 그것은 햇빛에 반사되어 '거울가루' 즉 자의식의 분열 또는 해체로 나타나는 것이다. 여기서 '모래'의 이미지는 자의식[58]을 표

---

53 융에 의하면 아이들은 자비롭게 우리를 보호하는 무의식을 상징한다. 한편 심리학의 경우 아이는 영혼을 상징하며, 이 영혼은 무의식과 의식이 결합될 때 태어난다. 위의 책, 383쪽.

54 143쪽 각주 20 참조.

55 거울은 의식, 사고, 상상력을 상징한다. 인간의 사고는 세계를 반영하면서 동시에 자아를 성찰하기 때문이다. 거울은 때로 영혼이 통과하는 문으로 인식되는 바, 이 문을 통해 영혼은 다른 세계로 나갈 수 있다. 뢰플레(Loeffler)의 경우 거울은 수정으로 된 궁전에 비유되는 무의식적 기억을 상징한다. 박남수 시「거울」의 경우, 거울은 전도된 현실, 침묵, 맑은 빛의 세계를 상징한다. 위의 책, 32~36쪽 참조.

56 백색은 광기, 정신분열증, 편집증을 상징하고 예컨대 프로이트가 분석한 분열증환자 슈레버 박사의 경우가 그렇다. 위의 책, 275쪽.
131쪽 각주 13 참조.

57 41쪽 각주 27, 131쪽 각주 12 참조.

58 모래의 이미지는 자의식을 표상한다. 장현숙,『황순원 문학 연구』, 푸른사상사, 2005, 300쪽. 필자는 최명희의 작품 속에 햇빛, 모래, 먼지 등 카뮈가 즐겨 쓰던 이미지를 즐겨 쓰고 있음을 발견한다. 이는 수필「먼지와 햇빛과」, 소설「쓰러지는 빛」 등에서도 나타난다. 이 점에서 황순원, 오정희 등과 같이 최명희 역시 카뮈의 영향을 많이 받았으며 이는 실존주의와 깊이 연계되어 있다고 유추해볼 수 있다.
현대의 대도시를 사막으로 만드는 것은 따라서 저 평범함과 불모, 권태이다. 김화영,『문학상상력의 연구』, 문학사상사, 1989, 346쪽.

상한다. 그러나 분열하는 자의식을 표상함으로써 불모와 권태, 죽음을 상징하기도 한다. 즉 거울 밖의 자아인 현실적 자아와 거울 속의 자아인 이상적 자아가 갈등하면서 분열하는 것이다. 이때 무의식 속에 있는 자아는 '아이'[59]로 치환되어 의식 속에 있는 자아 즉 '나'를 각성시키고자 한다.

> 그곳에는 크고 작은 모랫더미가 무덤처럼 널려 있고 그것들은 오후의 햇빛에 되쏘여 거울가루와 같았다.
> 어디서 아이가 울까.
> 이런 삭막하고 텅 빈 곳에 어린 아이가 있을리 없는데.
> 쏟아지는 햇빛을 손으로 가리며 울음소리가 나는 곳을 찾노라고 두리번거리다가 온통 하얗게 바랜 채 다른 빛도 소리도 없는 어느 커다란 모랫더미 뒤에서 여섯 살도 채 못되었을 어린 아이가 손등으로 눈을 부비며 어깨를 들먹이고 있는 것을 발견하였다.[60]

최명희의 경우 단편 「쓰러지는 빛」에서와 같이 '빛'은 정신과 지성을 상징한다. 그러나 이 작품에서 작중인물 '나'는 허무와 절망과 권태로움에 빠져 있다. 따라서 아이의 "참 끈질기고 집요한 울음소리"를 매개로 하여 작가는 작중인물로 하여금 현실적 자아를 각성시키려고 시도하는 것이다. 즉 아이의 울음소리는 무의식 속에서의 자아가 현실적 자아를 각성시키려는 작가의 의도적 장치라고 볼 수 있다.

신화원형 비평에서 사막은 정신의 황폐, 죽음, 니힐리즘, 절망을 상징한다고 본다. 월프레드 L. 궤린 외, 앞의 책, 123쪽.
59 31쪽 각주 17 참조.
60 최명희, 「오후」, 『전북대학신문』 400호(1972.10.6), 페이지는 나타나지 않음. 이 작품에서 '여섯 살'이 '여섯 달'로 잘못 표기된 것으로 보여 필자가 수정하였다.

아이의 울음소리는 "억척스럽게 떼를 쓰는" 소리가 아니라 "어둠이 덮여오는 빈 방에서 공포와 지루함과 욕망 때문에 칭얼거리는 것 같은 소리"이다. 아이의 울음소리가 공포와 권태와 욕망으로 인식된다는 사실은 바로 작중화자 '나'의 내면세계가 그러함을 반영한다고 볼 수 있다. 아이의 울음소리를 찾아 길을 나선 나는 "들판같이 휑한 공지"에서 "온통 하얗게 바랜 채 다른 빛도 소리도 없는 어느 커다란 모랫더미" 뒤에서 아이를 발견한다. 불모와 무기력과 권태의 표상으로 하얗게[61] 바랜 채, '우주적 에너지'와 '정신'을 상징하는 '빛'도, '소리'도 없는 '모랫더미' 뒤에서 발견한 아이는 바로 나의 또 다른 분신인 것이다. 삶의 에너지와 신비한 정신이 무기력과 권태로 바랜 채, 모래[62]의 더미 뒤에서 외롭게 울고 있는 아이의 모습은 바로 '나'의 모습에 다름 아니다. '땀'과 '모래'로 범벅이 된 채 울고 있는 아이는, 그동안 척박하고 황폐한 '모래'와 같은 현실세계에서 지친 채 자의식에 상처받은 '나'와 동일시된다. 따라서 이 작품에서 '모래'는 현실과 자의식의 복합적 의미로 상징화된다.

'막막하게 모랫더미'를 바라보고 있던 아이의 '등뼈'가 가슴에 닿는다.

---

61 169쪽 각주 30 참조.
62 빛-돌-침묵, 이 세 가지의 요소가 한데 섞여서 구성하는 카뮈 특유의 무대를 우리는 여러 곳에서 목격한다. 『이방인(異邦人)』의 살인적인 해변은 바로 이 세 가지 요소가 결합된 극도로 긴장된 사막의 풍경이다. 「빛의 水晶」 「빛을 받은 大氣」 「차갑고 메마른 빛은 차츰 광물적인 성격을 띠어가는 빛의 의미 있는 단서로 지적될 만하다. 김화영, 앞의 책, 344~345쪽 참조.
    신화원형 비평에서 사막은 정신의 황폐, 죽음, 니힐리즘, 절망을 상징한다. 윌프레드 L. 궤린 외, 앞의 책, 123쪽.
    '모랫더미'의 이미지는 사막으로 확장될 수 있다. 사막은 불모와 권태를 상징한다. 이 작품에서 작가는 빛-돌(모래)-침묵(소리 없음), 세 요소를 섞어 쓰고 있는데, 이는 카뮈의 특징적 요소라는 점에서 주목을 요한다.

'나'가 왜 우느냐고 묻자 아이는 "심심해서 그래."라고 말한다. '막막함'과 '모랫더미'로 암시되는 지루함과 권태와 죽음의식 사이에서 아이의 '등뼈'[63]가 나의 '가슴'에 닿는다. 이 작품에서 아이의 '등뼈'는 육체가 소멸된 후 최후에 남는 실존의 핵심을 상징한다. 아이의 '등뼈'는 나로 하여금 최후에 남아 있는 '실존'을 인식시켜주는 매개체가 된다. 이때 다시 "모랫더미가 태양열 때문에 더욱 하얗게 눈을 쏘았다"에서 볼 수 있듯이 『이방인』의 뫼르소처럼 부조리한 인간인 '나'는 실존적 허무의식을 느끼는 것이다.

나는 아이에게 모래로 '두꺼비집'을 지으라고 하나 아이는 하루 종일했다며 지루해한다. 그때 "내 발밑에서 낮고 무기력한 쥐의 울음소리가 갑자기 들려온다." 나는 이제 환청을 듣는 것이다. 아침에 죽어버리라고 던진 "늙은 시궁쥐가 빛이 가물거리는 눈으로"쳐다보는 것이다. "햇빛이 누굴누굴 녹으며 쥐의 온몸에 엉겨붙었다"에서 볼 수 있듯이 햇빛의 사라짐은 나에게 심리적 공포를 느끼게 하고 살의를 느끼게 한다. "햇빛이 누굴누굴 녹으며"의 의미는 햇빛이 상징하는 '정신'과 '우주적 에너지' 즉 생명성이 소멸되는 것을 의미한다. 따라서 '나'는 '녹는 햇빛'에 자극받아 한 번도 힘으로 쥐를 잡아보겠다고 생각한 일이 없었음에도 불구하고 '무기력한 몸

---

63 뼈는 신체를 지탱한다는 점에서 본질, 불멸의 생명원리를 상징하고 죽은 다음 뼈만 남는다는 점에서 죽음, 재생, 생명의 덧없음을 상징한다. 뼈를 부수는 것은 부활을 상징한다. 그러나 유대인의 전통에 따르면 뼈는 단단한 뼛조각이 보여주듯 파괴되지 않는 신체의 일부를 상징하고, 따라서 소생을 상징한다. 그런가 하면 필자의 경우 뼈는 인간의 내부에 숨어 있는 파괴되지 않는 단단한 중심을 상징한다. '뼈만 남은 시대'에 '뼈만 남은 인간'이 말을 하고, 노래를 한다는 이미지는 자코메티의 조각이 암시하듯 실존의 핵심, 더 이상 파괴될 수 없는 생명의 씨앗을 암시한다. 이승훈, 앞의 책, 277~278쪽.

짓'을 하고 있는 쥐를 잡기 위해 다가간다.

　현실적 자아인 나는 '무의식'을 표상하는 '늙은 쥐'를 통하여, 무의식 속에서 또 다른 자신의 분신이 권태에 빠져 있는 모습을 인식하며 살의와 분노를 느끼는 것이다. 즉 현실 속에서 권태와 실존적 허무의식에 빠져 있는 '나'는 '무기력한 몸짓'을 하고 있는 '늙은 쥐'와 자신을 동일시시키면서 '늙은 쥐'를 변소 밑바닥에 내동이치는 것이다. 늙은 쥐를 죽음으로 몰아넣는 행위는 역설적으로 권태와 무위에서 벗어나려는 '나'의 내면적 욕망의 반영에 다름 아니다. 동댕이 친 '쥐'는 그러나 "서서히 꿈틀거리고 오그려 붙었던 발목이 앞쪽으로 뻗는"다. 이를 보며 나는 '구역'을 느낀다. 아직도 무기력하게 살아 있는 '늙은 쥐'를 보며 나는 자신의 내면에 자리하고 있는 권태를 바라보며 '구역'을 느끼는 것이다. 이는 사르트르의『구토』에서, 로캉댕의 '구토'가 실존적 허무의식과 권태를 느끼고 이를 거부하기 위한 몸짓으로 이해할 수 있듯이, 역설적으로 '나'가 느끼는 실존에 대한 욕망이라 볼 수 있다.

　다시 '늙은 쥐'에게서 자신의 분신을 발견한 '나'는 '쥐'에 대한 분노와 동시에 연민을 느끼게 되면서 쥐의 몸뚱이에다 "주루룩 물을 쏟"는다. 그러나 쥐는 꼼짝 않고 "풀린 막막하고 던적스러운 눈으로 모진 바닥에서 나를 올려다"보는 것이다. 이때 다시 '나'는 공포를 느낀다. 이것은 생에 대한 허무의식과 권태에 침잠해 있는 '나'의 내면세계를 인식할 때 느낄 수 있는 공포감인 것이다. 그리고 "늙은 쥐의 끈적거리는 울음소리"와 "모래투성이의 손으로 눈을 부비며" 울기 시작하는 아이의 울음소리가 중첩되면서 나는 또 다시 절망에 빠지게 된다. 무기력에 빠진 채 울고 있는 '늙은 쥐'와 수없이 모래성을 쌓고 허물기를 반복하는 '아이'의 울음소리는 바로 '나'의 울음소리에 다름 아닌 것이다. 신을 기만한 대가로 무수히 떨어지는 돌을 다시 끌어올려야만 하는 시지프의 모습은 인간존재의 무의미성을 자각하면서 부조리에 대하여 반항하는 '나'의 모습에 다름 아니다. 이렇게 실존적 허무의식에 빠져 있으면서도 이를 극복하고자 반항하는 '나'는 울고 있는 '늙은 쥐'와 '아이'로 표상되는 것이다.

"지겨울 만큼" 오랫동안 "쌓이고 부서"지는 모래성과 같은 삶을 살아가는 인간들은 실존적 허무를 벗어나기 위해 몸부림친다. 이제 '나'는 오히려 '아이'에게 애원하듯 바라본다. "아가… 뭐 다른 놀이… 없을까. 이렇게 심심하면… 죽어…. 뭐든지… 좀 새로운 것이… 새로운… 아가 뭐 없을까?"라고 반문하는 것이다. 이 지문을 통하여 권태와 무위와 허무의식에서 탈피하기 위해 몸부림치는 '나'의 내면세계가 드러나고 있다. 그러나 이때 "아이는 땀과 모래에 범벅이 되어 올려다보는 나를 무기력한 늙은 쥐처럼" 바라보는 것이다. 이 작품의 결말에서 보여주듯 실존에 대한 열망에도 불구하고 여전히 '나'는 무기력한 '늙은 쥐'로 동일시되고 있는 것이다.

이 작품에서 작가는, 실존적 허무의식에서 탈피하고자 하는 작중인물 '나'의 내적 갈등을 '늙은 쥐'와 '아이'의 이미지를 통해 보여주고 있다. 동시에 이 작품에서 작가는 '모래' '햇빛' '거울가루' '흰색' '모래성' 등 카뮈가 즐겨 쓰던 이미지를 차용하고 있음을 발견할 수 있다. 이것은 이 작품의 주제의식이 실존적 허무의식에 놓여 있음을 반증하는 것이라 볼 수 있다.

작품 「오후」는 이런 의미에서 부조리한 인간의 모습 즉 '이방인'의 모습을 다루고 있다. "어떤 때 거울 속에서 우리를 만나러 오는 그 이방인"[64]의

---

64 인간 자신에게서 엿보이는 비인간성을 접하면서 느끼는 막연한 불안, "우리 존재 자

모습을 담아내고 있는 것이다. 인간 자신에게서 엿보이는 비인간성을 접하면서 느끼는 막연한 불안, 우리 존재 자체의 모습 앞에서 경험하는 측량할 길 없는 추락, 이 시대의 어느 작가가 말한 바 있는 '구토'[65] 즉 부조리한 인간의 실존적 내면세계를 형상화하고 있는 것이다. "부조리의 인간은 반항 속에서 자기 자신을 긍정한다."는 카뮈의 말처럼, 작가 최명희는 작품 「오후」의 결미에서 작중인물 '나'가 '늙은 쥐'를 다시 대면하는 것으로 결말 짓는다. 이로써 부조리한 '나'는 '늙은 쥐'를 통하여 자신의 모습을 반추하며 이제 긍정을 위한 반항에 돌입하는 것이다.

6. 결론

이 글은 최명희의 초기 단편 「잊혀지지 않는 일」「탈공」「정옥이」, 콩트 「오후」를 대상으로 하여 작품의 미학적 구조와 함께 작중인물의 갈등 양상을 중심으로 주제의식을 도출해내면서 작가의식의 지향성을 드러내고자 하였다.

단편 「잊혀지지 않는 일」(1964)에서 작가는 산업화되어가는 사회 속에서

체의 모습 앞에서 경험하는 측량할 길 없는 추락, 이 시대의 어느 작가가 말한 바 있는 '구토(嘔吐)', 이것도 또한 부조리이다."(카뮈는 1938년 10월 20일자 『알제 레퓌블리캥』지에 사르트르의 소설 『구토』에 관한 서평을 발표했다─옮긴이 주). 마찬가지로, 어떤 때 거울 속에서 우리를 만나러 오는 그 이방인, 우리 자신의 사진 속에서 다시 보는 친근하면서도 불안스러운 형제, 이것 또한 부조리이다. 알베르 카뮈, 『시지프 신화』, 김화영 역, 책세상, 1999, 31쪽 참조.
65 위의 책, 31쪽 참조.

소외된 타자로서의 삶을 살았던 민중들의 고통과 상처를 형상화하였다. 따라서 이 작품에는 가난의 리얼리즘이 드러나 있으며 '늦바위 고개' '하얀 신작로' 등의 이미지를 통하여 고향 상실의식과 부재의식 등을 보여주고 있음을 고찰하였다. 특히 이 작품에는 평면적 인물이 다수 등장하고 평면적 구성으로 짜여져 있어 작가로서의 미숙함을 드러내 보이고 있으나 작가가 고교 시절에 창작한 점을 감안할 때 작가의 역량을 기대해 볼 수 있는 작품이라 볼 수 있다. 특히 작가는 이 작품을 통해 전설, 민담 등의 설화적 요소와 샤머니즘에 대한 관심을 보여주고 있는데 이는 작가가 추구하는 '민족정체성 찾기'와 '혼불 찾기'의 한 과정으로 이해할 수 있다.

단편 「탈공(脫空)」(1971)에 이르면서 작가는 작중인물의 갈망과 욕망의 대립양상을 상징과 은유, 이미지의 결합과 치환, 환영, 환청, 독백 그리고 현재와 과거의 중첩 등 다양한 기법을 동원하여 묘파하고 있음을 고찰하였다. 이로써 작가 최명희가 예각화된 문체와 탄탄한 구성력과 미학적 요소를 겸비한 본격 소설가로 진입하고 있음을 추정하게 한다. 단편 「탈공」의 주제의식 역시 작중인물의 내면적 갈등 양상을 통하여 '진정한 자아 찾기'에 초점이 맞추어져 있음을 고찰하였다. 이 점에서 이 소설 역시 최명희가 추구하는 '혼불 찾기'의 한 시발점에 놓여 있음을 살펴보았다. 또한 작가가 남성중심의 가부장제 사회 속에서 억압당하는 타자화된 여성인물에 대해 조명함으로써 작가의식이 페미니즘에 놓여 있음도 고찰하였다.

단편 「정옥(貞玉)이」(1971)의 주제의식 역시 타자화된 여성의 자아정체성 찾기에 초점이 맞추어져 있음을 고찰하였다. 이 작품은 왜곡된 신앙과 모성성 사이에서 충돌하는 작중인물의 내면적 갈등이 중점적으로 포착되고 있는데, 결국 작중인물이 인내와 헌신을 표상하는 모성성을 선택하고 맹신적 신앙을 거부함으로써 여성정체성 찾기로 나아가고 있음을 고찰하였다. 즉 이 작품은 모성성의 회복을 통하여 타자화된 여성이 진정한 주체로서 자아정체성 찾기로 나아가게 됨을 보여준다. 동시에 이 작품에서 작가는 왜곡된 믿음을 가진 종교인들에 대해 날카롭게 비판하고 있음을 살펴보았다.

단편 「탈공」과 「정옥이」에서 나타나던 작중인물의 내면적 갈등 양상은 콩트 「오후」(1972)에 오면서 자아의 분열 양상과 실존적 허무의식으로 극대화되어 표출되고 있음을 고찰하였다. 특히 이 작품 속에 자주 등장하는 빛, 모래, 먼지, 침묵, 쥐, 거울, 백색, 밤, 구역의 이미지들은 사르트르나 카뮈 등으로 대표되는 실존주의 문학과 깊게 연관되어 있다고 보았다.

이상으로써 최명희의 초기 작품을 분석한 결과 작가는 일찍이 민중들의 고통과 가난의 문제에 관심을 가졌으며, 남성중심의 가부장적 사회구조 속에서 타자화된 여성의 '자아정체성 찾아가기'에 집중하였음을 고찰하였다. 또한 자아의 갈등 양상과 실존적 허무의식을 상징과 은유, 이미지의 탁월한 결합, 의식의 흐름 기법, 해체적 서술기법과 모던한 감각, 이종텍스트의 삽입, 시점의 일탈 등을 통하여 형상화하고 있음을 파악하였다. 특히 남성중심 사회에서의 폭력성과 억압성을 구체화하고 여성의 자아정체성 확인 과정을 탁월하게 내면화시키고 있음을 살펴보았다.

이렇게 최명희는 습작기 초기 단편 「잊혀지지 않는 일」에서부터 민중의 문제에 관심을 가짐으로써 '민족정체성 찾기'로 나아가고 있었으며 이는 단편 「만종」(1980)에서 심화된다. 또한 「탈공」 「정옥이」 「오후」에서 보여주는 여성의 '자아정체성 찾기'와 자아의 분열 양상은 단편 「이웃집 여자」(1983)에서 지속적으로 확대되고 있다. 즉 최명희의 초기 작품들은 '자아정체성 찾기'와 '민족정체성 찾기'를 내포하고 있다는 점에서, '혼불 찾기'를 지향하는 작가의식과 맞닿아 있음을 고찰하였다. 다시 말해 최명희의 단편소설에서 나타나는 주제의식과 표현방법은 장편 『혼불』을 통해 확장 심화되고 있었던 것으로, 최명희 문학의 실마리가 되고 있다는 점에서 주목할 필요가 있다.

한편 최명희의 단편 중 1980년대 창작된 단편들(「쓰러지는 빛」「만종」「며별」「주소」「까치 까치 설날은」「이웃집 여자」)은 지면 관계로 본고에서 다루지 못하고 후속 논문으로 분리하여 고찰하고자 한다.

최명희 단편소설

— 작중인물의 갈등 양상과 주제의식의 전개를 중심으로

1. 서론

최명희의 소설은 1980년 등단작 「쓰러지는 빛」을 기점으로 하여, 1960년대와 1970년대에 걸쳐 창작된 습작기 초기 단편소설[1]과 「쓰러지는 빛」 「만종(晚鐘)」 「메별(袂別)」 「주소(住所)」 「까치 까치 설날은」 「이웃집 여자」를 중심으로 한 단편소설로 분류된다.

최명희는 다른 작가와 달리 중학교 시절부터 콩트[2]를 쓰기도 하면서 일찍이 문학적 재능을 드러낸다. 또한 고교 시절, 대학 시절, 교사 재직 시절

---

[1] 습작기 초기 단편소설로는 단편 「공작새가 되어야 하는 이유」 「잊혀지지 않는 일」 「脫空」 「貞玉이」, 콩트 「오후」 「데드마스크」를 들 수 있다.

[2] 콩트 「완산 동물원」(1961.2.20)은 전주사범 병설 중학교 1학년 때 발표한다. 최기우, 「최명희 문학의 원전 비평적 연구」, 전북대학교 석사학위 논문, 2008.2, 103쪽.

에도 다양한 매체를 통해 콩트 소설, 수필 등을 발표[3]한다. 이렇게 많은 콩트, 소설, 수필이 창작되었고, 칼럼, 엽서와 편지 등이 전해져옴에도 불구하고 최명희 문학에 대한 연구는 대하소설『혼(魂)불』에만 편중되어왔음이 사실이다.『혼불』에 대한 연구는 1990년대 후반부터 다양한 시각과 방법으로 본격화되었다. 이에 반해 단편소설이나 수필, 콩트 등 다른 장르의 작품에 대한 연구는 미흡한 실정이다. 그 이유는 최명희 작품의 발표 지면이 오래되었고, 체계화된 연구서도 몇몇 논문과 저서에 국한되어 있다는 점을 들 수 있다.

최명희 단편소설에 대한 연구[4]는 이덕화, 박현선, 김병용, 구자희, 장일구, 김순례, 조나영, 윤영옥, 최기우 등의 논문에서 한정적으로 다루어져 왔다.

따라서 이 글에서는 「최명희 초기 단편소설 연구」[5]에 이어, 등단 이후의 단편「쓰러지는 빛」「만종(晩鐘)」「메별(袂別)」「주소(住所)」를 대상으로 하여, 작품 자체의 정밀한 분석을 중심으로 하면서 작품 속에 내재되어 있는 주제의식과 함께 작중인물의 갈등 양상을 파악하는 데 그 목적을 두기로 한다. 작중인물의 갈등 양상과 주제의식의 전개 과정을 고찰함으로써 단편

---

3   최기우는 최명희의 작품에 관해 언급하고 있는데, "소설 27편, 수필 146편, 콩트 20편, 시 1편 등 모두 194편이며, 이는 6종으로 발표된『魂불』을 제외한 숫자"라고 밝힌다. 특히 소설은 미완성 장편 1편, 단편 소설 25편, 엽편 소설(4인 연작) 1편으로, 재수록된 작품을 제목이나 내용이 수정되어 실렸다고 보아 개별 작품으로 판단하였다고 밝힌다. 위의 글, 10쪽.

4   장현숙, 「최명희 초기 단편소설 연구」, 『아시아 문화연구』 제20집, 경원대학교 아시아문화연구소, 2010.12, 344~346쪽 참조.

5   위의 글, 367~369쪽 참조.

소설에서 나타나는 최명희의 주제적 관심과 소재적 관심 그리고 표현방법을 파악할 수 있다고 본다. 즉 최명희의 초기 단편뿐 아니라 등단 이후의 단편소설들을 고찰하는 일은 대표작 『혼불』을 심도 있게 이해하는 한 방법론에 해당할 수 있기 때문이다. 또한 이 작업은 최명희 단편소설과 『혼불』의 연관성을 구축하는 밑바탕이 되리라 본다.

2. 아버지의 부재 그리고 '뿌리 찾기' : 「쓰러지는 빛」

초기 습작기 소설에서 최명희가 보여주었던 부재의식[6]과 자아정체성 찾기[7]는 단편 「쓰러지는 빛」[8]에 오면서 아버지의 '부재의식'으로 확산·심화된다. 또한 작가는 '집'의 진정한 의미를 탐색하면서 주체성 회복의지와 전통의 복원을 추구하고 있다. 이 작품은 집을 팔고 난 후 아직 이사를 나가지 않은 시점에서 새 집주인이 미리 들어와 벌어지는 사건을 중심으로 작중화자 '나'의 섬세한 내면 풍경을 시적으로 묘사하고 있다. 특히 이 작품은 작가가 자신이 태어나 20년간 살아왔던 '집'과 이별하게 된 경험을 다소의 상상력을 곁들여 작품화한 것으로 자서전적 성격이 강하다. 작가 모친

---

6 「잊혀지지 않는 일」에서는 고향 상실의식과 부재의식이 나타난다. 위의 글 참조.
7 「脫空」「貞玉이」「오후」는 '자아정체성 찾기' 또는 '진정한 자아 찾기'에 초점이 맞추어져 있다. 위의 글 참조.
8 단편 「쓰러지는 빛」은 최명희가 서울 보성여고에 재직 중이었던 1980년, 『중앙일보』 신춘문예 소설 부문 당선작이다. 이로써 최명희는 문단에 정식으로 데뷔한다. 그리고 이것을 계기로 보성여고를 사직하고 창작에만 몰두한다. 박현선, 『최명희의 문학세계』, 한길사, 2004, 32쪽.

의 실명이나 '간치내'라는 택호의 연원[9]과 와세다 대학을 졸업한 법학도였던 아버지의 이력과 부친 사망[10] 이후에도 아버지의 문패를 달고 있던 집을 팔게 된 연유가 소상히 밝혀져 있다.

이 작품 속에서 '집'[11]은 단순한 주거공간으로서의 '집'이 아니라 삶의 중심이며 공동체의 상징이다. '집'은 근원으로서의 '뿌리'를 표상하며 사망으로 부재하는 아버지를 기억하고 회상하면서 영혼과 교감하는 공간으로서 가족의 사랑과 존재를 확인하는 공간이다. '뿌리'를 표상하는 아버지의 상징물인 문패가 깨어져나가고, 오동나무가 팔리어 나갈 때 나는 경악한다. "삼십 년 가까이 한 자리에 놓인 채 뿌리 깊은 나무처럼 가지와 그늘을 드리우며 묵묵히 서 있던 이 집은 한쪽부터 서서히 흔들리기 시작"[12]하는 것이다. 나는 '문패'와 '오동나무'로 표상되는 아버지의 존재가 이기적이고 속물근성을 가진 '남자'에 의해 터무니없이 파괴되어 갈 때 격분하고 저항한다.

그러나 현실 속의 '집'은 어쩔 수 없이 팔렸고, 다시 집을 일으켜 세울 수 없는 슬픔은 나로 하여금 과거 회상을 하게 만든다. 친구들과의 민속놀이,

---

9   최명희, 「魂불과 국어사전」, 『새국어생활』 겨울호, 국립국어연구원, 1998, 251쪽 참조.
10 최명희의 아버지 최성무는 1923년에 출생하여 1973년에 사망한 것으로 호적상 기록되어 있으나 유족의 말에 따르면 1967년에 사망했다고 전한다. 아버지의 부재와 그로 인한 궁핍은 이후 최명희 단편소설에서 중요한 모티프가 된다.
11 집은 삶의 중심이며 공동체의 상징이다. 집에 있음으로써 우리는 삶의 안락함과 평안함은 물론 행복을 누릴 수가 있으며 또 인간은 서로서로가 더불어 사는 존재로서의 사랑의 공간을 넓혀갈 수 있다. 이재선, 『한국문학주제론』, 서강대학교 출판부, 1991, 322쪽.
12 최명희, 「쓰러지는 빛」, 『우리 시대의 한국문학』 제25권, 계몽사, 1993, 222쪽.

동요 부르기, 술래잡기, 자치기, 땅뺏기, 공차기, 고무줄놀이, 팔방놀이 등을 회상하며 나는 '하얀 탱자꽃 향기'와 '달맞이꽃'과 '정읍사'의 여인을 그리워한다. 동심의 원형 공간인 '집'은 오동나무 씨앗이 옆집으로 날아가 무성하게 자라 벽오동촌을 형성했듯이, 공동생활체로서 더불어 편안하고 즐거웠던 공간이었으며 자연과 교감하고 전통의 맥을 잇는 공간이었던 것이다. 그러나 이러한 소통의 공간이 '남자'로 인해 단절되면서 나는 아버지의 부재를 현실 속에서 절감하게 된다. 과거를 회상시키는 이미지들은 모두 부재하는 아버지를 회상하게 만드는 매개적 역할을 한다. 지식인이었지만 말년에는 잡화상을 운영할 수밖에 없었던 아버지에 대한 안타까움, 그리움의 내면세계가 이 작품에는 시적으로 묘사된다.

　아버지의 부재는 아버지에 대한 그리움을 야기하고, 이는 다시 아버지의 고향과 작가의 고향에 대한 탐구로 나아가게 된다. 이는 다시 전통과 '뿌리'에 대한 탐구로 발전하게 된다. 이렇게 「쓰러지는 빛」에서 보여주듯 전통과 '뿌리찾기'를 추구하는 작가의식은 이후 『魂불』에서 확장·심화되는 것이다.

　특히 이 작품에서 내가 태어나던 해 아버지가 심은 '오동나무'는 아버지와 나와의 소통의 매개물로서 사랑의 가교가 된다. '오동나무'는 아버지의 표상이면서 동시에 나의 표상이기도 하다. 아버지의 '몸체'와 '영혼'을 표상하는 오동나무와 문패가 남자에 의해 훼손된다. 아버지의 문패는 '우리들의 부적'으로서, 외로움과 고통을 감싸 안고 위로해주며 상처 깊은 자존심을 지켜준 부적이었던 것이다. 그리하여 아버지의 표상이며 우리들의 부적인 문패가 떨어져나갈 때 나는 그만 울음을 터뜨리고 만다. 오동나무를 팔기로 결정한 남자와 여자의 킬킬거림을 들으며 나는 "벽오동나무가,

어둠 속에서 홀로 우우 우 우우" 하며 우는 곡소리를 듣는다. "그것은 빛이 쓰러지는 소리였다." 빛[13]의 쓰러짐, 그것은 아버지의 쓰러짐을 의미하면서 공동체적 삶과 옛날부터 내려오던 전통의 쇠락을 암시하기도 한다. 가정의 뿌리를 상징하는 향나무로 만들어진 문패와 벽오동이 의미하는 공동체적 삶 그리고 전통놀이를 가능하게 하는 '집'의 공간이 무너져 내리는 소리인 것이다.

작가는 이 작품을 통하여 실존을 보호하는 안주의 공간을 넘어 공동체적 삶과 사회적 삶의 표상으로서 '집'의 진정한 의미를 탐색하고 물질 만능시대에서 쇠락되어가는 '전통'의 복원을 꿈꾸면서, 우리 민족 고유의 주체성 회복의지를 역설적으로 강조하고 있다.

3. 전통복원과 '삶의 진정성' 찾기 : 「만종(晚鐘)」

단편 「만종」[14] 역시 민족 고유의 전통 복원과 민족주체성 찾기에 주제의식이 놓여 있다. 이 작품에서 작가는 우리 고유의 전통을 말살하는 산업화 시대의 폐해를 비판적으로 보여준다. 동시에 자의식이 성숙해가는 유년의

---

13 빛 : 아버지는 남성 원리, 태양, 법과 질서를 상징하고 어머니가 무의식을 상징함에 반해 의식을 상징한다. 아버지의 이런 상징적 의미는 공기, 불, 하늘, 빛, 천둥, 무기 등에 의해 재현된다. 아들의 정신적 능력이 영웅주의라면 아버지의 능력은 지배력이다. 이런 의미와 함께 아버지는 전통적으로 힘을 상징하고 도덕을 상징하며 본능과 파괴의 세력을 규제한다는 상징적 의미를 띤다. 이승훈, 『문학으로 읽는 문화상징사전』, 푸른사상사, 2009, 382쪽.
14 단편 「晚鐘」은 전북대 교지 『比斯伐』 제8집(1980. 8)에 게재되었다.

화자 '나'를 통하여 우주의 신비와 생명에 대한 존엄성과 삶의 진정성에 대해 탐색한다.

「만종」에서 우리 고유의 전통을 수호하려는 인물로는 맹오리영감을 들수 있다. 맹오리영감 외에도 운세나 사주를 보아주는 노인들, 시조나 창을 읊는 노인들 역시 전통을 지키고자 하는 인물들이다. 한편 전통을 표상하는 사물로는 경기전, 풍남문, 하마비 등을 들 수 있다. 또한 풍남동의 은행나무, 매미, 쓰르라미, 몇백 년도 더 된 나무둥치, 시계꽃, 경기전에서의 놀이 등도 이 작품에서는 민족 정서와 민족혼, 전통 찾기를 위해 작가가 의도적으로 설정한 매개체들이다. 반면 경기전을 허물어뜨리는 불도저의 '칼삽'은 우리 고유의 전통문화와 민족혼을 파괴하는 대표적 표상물이다.

특히 우리 민족의 상징인 '흰옷'을 입고 한시도 경기전을 떠나지 않는 맹오리영감은, 고유한 전통의 혼을 이어온 인물로서, 전주의 전통문화를 대표하는 '경기전'의 보존을 위하여 성실하게 평생을 바쳐 일한다. 맹오리영감에게 '경기전'은 "태조의 영정이 봉인되어 있는" 공간 이상의 의미를 지닌다. 그에게 '경기전'은 우리 민족의 정체성과 혼이 깃들어 있는 거룩한 공간이다. 그리하여 나를 위시한 아이들이 경기전 안에서 나무타기를 즐길 때면, 맹오리영감이 어김없이 나타나 지팡이로 호령한다. 그는 경기전 안의 돌멩이 하나, 풀포기 하나에도 우리 민족의 혼백이 담겨 있다고 인식한다. 따라서 어느 누구도 경기전에 속해 있는 어떠한 것도 훼손해서는 안되는 것이다. 그리하여 영감의 키보다도 큰 지팡이, "꾸불꾸불 구부러졌지만 단단하고 위엄이 깃든" 지팡이로 아이들을 혼내는 것이다. 여기서 '지팡이'는 '꾸불꾸불 구부러진' 굴곡된 우리 역사 속에서도, 견고하고 단단하게 지켜나가고 계승해야 할 전통 또는 민족정신과 민족혼을 표상한다. 그러나 경기전을 지켜내려는 맹오리영감의 노력에도 불구하고 타일 빌딩의 공사와 남문의 복원공사로 경기전은 무너져 내린다.

한편 자의식이 성숙되지 않은 '나'의 눈에 비친 '늙은 봉사할멈'은 두려움과 경외의 대상이다. 봉사할멈은 성당의 '만종' 소리가 울리면 종소리에 맞춰 정신없이 절을 하곤 한다. 나는 '성당의 검은 지붕 꼭대기'와 '경기전'을 보며 이상한 전율과 신비감을 느끼곤 한다. 자의식이 성숙되지 않은 나에게, '성당'이 의미하는 절대자의 세계와 '경기전'이 의미하는 전통의 세계와 우주의 공간은 신비와 공포의 대상이기도 했던 것이다. 특히 해 질 녘에 울리는 성당의 '만종소리'는 나에게 삶에 대한 경외감과 신비함과 경건함을 동시에 느끼게 만든다. 즉 나에게 우주와 종교와 전통 등은 신비와 공포와 전율로 다가온다. 나의 이러한 내면세계는 해 질 녘 만종 소리에 맞춰 무수히 절하는 눈 뜬 장님인 봉사할멈으로 인해 극대화된다. 나는 봉사할멈의 절을 받으면 봉사할멈의 죄가 절 받는 사람에게로 간다는 소문을 듣고 몰래 봉사할멈을 피해 다니지만 봉사할멈의 절을 받고야 만다. 종남이는 "니가 받어 먹은 죄는 니가 갚아야" 하며, "이승에서 못 갚으면 저승까지 가서라도 갚아야" 한다고 말한다. 통과제의적 시련에 닥친 나는 공포에 떨며 봉사할멈 근처에도 가지 않는다. 종남이는 "받아먹은 절을, 그 할멈 앞에 서서 공손히 절하면서 되돌려주면, 죄가 없어진다고" 가르쳐주지만 끝내 나는 그 절을 갚지 못하고, 언제나 성당에서 엇비슷이 바라보이는 '경기전'에서만 논다. 소문을 듣고 이를 그대로 믿고 받아들이는 아이들의 공포감과 미지의 세계에 대한 전율 등을 통하여 작가는 유년기에 있는 아이들의 내면세계를 섬세하게 포착한다. 어른으로 가는 성숙의 길목에서, 소문을 통하여 죄와 벌과 용서에 대해 생각하고 공포감을 느끼며 자의식이 성장해가는 유년의 내면상황은 어른들의 세계와 대조적으로 묘사되고 있다. 봉사할멈의 절을 받을까 두려워하는 나와는 달리, 할멈 쪽에 전혀 신경 쓰지 않고 태연히 그 앞을 지나가는 어른들의 모습을 통해, 작가는 어른들과 아이들의 단절감을 드러내 보이고 있다.

한편 작가는 봉사할멈을 통해 맹목적이며 규범적으로 신앙생활을 하는 종교인의 태도를 보여준다. 허지만 작가는 봉사할멈을 비판적으로 바라보는데 초점을 맞추기보다는, 자신이 장님임에도 불구하고 자신의 운명을 성모님의 뜻으로 받아들이고, 하루의 일과가 끝나는 해 질 녘 만종 소리를 들으며 신에게 경건하게 감사의 마음을 전하는 봉사할멈의 진실하고 소박한 마음에 초점을 맞추고 있다. 이러한 사실은 무너져 내리는 흙더미 속에서 맹오리영감과 봉사할멈이 서로 교감하고 대화를 나누는 모습을 통해 감지할 수 있다. 나는 맹오리영감과 봉사할멈의 이러한 모습을 목격하고 오래도록 가슴을 두근거린다. 나의 가슴 두근거림은, 이 세계는 전혀 예상치 않은 만남들이 이루어질 수 있는 공간이기도 하며 신비와 혼돈의 공간이기도 하고 사랑과 소통의 공간일 수 있음을 인식했다는 증거라 볼 수 있다. 즉 외래문화를 대표하는 봉사할멈과 전통문화를 대표하는 맹오리영감의 교감은, 나에게 신비와 전율과 아름다움으로 다가오는 것이다.

결국 이 작품의 결미에 오면, 유년의 '나'는 어른이 되어 고향으로 돌아온다. 나는 개발을 위해 불도저의 칼삽이 경기전 귀퉁이를 무너뜨리는 소리를 들으며, '네에이노옴' 하고 외치는 맹오리영감의 소리를 환청으로 듣는다. 아이들에게 '가장 마음 깊은 곳'에 있는 '경기전'은 행복한 놀이공간의 원형이었다. '경기전'은 민족혼이 담긴 공간일 뿐만 아니라 나에게는 자아정체성을 찾아가게 만든 공간으로, 자아와 세계와 우주의 신비를 풀어

가게 만든 공간이었던 것이다. 그리하여 생명의 존엄성을 파괴하는 번뜩이는 칼삽이, 묵은 담장과 늙은 나무를 쓰러뜨리고 시계풀꽃 모가지를 잘라내고 팽나무를 쓰러뜨릴 때, 나는 "아아, 맹오리영감님" 하고 간절하게 부르짖을 수밖에 없다. 그때 맹오리영감의 지팡이가 번쩍 치켜 올려지는 듯한 환각을 보지만, 영감은 칼삽에 먹혀버리고 만다. 맹오리영감의 숨이 막히는 소리가 들리고, 만종 소리가 잊었던 것처럼 들려온다. "그것은 느리고 사무친 곡조였다. 어쩌면 어루만지는 것도 같았다."[15] 나는 종소리를 통하여 봉사할멈을 회상하면서, 봉사할멈의 절 한자리를 아직도 갚지 못하고 있음을 생각한다. 봉사할멈의 내면 속에 자리하고 있던 슬픔과 위로와 용서의 종소리는 이제 무너져 내리는 경기전과 함께 나의 마음에 내려앉고 있는 것이다. '저녁의 햇빛'이 비쳐들 때, '햇빛'은 비록 '칼삽'에 허리를 잘리며 붉은 빛을 토하지만, 봉사할멈이 저녁노을 때에 신에게 경건하게 감사의 마음을 전했듯이, 봉사할멈이 가졌던 '삶의 진정성'은 이제 나에게로 '만종' 소리가 되어 내려앉고 있는 것이다. 만종 소리는 까마득한 조상으로부터 내려와 맹오리영감과 봉사할멈을 거쳐 후손인 나에게 내려앉으며 한 핏줄로 접목되는 것이다. 시공간을 초월한 핏줄의 묶임, 그것은 조상과 나와의 합일인 것이다. 여기에서 작가의 '민족정체성 찾기'의 의도가 구현되고 있는 것이다.

「만종」에서 작가는 맹오리영감을 통하여 전통에의 복원의지와 민족정체성 찾기를 시도한다. 동시에 봉사할멈과 만종 소리를 통하여 삶의 진정성과 경건함, 신비함을 보여준다. 또한 이니시에이션 스토리를 통해 자의식

---

15 최명희, 「晩鐘」, 전북대교지 『比斯伐』 8호, 1980.8, 287쪽.

이 성숙되어가는 유년의 내면 풍경을 섬세하게 포착하고 있다.

4. 모국어 탐색과 이별의 정한 : 「몌별(袂別)」

「쓰러지는 빛」 「만종」에서 작가가 보여주는 전통과 민족혼에 대한 관심은, 단편 「몌별(袂別)」[16]을 통해 심화 확대되고 있다. 특히 이 작품은 언어에 대한 섬세한 감각을 매개로 하여 사랑과 이별, 그리고 소통과 단절에 대해 감성적으로 접근한 가작이다. 이 작품에서 작가는 '말'의 추상성과 구체성을 긴밀하게 결합시키면서 사랑의 교향악을 때로는 느리게 노래하듯이, 또는 소용돌이치듯 격정적으로 묘파한다.

대만에서 한국으로 유학 온 남학생 '그'에게는 소연(하얀 비단)이라는 사랑하는 사람이 있다. 그러나 그는 한국인 여성 '그녀'를 사랑하게 된다. 그녀는 소연을 의식하면서 그에게로 향하는 사랑의 감정에 갈등을 겪는다. 따라서 "푸른 하늘의 한가운데 素, 絹,이라고 씌였던 자리만이 말갛게 뚫려 있는 듯한 느낌"[17]을 받으며 그녀(정희)는 한숨짓는다. 그리고 처연함을 느낀다. '소연', 흴 소(素)자와 비단 견(絹) 자가 어우러져 빚어낸 처연함은 다시 청람(靑藍)의 이미지로 연결되어 진남색 물빛으로 중첩되고 급기야 "가슴이 시린 물빛"으로 구체화되면서 푸른 하늘, 창천과 겹쳐진다. 즉

---

16 단편 「袂別」은 『한국문학』 제10권 제11호(1982.11.1)에 '신예여류작가 4인 특집'으로 발표된다.
17 최명희, 「袂別」, 『우리 시대의 한국 문학』 제25권, 계몽사, 1993, 194쪽. 이후 인용은 괄호 안에 쪽수만 표시한다.

그와 소연의 사랑, 또는 그와 그녀(정희)와의 사랑은 이제 '시린' 사랑의 의미를 함유하게 된다. 새파랗게 창창한 하늘을 바라보는 그의 모습을 보며 그녀는 다시 기억 속의 안개를 통해, 청람의 이미지를 봉선화 꽃물의 이미지로 치환시킨다. 다시 초승달이 되어버린 손톱의 봉선화 꽃물을 회상하며 그녀는 "모질게도 깊었던 누군가의 넋"이었을지도 모르는 봉선화 꽃물, "하찮은 풀꽃이 무슨 사무친 마음이 있어 손톱 끝에 그렇게 맺히는 것이랴."(196쪽)라고 인식한다.

> 어쩌면 그것은 그저 꽃물이 아니라, 모질게도 깊었던 누군가의 넋이었을는지도 몰라.
> 어머니의 어머니와 그 어머니의 어머니는, 서러운 피에 어린 마음 한 점을 살점같이 떼어내어, 꽃잎을 빌려 소금을 넣고, 투명한 딸년의 손톱 속에 그렇게 새겨 넣은 것이었는지도 몰라.
> 그래서 그 넋이 스미노라고 여름 밤의 어둠은 그렇게 저리었는지도 몰라.(196~197쪽)

그녀는 남성중심적 가부장제 사회 속에서, 조상 대대로 억눌려 살아왔던 여인네들의 정한이 '투명한 딸년의 손톱 속'에 새겨지는 것이라고 인식한다. 이렇게 봉선화 꽃물이 내포하고 있는 정한의 세계는 이제 그녀의 내면세계와 동일시된다. 소연, 청람 등 언어가 가지고 있는 추상성이 그녀에게 시린 사랑과 정한의 의미로 구체화되면서 육화되는 것이다. 그녀에게 '봉선화 꽃물'은 추억의 매개물로써 그리움의 표상이며 한국의 고유한 전통으로서 한국인의 넋 그 자체이다. '어머니의 어머니'[18] 곧 한국인 최초

---

18 '어머니의 어머니'는 웅녀를 가르킨다는 점을 최명희는「혼불은 나의 온 존재를

의 조상인 웅녀로부터 유전(遺傳)되어온 '넋'이 후대에 내려와 그녀의 손톱 밑 쓰라린 기운으로 구체화되면서 접목되는 것이다. 그럴 때 그녀는 "누군가 아직도 잊지 않고 저렇게 유전(遺傳)같이 봉선화 물을 들이고 있다는 사실에 눈물겨"워하는 것이다. 여기서 '봉선화 꽃물'의 외연은 한없이 확장되어 최초의 조상의 넋으로까지 맞닿으며 심화되는 것이다. 그녀가 서울로 전근되어 왔을 때 "단정하게 깎은 무색투명의 서울말"에서 느꼈던 단절감, 소외감 속에서 '봉선화 꽃물'은 위안의 매개체였다. 그녀는 다시 소연도 봉선화 꽃물을 들이며 자랐을까, "청람의 얼음 섞인 물빛"을 "짙푸르게 빚어내었을지도 모른다."고 생각한다. 이렇게 그녀는 소연을 의식하면서 '시린' 사랑의 의미를 반추한다. 그녀는 다시 '시리다'의 말뜻을 그에게 설명한다. '차다'와 '시리다'의 차이는 '촉'과 '각'의 차이라고 말한다. "한천(寒天)에 눈이 시리다."라고 말하는 그녀의 내면세계에는, 그와의 '시린' 사랑의 아픔이 암시되고 있다. 다시 소연의 이름이 음각된 허공, 소연의 이름으로 뚫린 자리에서 서늘한 '바람'이 새어나와 "그의 등허리를 스치"고 "그녀의 손가락 틈 사이를 비집고 스며들어," 그들의 사이를 격리시킨다. 그녀가 그를 사랑하면서도 소연을 의식하면서 어쩔 수 없이 느끼는 갈등상황을, 그녀는 '말'이 주는 단절감 때문이라고 합리화시킨다.

그녀는 사전에서 그의 고향인 '절강성'을 찾는다. 그리고 '절강성'이 가지고 있는 시니피앙 속에서 냉소와 단절을 발견하고, 그의 내면 속으로 섞여 들어갈 수 없음에 절망한다. 어쩔 수 없이 "그녀는, 문밖에 서서, 헤아

요구했습니다」에서 밝힌 바 있다. 김병용, 『최명희 소설의 근원과 유역』, 태학사, 2009, 147쪽.

릴 길 없는 담장 저쪽"에 서 있음을 인식하게 된다. 그와 그녀의 사이에 가로놓인 빗장, 즉 심리적 거리감, 그 사이에는 '말' 즉 언어의 단절이 매개되어 있다고 생각한다. 대만인과 한국인 사이에 가로놓여 있는 거리감을, 그녀는 문화 즉 서로 다른 모국어의 차이가 빚은 단절감 때문이라고 인식한다. 그녀는 언어의 역동성이 살아 숨쉬는 완벽하게 아름다운 그를 원한다. 모국어로 육화된 생동하는 영혼을 가진 그를 욕망한다. 하지만 그는 오히려 그녀를 위해 한국말로 자신의 마음을 전달하려고 한다. 그녀는 그가 투명하고 장쾌한 유려함으로 중국어를 사용하는 것을 보고 전율한다. 그러나 그는 한국어로 그녀와 소통하기를 원한다. 그의 어긋난 배려는 결국 그녀와의 심리적 거리감으로 극대화된다. 이제 그녀는 "사물의 자유를 붙잡아 껍질을 씌워 놓은 것이 언어"라고 인식하지만, 그 불완전한 도구마저도 곧바로 소통될 수 없음에 절망한다. 외국어 즉 체온이 없는 말로 더듬거리는 그에게 그녀는 "말의 속박을 풀고 당신을 놓아 버리세요."라고 독백한다. 그리고 그녀를 뚫고, 그녀에게 넘쳐올 것을 희망한다. 그러나 그녀는 한국어로 그녀를 아끼는 그를 발견할 뿐이다. 이때 그녀는 "흰 적삼의 등판에 붉은 꽃물이 번지듯, 심정의 복판에 애타운 눈물이 번지는 것을 느낀다."(216쪽) 그래서 다시 "소연과 만나서는 중국어로 이야기하나요?"라고 묻는다. 그리고 그녀는 같은 모국어를 구사하는 그와 소연의 완전한 소통을 아름다움으로 인식한다. 그녀는 '이파리'의 '리'자에서 다시 '시, 리, 다'를 연상하며 이번에는 그녀가 손을 공중으로 들어올린다. "아까 그가 素絹의 이름을 새기던 자리는 어디쯤이었던가, 눈으로 어림하며 비키는 그녀의 붓끝에 꽃물이 어린다. 서쪽으로 기울어 넘어가는 노을이 붉다. 노을은 소맷자락을 적신다."(218쪽) 고궁의 처마 밑으로 어둠이 스민다. 여기서

'꽃물, 노을, 붉다, 소맷자락, 어둠'은 그와 그녀의 이별을 예고한다. 그녀는 허공 속에서 '존재의 원시'를 부둥켜안으며 자유로운 언어로 울 수 있고 웃을 수 있는 그 누군가를 그리워한다. 소맷자락에 바람이 스민다.

'몌별', 소매를 붙잡고 놓지 못하는 안타까운 이별을 의미하는 작품 「몌별(袂別)」에서, 작가는 사랑과 이별의 정서를 풍경화처럼 묘사해나간다. 작중인물의 내면세계가 독특한 이미지로 연결, 치환되면서 겹쳐지고 순환된다. 그리하여 내면세계의 정황들은 언어의 내밀한 무늬로 파장을 일으키고 정서적 울림으로 번져나간다. 소통과 단절, 절망감, 사랑의 감정과 안타까운 이별의 정서가 침묵과 독백의 여백 속으로 침투해 들어오는 것이다. 이렇게 「몌별」이 지니고 있는 독특한 아우라는, 그 심리적 거리가 만들어내는 아스라한 안타까움과 아쉬움과 그리움 같은, 내면상황의 잔잔한 파장과 무늬에서부터 온다. 작가는 작중인물들의 사랑을 말의 음각화와 양각화를 통해 소설적 문양으로 부조해나간다. 따라서 이 작품은 서사적 이야기 구조를 따르기보다는 시가 가지고 있는 정태성 혹은 침묵의 여백에서 느끼는 정서를 환기시킨다.

이 작품에서 작가는 언어에 대한 탐구와 성찰을 시도하고 있으며, 토속어의 구사를 통해 모국어의 확장을 지향한다. 곧 이야기란 풍경과 같으며, 풍경은 살아 있으며, 저희끼리 새로 태어난다. 그리고 사람들은 그 풍경 속에 뛰노는 한 마리 자연이다. 그리고 낱말이 모여 이야기를 만든다 (202쪽. 요약)고 말한다. 즉 최명희에게 '말'이나 '이야기'는 언어의 기능적 요소라기보다는 자연과 우주와 소통하기 위한 '혼불 찾기'인 것이다. '혼불 찾기'란 곧 '넋' 찾기이다. 최명희에게 '말'은 '넋' 그 자체이기 때문에, '말'의 층위가 다르면 영혼의 진정한 소통이 불가능하다는 것이다. 따라서 이 작품 속의 두 인물은 모국어가 다르기 때문에 진정한 영혼의 교감을 이루기 어렵다. 그래서 그들은 이별할 수밖에 없다. 곧 최명희에게 언어정체성은 자아정체성의 근간으로서[19] 작용함을 이 작품을 통해 보여준다. 또한 이 작품은 최명희의 '근원'을 향한 오랜 탐구가 '모국어'로 귀착[20]되고 있음을 보여준다. 또한 작가의 언어관[21]이 제시되어 있다는 점과 모국어에 대한 애착을 보여준다는 점에서, 최명희 문학 연구에서 중요하게 다루어져야 할 작품이라 본다. 이렇게 볼 때 「메별」 역시 민족어와 전통을 보존하려는 민족정체성 찾기의 한 범주에 포함된다고 볼 수 있을 것이다.

---

19 위의 책, 149쪽.

20 위의 책, 149쪽.

21 특히 정희가 '그'와의 사이에서 느끼는 '괴리감'은 모국어의 불일치에서 온다고 필자는 파악한다. 최명희는 「袂別」에서 "도대체 언어란 얼마나 속절없는 약속이랴. 사물의 자유를 붙잡아 껍질을 씌워 놓은 것이 바로 언어이다."(「袂別」, 209쪽)라고 말한다. 특히 작가는 "바람을 잡아서 곽 속에 가두어 주사위를 만든 것이 언어일진대. 그나마도 사전이라는 그물에 걸려 버리면, 그 말은, 원형질은 이미 분화되어 흩어지고 섬유질만 질기게 남게 된다. 결국, 한 낱말이 주는 울림과 말의 부피, 독특한 맛과 빛깔, 혹은 개인의 삶이 묻어 있는 기억의 지문(指紋)과 체온 같은 것들은 가차없이 걸러 버린 쭉정이가, 사전에 적힌 풀이이다."(「袂別」, 210쪽)라고 작중인물을 통해 말한다. 이렇게 최명희는 '사전어'에 대한 강한 거부감을 보여주면서, 언어가 가져야 하는 진정성과 역동성, 숨결 그리고 혼을 강조한다. 따라서 작가는 "언어의 불가시광선이 뿜어내는 신비로운 기운"을 찾기 위해 모국어, 토속어 등을 발견하기 위해 심혈을 기울였다고 판단된다.

5. 소외된 타자 그리고 실존의지 : 「주소(住所)」

 단편 「주소」[22]는 작가가 1974년 보성여고 전근에 따른 서울 이주 직후[23]를 배경으로 쓰여진 작품으로 작가의 내면세계가 작중화자 '나'를 통하여 형상화된다. '가을'을 배경으로 시작하는 이 작품에서 '나'의 내면세계는 '햇빛' '귀뚜라미' '눈' '습기' 등의 이미지로 암시되고 있다.

 "하얀 창호지가 부시게 되쏘는 햇빛"에도 '일모'와 '죽음'을 상징하는 가을은 '소리없이' 다가온다. 모든 것을 반사하는 '햇빛' '소리 없이' 등의 이미지는 권태와 불안을 표상한다. 고독과 소외와 애상을 표상하는 귀뚜라미[24]는 날마다 밤이 되면 "청량하고 빈 목소리로" 우는 것이다. 이 작품에서 고독하고 소외된 타자로서의 삶을 살아가는 작중화자 '나'의 내면세계는 '귀뚜라미'와 동일시된다. "마치 그렇게도 낭랑하게 울고 울어서 제 몸을 투명한 소리"로 승화시키려는 귀뚜라미의 내면 풍경은 모든 세속적 욕망과 고통을 비워내고 초탈하려는 작중화자의 내면 풍경에 다름 아니다. 그리하여 '귀뚜라미'처럼 "내장이 물속같이 맑아지고, 드디어는 가을이 끝

---

22 필자는 「최명희 문학관」에 요청하여 「住所」를 입수하였으며, 작가가 교정한 것을 원본으로 삼았다. '유족 소장본'으로 작품만 전해지는 「住所」는 1983년 발표되었다고 확인된다. 『우리 시대의 한국문학 · 25』(계몽사, 1991)에는 최명희가 손수 정리한 작가 연보가 실려 있는데, 여기에서 「住所」는 1983년에 발표되었다고 기록되어 있다.

23 최명희는 1974년부터 1981년까지, 서울 보성여자고등학교 국어교사로 재직하였다. 김병용, 앞의 책, 14쪽.

24 귀뚜라미는 인간의 슬픈 감정과 원망을 상징한다. 고독, 소외, 버려짐, 애상을 상징하고 특히 여인의 외로움을 상징하는 것은 쓸쓸한 가을밤에 숨은 듯이 우는 소리를 동기로 한다. 가을이 상징하는 비창, 고독, 죽음과도 관계된다. 이승훈, 앞의 책, 74~75쪽.

나면서 그 형체도 벗어"버릴 수 있도록 이 가을이 끝나기 전에 나에게 더 많은 불면의 밤과 고통과 슬픔과 방황과 고독을 달라고 기도한다. 이는 모든 욕망과 고독과 외로움에서 빨리 벗어나고자 하는 작중화자 '나'의 내면 세계를 반영하는 것으로 역설적 양가감정에 해당한다고 볼 수 있다. 가을이 끝나가는 '음울한 습기'와 '눈'[25]을 예감하면서 불면의 밤과 '짓눌리는 우수' 때문에 '나'는 점점 쇠약해진다. '청량하던 귀뚜라미 울음소리'는 어느결에 '백금사'처럼 예리하고 날카로운 것으로 바뀌어가고 그 소리는 나를 소스라치게 만든다. '소스라침'은 '가슴의 시림'으로 동일시되면서 '나'의 고독을 극대화시킨다.

고독의 극한 가운데에서 겨울은 바람과 함께 오고 '나'는 양철 간판에 이마를 찍힐 뻔한다. 고향을 떠나 떠돌이처럼 부박한 삶을 살고 있는 나에게 '겨울'[26]과 '바람'[27]의 이미지는 고난, 황폐함, 불모, 고독을 표상한다.

한편 서울, 도시의 공간이 표상하는 고난, 황폐함, 불모, 고독의 공간과는 대조적으로, 퇴근길에서 마주치는 '금화 꽃집'의 공간은 순수와 평화와 사랑과 생명이 움트는 공간이다. 작중화자인 '나'처럼 세파에 시달리지 않고, 죽어가거나 바래지지 않는 공간, 즉 수줍은 흙냄새와 향기로 가득 차 있는 공간을 '나'는 동경한다. 순수와 사랑과 평화와 생명이 무성한 '흙'[28]의

---

25 상록인 잣의 수목 상징으로서의 불변에 대해서 눈과 겨울은 변화나 변덕의 표상이다. 이재선, 앞의 책, 427쪽 참조.

26 겨울은 대지가 차가운 냉기의 바람과 얼음, 눈 속에 휘덮이고 마는 계절이기 때문에 흔히 차가움·비정·고난·잠·죽음·하강(下降)으로 표상되는 계절이다. 위의 책, 426~427쪽.

27 104쪽 각주 21 참조.

28 대지는 지상의 힘, 모신(母神), 모태, 어머니를 상징한다. 위의 책, 590쪽.

공간이란 바로 모성의 공간, 자연의 공간, 고향의 공간에 다름 아니다. 각박하고 황폐화된 도시의 공간 즉 타지에서 소외된 삶을 살고 있는 작중화자 '나'는 존재의 근원이며 마음의 고향인 '어머니'[29]에게로 회귀하기를 갈망한다. 모성의 공간 그곳은 평화와 사랑과 생명이 있는 공간으로서 포용의 공간이기 때문이다. 그러나 이제 '금화 꽃집'이 가지고 있는 안락함과 평화의 공간은 부박하게 떠도는 도시의 삶을 살고 있는 나를 "화려한 손등"으로 밀쳐내고 있다. 작중화자 '나'에게 "유리문 한 장 사이의 저쪽에 고여 있는 난만(爛漫)함"은 현실의 세계가 아닌 낭만적 허구의 세계로 인식되는 것이다. 이는 "얼음조각이 되어버린 두 귀를" 감싸고 있는 '나'에게, 척박한 현실세계가 각성시키는 현실인식에 다름 아니다. 이 작품에서 '얼음조각'[30] 같은 추위, 단단하고 싸늘한 질감을 대표하는 '유리문'이 표상하는 세계는 차고 단단한 죽음의 도시, 단절과 소외를 의미하는 황폐한 도시를 상징한다. 따라서 '나'는 '난만함'이 가득 차 있는 공간과 '황폐함'으로 가득한 현실 공간 사이에서, '무안'을 느낄 수밖에 없으며, "바람 소리가 가슴에 발자국을 남김"을 인식할 수밖에 없다. 그리하여 "마음이 허방으로 떨어지"는 공허감과 소외의식을 느끼게 된다. 이제 나는 "바깥 것들로부터 보호해주고 있는 공간"이라 믿었던 '방'에서도 이제는 쫓겨나가야할 신세가 된다. 지금보다 싼 방을 구하러 다니다 마주친 학부모의 몰지

---

29 어머니, 특히 위대한 어머니는 우주, 자연, 모든 원소를 지배하는 여주인으로 생명의 기원, 원동력과 포용 원리를 상징한다. 위의 책. 395~396쪽.

30 카뮈는 물, 돌, 빛, 얼음, 눈, 소금 등의 이미지를 즐겨 쓰고 있다. 김화영, 『문학 상상력의 연구』, 문학사상사, 1989. 참조. 여기서 '얼음' 이미지와 '유리'의 이미지가 결합되면서 현실세계의 불모성과 죽음의식을 표상하고 있다고 필자는 본다.

각하고 오만한 행태를 접하고 또다시 '나'는 낭패감을 느낀다. 이때 '나'는 주머니 속 '동전'을 땀이 나도록 쥔다. 그리고 환영 속에서 '그'에게 전화를 건다. '그'만이 내가 느끼는 열패감으로부터 구원해줄 수 있으리라고 믿는 것이다.

이 작품에서 보여주듯 그에 대한 환영과 학부모의 말과 '나'의 독백이 교차하면서 서술되는 서술방법의 특이성은 '－따르르르르'라는 전화음의 반복을 통하여 이 작품 속에서 미적 리얼리티를 상승시킨다. 의식의 흐름 기법과 신심리주의적 기법을 원용하면서 작가는 작중화자의 내면세계를 섬세하게 묘파해나간다. "사람은 집을 만들고 집은 사람을 만든다고 말한 사람은 누구였을까. 그것은 얼마나 절실한 말인가. 가을은 깊어가고 거처는 불안하다. 흔들리는 주소."[31]에서 나타나듯이 '집'의 결핍은 나에게 불안과 방황을 야기한다. 왜냐하면 집은 바깥세계로부터 인간을 지켜준다는 점에서 보호와 안식처를 상징하고 작은 우주에 비유[32]되기 때문이다. 또한 집은 정신분석에서는 인간의 육체, 인간의 사고, 인간의 삶을 상징[33]한다고 보기 때문이다. 이는 곧 집은 인간의 인격을 형성하는 요소를 제공할 수 있음을 의미한다.

드디어 그에게 전화를 걸며 나는 "아득한 환청처럼 울리는 신호음에 몸을 맡긴다." "몸은 연기 기둥이 되어 무중력"으로 떠오르며 "－따르르르르"로 간절하게 응축된 채 "아무도 없는 그의 빈자리 곁에서 비명을 지르고 있는지도 모른다."고 인식한다. 드디어 "나는 연기처럼 스러져 귀뚜라미

---

31 최명희, 「住所」, 94~95쪽. 이후 인용은 괄호 안에 쪽수만 표시한다.
32 이승훈, 앞의 책, 486쪽.
33 위의 책. 486쪽.

한 마리만한 소리로 자지러지고" 있는 것이다. 이제 나의 실재(實在)는 '귀뚜라미'가 되어 소외된 채 고독하게 "자지러지고" 있는 것이다. 드디어 그에게로 향한 전화 통화가 연결되었으나 그의 목소리는 지쳐 있었고 "무겁게 건져 올린 듯한 반가움을 내게 던졌다." 나는 "서글프고 쓸쓸한 감정이 북바쳐 아무 말도 할 수가 없었다." "나는 침묵하였다. 그도 침묵하였다. 우리의 침묵은 서로 평온하지 못했다."에서 살펴볼 수 있듯이 나와 그는 내면적으로 소통되지 못하고 단절되어 있다. 나와 그의 거리감은 나의 회상을 통해서 살펴볼 수 있다.

그는 언제나 '외곽'에 서 있는 존재로 이방인과 같은 존재이다. 그가 존재하고 있음에도 합일되지 못하고 오히려 미묘한 적막과 허탈감을 느끼는 나와 그 사이에는 '경계선'이 쳐져 있다. 서로에게 타자로 구획되어 있는 것이다. 따라서 나는 '바람' 소리가 천지 사이에 동굴을 파고, '불빛'이 '칼날'처럼 번뜩임을 본다. 카뮈의 작품 「이방인」에서 "빛이 강철 위에서 반사하자, 번쩍거리는 길쭉한 칼날이 되어 나의 이마를 쑤시는 것"[34] 같다고 묘사되고 있듯이, 최명희의 「주소」에서도 "불빛이 칼날처럼"[35] 번뜩인다고 묘사되고 있다. 즉 「이방인」의 뫼르소가 강렬한 태양의 빛을 받으면서 고독의 극한으로 치달아 살해 욕구가 일어났듯이, 「주소」의 나도 바람과 불빛 속에서 실존적 외로움의 극한을 경험하는 것이다.

---

34 카뮈, 『이방인』, 책세상, 2000, 87쪽.
35 불은 물질적 파괴와 정신적 결정(結晶)을 상징하는 칼과 같은 양가적 의미를 소유한다. 곧 불은 동물적 격정과 정신적 힘을 동시에 상징한다. 이승훈, 앞의 책, 261~262쪽 참조. 불과 칼이 양가적 의미를 지닌다는 점에서 볼 때 "불빛이 칼날처럼"이라고 묘사되는 부분은 의미심장하다. 이는 부조리와 실존적 허무의식을 드러내기 위한 상징적 장치라고 본다.

여기에서 '창문에 번뜩이는 불빛'은 유리의 이미지가 가지고 있는 단절과 억압, 불의 이미지가 내포하고 있는 파괴력이 결합된 것으로, 단절과 억압 그리고 파괴력을 표상한다. 집에 대한 결핍감과 그와의 단절감과 이로 인한 고독감은 '창문에 번뜩이는 불꽃'들이 "난만하고 눈물겨운 광채"로 인식되기에 이른다. '눈물겨운 광채'에는 자신에 대한 짙은 연민과 허무감과 안쓰러움이 함의되어 있는 것이다. '창문'으로 단절되어 있기 때문에 다가가고 싶지만 닿을 수 없는 세계는, 현실 속의 나에게는 결핍되어 있는, 부재하고 있는 비현실의 세계일 뿐이다. 따라서 닿을 수 없기 때문에 '눈물겨운 광채'들은 나에게 "패류처럼 딱딱한 등껍데기로 무장"하고 있는 것으로 인식될 수밖에 없다. "아득한 *끄트머리*와 *끄트머리*"에 서 있는 그와 나 사이의 거리감 역시 나에게 연민과 고독감을 불러일으키는 동인이 된다.

이제 나는 "내 방이랄 수도 없는 곳"으로 돌아와 쓰러진다. "전등불을 밝히면 주인댁이 부엌문을 벌컥 열"까 두려워 불을 켜지 않는다. 나는 주인댁과의 대화를 환영으로 그리며 파스텔화처럼 '몽롱하게 해체'되고 있는 것이다. 파스텔화처럼 서로의 경계를 무너뜨리지 못하는 나와 그의 사이에는 구획된 경계가 "역력하게 느껴진다." 이때 나는 '별'을 매개로 "어두운 방안에 등불이 켜지고 차디찬 바람벽이 냉기와 화해"하기를 꿈꾼다. 어둠의 공간 속에 뜨는 '별'은 희망과 영원, 정신의 힘과 정화력[36]을 표상한다. 그와 나 사이에 가로놓여 있는 단절, 그리고 현실의 벽 사이에서 느끼는 고독감, 즉 절망이라는 어둠의 힘에 저항해 싸우기를 원하는 '나'는 '별'이

---

36 별은 어둠의 힘에 대항해 싸우는 정신의 힘을 표상한다. J.E. Cirlot, *A Dictionary of Symbols*, New York, Philosophical Library, 1971. p.309.

뜨기를 갈망한다. 별의 공간은 그와 '나' 사이의 경계를 지우는 화해의 공간이기도 하다. '경계지우기'를 대표하는 공간, 즉 파스텔화의 공간은 '별'이 표상하는 정신과 사랑과 희망의 의미와 함께 화해의 공간이다. 그러나 나는 파스텔화의 몽롱하고 환상적인 비현실적 공간에서 다시 현실적 공간으로 나올 수밖에 없다. 그리하여 '뚫린 지붕', "눈자위를 음험하게 드러내고 있는 저 구멍"은 "별이라도 내려앉은 자리인가요."라고 독백한다. 지붕에 뚫린 구멍이 별이 내려앉은 자리가 아니라면, '구멍'은 "내 속으로 습기처럼 스며들어 나를 무너뜨릴" '어둠'이 내려앉은 자리인가라고 독백한다. 여기서 구멍은 고독감과 단절감 그리고 실존적 허무의식을 대표한다. 몽환적이고 낭만적인 비현실적 공간 즉 '경계지우기'의 공간에서의 '별'은, 이제 억압적이고 현실적인 공간에 들어오면서 '어둠'이 내려앉은 자리 '구멍'으로 치환되고 있다. 비현실적 공간 속에서 별빛이 가지고 있는 아름다운 영혼, 정신의 힘은, 현실적 공간 속으로 하강하면서 '유리창의 불빛'으로 변형되어 나타나면서 나를 현실세계로부터 소외시키고 단절시키는 것이다. 희망 · 사랑 · 영원 · 정신을 표상하는 '별'의 자리는, 이제 '나'의 현실 속에서 '어둠의 구멍'으로 내려앉는 것이다.

환청처럼 남동생이 부르는 소리가 들리고 실제로 동생은 취직시험을 치르러 올라왔다가 나를 방문한다. 동생이 "1차 필답고사에서는 꼭 합격하고 2차 면접에서 꼭 떨어지는" 이유는 바로 '전라도'라는 본적지 때문이었다. '전라도'라는 본적지는 이들을 사회로부터 소외시키고 타자화시키는 '서러운 본적지'인 것이다. 본적지가 결격 사유가 되는 현실에서 나와 남동생은 서로의 아픔을 침묵 속에서 껴안는다. "누님… 결코 인생을 점(點)으로 생각해서는 안돼… 사람이 산다는 게 그렇게 점 하나로 떨어져 있는 것은 아니라고 봐… 인생은 흐름이야…"(99쪽)라고 말하는 남동생은 고단한 삶 속에서도 희망의 끈을 놓지 않고 생에 대한 긍정정신으로 살아가고자 하는 인물이다. 인생은 고립된 섬과 섬, 또는 점과 점이 아니라 누군가가 작은 물길을 내면 그 물길을 따라 함께 더불어 공유하며 흘러가는 물줄기와 같은 '흐름'이라고 믿는 것이다. 이 점에서 항상 타자화되어 소외된 채 삶을 살아가는 '그'와는 대별되는 인물이라 볼 수 있다.

이 작품 속에서 '유리창의 불빛' 또는 '창문마다의 불빛'이 있는 공간은 작중화자 '나'에게는 다가갈 수 없는 공간으로 비현실적 세계인 동시에 현실세계와 나를 격리시키고 소외시키는 공간이다. 어쩌면 기거할 '방'을 찾아 헤매는 '나'나 서러운 본적지 때문에 취직을 하지 못하는 '남동생'이나 이방인과 같이 소외된 채로 살아가는 '그' 모두는 소외된 타자들을 대표한다. 그리하여 소외된 타자인 '나'는 "가다가 한번 쯤 돌아보아. 꽃등불 같이 휘황한 광채로 번뜩이는 불빛들 속에 내 방의 불빛도 빛나고 있는지 한번쯤 돌아보아."라고 스스로를 격려하는 것이다. 이 작품에서 '꽃등불 같이 휘황한 광채로 번뜩이는 불빛'과 '내 방의 불빛'은 대조되고 있다. '내 방의 불빛'이 "너한테 알은체 손짓하는지 아니면 눈물겹게 스러지고 있는지."라고 '나'는 독백한다. 여기서 '불빛'[37]은 '악이나 어둠을 쫓아내는 힘' 또는 '정신적 힘'을 표상한다. 따라서 "빈 방에서 불빛은 저 혼자 어둠과 대치하고"있다고 '나'는 인식하는 것이다. 절박하고 살벌한 현실 속에서 순식간에 꺼져버릴지 모르는 '위태로운 빛'이지만 작중화자 '나'는 부조리한 세상을 향해 '서러운 적의(敵意)'를 품고 '더욱 더 단단하게 반짝

---

37 이승훈, 앞의 책, 261~263쪽 참조.

이는 이빨'을 드러내며 나아갈 것을 결심한다. 여기서 '단단하게 반짝이는 이빨'은 견고한 정신 또는 실존의지를 표상한다. 부조리한 세상에 대항해 '서러운 적의'를 품고 항거하고 저항해 나아가고자 하는 '나'의 적극적 의지가 발현된 것이라 볼 수 있다.

동생을 마중하고 어깨를 움츠리며 돌아선 "눈에 불빛이 흔들린다." 그러나 '나'의 정신, 궁극적 실재, 또는 자의식의 표상이라 할 수 있는 "빈 방을 지키고 있는 그 불빛"은 "거대한 어둠의 아가리 속에서 손톱만하게 뭉쳐" 어둠과 대치하고 있는 것이다. 여기서 '어둠'[38]은 죽음과 부조리의 현실을 표상한다. 이제 '나'는 죽음과 부조리의 현실에서 저항하고자 거대한 어둠 속에서 '불빛'이 되어 "손톱만하게" 뭉쳐 있는 것이다. 절망적이고 비관적인 현실 속에서 작중화자 '나'는 비록 작은 개체에 불과하지만 견고한 정신을 가지고 당당하게 세상을 헤쳐 나가기 위해 결의를 다지는 것이다. 따라서 이 작품은 작가의 저항의지가 허무주의에 함몰되지 않고 새로운 방향성을 제시하고 있다는 점에서 주목을 요한다.

이 작품에서 작가는 부조리한 현실과 사회제도적 모순 속에서 저마다 고통스런 삶을 사는 가난한 사람들의 일상적 모습을 리얼하게 묘파하고 있다. 동시에 이 작품은 다양한 이미지와 환영, 환청 등의 기법을 사용하여 작중인물의 내면세계와 의식의 흐름을 탁월하게 그렸다는 점에서 미적 리얼리티를 획득하고 있다.

---

38 검정(어둠): 혼돈(신비 · 미지), 죽음, 무의식, 사악, 우울, 근본의 지혜. 김혜니, 『외재적 비평문학의 이론과 실제』, 푸른사상사, 2005, 255쪽.

6. 결론

이 글에서는 최명희의 단편 「쓰러지는 빛」 「만종」 「메별」 「주소」를 대상으로 하여 작품의 미학적 구조와 함께 작중인물의 갈등 양상을 중심으로 주제의식을 도출해내면서 작가의식의 지향성을 드러내고자 하였다.

단편 「쓰러지는 빛」(1980)에서 작가는 '문패'와 '오동나무'로 표상되는 아버지의 존재가 이기적이고 속물근성을 가진 인물에 의해 쓰러지는 과정을 형상화하였다. 삶의 중심이며 공동체의 상징인 '집'은 근원으로서의 뿌리를 표상하는 아버지의 존재를 대표한다. 자연과 교감하고 전통의 맥을 이었던 공동생활체로서의 '집'의 공간이 팔려 나갈 때, 작중인물은 아버지의 부재를 인식하면서 전통과 뿌리에 대한 탐구로 나아가게 된다. 작가에게 '뿌리 찾기'란 '민족정체성 찾기'에 다름 아니다. 작가는 이 작품에서 '집'의 진정한 의미를 탐색하고 아버지의 부재를 통하여 '뿌리 찾기' 그리고 전통의 복원을 시도하면서, 우리 민족 고유의 주체성 회복의지를 강조한다.

단편 「만종」(1980)에서도 역시 민족 고유의 전통복원과 민족주체성 찾기, 그리고 '삶의 진정성' 찾기에 주제의식이 놓여 있다. 동시에 이 작품에서 작가는 우리 고유의 전통을 말살하는 산업화 시대의 폐해를 비판적으로 보여준다. 작가는 전통을 표상하는 다양한 매개체와 인물을 등장시키면서 우리 민족의 정체성과 민족혼을 강조하면서 전통에의 복원의지를 드러내고 있다. 또한 자의식이 성숙되어가는 유년의 내면 풍경을 포착하면서 '삶의 진정성' 찾기로 나아가고 있다.

단편 「메별」(1982)에서 작가는 「쓰러지는 빛」 「만종」에서 보여주었던 전통과 민족혼에 대한 관심을 모국어 탐색으로 심화·확장시킨다. 이 작품에서 작가는 '말'의 추상성과 구체성을 긴밀하게 결합시키면서 사랑과 이별의 내면상황을 섬세하게 포착한다. 특히 이 작품에서 연속적으로 보여주는 이미지의 치환과 언어의 추상성을 심리적 내면상황으로 순환적으로 구체화시키는 작가의 예각화된 문체는 탄탄한 구성력과 미학적 요소를 겸비한다. 또한 언어에서 사전적 정의가 가지고 있는 추상성 자체를 문제 삼으며 이를 통하여 언어의 구체성에 접근하는 작가의 탁월한 기법은 미적 리얼리티를 야기한다. 또한 '봉숭아 꽃물'을 매개로 최초의 조상인 웅녀에게서 유전되어 온 '넋' 즉 민족혼을 끌어내어오는 작가의 '혼불 찾기'는 이후 대하소설『혼불』로 확장·심화된다. 특히 「메별」에서 작가가 보여주는 정치한 언어 사용과 섬세한 묘사는 모국어에 대한 탐색으로 이어진다. "사물의 자유를 붙잡아 껍질을 씌워놓은 것이 언어"라고 인식하는 작가의 언어관에 비추어볼 때, 작가 자신은 언어의 생명감과 역동성을 살리기 위해 언어에 대한 탐구와 성찰에 매진하였던 것이다. 즉 최명희에게 '말'이나 '이야기'는 언어의 기능적 요소라기보다는 자연과 우주와 소통하기 위한 '혼불 찾기'였던 것이다. 이 작품을 통하여 최명희의 근원을 향한 오랜 탐구가 '모국어'로 귀착되고 있음을 볼 수 있다.

단편 「주소」(1983)는 부조리한 현실과 사회제도적 모순 속에서 타자화된 개인들의 삶을 리얼하게 보여준 작품이다. 특히 이 작품 속에는 '햇빛' '귀뚜라미' '눈' '겨울' '바람' '얼음조각' 등의 이미지를 매개로 하여 의식의 흐름 기법과 신심리주의의 기법을 원용하면서 작중화자의 고독한 내면 풍경을 형상화한다. '서러운 본적지'로 인해 소외당하는 모멸감과 실존적 허무의식이 '별' '불빛' '칼날' '따르르르르' 하는 전화음을 통해 극대화된다. 그럼에도 불구하고 이 작품 결미에서 보여주듯 부조리한 현실에서 저항하고자 결의하는 작중인물을 통하여, 작가의 저항의지가 허무주의에 함몰되지 않고 새로운 방향성을 제시하고 있음을 고찰할 수 있다.

이상으로써 최명희의 등단 후 단편들을 분석한 결과, 습작기 초기 단편들에서 보여주었던 '자아정체성 찾기'와 '민족정체성 찾기'가 지속적으로 드러나면서 확대되고 있음을 고찰하였다.

초기 단편 「잊혀지지 않는 일」에서 보여주었던 민중에 대한 관심은 '민족정체성 찾기'로 확장되었으며 「쓰러지는 빛」에 이르러 '아버지의 부재'와 '뿌리 찾기'로 형상화된다. 또한 「만종」에서는 민족 고유의 전통 복원과 '민족주체성 찾기'에 주제의식이 놓여 있음을 살펴보았다. 또한 전통 복원과 민족주체성 그리고 근원에 대한 탐색은 단편 「메별」에 오면서 심화된다. 이 작품에서 보여주는 작가의 모국어에 대한 탐색과 성찰은 대하소설 『혼불』의 주제의식과 표현방법의 바탕이 된다. 한편 「정옥이」 「까치 까치 설날은」에서 작가는 맹목적으로 종교에 매달리는 신앙인의 자세 또는 기독교 학교의 부정적 행태를 고발하고 있다. 작가는 기독교에 대해 비판적 시각을 드러내면서, 인간의 선성에 대해 증명한다.

또한 「탈공」 「정옥이」 「오후」에서 보여주었던 여성의 '자아정체성 찾기'와 '자아의 분열' 양상은 단편 「주소」 「이웃집 여자」에서 지속적으로 확대된다. 특히 단편 「오후」에서 보여주었던 자아의 갈등 양상과 실존적 허무의식은 단편 「주소」에서 소외된 타자로서의 고독감과 실존의지로 형상화되고 있음을 살펴보았다. 특히 「오후」 「메별」 「주소」에서 보여주는 상징과 은유, 환상성, 이미지의 탁월한 결합, 의식의 흐름 기법, 해체적 서술기법, 모던한 감각, 이종 텍스트의 삽입, 시점의 일탈 등의 표현기법은 이후 '혼불 찾기'와 함께 최명희 문학의 서사적 특질이 되고 있다. 즉 최명희의 단편들은 뿌리 찾기, 삶의 진정성 찾기, 모국어 탐색, 자아정체성 찾기, 민족정체성 찾기를 내포하고 있다는 점에서, '혼불 찾기'를 지향하는 작가의식과 맞닿아 있음을 고찰하였다. 다시 말해 최명희의 단편소설에서 나타나는 주제의식과 표현방법은 장편『혼불』을 통해 확장·심화되고 있었던 것으로, 최명희 문학의 실마리가 되고 있다는 점에서 주목을 요한다.

다만 작가의 일상과 삶의 태도가 직접적으로 반영된 수필, 칼럼, 독후감, 편지, 엽서와 미완성 장편소설, 그리고 원문 유출이 유보되어 있는 단편들[39]에 대한 연구는 후속 과제로 남긴다.

---

39 단편「공작새가 되어야 하는 이유」(1964.1.23. 발표)「빈메아리」(4인 연작, 1968.11. 5. 발표)「데드마스크」(1974.2.10. 발표)「이 아이」(1986. 5. 18)「너희들의 날개」(1986.7. 이전 작품)는 최명희 전집이 나올 때까지 원문 유출이 유보되어 있으므로 후속 과제로 남긴다.

현대소설에 나타난 만주 체험

— 안수길의 『북간도』를 중심으로

1. 서론

한국 현대소설에서 나타나고 있는 만주의 공간은 우리 민족의 이주사와 함께 일제강점기 그리고 중국과 일본 및 동북아시아 지역에서 기득권을 쟁취하려는 서구 열강들의 근대사와 맞물려 있다.

1869년부터 1870년 사이에 조선에서 재해와 흉년이 연속적으로 발생하자 많은 이재민들이 비옥한 간도 지역으로 대규모의 이주를 시작하였다. 만주로의 이주가 본격화된 것은 개항 이후로, 1905년 한일합방을 전후하여 독립운동의 거점을 마련하고자 항일 무장세력이 이주하였으며, 일제의 토지조사사업이 진행되면서 땅을 빼앗긴 농민들은 만주로 이주해갈 수 밖에 없었던 것이다. 그러나 조선의 이주민들은 일본과 중국 그리고 러시아, 영국 등 힘의 역학관계 변화에 따라 살아남기 위해 이중의 고통을 받아야 했다.

한편 일제는 경제적으로 중국 동북지역을 개발하고 자원을 약탈하기 위해 1933년부터는 간도 항일기지 주변 지역과 산간 지역에 흩어져 거주하던 조선인들을 강제로 이주시켜[1] 집단 부락을 건설하게 된다. 따라서 1894년 청일전쟁, 1904년 러일전쟁, 1911년 신해혁명을 거쳐 1931년 만주사변과 1937년 중일전쟁 등으로 점철되는 근대사 속에서 만주라는 공간은, 우리 민족에게 생존을 담보하는 공간으로서의 의미와, 타민족과의 관계 속에서 자기 정체성을 모색하면서 새로운 정체성을 형성하는 공간[2]으로 자리매김 하게 된다.

우리 근대문학에서 만주 체험을 잘 드러낸 작가로는 최서해, 강경애, 김창걸, 안수길 등을 들 수 있다. 특히 안수길은 1932년부터 1945년까지 간도에서 살며 1940년대에 간도의 삶을 소재로 한 작품 「새벽」 「벼」 「목축기」 등을 발표하고 작품집 『북원』을 발간하였을 뿐 아니라 장편 『북간도』를 발표함으로써 만주 체험을 가진 대표적 작가로 부각되었다.

이 글에서는 안수길의 생애와 문학적 특질을 살펴보고, 『북간도』에 나타난 인물 유형과 작가의 민족의식, 그리고 서술구조에 초점을 맞추어 고찰하고자 한다.

---

1 만주국 건국 이후 괴뢰국은 조선인들의 만주 이주를 장려했다. 1933에서 1935년까지 보조금을 지급한 조선인 이주가 다섯 차례 있었다. 이들은 펑티엔성과 삔쟝성의 5개 현에 정착했다. 1936년 6월 조선인의 만주 이주를 관장할 회사 설립에 관한 법령도 제정되었다. 한석정, 『만주국 건국의 재해석』, 동아대학교 출판부, 1999, 156~166쪽.
2 장은영, 「'만주'에 대한 중층적 공간의식」, 『국제한인문학연구』 제3호, 국제한인문학회, 2006, 283쪽.

2. 안수길의 생애와 문학적 특질

안수길은 1911년 함경남도 흥남에서 출생하여 소학교를 졸업한 후 만주 간도로 이주하여 간도중학을 졸업했다. 1927년 함흥고보 2학년 때 동맹휴학 주동자로 몰려 자퇴했으며, 1929년에 서울 경신학교에 편입했으나 광주학생운동과 관련되어 퇴학당했다. 1930년 일본 교토 양양중학교에 입학하고 1931년 와세다대학 고등사범부 영어과에서 수학했다.

1935년『조선문단』에 단편소설「적십자 병원장」과 콩트「붉은 목도리」가 동시에 당선함으로써 문단에 등장하였다. 이후 박영준, 이주복, 모윤숙 등과 함께『북향』을 간행하면서 작품을 발표하기 시작하는데 이로써 안수길은 박계주와 함께 간도이민문학을 대표하는 작가로서 문단사에 자리매김하게 된다.

1936년『간도일보』기자로 있던 안수길은 1937년『만몽일보』와『간도일보』가『만선일보』로 통합되자 이 신문의 기자로 활동하다가 해방을 맞게 된다. 이 무렵『만선일보』에는 염상섭, 송지영, 이석훈 등의 작가들이 근무하고 있었다.

안수길은「새벽」(1935), 중편소설「벼」(1940)「목축기」(1942) 등을 발표하고, 1943년에는 작품집『북원(北原)』을 발간한다.

남석 안수길의 창작집『북원』(1944)과 박계주의 창작집『처녀지』(1948)는 1940년대 초중기 재만조선인의 비참한 생활상과 만주인 지주와의 갈등, 땅에 대한 애착, 나라를 잃은 민족의 수난과 그 수난을 이기려는 개척정신 등, 작가의 민족정신과 현실인식을 바탕으로 모국어로 창작된 작품집이다. 일제하 한글 말살 정책으로 본국에서는 모국어를 쓸 수 없었던 암흑기에, 이들 작품들은 모국어로 쓰여져 민족의식과 독립의식을 고취시키고 문학의 공간적 배경을 만주로까지 확대시켜 조선인들의 이주 생활상과 망국인의 애환을 보여주었다는 점에서 문학적 의미가 크다고 본다.

특히 안수길은, 최서해의 「홍염」[3]에서처럼 청나라 사람들과의 대립으로 인한 죽음이나 피의 복수극으로 결말 맺지 않고, 감정을 절제하면서 이민 지대 현실을 리얼하게 보여준다. 또한 민족학교의 설립 문제를 갈등의 주 요인으로 보고 새로운 이주민 학교를 세우고 새로운 세대를 생각해야 한다(「벼」)고 역설함으로써 최서해나 이태준보다 폭넓은 역사의식을 보여주었다. 이러한 작가의 현실인식은 간도 주재 농민의 생활상을 소재로 한 장편 『북향보(北鄕譜)』[4]에서도 지속적으로 드러난다.

안수길은 해방 후 귀국하여 흥남에서 건강이 나빠 요양하다가 1948년 월남한다. 월남 후 『경향신문』 문화부 차장으로 근무하면서 「여수」(1949.4) 「밀회」(1949) 「범속」(1949.7) 등의 단편소설을 발표한다.

단편 「여수(旅愁)」(1949.4)는 해방을 맞아 조국에 돌아오지만 이념의 갈등과 생존경쟁과 무위만이 있는 서울에서 지식인이 느끼는 고독과 무기력한 내면세계를 포착하고 있다. 작중인물 박철은 해방을 맞아 만주에서 서울로 돌아오지만 병마로 인해 문화계에서도 후참자일 수밖에 없는 가혹한 현실 속에서 신경만이 극도로 피곤해 있다. 그래서 그는 일상의 탈출을 꿈꾼다. 그리고 현실을 몰랐던 황숙이가 역경을 통하여 참다운 생활을 발견

---

3   최서해의 「홍염」(1927)은 중국인 지주에게 딸을 빼앗긴 문서방이, 아내가 죽어가며 딸을 보기를 원하나 거절당하고 아내가 죽자, 지주 집에 불을 지르고 지주를 죽이고 딸을 도로 찾아온다는 이야기이다.
4   『만선일보』, 1944~1945.4.

하면서 삶의 태도가 변화한 것을 깨닫는다. 황숙이의 깨달음을 통하여 박철은 자신이 진정한 의미의 생활을 잃어버린 것이 아닌가 하고 각성한다.

안수길은 「여수」의 박철과 황숙을 통하여 역사의 격동기에 처해 있는 인간이 어떻게 살아가야 하는가, 어떻게 사는 것이 가치 있는 삶인가에 대해 고민한다. 「여수」에서 보여주는 문제제기는 「제비」(1952) 「역의 처세철학」(1952) 「제3인간형」(1953) 등 6·25를 전후해서 발표된 작품들에서도 지속적으로 드러나고 있다. 또한 안수길은 북간도 비봉촌을 중심배경으로 수난으로 점철된 한민족의 근대사(1870년부터 1945년 해방까지)를 형상화한 장편 『북간도』(1959~1967)를 발표하였다. 이 작품을 통하여 또다시 작가의 투철한 역사의식과 민족의식 그리고 장편소설 작가로서의 역량을 인정받게 된다.

작가는 1960년대 이후에도 산업사회로의 변화와 함께 왜곡되는 인간성과 소외의 문제를 제기한다. 그 대표 작품에 「서장(序章)」(1961) 「새」(1968) 「기름」(1968) 등이 있다. 「IRAQ에서 온 불온문서」(1965) 「동태찌개의 맛」(1970) 등에서는 국토의 분단과 이데올로기의 갈등 속에 있는 한국인의 불안과 피해망상을 형상화하고 있다. 이로써 안수길은 그가 살았던 당대사회의 문제를 소설의 주제와 소재로 선택하고, 일관된 역사의식과 예각화된 현실인식으로써 포착한 점에서, 또 소설의 배경을 민족의 이동과 더불어 확대시킨 점에서도 문단사에 뚜렷이 자리매김되어야 할 대표적 작가라본다.

3. 시대적 배경과 재만조선인 문학

한민족이 만주로 이주하기 시작한 것은 대체로 16세기부터였고, 1869
년과 1870년에 걸친 대흉년을 맞아 두만강을 건너가 농사짓기 시작한 것
을 대량 이주의 계기로 본다. 그러나 고난을 피하기 위한 월경은, 일제의
식민정책에 따른 또 다른 역경 때문이었다. 이들의 삶을 바탕으로 한 문학
적 시도와 성과는 1932년 만주국 건설 이후에 이주한 지식인들에 의한 작
업에서 찾아볼 수 있다. 염상섭 · 박영준 · 박계주 · 박화성 · 강경애 · 현경
준 · 안수길 등은 교사나 신문기자 등의 신분이었는데, 문예동인 '북향회'
를 조직하고 동인지『북향』·『북향보』(1944~1945)를 발간하는 활동과 더
불어, 한글신문『만선일보』를 중심으로 망명문단을 형성하여『재만조선인
시집』(1942), 재만조선인작품집『싹트는 대지』(1942)를 비롯하여 많은 작
품을 창작하였다.[5]

재만조선인 문학에서 뚜렷한 문학적 성과를 보인 작가로는 안수길과 더
불어 강경애, 김창걸 등을 꼽을 수 있다. 안수길이 초기소설「북원」등에서
보여주듯, 생존의 한 공간으로 만주를 바라보면서, 만주로 이주한 조선 이
주민의 삶을 그대로 묘사하면서, 계급적 · 민족적 논리보다는 현실적 논리
에 두면서 현실 고난을 극복할 방식은 무엇인가에 치중하였다면, 최서해,
강경애, 김창걸 등은 계급의식이나 항일의식에 기반을 두면서 작품화하였
다. 강경애는「그 여자(女子)」「소금」「유무(有無)」「모자(母子)」등을 통하여
만주의 현실과 일제 강점하의 이주민들의 고통을 형상화하였다. 김창걸

---

5   오양호,『한국문학사와 간도』, 문예출판사, 1988.

역시「무빈골 전설」「붓을 꺾으며」「암야」「소표」「두번째 고향」 등을 통하여 간도 이주민의 신산스런 삶과 항일정신을 형상화하였다. 이들의 작품은 농촌소설에서 한걸음 나아가 민족의식을 일깨우고, 국내문학의 암흑기라 불리는 40년대 전반의 공백기를 메웠다는 긍정적인 평가를 받기도 하지만, 반면에 주요 작품 발표 무대였던『만선일보』가 일본관동군의 조종에 의한 만주국의 국책 선양지였다는 점에서 한계를 동반하고[6] 있다.

그러나 해방 직전까지 이 일대에 2백만을 웃도는 한국인이 만주를 '제2의 고향' 또는 '북향'이라 부르며 살고 있었고, 재만조선인 문학이 이들의 삶의 정서를 문학화하는 한편 모국어 사용과 유지에 일익을 맡았던 사실은 결코 과소평가 될 수 없다. 더구나 안수길의 작품은 여러 한계에도 불구하고, 이때의 체험과 그것에서 비롯된 민족의식으로 해방 이후 우리 문단의 새로운 흐름을 선도했다는 점과 잊히기 쉬운 함경도의 사투리를 구사하고 있다는 점 등에서 의의[7]를 지닌다.

4. 안수길의 작품 전개와『북간도』

안수길의 문학은 대체로 초기(1935~1945), 중기(1946~1958), 후기(1959~1977)로 구분된다.

안수길의 간도 체험은 그의 작품세계의 주축이 되고 있는데, 특

---

6   김종회,「간도이주사를 통해 고취한 주체적 민족의식」,『한국현대문학100년 대표소설 100선 연구』, 문학수첩, 2006, 568쪽.

7   위의 책, 568쪽.

히 「새벽」(1935), 「벼」(1940), 『북향보(北鄕譜)』(1944), 『북간도(北間島)』(1959~1967) 등을 중심으로 형상화되고 있다.

특히 안수길이 간도에 있는 동안 창작한 초기문학에서는, 다양한 제재와 시각을 동원하여 조선인들이 이주 초기 겪게 되는 극심한 궁핍상과 억압과 수탈에 대해 고발하고 있다. 「새벽」(1935)에서는, 이주민들의 만주 정착 과정을 보여주면서 가난한 이주민들 위에 군림하는 현지 지주와 중국관헌의 약탈과 압박, 그리고 원주민의 배척과 마적의 약탈 등 황폐화된 이주민들의 삶을 형상화하였다. 또한 「벼」에서는 황무지를 옥답으로 개간하여 정착한 뒤, 2세 교육을 위해 학교를 설립하기까지의 과정을 자세하게 보여주고 있다.

특히 후기문학으로 대표되는 『북간도』에서는 작가의 만주 체험과 시간적 거리를 두고 객관적 시점으로, 이주민들이 보여준 불굴의 투지와 희생정신, 민족의식 등을 형상화하였다. 또한 만주 이주민들의 이주 초기 생활에서부터 시작하여 광복까지의 긴 시간을 다루면서, 만주가 한국근대사에서 지닌 위상과 그 의미에 대해 질문하면서, 민족주체성 확립과 수호의 지난함을 보여주었다.

1) 『북간도』에 대한 선행 연구

첫째, 작품 속에 용해된 작가의식 내지는 역사의식에 대한 연구.[8] 둘째,

---

8 이선미, 「「만주체험」과 「만주서사」의 상관성 연구」, 『상허학보』 4집, 1998.
　　강진호, 「추상적 민족주의와 간도문학」, 『작가연구』 2호, 1993.
　　이상경, 「간도체험의 정신사」, 『작가연구』 2호, 1996.

작중인물의 삶의 태도를 중심으로 한 인물 유형화.[9] 셋째, 서술구조 분석을 통한 구조미학적 측면에서의 고찰.[10] 넷째, 전체 작품에 대한 종합적인 접근과 분석 등으로 유형화[11]할 수 있다.

2) 『북간도』에 나타난 인물 유형 연구

안수길은 경제적인 혹은 정치적인 이유로 고향(조국)을 떠나 혹독한 생존 조건이 강제로 부여된 남의 땅에서 살지 않으면 안 되었던 우리 민족의 고통스런 삶과 실향의식을 만주개척 이민의 수난사와 외세와의 투쟁사라는 두 가지 축을 중심으로 형상화하고 있다. 때문에 복잡한 허구적 장치나 문학적 수식보다는 악화되는 현실자체를 사실적으로 드러내기 위해 인물, 사건, 장면을 설정하는 방법을 주로 쓰고 있다.

안수길이 『북간도』를 통해 핵심적으로 보여주려 한 것은 간도에 이주한 우리 민족이 그 질곡의 역사를 어떻게 살아왔으며, 또 온갖 탄압과 박해에 어떤 방식으로 대응하였으며, 궁극적으로 올바르게 살기 위해서 어떤 노력을 계속하였는가 하는 점이다.

이런 까닭에 『북간도』에 등장하는 수많은 인물들의 다양한 삶의 태도는 결국 안수길의 역사의식과 현실인식을 바탕으로 각각 제 모습을 드러낸

---

9 김경희, 「안수길의 북간도 연구」, 한국언어문학 19집, 1980.
10 김윤식, 『안수길연구』, 정음사, 1986.
11 오양호, 『일제 강점기 만주 조선인 문학 연구』, 문예출판사, 1996.
　　채훈, 『재만 한국문학연구』, 깊은샘, 1990.
　　최경호, 『안수길 연구』, 형설출판사, 1994.
　　윤재근, 「안수길론」, 『현대문학』, 1977.10.

것이라 할 수 있다. 작가는 인물들의 생존방식, 즉 '어떻게 사느냐' 하는 문제를 주로 가계(家系)를 통해 제시한다.[12] 그것을 요약하면, (가) 이한복 — 장손 — 창윤, 창덕 — 정수, (나) 최칠성 — 최삼봉 — 동규, (다) 장치덕 — 장두남 — 현도 — 만석, (라) 박만호 — 박치백 등의 네 가지 유형이다. 물론 이 네 가지 유형의 생존방식은 서로 크게 다르다.

(가) : 저항형 인물로서 민족적 긍지를 갖고 부당한 현실에 끝까지 저항하는 태도를 보인다. 특히 이한복은, 『북간도』의 중심사상이라고 할 수 있는 민족정체성에 대한 작가의 입장을 구체화한 인물로서, 민족의 정체성을 잃지 않고 치열하게 간도를 지키기 위해 저항하는 대표적 인물이다. 이러한 이한복의 저항의식은 이장손, 이창윤, 이정수에게까지 대물림된다. 일제강점기를 거치면서 국토와 국권을 회복하고 민족을 지켜야 한다는 민족정신은 이 작품에서 대를 이어 확장 지속되고 있다. 특히 이장손의 억울한 죽음과 이창윤의 유랑과 비참한 말로는 간도 이주민들의 참상과 수난을 잘 드러내 보여준다. 또한 4대인 이정수는 독립운동과 교육을 전력으로 추구하는 인물이나 시대상황 속에서 갈등하고 행동하는 생동감 있는 구체적 인물로 형상화되지 못한 한계성을 가진다. (가)의 인물들은 그들이 산 시기와 정치적 상황만 다를 뿐, 그들의 성격, 가치관에는 큰 차이가 없으며, 갈등 양상이 거의 드러나지 않아 개별성을 가지지 못해 도식적이고 상식적인 인물로 일관해 버렸다는 아쉬움을 남겼다.

---

12 민현기, 「민족적 저항과 수난의 재현」, 『어문학』 56집, 1995, 270쪽.

(나) : 현실타협형 인물로서, 지배세력에 기생하며 눈앞의 이익을 탐하는 태도를 보인다. 그 대표적 인물에 최칠성을 들 수 있다. 최칠성과 그의 아들 삼봉은 이한복가의 사람들과 늘 대립적 위치에 있다. 자신의 이익을 위해서라면 권력과 세력에 영합하고 반민족적 행위도 불사하는 부정적 인물들이다. 다만 최칠성의 손자 동규는 조부와 아버지와 달리 비봉촌 한인을 위해 앞장서는 인물로 형상화되어 있다.

(다) : 소극적 저항형으로 장치덕을 들 수 있다. 장치덕은 청국 관청에서 변발흑복을 강요하자 머리를 미리 단발해버리는 인물로서 소극적으로 저항하는 태도를 보여준다. 그러나 비교적 주어진 현실에 온건하게 적응하는 실리적 인간형에 해당한다. 3대 현도까지는 적극적이며 능동적으로 이주민의 생활을 꾸려가지만, 4대인 만석에 이르면 민족에 대한 어떤 의식도 없이 신학문과 일본어를 배워 동척에 취직하는 수동적인 인물로 변모하고 만다.

(라) : 반민족적 · 굴종적 인간형으로 박만호를 들 수 있다. 박만호는 민족주의자인 주인태 교사를 일경에 고발한 압잡이로서, 그 아들 박치백은 왜놈 순사가 된다.

(가), (나), (다), (라)에서 보여주는 인물의 유형화를 통하여 작가는 간도 조선인들의 삶의 방식과 질곡의 역사와 고통스런 현실에 대응하는 이질적인 방법들을 보여주려 했다고 본다. (가), (나), (다), (라)에서 보여준 4가문의 삶의 방식이, 저항주의, 기회주의, 현실주의, 반민족적 · 굴종주의로 나

아가고 있음을 드러내면서, 이한복가의 저항형을 현실타협형이나 소극적 저항형과 차별화시키고자 했던 것이다. 왜냐하면 이한복 일가(一家)의 가치 지향적인 삶의 역사적 실체를 밝히는 데 작품 전체의 초점이 모아지고 있기 때문이다.

그러나 『북간도』에 나타나고 있는 인물 형상화를 살펴볼 때, 작가의식을 일관되고 획일적으로 드러내는 것에 치중함으로써, 한 가계 내에서 차별화되지 않는 인물들로 정형화되고 도식화된 한계를 드러내고 말았다. 따라서 안수길의 인물들은 대체로 외모, 성격, 행동 등에서 구체화되지 못하고 갈등 양상이 심도 있게 내면화되지 못함으로써 평면적 인물에 머물고만 아쉬움을 남겼다. 그러나 이 작품 속에서 복동예(창윤의 애인이었으나 나중에 노덕심과 결혼, 노름빚에 팔려 아편쟁이가 되고 작부가 됨) 같은 인물은 개성적이며 입체적인 인물로서 형상화되고 있다.

3) 주체적 민족의식의 확대와 서술구조의 한계성

『북간도』의 내용은 크게 전반부(1부~3부)와 후반부(4부~5부)로 나눌 수 있다. 1870년부터 1914년까지를 시대적 배경으로 한 전반부는 주로 청국의 강압적 힘에 의한 수난을 그리고 있다. 1부에서 3부까지는 고토 회복이라는 이념을 바탕으로 월경 농사를 단행한 변경지역 농민의 민족주체성 회복을 서사화한다. 작가는 경제적·정치적인 이유로 고향을 떠나 간도에 이주할 수밖에 없었던 우리 민족의 실향의식을 만주 개척 이민의 수난사를 통하여 보여주고 있다. 전반부에서 주된 배경이 되고 있는 비봉촌을 중심으로 동족과 이민족, 가족 간의 갈등 양상을 구체적 사건 등을 통하여 형상화하고 있다. 특히 창윤이가 사포대 조직의 주체로 그려진 연재본을 근거할 때, 이주 농민을 민족주체로 인식하는 작가의 현실인식이 반영된 것으로 볼 수 있다.

반면 4, 5부는 홍범도 장군과 김좌진 장군의 청산리전투를 중심으로 만주를 인식하는 만주 서사이다. 만주 지역의 민족적 주체를 항일 독립운동 세력으로 보는 것이다. 따라서 작가는 민족해방을 쟁취하려 했던 우리 민족의 역사적 항거와 강인한 투쟁정신을 후반부에서 상세하게 그리고 있다. 많은 사상자를 내었던 1919년 3월 용정의 독립선언식을 비롯하여, 일본 영사관 방화 사건, 용정 조선은행 15만 원 탈취 사건, 그리고 본격적인 무력항쟁인 봉오동전투와 청산리전투 등을 민족 저항의 관점에서 증언하고 있다. 그러나 후반부는 만주 이주민의 일상이 상당 부분 배제되고 독립운동의 영웅들을 중심으로 이야기가 전개됨으로써 전반부에서 보여주었던 서사의 리얼리티를 상실하고 있다. 4, 5부의 서사는 정수와 창윤의 동생인 창덕이 가담한 '우파 민족주의자'들[13]의 독립운동에 직접 연결된 만주 체험으로 집중된다. 이 점은 전반부와 후반부를 이질적으로 만듦으로써, 『북간도』의 서사적 단절과 분열성을 극대화[14]한다. 이로 인해 전반부와 후반부는 만주의 민족적 주체를 다르게 설정함으로써 이질적인 서사원리를 지니게 된다.

따라서 『북간도』에는 만주 서사를 통해 민족적 주체성을 회복하려는 의도가 강하게 나타나지만, 민족적 주체를 여러 관점에서 바라봄으로써 단

---

13 박창욱, 「1920~30년대 재만 민족주의 계열의 반일민족운동」, 『역사비평』, 1944. 겨울호 참조.
14 이선미, 앞의 글, 375쪽.

절과 분열을 드러내고 있다. 특히 4, 5부는 만주 이주민의 생활사에 바탕을 두지 않고 자료에 근거하여 독립운동사를 기록한 방식으로 이야기가 전개되어, 만주 이주민들의 구체적인 생활사를 재현함으로써 일상적 차원의 역사물로 서사화된 1, 2, 3부와 단절된 서사구조를 가지게 되었다.

이것은 1930년대 만주국하에서 만주에 정착해서 살았던 안수길의 만주체험과 남한에 돌아온 후 주변인으로 밀려난 안수길의 소외감이, 『북간도』를 창작하게 된 계기가 됨으로써 길항관계를 형성하기 때문이다. 더구나 안수길이 작품 창작의 계기로서 내면화한 '민족주의' 역시 서사의 분열을 초래한 요인이 된다. 1930년대 계급 분해 과정에서 파생된 만주 유이민이나 공산주의자들의 항일 독립운동을 배제하는 '민족의식' 때문이다. 따라서 만주국하 일본영사관의 보호 속에서 성공한 장현도의 생존 논리가 중심서사가 되는 결말은 『북간도』의 민족서사로 볼 때 처음부터 예견된 것이라는 추론[15]도 가능하다.

특히 작가가 가지고 있는 작가의식의 과잉은 서술구조에도 영향을 미쳐서, 추상적 민족주의로 귀결될 우려가 있었던 것이다. 그럼에도 불구하고 『북간도』는 구한말로부터 일제 시기 동안에 간도로 이주해간 우리 민족의 삶을 소재로 주체적인 역사의식의 고취와 민족의식의 확장을 시도한 작품으로서 문단사적으로 큰 의미가 있다고 보는 것이다. 특히 간도의 역사와 국제적인 힘의 역학관계를 통하여 우리 민족의 간도 체험을 소설화함으로써, 새로운 역사 소설의 좌표를 분명히 보여주었다는 점에서 의미가 있다고 본다.

---

15 위의 글, 379쪽.

5. 결론

한국 현대소설에서 만주 체험을 다룬 대표적 작가로 안수길을 들 수 있다. 14세에 만주로 이주한 안수길은 그의 만주 체험을 바탕으로 「새벽」 「벼」「원각촌」「토성」「새마을」「목축기」 등을 비롯하여 장편『북향보』를 지속적으로 발표했다. 그의 작품 속에는 조선의 특수한 역사적 상황과 민족 수난의 참상이 구체화되면서 폭넓은 역사의식과 현실인식이 드러나 있다.

그럼에도 불구하고 초기 소설에 속하는 몇몇 작품들에는 당시 일제가 세운 괴뢰국가인 만주국의 정책이 여과 없이 수용되거나 미화[16]되기도 하였다. 또한『북간도』에 나타난 작중인물들이 작가의 민족의식에 의해 획일적으로 도식화되고 평면적인 인물로 형상화되어 한계성을 가진다. 나아가 서술구조의 측면에서 고찰해볼 때, 역사적 사실을 중심으로 개인들의 일상사가 전개되거나 지나치게 역사적 사실에 초점이 맞추어져 소설이 가져야 하는 상상력과 허구성 그리고 복합적 구성에서 리얼리티를 결여하였다. 특히 민족의식과 항일의식으로 무장된 작가의식이 서술구조에 영향을 미치면서 후반부에 이르러서는 인물의 성격 제시와 갈등 양상이 약화되고 소설이 가져야 할 서사적 구조가 전반부와 단절되었다.

그럼에도 불구하고『북간도』는, 1870년대에서 1945년 해방까지의 한국 근대사를 시간적 배경으로 하고 만주를 공간적 배경으로 하여, 자주적인 생존권과 민족정체성을 확립하고 독립을 쟁취하려는 우리 민족의 산 역사를 증언하였다는 점에서 문학사적 의미가 크다고 본다.

---

16 민현기, 앞의 글, 269쪽.

제3부

이상의 글쓰기 방식 수용 양상

이상 소설의 작중인물과 이미지의 유사성
― 황순원 · 김승옥 · 최인호 소설을 중심으로

1. 서론

이상(李箱)의 글쓰기는 1930년대 경성과 동경을 배경으로 식민지 지식인으로서의 삶을 살았던 작가의 근대적 체험으로부터 비롯되었다. 그 체험 속에서 형성된 자의식의 분열과 죽음의식, 탈출 욕망들이 이상 특유의 미적 언어 감각을 거치면서 패러독스, 위트, 해체 등의 수사학으로 형상화되었다.

이상은 시가 언어를 매개한다는 전통적인 창작방법을 거부하여 기호화하는 방법으로 숫자를 도입하기도 하고, 스토리 중심에서 묘사 중심적인 소설로 나아갔으며, 이야기의 파편화, 분절적 언어와 불연속적 단절을 시와 소설에서 사용함으로써 모더니즘과 신심리주의, 초현실주의의 대표 작가가 되었다.

한국 소설사에서 이상의 소설은 "사건의 인과적 연결에 의해 만들어진 이야기"[1]로서의 전통적 서사양식으로부터 탈피함으로써, 계기적 선상에서 볼 때 오늘날 유행하는 디지털 글쓰기로 나아가는 시발점에 존재하고 있다 하겠다. 1930년대에 이상의 글쓰기가 보여주었던 실험적 묘사와 전복적 상상력은 황순원, 장용학, 김승옥, 최인호, 조해일 등의 작품에서도 발견된다. 뿐만 아니라 박성원, 이치은 등 젊은 작가들의 패러디적 글쓰기의 원천[2]이 되고 있으며, 김연수에 의해 작가 이상이 소설의 소재[3]가 되고 있기도 하다. 이런 점에서 이상의 글쓰기가 동시대 작가에게 어떻게 수용되고 있으며, 후배 작가에게 어떠한 영향을 주었는지에 관한 공시적이고 통시적인 연구가 요구된다.

1930년대 이래 이상 문학에 대한 연구는 대체로 전기적 사실에 주목하여 정신분석학의 방법으로 해석한 연구들, 문학사와 문예사조의 시각에서 접근한 연구들, 텍스트 구조에 대한 분석, 성의식의 유희적 책략으로 읽는 경향이 주류를 이루고 있었다.[4] 1990년대에 들어서면서 이상 문학에 대한 연구는 크리스테바의 엡젝션론이나 발생 텍스트와 현상 텍스트에 초점을 맞춰 텍스트 생산 과정 및 현상화 문제에 대한 분석으로까지 나아가면서 정밀화되고 있다.[5]

---

1 송효섭, 「탈근대의 문화상황과 서사담론의 지형학」, 『한국문학이론과 비평』 3, 1998.
2 김성수는 박성원의 『이상, 이상, 이상』과 이치은의 『권태로운 자들, 소파 씨의 아파트에 모이다』를 1990년대의 대표적인 패러디 소설로 들고 있다. 김성수, 『이상 소설의 해석』, 태학사, 1999, 310쪽.
3 김연수, 『꾿빠이, 이상』, 문학동네, 2006.
4 김성수, 앞의 책, 22~23쪽 참조.
5 위의 책, 24~25쪽 참조.

특히 이상 소설의 작중인물에 대한 연구는 권성우, 김경린, 김교선, 김승희, 김윤식, 김성수, 문홍술, 신범순, 오생근, 송욱, 이강수 등에 의하여 다양하게 이루어져왔다. 그럼에도 불구하고 이상의 글쓰기가 한국 근 · 현대소설에 어떻게 계승되고 있는지에 대해서는 연구가 이루어지지 않고 있다. 이들 연구는 이상과 염상섭, 이상과 김기림,[6] 구인회를 중심으로 한 이상과 박태원 등 한정적으로 몇몇 작가와의 비교연구를 통하여 언급하였을 뿐, 황순원이나 후배 작가들과의 영향 관계를 통시적으로 살펴보는 작업은 전무한 실정이다. 문학사에서 작가와 작가의 영향 관계를 살피는 작업은 대단히 중요한 일임에도 불구하고 방대한 자료 분석과 이를 실증할 2차 자료 등의 미비로 사각지대에 놓여 있었다.

이에 이 글은 이상과 황순원이 모더니즘의 전통을 이어간 동인지『삼사문학』과 '동경학생예술좌'의 동인으로서 활동한 점에 착안하여, 이들 소설 속 작중인물과 이미지의 유사성을 밝혀냄으로써, 이상 소설의 수용 양상과 영향관계를 규명하기 위한 전초 작업을 마련코자 한다. 또한 1960년대를 대표하는 작가 김승옥과 황순원의 추천에 의해『현대문학』으로 재등단한 최인호의 작품을 통하여 작중인물과 이미지를 중심으로 이상과 황순원의 소설과의 유사성을 밝히고자 한다. 이러한 연구는 이상, 황순원, 장용학, 최인훈, 김승옥, 최인호, 조세희 등을 포함하는 한국 모더니즘 소설의 범주 속에서, 이상 소설의 수용 양상과 영향관계를 규명하려는 기초 작업이 되리라 전망한다.[7]

---

6   김윤식, 「근대주의 문학사상 비판」,『한국현대문학사상사론』, 일지사, 1992.
7   이 글은 졸고, 「이상의 글쓰기 방식 수용 양상 연구」(『현대소설연구』 57호, 2014.12.)에 이어, 이상 소설을 작중인물과 이미지를 중심으로 한국 모더니즘 소설

2. 권태의 유희화

이상의 「날개」에서 '나'는 아내에게 기생하며 사는 거추장스러운 존재일 뿐이다. 그리하여 나는 '잠'을 자거나 아내의 '거울'과 '돋보기'로 놀면서 권태를 유희화한다. '나'의 '권태'는 인간소외의 현실과 소통의 단절을 상징적으로 보여주는 공간 '방'에서 시작된다. '절대적 장지'로 나뉜 「날개」 속의 '방'은 현실과 비현실, 아내와 나, 그리고 자아와 또 다른 자아로 대립되는 '방'이다. '나'는 이 방에서 마냥 '잠'을 자고 아내의 화장품 병을 들여다보고 아내의 '돋보기'와 손잡이 '거울'을 가지고 논다. 그리고 "나는 가장 게으른 동물처럼 게으른 것이 좋았다"[8]고 토로하고 있다. '나'의 게으름 즉 권태는 '돋보기', 아내의 손잡이 '거울'을 통해 유희화된다.

> 나는 쪼꼬만 '돋보기'를 꺼내 가지고 아내만이 사용하는 '지리가미'를 끄실려가면서 불장난을 하고 논다. 평행광선을 굴절시켜서 한 초점에 모아 가지고 그 초점이 따끈따끈해지다가, 마지막에는 종이를 끄실르기 시작하고 가느다란 연기를 내이면서 드디어 구녕을 뚫어 놓는 데까지에 이르는 고 얼마 안 되는 동안의 초조한 맛이 죽고 싶을 만치 내게는 재미있었다.
> 이 장난이 싫증이 나면 나는 또 아내의 손잡이 거울을 가지고 여러 가지로 논다. 거울이란 제 얼굴을 비칠 때만 실용품이다. 그 외의 경우에는 도무지 장난감인 것이다.
> 이 장난도 곧 싫증이 난다. 나의 유희심은 육체적인 데서 정신적인

의 계보를 밝히고자 하는 전초 작업이라 볼 수 있다.

8 이상, 「날개」, 김윤식 편, 『이상문학전집 2』, 문학사상사, 1991, 324쪽.

데로 비약한다.[9]

　'나'는 권태의 유희화를 통해 내객이 아내에게 왜 돈을 주는지, 아내는 나에게 왜 돈을 주는지, 어떤 쾌감이 있는지에 대해 흥미를 가지게 되고 이는 외출로 이어진다. '쾌감'의 유무를 체험하고 싶어 외출을 하는 것이다. 이 외출을 통하여 나는 아내에게 돈을 주고 아내의 방에서 잠을 자는 쾌감을 맛보게 된다. 그러나 결국 아내가 나에게 아스피린이 아닌 아달린을 먹인 것을 발견하게 된다. 다섯 번째 외출에서 나는 미쓰코시 옥상에 올라가게 되고 그곳에서 자신의 삶을 회고한다.

> 　　허리를 굽혀서 나는 그저 금붕어나 들여다보고 있었다. 금붕어는 참 잘들 생겼다. 작은 놈은 작은 놈대로 큰 놈은 큰놈대로 다- 싱싱하니 보기 좋았다. 내려 비치는 五月 햇살에 금붕어들은 그릇 바탕에 그림자를 내려뜨렸다. 지느러미는 하늘하늘 손수건을 흔드는 흉내를 내인다. 나는 이 지느러미 수효를 헤어보기도 하면서 굽힌 허리를 좀처럼 펴지 않았다. 등어리가 따뜻하다.
> 　　나는 또 회탁의 거리를 내려다 보았다. 거기서는 피곤한 생활이 똑 금붕어 지느러미처럼 흐늑흐늑 허비적거렸다. 눈에 보이지 않는 끈적끈적한 줄에 엉겨서 헤어나지들을 못한다.[10]

　나는 '금붕어'의 수를 세어보며 자신의 삶과 동일시한다. 근대화의 물결 속에 기계화되어가는 권태로운 삶의 모습이 '회탁의 거리' 속에 있다. 자신

9　이상, 「날개」, 322쪽.
10　이상, 「날개」, 343쪽.

도 그 '회탁의 거리' 속으로 "섞여들어가지 않는 수도 없다"고 생각하였다. 이렇게 '나'가 느끼는 무위와 권태는 '금붕어' 지느러미를 세는 행위를 통해 "거기서는 피곤한 생활이 똑 금붕어 지느러미처럼 흐늑흐늑 허비적거렸다."라고 표현되고 있다.

이처럼 이상의 「날개」에서 '금붕어'를 매개로 하여 드러내는 '권태'의 유희화 방식은, 최인호의 「견습환자」에서 '권태로움'에 빠진 작중인물을 묘사하는 데에서 거의 동일하게 사용되고 있다.

> 입원 생활은 금붕어 같은 생활이었다. 모든 환자들은 양순한 민물 고기처럼 조용히 지느러미로 미동을 하면서 병원을 부유(浮遊)하고 있었다. 나는 이 붕어 같은 병원 생활이 무척 마음에 들었다.
> 오랜 방황 끝에 고향에 닻을 내린 범선처럼 나는 한가로왔고, 그리고 즐거웠다.[11]

습성 늑막염에 걸린 '나'는 그저 통증도 만져지지 않고 "끈적끈적한 늪지대에 빠져버린 듯한 미열"만 오는 병을 안은 채 "안이한 체념으로 시간 맞추어 밥을 먹고, 빈 시간이면 잠을 자는 입원생활에 만족"하게 되면서 권태에 빠지게 된다. 무위에 빠진 '나'는 "어항 속처럼 권태"로운 병원에서, 건조하게 기계화된 의사들을 웃겨보려 하지만 좌절하기도 한다. 그러다가 나는 건조성 환자인 젊은 인턴에게 관심을 가지게 되면서, "철근 콘크리트로 격리된 견고한 미로 속에 쥐 대신 젊은 인턴을 삽입시키기 위해" 명패를 바꾸어놓지만 실패하고 만다. 결국 '나'가 선택한 권태의 유희화는 관

---

11 최인호, 「견습환자」, 『최인호중단편소설전집 1』, 문학동네, 2002, 377쪽.

철되지 않는다. "어느틈엔가 고등 동물인 그들은 제 스스로 미로를 제거할 줄 알게 사육"되었기 때문에, 메커니즘화되어 웃지도 않고 당황하지도 않고 기계적으로 일사불란하게, 바뀐 명패를 원위치로 회복시킨 것이다.

'금붕어'를 매개로 하여 작중인물이 느끼는 권태의 양상은 황순원의 「풍속」에서 "물고기가 뱉어내는 거품처럼 거품처럼. 거품, 거품, 거품"[12]이라고 묘사되기도 한다.

한편 이상의 「날개」에서 '나'가 권태를 유희화하기 위해 '돋보기'를 가지고 놀았다면, 최인호의 「개미의 탑」에서 '그'는 '개미'를 추방하기 위해 '확대경'으로 햇빛을 모아 개미를 불태운다. '그'는 광고회사의 직원으로서 '새로움'과 '참신함'을 강요당하는 물신화된 경쟁사회 속에서 지쳐 있는 인물이다. 이 작품 속에서 '개미'는 날카로운 감식력과 조직력과 추진력으로 그림자처럼 '그'를 감시하고 질식시키는 거대 조직망을 상징한다. 거대 조직망 속에서 공포에 떠는 '그'는 '개미'를 추방하려는 시도를 한다.

> 그것은 무서운 조직의 힘이었다.
> 그는 확대경을 가져다가 설탕을 향해 새카맣게 모인 개미들을 들여다보았다. 실제 크기보다 수십배로 확대된 개미들은 검은 강철로 만든 정밀한 금속제품처럼 보였다.
> 자기 입보다 훨씬 큰 설탕을 꼬옥 쥐어물고 운반하는 개미들의 이빨은 억세고 튼튼했다.
> 그는 확대경으로 방바닥으로 몰려든 햇빛을 모아 뜨거운 불빛을 일으켰다. 확대경이 이루는 원의 크기가 점점 좁아질수록 개미들은 돌

---

12 황순원, 「風俗」, 『늪/기러기』, 황순원전집 1, 문학과지성사, 1992, 151쪽.

이상 소설의 작중인물과 이미지의 유사성

250
251

연한 열에 몸부림치며 뒹굴었다. 그리고 타죽었다.[13]

그러나 그는 '개미'의 추방에 몇 차례 실패하자 결국 벌거벗은 온몸에 설탕물을 묻힌 채 방 안에 누워 개미들을 기다린다. 경쟁이 우선되는 물질만능 사회의 거대 조직망 속에서 살아남기 위해서는 어쩔 수 없이 '개미' 즉 '거대 조직망'과 화해해야만 한다고 인식하게 되면서 그는 '개미'의 제물이 되고자 스스로를 바치는 것이다. 비록 '개미'들이 그의 살과 피를 갉아 먹을지라도. 거대 조직망에서 탈출하고자 시도하지만 실패할 수밖에 없을 때 그는 '개미'들과 화해하게 된다.

이상의 「날개」에서 보여주는 '권태의 유희화' 방식은 이상의 「지도의 암실」 「지주회시」, 황순원의 「이날의 지각」, 김승옥의 「서울, 1964년 겨울」, 최인호의 「견습환자」 「타인의 방」 등에서도 유사하게 나타난다. 「날개」에서 무료와 권태를 '잠, 거울, 돋보기, 금붕어' 등을 매개로 유희화하고 있다면, 「지도의 암실」에서 '그'는 혼자 산책을 하면서 앵무새와의 대화를 상상함으로써[14] 고독과 권태를 유희화 한다. 황순원의 「이날의 지각」에서는 법정에서 재판하는 재판관의 하품, 동물원 안의 고릴라, 침판지, 암사자, 흰곰의 왕복 운동과 같은 권태로운 동작을 '그'의 권태와 동일시하기도 하고, 슬롯머신 기계 놀이를 통하여 '권태'를 유희화한다. 그리고 그가 선택할 점심 식사 메뉴를 '여자'와의 잠자리 메뉴와 동일시함으로써 '권태'를 유희화하기도 한다. 김승옥의 「서울, 1964년 겨울」에서는 분절적 언어와 동문서

---

13 최인호, 「개미의 탑」, 『최인호중단편소설전집3』, 문학동네, 2002, 274쪽.
14 이상, 「地圖의 暗室」, 김윤식 편, 『이상문학전집 2』, 문학사상사, 1991, 168쪽.

답식 대화를 통하여 작중인물들의 권태와 현실에서 도피하고픈 마음을 극대화해 보여준다. 최인호의 「타인의 방」에서도 '그'의 무력감과 고독감은 '거울' '확대경' '껌' 등을 매개로 형상화되는데, 이는 욕실 거울 앞 확대경을 움직여서 형광불빛을 한 곳으로 모으는 행위에서 단적으로 드러난다. 이러한 '그'의 무력감은 「날개」의 '나'를 연상시킨다. 「타인의 방」에서 '그'가 느끼는 무력감과 고독감은 사물이 생물화되고 생물이 사물화되는 환영과 환상으로 극대화된다.

이상에서 이상의 「날개」 「지도의 암실」 「지주회시」 「환시기」 등에서 형상화된 작중인물의 내면세계는 '권태'로부터 시작되고 있으며, '잠, 거울, 돋보기, 금붕어' 등을 매개로 유희화되고 있음을 살펴보았다. 그리고 '권태의 유희화' 양상은 황순원, 김승옥, 최인호 등의 소설에 등장하는 작중인물에서도 그 유사성을 발견할 수 있다.

3. 화폐와 성의 페티시즘

이상의 「날개」에서 닫힌 공간 '방'에서, '잠, 거울, 돋보기, 금붕어' 등을 매개로 권태를 유희화하던 '나'는 아내가 내객이 있을 때 나의 머리맡에 놓고 간 '은화'를 보자 '돈'에 대해 연구를 시작한다. "아내에게 왜 돈이 늘 있나", "아내의 직업이 무엇인가를 연구"하게 되고, 아내가 쓰는 '돈'은 "까닭 모를 내객들이 놓고 가는 것"이라는 데 이른다. 그리고 나는 "왜 아내의 내객들이 아내에게 돈을 놓고 가나 하는 것이 풀 수 없는 의문인 것같이, 왜 아내는 나에게 돈을 놓고 가나 하는 것도 역시 나에게는 똑같이 풀 수 없는 의문이었다."고 토로한다. 그러나 나에게 돈은 아무런 의미도 없다. 그리하여 "나는 고 벙어리를 변소에 갖다 넣어버렸다."[15] 나에게 화폐는 무의미한 사물일 뿐인 것이다.

이런 내가 "내객이 아내에게 돈을 놓고 가는 것이나 아내가 내게 돈을 놓고 가는 것이나 일종의 '쾌감'이"[16] 아닐까 생각하게 되면서 '쾌감'의 유무를 체험하고 싶어서 '외출'하게 된다. 첫 번째 외출에서 나는 5원을 그대로 가지고 와 초조하다가 얼결에 아내의 손에 쥐여주고 아내 방에서 잠들어 있는 자신을 발견하고는, 아내의 손에 돈 5원을 쥐여주고 넘어졌을 때의 쾌감을 다시 한번 느끼기 위해 두 번째 외출을 감행한다. 경성역 시계가 12시를 지나서 나는 집으로 돌아와 돈 2원을 아내 손에 덥석 쥐여준다. 아내는 내가 돈 2원을 오늘도 쓰지 않은 것이 이상한 듯 나의 얼굴을 쳐다본 후 "드디어 아무 말 없이 나를 자기 방에 재워주었다. 나는 이 기쁨을 세상의 무엇과도 바꾸고 싶지 않았다. 나는 편히 잘 잤다."[17] 이제 나에게 '화폐'는 아내를 살 수 있는 매개체가 된다. 이상의 「날개」에서 '화폐'는 '매춘'을 대리 표상하며 물신화된다. 나에게 '아내'는 '돈'을 주고 살 수 있는 매춘부의 이미지로 인화된다. 나는 아내 방에서 겸상을 받고 다시 외출하고 싶어 하지만 돈이 없어 슬퍼한다. 아내는 지폐를 주며 늦게 돌아오라고 주문한다.

그러나 세 번째 외출에서 비가 오자 나는 얼떨결에 노크하는 것을 잊고 들어오다가 내가 보면 "아내가 좀 덜 좋아할 것을 그만 보았다." 의식을 잃

---

15 이상, 「날개」, 328쪽.
16 이상, 「날개」, 329쪽.
17 이상, 「날개」, 334쪽.

고 쓰러진 나에게 아내는 약을 준다. 외출하려는 나에게 아내는 외출하지 말라고 말한다. 나는 아내의 화장대 앞에서 돋보기 장난도 하고 거울 장난도 한다.[18] 그러다가 나는 최면약 아달린을 발견하고 네 번째 외출을 하게 된다. 나는 아스피린과 아달린에 대해 연구하다가 여섯 개의 아달린을 모두 먹고 일주야를 밖에서 잔다. 나는 아내에 대해 의구심을 가지면서도 아내를 의심하고 있는 자기가 아내에게 미안하다고 생각하며 집으로 돌아간다. 그러나 나는 "내 눈으로는 절대로 보아서는 안될 것을 그만 딱 보아버린다." 아내의 발악을 보며 "바지 포켓 속에 남은 돈 몇 원 몇십 전을 가만히 꺼내서는 몰래 미닫이를 열고 살며시 문지방 밑에 놓고 나서는 나는 그냥 줄달음박질을 쳐서 나와버렸다."[19] 이제 나에게 '아내'의 존재는 철저한 매춘부의 이미지로 내면화되고 현실 속에서도 행동으로 구체화된 것이다. 즉 '나'에게 '아내'는 '화폐'와 '성'을 페티시즘[20]으로 내면화시키는 동인이 된다. 그리하여 나는 근대의 물질문명을 상징하는 미쓰코시 백화점에서 내려와 거리에 서서 "우리 부부는 숙명적으로 발이 맞지 않는 절름발이인 것이다."[21]라고 독백하고, "이 발길이 아내에게로 돌아가야 옳은가 이것

---

18 김성수는 「날개」에서 작중인물은 "감각기관의 확장을 통해서 아내와 자연스럽게 접촉하지 못하고 여성의 육체를 인공적으로 치장하는 화장 도구나 속옷 등에 집착하는 이상 심리"에 빠져 있다고 언급한다. 김성수, 앞의 책, 214쪽.

19 이상, 「날개」, 342쪽.

20 '페티시즘(fetishism)'이란 용어는 물신성, 물신주의, 성대상장애, 절편음란증 등의 의미로 폭넓게 쓰이고 있다. 김성수, 앞의 책, 215~224쪽 참조. 이 글에서는 '페티시즘'의 용어를 그대로 사용하면서 주로 '물신숭배' '화폐의 물신성' '성의 물신성' '물신주의' '이성으로서의 타자나 대상에 대한 미적 집착' '고착적 탐미애' 등의 의미로 사용하고자 한다.

21 이상, 「날개」, 343쪽.

만은 분간하기가 좀 어려웠다. 가야하나? 그럼 어디로 가나?"라며 갈등한다. 그리고 '정오의 사이렌'이 울리자, 불현듯이 겨드랑이 가려움을 느끼며 "날개야 다시 돋아라. / 날자. 날자. 날자. 한번만 더 날자꾸나. / 한번만 더 날아 보잤꾸나."[22]라고 외친다.

이와 같이 이상의 「날개」에서 드러난 화폐와 성의 페티시즘적 양상은 이상의 「지주회시」, 황순원의 「이날의 지각」, 최인호의 「타인의 방」 등에서도 유사하게 드러나고 있다. 특히 이상의 「날개」「지주회시」, 황순원의 「이날의 지각」, 최인호의 「타인의 방」에서 등장하는 '아내'의 이미지는 '돈' 또는 '성'을 매개로 페티시즘화되고 있으며, 부정적으로 형상화되고 있다는 점에서 공통점을 가진다.

> 女王蜂과 未亡人 ── 世上의 하고많은 女人이 本質的으로 이미 未亡人이 아닌 이가 있으리까? 아니! 女人의 全部가 그 日常에 있어서 개개 「未亡人」이라는 내 論理가 뜻밖에도 女性에 對한 冒瀆이 되오? 꾿빠이.[23]

「날개」의 주인공 '나'에게 있어서 아내의 존재는 여왕벌 같은 존재이거나, 장자의 고사[24]에 나오는 미망인처럼 지조 없는 존재로 인식된다. 따라

---

22 이상, 「날개」, 344쪽.
23 이상, 「날개」, 319쪽.
24 『장자』에 나온 고사의 내용은 다음과 같다. 한 과부가 남편의 무덤에 부채질을 하고 있다. 무덤의 흙이 말라야 개가를 할 수 있기 때문이다. 그 말을 전해들은 장자의 아내는 분개한다. 그러나 장자가 죽자마자 그녀는 문상 온 후왕자에게 교태를 부린다. 금방 죽은 사람의 골을 파서 눈에 얹어야 낫는다는 후왕자의 병을 고치기 위해 장자의 관까지 뜯는다. 이 고사는 부부의 사이는 얄팍한 인연에 지나지 않음을 말하고

서 이상은 "여인의 전부가 '미망인'이라는 내 논리가 뜻밖에 여성에 대한 모독이 되오"라고 역설적으로 묻고 끝빠이를 외치며 퇴장한다. [25] 「날개」의 작중인물이 아내를 부정적으로 인식하는 모습은 「지주회시」의 '그'가 안해, 돈, 방, 그리고 그 자신을 서로가 서로를 빨아 먹는 '거미'로 인식하고 있는 양상과 유사하다.

특히 황순원의 「이날의 지각」 속의 '여자'와 최인호의 「타인의 방」 속의 '아내'는 성적 욕망이 강한 인물로 등장한다. 「이날의 지각」 속의 '여자'는 성적 욕망이 매우 강하므로 작중인물 '그'는 오늘밤 여자에게 어떤 메뉴를 제공할 지에 대해 고민한다.

> 우리나라 음식? 중국 음식? 일본 음식? 서양 음식? 구체적으로, 불고기백반? 갈비백반? 설렁탕? 곰탕? 냉면? 소고기간짜장? 삼선짬뽕? 울면? 전골백반? 복지리백반? 초밥? 비이프스테익? 함벅스테익? 비이프가쯔? 돈가쯔?…… 이처럼 그가 점심에 대해 마음을 써야 하는 데는 까닭이 있다. 밤 잠자리에서 여자가 그를 요구할 때는 즉물적으로, 오늘 메뉴는 뭐지? 하고 속삭이는 것이다. 점심에 그가 먹은 음식이 곧 잠자리에서의 여자 자신의 것이 된다는 투다. 오늘밤 여자가 요구하면 무슨 메뉴를 제공해준다?
>
> 생각끝에 보신탕을 제공해주리라 마음먹는다. 보신탕이라면 여자가 질색을 하여 더러운 것이라도 피하듯 고개를 꼬았다가도 어느결에,

---

있다. 장현숙, 『현실인식과 인간의 길』, 한국문화사, 2004, 350쪽 참조.

25 이상은 자전적 소설이라고도 할 수 있는 「봉별기」에서 "천하의 여성은 다소간 매춘부의 요소를 품었느니라고 나 혼자 굳이 신념한다. 그 대신 내가 매춘부에게 은화를 지불하면서는 한 번도 그네들을 매춘부라고 생각한 일이 없다"(이상, 「봉별기」, 김용직 편, 『이상』, 문학과지성사, 1977, 201~202쪽.)고 서술하고 있다는 점에서 이상의 여성관을 살펴볼 수 있다.

개는 어째서 숭없게 뒤가 맞붙어 오래 떨어지지 않지? 하면서 제김에 흥분하여 온몸이 달아오르곤 하는 것이다. 여자에게 보신탕을 제공해 준지도 한동안 됐으니 오늘 메뉴는 그걸로 하리라.[26]

이렇게 「이날의 지각」 속의 '그'는 '여자'에게 단지 밤의 서비스를 위해서만 존재 가치가 있다. 그와 여자와의 관계는 일상적인 부부 관계를 벗어난다. 여자에게 그의 존재는 감각적인 쾌락을 제공하는 존재일 뿐이다. 성행위에서조차도 여자의 쾌락이 중심이 되고 그의 쾌락은 무시되어야 하는 관계이다. 반면 그에게 여자의 존재는 하루에 사천 원이라는 물질적 풍요를 제공하는 존재이다. 달리 말하면 여자의 존재는 그의 경제적 능력을 거세시키는 존재이다. 그들의 계약 속에는 일체의 생산적인 어떠한 그의 행위도 용납되지 못한다는 조건이 붙어 있다. 또 여자로부터 받은 사천 원 중에서 한 푼도 그의 몫으로 남겨둬서는 안 된다는 불문율이 정해져 있다. 또한 열시 반까지는 귀가해야 한다. 그러나 이 시각에 늦지 말아야 함은 물론 너무 이르지도 말아야 한다. 결국 여자는 그의 삶을 무능하게 만드는 촉매자이다. 그의 자유의지를 거세하는 존재이다. 나태와 무위 속에 닫힌 그의 삶에 있어서 여자는 돈과 성(性)을 표상한다. "여자가 무엇을 해서 어떻게 돈을 버는지 그가 알 바 아니듯이, 매일 받는 사천 원을 그가 무엇에다 어떻게 쓰든 여자 편에서 상관 않으나, 그날 돈은 그날로 한 푼 안 남기고 깡그리 써버려야 하는"[27] 그는 물질의 하수인이다. 그들의 관계는 사랑의 관계가 아니라 물질과 성(性)과 계약으로 맺어진 상품화된 관계이다.

---

26 황순원, 「이날의 遲刻」, 『탈/기타』, 황순원전집 5, 문학과지성사, 1992, 207쪽.
27 황순원, 「이날의 遲刻」, 214쪽.

그는 "하루 종일 집안에서나 밖에서 철저하게 생산적인 일을 해서는 안 되는 대신, 여자를 위한 밤의 서비스에만은 단연 유능한 남성이 돼야" 한다. 그래서 그는 여자를 즐겁게 해줄 성적 기술을 궁리한다. 그는 진정한 사랑이 결여되어 있는 계약된 부부 관계에서 자유의지를 박탈당한 채 스스로를 물질과 성(性)의 노예로 감금시키고 있다. 그는 무위와 나태와 성(性)만이 있는 현실 속에 갇힌 존재이다. 이 작품 속에서 그를 가두는 '현실'은 바로 '여자'로 표상된다. 이 작품 속에서 '여자' 역시 성을 파는 매춘부로 암시되고 있다. 왜냐하면 그가 열 시 반경에 맞추어서 집으로 돌아와야 한다는 불문율은 '여자'가 매춘을 하고 있음을 암시하기 때문이다.

「날개」에서 아내가 나를 경제적으로 무능하게 만드는 촉매자이고 '현실'을 상징하듯이, 「이날의 지각」 속의 여자 역시, 건전한 삶을 위해 필요한 그의 생산적 능력을 말살시키고 경제적으로 무능하게 만드는 촉매이다. 「날개」와 「이날의 지각」에서 아내는 매춘을 통해 돈을 벌고 있으며, 남편에게 돈을 주고 있다는 점에서 공통점을 가진다. 그러나 「이날의 지각」에서 남편과 아내의 관계에서만 볼 때, 여자가 매춘을 위한 상품이 되지 않고, 오히려 남자가 '여자'에게서 돈 사천 원을 받고 여자의 성적 쾌락을 위해 상품화된 성(性)으로 전락하고 있다는 점에서 특이하다.

최인호의 「타인의 방」 속의 '아내' 역시 외도를 일삼는 인물로서, 「이날의 지각」 속의 '여자'와 같이 1970년대의 사회현실을 표상하고 있다. 이들은 물질만능과 쾌락주의에 함몰해 있는 1970년대의 현실을 보여주는 전형적 인물이라 볼 수 있다.

나는 아내가 다른 여인과 다른 성기를 가진 것을 잘 알고 있다. 그녀의 성기엔 자크가 달려 있다. 견고하고 질이 좋은 자크이다. 아내는 내가 보는 데서 발가벗고 그 자크를 오르내리는 작업을 해보이기 좋아한다. 아내의 하체에 자크가 달린 모습은 질 좋은 방한용 피륙을 느끼게 하고 굉장한 포용력을 암시한다.[28]

「타인의 방」에서 "성기에 자크가 달려 있는" 아내는, 소외와 단절로 인해 사물화되어버린 '나'를 알아보지 못한다. 왜냐하면 이미 이들 부부는 사랑의 관계가 아니라 돈과 성(性)만으로 매개되어 있기 때문이다. 따라서 성적 욕망이 강한 아내는 '나'가 예정보다 일찍 출장에서 돌아온 것을 모른 채, 거짓 메모를 남기고 다시 외출하려고 한다. 그러다가 그녀는 남성의 페니스로 상징되는 '새로운 물건'을 발견하고 그것에 키스를 하기도 하지만 결국 폐기해버린다. 형식적이고 단절된 남편과 아내와의 관계가 사물화된 '나'의 '성기'를 통해 극적으로 표상되고 있다. 특히 성적 욕망이 강한 아내가 좋아했던 '페니스'가 사물화됨으로써 작가는 성의 페티시즘화를 극단적으로 보여주며 그러한 현실을 야유한다.

그러나 그녀는 곧 잃어버린 것이 없는 대신에 새로운 물건이 하나 놓여 있는 것을 발견했다.
그 물건은 그녀가 매우 좋아했던 것이었으므로 며칠 동안은 먼지도 털고 좀 뭣하긴 하지만 키스도 하긴 했었다. 하지만 나중엔 별 소용이 닿지 않는 물건임을 알아차렸고 싫증이 났으므로 그 물건을 다락 잡동사니 속에 처넣어버렸다. 그리고 그녀는 다시 그 방을 떠나기로 작정을 했다. 그래서 그녀는 메모지를 찢어 달필로 다음과 같이 써서 화

---

28 최인호, 「타인의 방」, 193쪽.

장대 위에 놓았다.[29]

　그녀는 '새로운 물건'이 이제는 소용없는 물건임을 알아차리고 잡동사니 속에 '처넣어'버린다. 즉, 그녀에게 '나'는 존엄성을 가진 남성 또는 남편으로서가 아니라 성적 도구로 이미 전락해 있었던 것이다. 따라서 남편이라는 존재는 사물화되어 남성으로서의 성적 기능을 상실했을 때, 가차 없이 폐기처분되는 처지에 놓이게 된다.

　이렇듯 「날개」 「지주회시」 「이날의 지각」 「타인의 방」에서 남편과 아내의 관계는 물질과 성(性)과 계약으로 맺어진 상품화된 관계로서 유사성을 지님을 알 수 있다. 남편과 아내의 관계가 '화폐'와 '성'을 매개로 페티시즘화하는 양상은 이상의 「봉별기」에 이르러 극단적으로 드러난다. 이 작품에서 '나'는 아내를 다른 남자와 독탕에 들어가게 한다든지 변호사인 C에게 아내를 권하기도 한다. 또한 매춘으로 번 돈을 아내는 남편인 '나'에게 자랑한다. 한편 나는 아내의 매춘(오락)을 돕기 위해 외출하거나 딴 곳에서 자고 방까지도 개방한다. 이렇게 '화폐'와 '성'을 매개로 페티시즘화하는 양상은 「지주회시」에서도 상징적으로 드러나고 있다. 작가는 물질과 성이 만연하는 부정적 현실을, '그', '안해', '돈'을 모두 '거미'로 인식하는 작중인물을 통하여, 서로가 서로를 빨아 먹는 '거미'의 순환구조로서 비판적으로 형상화하고 있다.

　'화폐'와 '성'을 매개로 페티시즘화하는 양상은 김승옥의 「60년대식」 「환상수첩」에서도 비극적인 양상으로 드러나고 있다. 「60년대식」에서 한때

29　최인호, 「타인의 방」, 198~199쪽.

사랑했던 여자를 무책임하게 버리고 결국은 자살 직전 자책감 때문에 그녀를 찾아가지만 또다시 다른 사람에게 인계하는 '도인', 「환상수첩」에서 사랑하는 선애를 창녀와 맞교환하자는 오영빈의 제안을 수락함으로써 그녀에 대한 집착에서 벗어나고자 했던 '나'는, 모두 이상의 「날개」 「봉별기」 「환시기」[30]의 '나'와 동일선상에 놓이는 인물이다. 이들은 모두 권태에서 비롯되는 무책임성으로 '화폐'와 '성'을 매개로 여성과 사랑을 페티시즘화 시킨다.

'화폐'와 '성'을 매개로 페티시즘화하는 양상은 최인호의 「잠자는 신화」에 이르러 새로운 양상으로 극대화된다. 물질의 노예가 되어 난쟁이로 변한 현대인이, 자기 본래의 실체를 찾아 '거인 여성'을 찾아나서는 일련의 과정을 보여주는 이 작품에서, 최인호는 '잃어버린 생식기'를 찾아 헤매는 작중인물을 통해 섹스에서조차도 건강한 생명력을 잃어버린 현대인의 모습을 우화적으로 보여주고 있다.

이렇듯 이상 소설의 작중인물이 '권태'를 유희화하고 '화폐와 성의 페티시즘'에 함몰되는 양상은 황순원의 「이날의 지각」, 김승옥의 「60년대식」 「환상수첩」 「무진기행」, 최인호의 「타인의 방」 등에 등장하는 작중인물들에게서도 유사하게 드러나고 있음을 알 수 있다.

---

30 이상의 「환시기」에서 작중인물 '나'는 순영을 사랑하지만 절망에 빠져 있는 송군에 대한 연민으로 순영을 송군에게 양보한다. 이상, 「幻視記」, 김윤식 편, 『이상문학전집 2』, 문학사상사, 1991 참조. 이러한 양상은 여성과 사랑까지도 페티시즘화하는 경우에 해당한다고 볼 수 있다.

4. 각성의 이미지 : 사이렌 소리, 불, 눈

이상의 「날개」에서 '나'는 '권태의 유희화'와 '화폐와 성의 페티시즘'에 매몰되어 있다가 '사이렌'을 매개로 각성의 단계에 진입한다. 이상의 「날개」에서 '나'는 세 번째 외출을 통해 아내의 '부정'을 목격하게 된다. 그러자 아내는 나에게 '아스피린'을 준다. 나는 여전히 '돋보기'와 '거울' 장난을 하며 지내다 우연히 '아달린 갑'을 발견하게 된다. 군더더기 같은 존재가 되어버린 나에게 아내가 '아스피린' 대신 '아달린'을 먹인 것을 알게 되면서 '나'는 갈등한다. '나'는 집을 나와 방황하다 백화점 옥상에 올라가 회탁의 거리를 내려다본다. 다시 그 '회탁의 거리' 속으로 내려온다. "이때 뚜우하고 정오 사이렌이 울렸다."

이상의 「날개」에서 '사이렌'은 식민화된 근대 도시에서 도시인들의 삶을 규율하고 제도화하는 신호음으로 기능한다. 메커니즘화되어 반복되는 일상을 정지시키는 신호로서 '사이렌'이 울린다. 현실이 멈추어 있고 현실을 인식하게 하는 그 교차점에서 '나'는 '사이렌'[31]을 매개로 '각성의 단계에 진입한다. 그리하여 "날개야 다시 돋아라.", "한 번만 더 날아 보자꾸나."라고 외치게 되는 것이다. 이렇듯 작중인물이 사이렌 소리를 듣고 다시 한번 날고자 하는 욕망을 느끼는 것은 "일상성으로 회귀", "진정한 자기로의 회복

---

31 김성수는 "이상 문학에서 자주 등장하고 있는 '사이렌소리'는 표면적으로 보면 식민지 경성의 집단 시계로 경성부민들의 일상과 생활의 감각을 가능케 하는 청각적 지배 기제일 수 있다. 그러나 이면적으로는 근대 주체의 일상적인 감각을 통합하는 한 상징적 표지가 되는 것"이라고 언급한다. 이 '사이렌소리'는 도시인들에게 감각의 기계적 반응을 무의식적으로 강요하는 통제 기제라고 언급하고 있다. 김성수, 앞의 책, 128쪽 참조.

의지" 나아가 "새로운 참신한 문학에 대한 갈망"을 암시한다.[32] 즉 이상의 「날개」에서는 '사이렌 소리'를 매개로 현실에서 소외되었던 '나'가 현실을 직시하고 현실이 정지하는 교차점에서, 이상적인 문학세계를 향해 비상[33] 하고 싶어 하는 것이다.

'사이렌'을 매개로 작중인물이 현실을 재인식하는 작품으로 이상의 「지도의 암실」과 김승옥의 「무진기행」 등을 들 수 있다. 「지도의 암실」에서 등장하는 '사이렌 소리'는 「날개」의 그것과 유사한 의미를 지닌다. 이 소설은 어느 일요일 오후 자신의 방을 나서서 도시의 페이브먼트, 풀밭, 무덤가, 레스토랑을 거쳐 방으로 돌아오기까지의 반나절 정도를 시공간 배경으로 삼고 있다. 작품 내용에는 '그'가 자신의 잠과 일상생활, 친구인 K의 옷(저고리)과 관련된 상념과 내면의 생각만이 파편적이고 격절적으로 서술되고 있다. 이러한 새로운 서술방식은 이상이 가졌던 고독감, 실존적 공포감, 죽음의식을 "모더니티를 지향하면서도 그것을 비판하며 뛰어넘으려는"[34] 수사적 기법과 실험으로 해석할 수 있을 것이다.

> 정오의사이렌이호오스와같이 뻗쳐뻗으면그런고집을 사원의종이땅
> 땅때린다 그는튀어오르는고무뿔과같은 종소리가아무데나 함부로헤어

---

32 「날개」의 마지막 결미에 대한 해석은 다양한데, 대부분 '날개'를 상승적 이미지, 즉 초월적 상승 운동이나 재생의 상징으로 읽고 있다. 나병철은 인식의 변화를 통해 현실성의 양상, 일상으로 회귀하는 주인공으로 해석하고 있다. 위의 책, 164쪽 참조.

33 김성수는 '날개'는 '글자'나 '언어' 곧 '문학'을 의미한다고 본다. 즉 '날자'라는 것은 현재는 박제의 상태로 움직일 수 없지만, 위고나 도스토옙스키의 문학처럼 날아오르고 싶다는 내면의 절규로서 자신의 문학에 대한 새로운 신념과 도전을 모색하는 자기 암시라고 설명한다. 위의 책, 172~173쪽 참조. 이 의견에 필자도 동감한다.

34 위의 책, 103쪽.

져떨어지는것을보아갔다 마지막에는어떤언덕에서 <u>종소리와사이렌이</u>
<u>한데젖어서 미끄러져내려떨어져한데 쏟아져쌓였다가 확헤어졌다</u> 그
는시골사람처럼서서끝난뒤를까지 구경하고 있다 그때그는.[35]

  '정오의 사이렌'은 '사원의 종소리'와 대치하고 있다. '사원의 종소리'가
중세의 자연적 시간이라면, 도시의 청사나 광장에 세워지는 '시계'는 근대
도시의 기계화된 시간을 상징한다. 따라서 시계 또는 시간을 알리는 '정오
의 사이렌'은 식민지 경성의 정오를 호오스와 같이 일직선으로 가로지르
며 뻗치는 것이다. 일직선으로 가로지르는 근대 도시의 시간이란 당시 도
시인들의 심리적 리듬과 일상적 삶을 규율하는 물리적 시간으로 '신호 시
간'이라 할 수 있다. '정오 사이렌'은 노동이 정점에 다다른 정오에 휴식을
공개적으로 알리는 신호를 의미한다.[36] 즉 이 '사이렌 소리'는 도시인들에
게 감각의 기계적 반응을 무의식적으로 강요하는 통제 기제인 것[37]이다.
이 '사이렌 소리'는 일제의 식민지배 체제하에서 조선인들을 억압하는 물
리력과 연관됨으로써, 작중인물에게 불안감과 공포감을 불러일으켜 일상
에 침전해 있던 '그'에게 현실을 재인식하게 만든다. 이렇게 볼 때 「지도의
암실」의 사이렌 역시 「날개」의 '사이렌'과 유사한 기능을 수행하고 있음을
알 수 있다.
  김승옥은 「무진기행」에서 '윤희중'이라는 인물을 통해, 6·25전쟁의 극

---

35 이상, 「地圖의 暗室」, 169쪽.
36 김성수, 앞의 책, 127쪽.
37 김성수는 이 작품에서 '사이렌'은 '사원의 종소리'에 대한 근대의 승리를 의미하는
    표징물로서 근대도시의 일상적 감각을 파고들며 '충격의 반복된 연쇄적 현실'로 자
    리 잡는다고 언급하고 있다. 위의 책, 126~129쪽 참조.

한 상황을 체험하면서 지식인으로서의 책임의식을 상실하고, 한탕주의나 자기도피주의 풍조 속에서 무책임과 현실타협으로 일관하는 기성세대의 모습을 보여준다. 서술자이자 초점화자인 '나'(윤희중)는 무진에서 하인숙을 만나고, 하인숙이 무진을 떠나 서울로 가고 싶어 한다는 사실을 알게된다. 하인숙이 서울로 데려가 달라고 부탁하자 '나'는 "생각해봅시다."라고 말하고는 다음 날 만날 장소와 시간을 약속하고, 이모댁으로 돌아온다. 그때 통금 사이렌이 울린다.

> 내가 이불 속으로 들어갔을 때 통금 사이렌이 불었다. 그것은 갑작스럽게 요란한 소리였다. 그 소리는 길었다. 모든 사물이, 모든 사고(思考)가 그 사이렌에 흡수되어 갔다. 마침내 이 세상에선 아무것도 없어져버렸다. 사이렌만이 세상에 남아 있었다. 그 소리도 마침내 느껴지지 않을 만큼 오랫동안 계속할 것 같았다. 그때 소리가 갑자기 힘을 잃으면서 꺾였고 길게 신음하며 사라져 갔다. 내 사고만이 다시 살아났다.[38]

여기서 '사이렌' 소리는 매우 요란하고 길다. "모든 사물이, 모든 사고가 흡수되어 갔다"에서 볼 수 있듯이 '사이렌' 소리는 메커니즘화되고 즉물화된 현실을 표상한다. 그리하여 모든 사고가 흡수되어 사라지다가 '사이렌' 소리가 끝나자 '나'의 사고만이 되살아난다. 그리고 하인숙을 생각하다가 "문득 그 여자를 껴안고 싶은 충동"에 사로잡혔지만, "그러나 그것도 일단 무진을 떠나기만 하면 내 심장 위에서 지워져버리리라"는 생각에 이른

---

38 김승옥, 「무진기행」, 『김승옥소설전집 1』, 문학동네, 1995, 180쪽.

다. 이 부분은 작품의 결말을 암시하는 부분으로 '나'의 현실주의적이고 속물적인 이기심을 드러낸다. 그때 또다시 '시계 소리'와 통금 해제를 알리는 '사이렌 소리'가 들려온다.

> 어디선가 네 시를 알리는 시계소리가 들려왔다. 잠시 후에 통금 해제의 사이렌이 불었다. 시계와 사이렌 중 어느 것 하나가 정확하지 못했다. 사이렌은 갑작스럽고 요란한 소리였다. …(중략)… 어디선가 부부들은 교합(交合)하리라. 부부가 아니라 창부와 그 여자의 손님이리라. 나는 왜 그런 엉뚱한 생각을 하고 있는지 알 수 없었다. 잠시 후에 나는 슬며시 잠이 들었다.[39]

여기서도 '사이렌' 소리는 반복되고 있는데, 나는 부부의 교합과 창부와 손님을 연상하며 잠이 든다. 즉 이 작품에서 '사이렌' 소리는 제대로 된 사고와 사랑의 감정을 말살시키고 오직 물질과 성과 한탕주의만이 존재하는 부정적 현실을 보여준다 하겠다. 이 작품에서 '사이렌' 소리는 '나'로 하여금 하인숙을 향한 자신의 진정한 감정을 왜곡시키고 물화된 현실을 재인식시키는 매개체로 표상된다.

한편 「날개」에서 보여주는 바, '사이렌'을 매개로 하여 나타나는 '재생'의 시도는 황순원과 김승옥의 작품 속에서 '불'과 '눈' 등의 이미지를 통하여 나타나고 있다. 황순원의 「이날의 지각」에서, 진정한 삶의 의미를 찾지 못한 채 무위와 권태 속에 잠식당하고 있는 인물 '그'에게 시간과 공간은 권태와 무의미의 표상이다. '그'가 만나는 모든 대상들은 따분하게 세상을 바

---

39 김승옥, 「무진기행」, 181쪽.

라보는 '그'의 시각에 의해 곧바로 타성과 권태 속으로 빠져버린다.

> 그가 일어나 골목쪽으로 몸을 돌리려는데 꺼무룩 줄어들어가던 쓰
> 레기더미의 불길이 확 피어오른다. 그는 주춤한다. 어, 검은 불, 검은
> 불이 타는군. 그는 현기증을 느끼며 눈을 한번 꽉 감았다 뜬다. 불길
> 이 수그러져가자 사내 하나가 집게로 탈것을 모아 넣는다. 연기가 오
> 르다 다시금 불꽃이 인다. 검은 불빛…… 그는 또 눈을 감았다 뜬다.
> 그리고보니 꽤나 오랜 세월동안 자기는 색맹 속에서 살아온 것만 같
> 았다.
> 그는 도로 쭈그리고 불 앞에 앉는다. 불길이 피어오르곤 한다. 얼마
> 나 시간이 지났을까, 사내들 중 하나가 몸을 일으키자 다른 둘도 따라
> 일어선다. 다음은 약속이나 한 것처럼 세 사람이 다 작업복 바지의 앞
> 단추를 따더니 불더미를 향해 오줌줄기를 뻗친다.
> 그도 따라 일어서 사내들 틈에 끼어들어가 바지 앞춤을 헤치고 오
> 줌을 갈기기 시작한다. 그러면서 우선 오늘밤 숙박비와 앞으로 이들
> 과 생활을 같이 할 비용으로 자기의 손목시계를 생각한다. 그러자 느
> 닷없이 그의 뱃속 깊숙이에서 웃음이 솟구친다. 웃음소리가 꽤 넓은
> 진폭을 갖고 밤 공기를 흔든다. 실로 오랜만에 거침없이 터져나오는
> 커다란 웃음소리였다.[40]

타성과 무위에 빠져 있던 '그'는 '불'을 매개로 영혼의 각성을 맞이하게
된다. 이상이 「날개」에서 날개의 재생을 통하여 '나'의 진정한 삶에로의 비
상을 암시하듯이, 황순원 역시 이 작품의 결미에서 '그'를 현실에 대한 깨
달음을 통해 재생시키고 있다. 넝마주이의 비참한 그러나 절실한 삶의 모

---

40 황순원, 「이날의 遲刻」, 215~216쪽.

습을 목격하면서 그는 피어오르는 '검은 불'과 함께 영혼의 각성을 맞이한다. 그는 '여자'가 '성'을 파는 매춘부라는 사실도 인식하지 못한 채, 그 자신이 오랜 세월 동안 무관심으로 색맹 속에서 살아왔음을 깨닫는다. 이제 무위와 나태 속에 잠식당하고 있던 그에게 '불'의 이미지는 감금된 현실로부터 탈출하는 계기를 촉발시킨다. 이 작품에서 '불'의 이미지는 정신, 영혼, 재생, 생명력을 표상[41]한다. 이제 그는 "불더미를 향해 오줌줄기를 뻗친다." 이는 그가 여자를 떠나 자기 자신의 진정한 실체를 찾아 나서겠다는 결의에 다름 아니다.

김승옥의 「서울, 1964년 겨울」에서도 중요한 '각성'의 매개체로 '불' 이미지가 등장한다. '급성 뇌막염'으로 아내가 죽자 절망에 빠진 '사내'는 아내의 시체를 해부용으로 병원에 팔고, 그날 밤 안으로 그 돈을 다 써버리자고 '나'와 '안'에게 요구한다. 그리고 돈이 남게 되자 '불' 속에 던져버린다.

> 무언가 하얀 것이 우리가 웅크리고 앉아 있는 곳에서 불타고 있는 건물 쪽으로 날아가는 것이 보였다. 그 비둘기는 불 속으로 떨어졌다.
> "무엇이 불 속으로 날아 들어갔지요?" 내가 안을 돌아다보며 물었다.[42]

돈을 불 속에 던져버리는 사내의 행위는, '급성 뇌막염'으로 손 쓸 사이도 없이 죽어버린 사내의 '아내'로 암시되었듯, 근대적 도시의 불모성과 횡

---

41 이 작품에서 '불'의 이미지는 영혼과 정신과 생명력을 표상한다고 본다. 니이체는 "내 영혼 그 자체는 바로 이러한 불꽃"이라고 말한다. 아지자·올리비에리·스크트릭, 『문학의 상징·주제 사전』(상), 장영수역, 중앙일보사, 1986, 139쪽.

42 김승옥, 「서울, 1964년 겨울」, 『김승옥소설전집 1』, 문학동네, 1995, 279쪽.

포에 대한 반항 또는 거부라 해석할 수 있다. 사내에게 있어 '돈'은 타인 뿐 아니라 세계와의 관계를 즉물적으로 만드는 촉매제일 뿐이다. 어쩌면 사내는 '돈'을 '불'에 소거시킴으로써 '급성 뇌막염'으로 죽은 아내의 영혼을 재생시키려 한 것이라 볼 수 있다.

> 안은 눈을 맞고 있는 어느 앙상한 가로수 밑에서 멈췄다. 나도 그를 따라 멈췄다. 그가 이상하다는 얼굴로 나에게 물었다. …(중략)…
> "두려워집니다."
> "뭐가요?" 내가 물었다.
> "그 뭔가가, 그러니까……" 그가 한숨 같은 음성으로 말했다.
> "우리가 너무 늙어버린 것 같지 않습니까?" …(중략)…
> 버스에 올라서 창으로 내다보니 안은 앙상한 나뭇가지 사이로 내리는 눈을 맞으며 무언지 곰곰이 생각하고 서 있었다.[43]

작품의 결미 부분인 위의 인용에서 보여주듯 '안'과 '나'의 대화에서도, 도시의 익명성과 권태 속에서 무책임하게 살아가던 그들이, 사내의 자살을 경험한 후 하룻밤 사이에 자신들이 너무 늙어버린 것같이 느끼고, '눈'을 맞으면서 삶에 '두려움'을 느끼는 모습을 통해, 삶에 대한 새로운 인식에 도달했음을 보여준다. 즉 김승옥의 「서울, 1964년 겨울」에서는 '불'의 이미지를 매개로 사내가 근대적 도시의 불모성과 횡포에 저항하고 있으며, '불'에 '돈'을 소거시킴으로써 아내의 영혼을 재생시키려 하고 있음을 살펴볼 수 있다. 또한 '눈'[44] 이미지를 매개로 방관자였던 '안'이 영혼의 각

---

43 김승옥, 「서울, 1964년 겨울」, 286~287쪽.
44 순백의 눈은 정결과 고결함의 색채적인 상징이다. 한편 '눈'과 '겨울'은 변화와 변

성에 진입하게 되었음을 보여주고 있다.

이상에서 살폈듯이 이상, 황순원, 김승옥, 최인호의 작중인물들은 '권태의 유희화'를 거친 후 '화폐와 성의 페티시즘'에 함몰되어 있는 양상을 보이다가 소설 결미에서 '사이렌' 소리, '불', '눈' 등의 이미지를 매개로 하여 대체로 '각성'의 단계에 도달하게 됨을 알 수 있다. 이상의 「날개」에서는 '사이렌' 소리를 매개로 작중인물 '나'가 '각성'의 단계에 진입하고 있으며, 황순원의 「이날의 지각」에서는 '불' 이미지를 매개로, 김승옥의 「서울, 1964년 겨울」에서는 '눈' 이미지를 매개로 작중인물들이 '각성'의 단계에 도달하고 있음을 알 수 있다.

5. 결론

이 글은 이상 소설의 작중인물과 이미지가 황순원, 김승옥, 최인호의 소설과 비교할 때 어떠한 유사성을 갖는지를 밝히는 데 목적이 있다. 이를 규명하기 위하여 필자는 이들 작가의 작품에 나타나는 '권태의 유희화'와 '화폐와 성의 페티시즘' 그리고 '사이렌 소리, 불, 눈'의 이미지를 매개로 한 '각성', 이 세 가지 측면에서 비교·고찰하였다. 그 결과를 요약하면 아래와 같다.

첫째, 작중인물들의 내면세계를 '권태'로부터 형상화하는 '권태의 유희

덕의 표상이기도 하다. 이재선, 『한국문학주제론』, 서강대학교 출판부, 1991, 426~429쪽. 이 작품에서 필자는 각성의 '눈'으로 본다.

화' 양상은 아래와 같은 유사성을 보인다. 이상의 「날개」에서 '나'는 무료와 권태를 '잠, 거울, 돋보기, 금붕어' 등을 매개로 '유희화'하고 있으며 이외 「지도의 암실」 「지주회시」 「환시기」 등을 통해 보여주는 '권태의 유희화' 양상은 황순원의 「이날의 지각」, 김승옥의 「서울, 1964년 겨울」, 최인호의 「견습환자」 「타인의 방」 등에서도 유사하게 드러난다. 특히 이상의 「날개」에서 '권태'를 '유희화'하기 위해 '금붕어'를 매개하는 방법은 황순원의 「풍속」과 최인호의 「견습환자」 등에서도 나타나고 있다. 이처럼 이상 소설에서 작중인물의 '권태'를 '잠, 거울, 돋보기, 금붕어' 등을 매개로 '유희화'하는 인물 형상화 방식은 황순원, 김승옥, 최인호 소설에서 상당 부분 유사하게 드러나고 있음을 발견할 수 있다.

둘째, 남녀 관계에 있어 나타나는 '화폐와 성의 페티시즘'도 이들 작가들 사이에서 유사한 양상을 보인다. 이상의 「날개」 「지주회시」, 황순원의 「이날의 지각」, 최인호의 「타인의 방」 등에서 남편과 아내는 사랑의 관계가 아니라 물질과 성과 계약으로 맺어진 상품화된 관계로 노정되어, '아내'는 '화폐'와 '성'을 매개로 페티시즘화되고, 부정적으로 형상화되고 있다는 점에서 공통점을 가진다. 또한 부부 또는 남녀 관계가 '화폐'와 '성'을 매개로 페티시즘화되는 양상은 이상의 「봉별기」, 김승옥의 「60년대식」 「환상수첩」에서 극단적으로 드러나고, 최인호의 「잠자는 신화」에서는 새로운 양상을 보여준다.

셋째, 현실 속에서 길을 잃고 살아가던 작중인물이 '각성'하게 되는 계기를 설정하는 방식에서 이상, 황순원, 김승옥, 최인호는 유사성을 보인다. 이상 소설에서 '권태의 유희화'와 '화폐와 성의 페티시즘'에 함몰되어 있던 '나'는 '사이렌'를 매개로 하여 각성의 단계에 진입하게 된다. 이렇게 '사이렌'을 매개로 작중인물이 현실을 재인식하는 방식은 김승옥의 「무진기행」
에서 효과적으로 사용되고 있다. 이상 소설의 '사이렌'이 식민화된 근대 도
시민들의 삶을 규율하는 신호음이자 '나'에게 '진정한 자아' 또는 '이상적인
문학세계'를 향한 '각성'을 촉구한다면, 「무진기행」의 '사이렌'은 '나'로 하
여금 메커니즘화 되고 즉물화된 현실을 재인식하게 만듦으로써 진정한 자
신의 감정을 외면하게 한다. 즉 「날개」의 '사이렌'과 「무진기행」의 '사이렌'
은 환상의 세계에서 즉물화된 현실을 재인식시키는 매개체로서 기능한다
는 점에서 유사성을 지닌다. 한편 「날개」에서 보여주는 바, '사이렌'을 매개
로 한 '각성'은 황순원의 「이날의 지각」, 김승옥의 「서울, 1964년 겨울」에서
'불'과 '눈' 등의 이미지를 통하여 나타나고 있다.

　이 글은 이상 소설의 작중인물이 '권태'를 '유희화'하고, '화폐와 성의 페
티시즘'에 함몰된 모습을 보이다가 결미 부분에서 '사이렌 소리' 등의 이미
지를 매개로 하여 '각성'에 이르게 되는 서사 과정에 주목하여 황순원, 김
승옥, 최인호 등의 소설과 비교해보았다. 그 결과 이러한 이상 소설에 나
타나는 작중인물의 설정방식과 이미지의 사용방식은 이들 작가의 소설에
서도 유사하게 드러나고 있음을 발견하였다. 황순원, 김승옥, 최인호 등의
작품들이 작중인물과 이미지, 주제의식에서도 이상 소설과 유사성을 드러
낸다는 점에서 이들 작가가 이상과 함께 모더니즘을 상당 부분 그들의 작
품 속에 수용하고 있음을 확인할 수 있다.

이상의 글쓰기 방식 수용 양상
─ 이상, 황순원, 김승옥, 최인호의 서술기법을 중심으로

1. 서론

이상은 한국 소설사에서 인간의 내면 표출을 위한 의식의 흐름, 내적 독백 등의 새로운 기법을 실험한 대표적 작가로 평가받는다. 기존의 전통과 습속을 거부하고 자의적인 개명(改名)을 했던 이상, 즉 김해경(金海卿)은 전통적인 서사양식을 거부하고 소설의 비소설화를 시도하였으며, 시에서는 기호, 도표, 숫자 등을 사용함으로써 부조화 · 착란 · 이단의 문학을 구축하였다.

이렇게 이상이 보여주는 다다와 초현실주의, 신심리주의 문학적 특질은 오늘날 대두되고 있는 사이버 가상 공간 속 글쓰기의 시발점이 된다고 볼 수 있다. 또한 1930년대에 보여주었던 이상의 글쓰기는, 부정과 반역의 정신으로 대표되고 있는데, 특히 그가 가지고 있는 실험성과 전복적 상상력은 황순원, 김승옥, 최인호 등의 작가에게도 영향을 주고 있다. 이 점에서 이상의 글쓰기가 동시대 작가에게 어떻게 수용되고 있으며 후대 작가에게 어떠한 영향을 주었는지 통시적으로 점검할 필요가 있다고 본다.

이 글은 1930년대를 대표하는 모더니즘의 작가인 이상의 글쓰기 방식을 먼저 고찰하고, 서술기법을 중심으로 한 이상의 글쓰기 방식이 작가 황순원, 김승옥, 최인호의 소설쓰기에서 어떠한 양상으로 내재되고 있는지 그 영향관계를 살펴보는 데 그 목적이 있다.

1930년대 이래 이상 문학에 대한 연구는 다양하게 축적되어왔다. 프로이트의 정신분석학으로부터 크리스테바의 업젝선론이나 상호텍스트론에 이르기까지 다양한 연구 방법론에 의해 이상의 정신사 및 주석과 해석을 통한 시의 난해성 해명 등 괄목할 만한 성과를 보여주고 있다.[1]

다른 한편 이상의 글쓰기 방식에 대한 연구는 최병우,[2] 서영채,[3] 우정권,[4] 이강수,[5] 김승희,[6] 김정은,[7] 김정자,[8] 김주현,[9] 송효섭,[10] 김성수[11] 등에 의하여 이루어져왔다. 최병우는 작중화자에 의해 서술되는 이상 소설들의 서술방식상의 특질을 고찰하고 있으며, 서영채는 이상 문학이 위티즘의 형

---

1 김성수, 『이상 소설의 해석』, 태학사, 1999, 20쪽 참조.
2 최병우, 「이상 소설고 – 소설구조를 중심으로」, 서울대학교 석사학위 논문, 1982.
3 서영채, 「이상소설의 수사학과 한국문학의 근대성」, 『소설의 운명』, 문학동네, 1995.
4 우정권, 「이상의 글쓰기 양상」, 서울대학교 석사학위 논문, 1996.8.
5 이강수, 「이상 텍스트 생산과정 연구」, 서울대학교 석사학위 논문, 1997.2.
6 김승희, 「반영과 차단의 문법」, 『문학사상』, 1985.12.
7 김정은, 「해체와 조합의 시학」, 『문학사상』, 1985.12.
8 김정자, 「1930년대 소설의 문체」, 『한국 근대소설의 문체론적 연구(제2판)』, 1995.
9 김주현, 「이상소설에 나타난 패러디에 관한 연구」, 『한국학보』, 1993.9.
10 송효섭, 「자기 반성의 문체, 그 문화적 의미(특집 이상 수필 연구)」, 『문학사상』, 1993.9.
11 김성수, 앞의 책.

식으로 표현되는 자기은폐의 수사학이라고 언급하였다. 우정권은 이상의
소설을 중심으로 텍스트 생성 과정의 경로와 의미 체계망을 고찰하고 있
다. 이강수는 작가의 삶과 텍스트 사이의 연관관계에 주목하면서, 실제 작
가 이상이 가진 공포에 관한 논의에서 출발하여 기호놀이의 세계로 전이
하는 과정을 고찰하고, 기호놀이의 유형을 분석하고 있다. 김승희는 거울
이미지를 중심으로 하여 반영과 차단의 문법으로써 이상의 텍스트를 읽어
내고 있으며, 김정은은 오감도를 중심으로 하여 해체와 조합의 시학으로
분석하고 있다. 김주현은 이상 문학의 상호텍스트성에 주목하여 이상의
작품과 작품 사이의 상호연관성을 분석하였다. 김정자는 이상문학에서 즐
겨 쓰는 기법은 역전기법, 시간의 정지기법, 생략과 요약의 기법, 시간의
탈출과 분석적 태도라고 분석하고 있다.

　김성수는 "이상문학의 수사학이 미적 자의식이나 자기반영성의 글쓰기
방법으로 스스로를 타자화"[12]시키고 있다고 언급하면서 "이상의 시와 소설
에 나타나는 수학 공식이나 물리학 정리들, 또는 띄어쓰기 무시를 비롯한
일련의 한자 파자놀이, 다국어에 의한 의미 중첩 방식이 다다나 초현실주
의적 사고로부터 유래한다고 하기보다는 자본주의 도시의 일상에 미만한
근대적 현상을 견디는 내면화의 미학적 방법에 다름 아니라고 분석하고
있다.[13]

　이들을 통하여 이상의 글쓰기 방식에 대한 연구가 다양한 방법론에 의
해 축적되었음에도 불구하고 이상의 글쓰기가 한국 근·현대소설에 어떻

12　위의 책, 210~211쪽.
13　위의 책, 31쪽.

게 계승되고 있는지에 대해서는 연구된 바가 없다. 이들 연구는 이상과 염상섭, 이상과 김기림,[14] 구인회를 중심으로 한 이상과 박태원 등 한정적으로 몇몇 작가와의 비교연구를 통하여 언급하였을 뿐, 황순원이나 후대 작가들과의 영향 관계를 통시적으로 살펴보는 작업은 전무한 실정이다. 이에 이 글은 서술기법을 중심으로 하여 이상의 글쓰기가 황순원, 김승옥, 최인호에게 어떠한 유사성을 가지고 수용되고 있는지를 규명하고자 한다.

2. 반복과 점층을 통한 가속효과와 대조의 병치

이상(1910년~1937)과 황순원(1915~2000)은 1934년 발간된『삼사문학(三四文學)』[15]의 동인이었으며, 또한 1934년 창립된 극예술 연구 단체인 '동

---

14 김윤식,「근대주의 문학사상 비판」,『한국현대문학사상사론』, 일지사, 1992.
15 『三四文學』은 모더니즘 계통을 이어간 동인지로서 특히 중심 동인인 申百秀와 李時雨는 김기림이나 김광균의 서정적 요소에 불만을 품고 슈리알리즘을 주장하였다. 그들은 지성적, 시각적 요소와 비판적 시각으로 한국 현대시의 새로운 일국면을 개척하였다.『三四文學』은 편집체제의 참신한 맛과 현대적 감각은『斷層』과 일맥상통되는 요소도 있었으나,『斷層』처럼 동인이 확립되어 있지도 않고 그 문학적 경향에도 통일성이 없고, 지극히 저널리스틱한 요소가 많았으며, 황순원은 1935년(21세)에 동인이 된다. 그러나 1935년 12월에 종간하였다. 조연현,『한국현대문학사』, 성문각, 1980, 503쪽, 510~512쪽 참조.
황순원은 1935년(21세)에 서울에서 발행하는『三四文學』의 동인이 된다. 오생근 편,『황순원 연구』, 황순원전집 제12권, 문학과지성사, 1993, 346쪽 참조.
이상은 1936년 10월 중순경에 동경에 갔으며, 동경에서『三四文學』동인들과 교유했다고 한다. 김주현,「연보로 보는 이상」,『정본 이상문학전집 · 1』, 소명출판사, 2005, 262쪽.
조연현은『三四文學』이 1935년 12월에 종간되었다고 밝혔으나 김종년 편,『이상전

경학생예술좌'[16]의 동인이기도 하였다. 고국을 떠나 일본 동경에서『삼사
문학』과 동경학생예술좌의 동인이 되었던 이상과 황순원, 이 두 사람의 글
쓰기가 어떤 공통점과 유사성을 가지고 있는지를 서술기법을 중심으로 고
찰하고자 한다. 또한 후대 작가인 김승옥과 최인호 문학에서 이상의 글쓰
기 방식이 어떻게 수용되고 있는지 함께 분석하고자 한다.

　우선 이상의 글쓰기에서 묘사를 중심으로 한 수사적 특징으로 반복과
점층을 통한 가속효과와 대조의 병치를 들 수 있다.

　먼저, 황순원보다 다섯 살 위인 이상의 시「운동(運動)」(시집『오감도』에
수록, 1931.8)을 살펴보자. 시「운동」[17]은 제도의 규율에서 벗어나려는 '나'

집 · 2』(가람기획, 2004)에 의하면 이상의 시「I WED A TOY BRIDE」가『三四文學』
　에 1936년 발표되었고 수필「19세기식」이『三四文學』1937년 4월에 발표된 것으로
　보아 재발간된 것으로 보인다.

16　'동경학생예술좌'는 1934년 6월에 설립되어 1940년 12월까지 활동했던 재일본 조
　선인 학생극단이다. 주영섭, 박동근, 김진수, 황순원, 김동원, 마완영 등 14명이 창
　립멤버로 극단 설립에 참여하였다. 유치진의〈소〉와 주영섭의〈나루〉로 창립공연을
　한 이래 6년 동안 활발히 활동하던 동경학생예술좌는 1939년 8월에 '좌익연극단 사
　건'에 연루되면서 핵심 멤버들이 구금됨으로써 해체되었다. 박영정,『한국 근대연극
　과 재일본 조선인 연극운동』, 연극과 인간, 2007, 120~133쪽 참조.
　황순원이 동경학생예술좌에 가담하여 활동한 일차적 이유는 이 연극운동이 오직 조
　선어만을 사용하기로 결의한 조선어 문화 운동이었기 때문이다. 정혜경,「1930년대
　재일조선인 연극운동과 학생예술좌」,『한국민족운동사연구』35집, 2003.6, 35쪽; 노
　승욱,『황순원 문학의 수사학과 서사학』, 지교, 2010. 57쪽 재인용.
　이상이 동경학생예술좌의 동인이었음은 284쪽 각주 29에서 밝히고 있다.
　1934년, 황순원은 동경에서 이해랑 · 김동원 씨 등과 함께 극예술 연구 단체인 동경
　학생예술좌를 창립했다. 장현숙,『황순원 문학 연구』, 푸른사상사, 2005, 459쪽 참
　조.
　작가 황순원은 첫 시집『방가』(1934)와 제2시집『골동품』(1936.5)을 동경학생예술좌
　에서 간행한다.

17　'시계'는 기계적으로 반복되는 규율화된 시간을 표상한다. 반면 불규칙적인 반복어

의 욕망과 기계적으로 반복되는 규율화된 시간과의 갈등을 형상화한 작품이다. 이 시가 김기림에게 발견되자마자 이상은 한국문학의 모더니즘에 특이한 기폭력을 발휘하는 위치를 얻는다.[18]

[예 1] 一層우에있는二層우에있는三層우에있는屋上庭園에올라가南쪽을보아도아무것도없고北쪽을보아도아무것도없고해서屋上庭園밑에있는三層밑에있는二層밑에있는一層으로내려간즉東쪽에서솟아오른太陽이西쪽에떨어지고東쪽에서솟아올라西쪽에떨어지고東쪽에서솟아올라西쪽에떨어지고東쪽에서솟아올라공중한복판에와있어서時計를꺼내본즉서기는했으나時間은맞겠지만時計는나보담도젊지않으냐라고하기보담은나는時計보다는늙지아니하였다고아무리해도여겨지는것은필시그럴것임에틀림없는고로나는時計를내동댕이쳐버리고말았다.[19]

[예 1]에서 숫자들은 1층→2층→3층 또는 3층→2층→1층으로 상승 또는 하강하면서 시적 호흡을 가속화시키고 있다. 또한 이상은 '우에있는'을 세 번 반복적으로 쓰고 있으며 '밑에있는'을 역시 세 번 반복적으로 쓰고 있다. 동시에 '우(위)'와 '밑(아래)'를 대조적으로 쓰면서 '우'는 "정원에 올라가"는 것으로 '밑'은 "일층으로 내려가"는 것으로 묘사하고 있다. 또한

구를 통해 제시되는 '나'의 공간적인 운동은 그 시계의 시간에서 벗어나려는 열망을 나타낸다. '나'는 결국 제도의 규율에서 벗어나려는 '나'의 욕망과 어긋나 있는 시계를 내동이치고 만다. 나병철, 「이상의 모더니즘과 혼성적 근대성의 발견」, 『한국문학연구』 제14집, 한국문학연구회, 2000, 132쪽. 나병철은 "이상문학에서의 무한한 혹은 무모한(비문법적인) 반복은 그와 비슷한 제도의 규율로부터 탈출하려는 전략'이라고 분석하고 있다. 위의 책, 131쪽.

18 고은, 『이상평전』, 민음사, 1977, 254쪽.
19 이상, 「運動」, 『이상문학전집 1』, 김주현 편, 소명출판사, 2005, 49쪽.

태양이 "西쪽에떨어지고東쪽에서솟아올라" 오는 풍경을 세 번 반복적으로 쓰고 있는데, 이렇게 이상이 즐겨 쓰는 반복과 점층을 통한 가속효과는 작중인물에게는 권태로움과 불안감, 내적 갈등을 고조시키고 반면, 독자들로 하여금 재미와 위트를 극대화시킨다.

이상이 즐겨 쓰는 반복과 점층을 통한 가속효과는 황순원의 최초의 단편 「거리의 부사(副詞)」(1937.7)[20]와 단편 「배역(配役)들」에서도 드러나고 있다. 「거리의 부사」는 일본에 거주하는, 있어도 좋고 없어도 좋은 부사와 같은 존재로서의 한국 학생들의 심리상황을 모던하고 시적인 감각으로 묘사하고 있다.

> [예 2] 보슬비가 밤새 오고 멎은 아침이다. 승구는 또 다다미 위에 누워있다. 그러다가 승구는 별안간 다다미의 차가움과는 달리 등이 흔들림을 느낀다. 바람에 가벼운 목조집의 흔들림이 아니다. 누웠는 위층, 위층 아래 아래층, 아래층 아래 분명히 땅속에서 오는 흔들림이다. 지진이다. 그러나 밀리어 와서는 등을 흔들고 사라지는 첫 지진을 승구는 무서움보다도 상쾌하게 느낀다.[21]

[예 2]에서 볼 수 있듯이, 작가는 '위층, 위층' '아래층, 아래층'을 반복적으로 쓰고 있으며, "누웠는 위층, 위층 아래 아래층, 아래층 아래 분명히 땅속"에서처럼, 위에서 아래로 하강하면서 시각적 효과와 불안감을 가속화시키고 있다. 그럼에도 불구하고 작중인물이 "무서움보다도 상쾌"하게

---

20 단편 「거리의 副詞」는 『創作』 제3집(1937.7)에 발표된 작품으로, 작가 황순원이 시에서 소설로 전환해 쓴 최초의 단편이다.

21 황순원, 「거리의 副詞」, 『늪/황순원전집 1』, 문학과지성사, 1992, 48쪽.

느낀다고 역설적으로 표현함으로써 재미와 위트를 더하고 있다. 동시에 이상이 즐겨 쓰듯 '위'와 '아래'와 같은 대조적 용어를 병행함으로써 '지진'의 불안감을 가중시키고 있다.

이러한 양상은 황순원의 또다른 단편 「배역들」에서도 살펴볼 수 있다. 단편 「배역들」[22]은 애정의 갈등이 빚어놓은 미묘한 인간의 내면세계와 고독하고 허무한 인간실존의 양상을 극적 방법으로 포착하고 있다. 특히 작가는 시각적이며 감각적인 언어로써 작중인물들의 심리를 묘사하는 데 성공하고 있다.

[예 3] 오르는 엘리베이터, 지하실로 내려가는 1층과 1층으로 내려가는 2층과 3층이 선다. 한 여인이 엘리베이터 안으로 빨리어든다. 낯이 익다. 여인이 먼저 웃는다. 덧니가 드러난다.[23]

[예 4] 옥상으로 오르는 5층과 5층으로 오르는 4층과 4층으로 오르는 3층과 3층으로 오르는 2층. 1층이 멎는다.[24]

[예 3]에서 살펴볼 수 있듯이 "지하실로 내려가는 1층과 1층으로 내려가는 2층과 3층"에서처럼, 숫자는 1, 2, 3으로 점층적으로 상승하고 있다. 반면 상승하는 숫자와는 다르게 대조적으로 '내려간다'는 용어는 두 번 반복적으로 쓰여지고 있다.

---

22 단편 「配役들」은 1937년 7월에 발표된 단편 「거리의 副詞」 이후에 쓰여진 단편으로 1940년 8월에 간행된 단편집 『늪』 안에 수록되어 있다. 따라서 이 작품 역시 1937.7~1940.8 사이에 쓰여진 것으로 추정된다.
23 황순원, 「配役들」, 『늪/황순원전집 1』, 문학과지성사, 1992, 59쪽.
24 황순원, 「配役들」, 60쪽.

[예 4]에서 살펴볼 수 있듯이 "엘리베이터가 1층에서 멎는다"라고 평이하게 쓰지 않고 상승을 나타내는 '오르는'이라는 동사를 네 번 반복적으로 쓰고 있는데, 숫자는 '5, 5→4, 4→3, 3→2, 1'을 쓰면서 하강시키고 있다. 즉 황순원은 「배역(配役)들」에서 숫자는 1→2→3으로 올라가고 동사는 대조적으로 '내려간다'라고 쓴다든지 반대로 숫자는 5→4→3→2→1 등으로 내려가고 동사는 대조적으로 '올라간다'라는 용어를 쓰고 있다. 이러한 대조의 병치는 이미 이상의 소설 「지도(地圖)의 암실(暗室)」(1932.3)에서 대표적으로 드러나고 있다.

소설 「지도의 암실」은 작중인물의 단순하고 권태스러운 의식의 흐름을 기술한 소설로서 작가의 심리적 시간에 대한 의식의 서술을 '내적 독백'에 가깝게 표현해놓고 있는 소설이다.[25]

[예 5] 기인동안잠자고 짧은동안누웠던것이 짧은동안잠자고 기인동안누웠던
        그이다 네시에누우면 다섯 여섯 일곱 여덟 아홉 그리고아홉시에서열
        시까지리상—나는리상한우스운사람을안다 물론 나는그에대하여한쪽
        보려하는 것이거니와—은그에서그의하는일을떼어던지는 것이다. [26]

[예 5]에서 볼 수 있듯이 "기인동안잠자고"와 "짧은동안잠자고", "짧은동안누웠던것"과 "기인동안누웠던"은 서로 대조적으로 병치되고 있으며 "기인동안"과 "짧은동안"은 곧바로 연이어 대조적으로 병치되고 있다. 또한 "다섯 여섯 일곱 여덟 아홉 그리고 아홉시에서열시까지"에서 보여주듯 숫

25 김성수, 앞의 책, 94쪽 참조.
26 이상, 「地圖의 暗室」, 김윤식 편, 『이상문학전집 2』, 문학사상사, 1991, 164쪽.

자는 점층적으로 가속화되고 있다. 이상의 이러한 언어감각은 일상어에 대한 거부로써 반문법적 실험을 통해 새로운 사고를 담아내려는 의식의 소산으로 볼 수 있다.

어쨌든 이상이 구사했던 반복과 점층을 통한 가속효과와 대조적 용어의 병치가 배가시키는 재미와 위트는 황순원에 와서 더욱 역발상적인 기법과 대조, 병치를 통하여 계승되고 있음을 살펴볼 수 있다. 즉 이상의 글쓰기가 황순원의 글쓰기에 직·간접적으로 영향을 미쳤다고 보는 것이다. 그 이유로는 이상이 「운동」을 쓴 시기는 1931년이고, 「지도의 암실」은 1932년에 창작되어서, 1937년에 쓰여진 최초의 단편 「거리의 부사」 보다 몇 년 앞서 있다는 점에서 이상이 황순원에게 영향을 끼쳤다고 보는 것이다. 시 「운동」을 쓸 당시 이상은 시문학파가 가지고 있던 서정적 요소에 불만을 가지고 지성적이고 시각적 요소를 더하였으며, "소설에서는 평면적 진행적 구성방식을 버리고 입체적 분석적 구성방식을 통하여 인간의 심리적 내부를 해부"[27]하였다. 한편 황순원은 1930년부터 시를 쓰기 시작하여 1934년 11월, 첫 시집 『방가(放歌)』를 발표하게 되는데 이들 초기 시에서는 일제에 대한 비판의식을 내포하고 있으나 시적 화자의 감정을 직정적이며 감상적으로 풀어내고 있다. 다시 말해서 첫 시집 『방가』에서는 모더니즘의 경향이나 초현실주의적 요소나 실험적 기법이 사용되고 있지 않다. 그러다가 황순원은 1934년 설립된 동경학생예술좌의 동인이 되고 다시 1935년, 서울에서 발행하는 『삼사문학』의 동인이 되면서 이미지를 중심으로 한 실험적 경향의 시를 쓰게 되는

---

27 조연현, 앞의 책, 503~504쪽 참조.

데 이 시집이 바로 『골동품(骨董品)』(1936.5. 발간)으로, "사물을 극도로 축약시켜 순간의 기지로 포착하는 시적 통찰이 예각"[28]화되고 있다. 이러한 사실로 미루어볼 때 황순원은 다섯 살 위이며 문학적 성과가 이미 상당했던 이상의 영향을 직·간접적으로 받았다고 유추할 수 있다. 더구나 이상과 황순원 모두 같은 『삼사문학』의 동인으로서, 또 동경에서 1934년 설립된 동경학생예술좌의 동인[29]이었다는 점에서 더욱 그러하다.

이상이 동경에 머문 시기는 1936년 11월부터 1937년 4월 17일 사망 시까지이며 황순원이 동경에 머문 시기는 1934년 3월 동경 와세다 제2고등학원에 입학하면서부터 1939년 와세다대학 3월 졸업 시까지로 추정된다. 특히 월북 화가인 정현웅은 백석, 정지용, 정인택, 박태원, 이상과 절친했던 친구이며 1934년 『삼사문학』의 동인 활동을 하였다. 정현웅,[30] 이상, 황

---

28 최동호, 「동경의 꿈에서 피사의 사탑까지」, 『황순원연구』, 문학과지성사, 1993, 228쪽.
29 이진순은 1936년 9월인가 10월, 여름방학을 끝내고 일본 동경으로 들어갔을 때 한 달에 한 번씩 갖는 '동경학생예술좌' 월례회에서 이상을 만났다고 언급하고 있다. 이로써 이상이 동경학생예술좌 동인이었음을 알 수 있다. 또 이진순의 글 「동경 시절의 이상」에서 이상은 동경학생예술좌 동인이었던 이옥순이라는 여성에게 관심을 가지고 있었으며, 이상이 죽어갈 때의 모습과 변동림과의 재회 시 기뻐하던 이상의 모습, 그리고 동경학생예술좌 동인을 중심으로 이상의 유해를 화장한 사실 등이 나타나고 있다. 특히 이상이 동경학생예술좌 젊은 시인들에게 심볼과 같은 존재였음을 밝히고 있다. 이진순, 「동경 시절의 이상」, 김유중·김주현 편, 『그리운 그 이름, 이상』, 지식산업사, 2004, 158~165쪽 참조.
30 정현웅의 부인 남궁요안나와 황순원의 부인 양정길은 1915년생으로 숭의여고 동창으로 친구 사이였다. 1935년 1월 황순원과 양정길이 결혼을 한 것으로 미루어 볼 때 정현웅의 친구였던 이상과 황순원의 만남은 어떤 방식으로든 이루어졌으리라 본다. 정현웅과 남궁요안나는 1939년 10월에 평양에서 결혼식을 올린다. 또한 정현웅의 아들 정지석의 증언에 따르면 해방 후 월남한 황순원에게 당시 『신천지』 편집장으로 있던 정현웅의 도움으로 『신천지』에 「술이야기」를 발표할 수 있었다고 말한다. 이후

순원이 모두『삼사문학』의 동인으로 활동하였다는 점으로 미루어 볼 때에 도 황순원 역시 이상과 만났을 확률이 많고 이상의 영향을 직·간접적으 로 받았다고 본다.

한편 시「운동」에서 살펴볼 수 있듯이 자신만의 독특한 방식으로 이상 이 즐겨 썼던 반복법과 점층법은 1936년 6월에 발표된「지주회시(蜘蛛會 豕)」에서도 드러나고 있다. 단편「지주회시」에서 이상은 '오늘'을 다섯 번이 나 반복적으로 쓰고 있으며, '한번씩'을 두 번, '게으르다'를 여섯 번이나 반 복적으로 쓰고 있다. 이상이 즐겨 썼던 반복법과 점층법은 황순원의 단편 「늪」이나「모든 영광은」등에서도 드러나고 있다.「늪」에서는 작중인물의 내면상황을 '떤다'라는 용어로 반복적으로 묘사하고 있으며,「모든 영광은」 의 결미에서는 "모든 영광은"에 '그리고'가 첨가되어 "그리고 모든 영광은" 으로 반복 점층되고 있으며 나아가 '다시'가 첨가되어 "그리고 다시 모든 영광은"으로 가속효과를 줌으로써 시적 리듬감을 획득하면서 미적 리얼리 티를 고양시키고 있는 것이다.

이렇게 반복과 점층을 통한 가속효과를 실험하던 이상의 글쓰기는 황순 원에게 영향을 주었을 것으로 추정된다. 나아가 1960년대를 대표하는 김 승옥의 소설「무진기행」(1964)과「차나 한잔」(1964)에서도 이상 글쓰기의 편린을 발견할 수 있다. 김승옥은 1950년대 작가들이 견지해왔던 엄숙주 의와 교훈적 태도를 버리고 동인지『산문시대』를 중심으로 환상과 현실의 조화, 발랄한 기지와 날카로운 분석력, 평범한 일상을 예리한 감성으로 구

정현웅은 황순원 단편집『목넘이마을의 개』와『별과 같이 살다』의 장정을 꾸며주었 다. 윤범모,「백석과 정현웅 혹은 결벽증 시인과 월북화가」,『인간과 문학』, 2013. 봄 호(창간호).

체화시키는 탁월한 묘사력을 보여준다. 작가는 소설「무진기행」에서 전쟁의 극한 상황을 체험하면서, 사회에 대한 책임보다는 한탕주의나 자기도피주의 풍조 속에 빠져 무책임과 현실타협으로 일관하는 기성세대를 '윤희중'이라는 전형적 인물로 보여주면서 비판하고 전쟁이 남긴 부작용을 드러낸다.[31]

[예 6] "무진이 싫은가요?"
"미칠 것 같아요. 금방 미칠 것 같아요. 서울엔 제 대학 동창들도 많고…… 아이, 서울로 가고 싶어 죽겠어요."
여자는 잠깐 내 팔을 잡았다가 얼른 놓았다. 나는 갑자기 흥분되었다. 나는 이마를 찡그렸다. 찡그리고 또 찡그렸다. 그러자 흥분이 가셨다.[32]

[예 7] '열두시 이후에 우는' 개구리 울음소리가 희미하게 들려오고 있었다. 어디선가 **한 시**를 알리는 시계소리가 나직이 들려 왔다. 어디선가 **두 시**를 알리는 시계소리가 들려 왔다. 어디선가 **세 시**를 알리는 시계소리가 들려 왔다. 어디선가 **네 시**를 알리는 시계소리가 들려 왔다. 잠시 후에 통금 해제의 사이렌이 불었다. 시계와 사이렌 중 어느 것 하나가 정확하지 못했다. 사이렌은 갑작스럽고 요란한 소리였다. 그 소리는 길었다. 모든 사물이, 모든 사고가 그 사이렌에 흡수되어 갔다. 마침내 이 세상에선 아무것도 없어져버렸다. 사이렌만이 세상에 남아 있었다. 그 소리도 마침내 느껴지지 않을 만큼 오랫동안 계속할 것 같

31 장현숙, 「자유와 절망의 꽃」, 『한국소설의 얼굴』 제5권, 푸른사상사, 2013, 303~304 쪽.
32 김승옥, 「무진기행」, 『한국 대표 중단편 소설 50』, 중앙일보사, 1995, 31쪽.

앉다.[33]

[예 8] 그는 어쩌다가 내가 만화를 그리기 시작했나 하고 자신의 이력을 검
토해보기 시작했다. 이른바 일류대학을 지망했다가 실패하자 '나만 열
심히 하면 어느 대학이고 어떠랴' 하고 들어간 정원 미달의 어느 삼
류대학 사회학과를 마치고, 입대하여 훈련을 마치자 어쩌다가 떨어진
게 정훈(政訓)이었고 정훈에서 어쩌다가 맡은 게 군내 신문 편집이었
고 그리고 어쩌다가 보니까 거기에서 만화를 그리고 있었고 제대하여
취직할 데를 찾던 중 어느 회사의 굉장한 경쟁률의 입사 시험에 응시
했다가 떨어지고 그러나 거기에서 함께 응시했다가 함께 미역국을 먹
은 여자와 사랑하게 되어 사랑하는 이를 위해서는 모험이라도 불사하
겠다는 각오로 군대에 있을 때의 어설픈 경험으로써 대학 동창 하나
가 기자로 들어가 있는 신문에 그 친구의 소개로 만화를 연재하게 되
었고, 밥값이 생기자 그 여자와 결혼식은 빼어버린 부부가 되어, 한
지붕 밑에 여러 세대가 살고 있는 이 집의 방 한 칸을 세내어 들고 오
늘에 이르렀음.
    그야말로 '어쩌다가'의 연속이었다. 그는 자기가 지난날 우연 속에
자신을 맡겨버린 것이 갑자기 역겨워졌다. '거지 같은 자식이었다' 하
고 그는 자신을 욕했다.[34]

[예 6]은 윤희중이 무진을 떠나고 싶어하는 하인숙을 만나는 장면으로
이상이 즐겨 썼던 반복법을 씀으로써 그녀를 껴안고 싶은 충동에서 벗어
나고자 하는 그의 내면상황을 정치하게 드러내고 있다.

---

33 김승옥, 「무진기행」, 33~34쪽.
34 김승옥, 「차나 한잔」, 『강의실에서 소설 읽기』, 장현숙 편, 푸른사상사, 2010,
    124~125쪽.

[예 7]에서 작가는 윤희중이 하인숙을 만난 후 느끼는 성적 욕망을 '개구리 울음소리'[35]로 드러내고 있으며 우울감, 무력감, 허무감, 지루함에 빠져 있는 내면상황을 '시계소리'를 통해 보여주고 있다. '열두시→한시→두시→세시→네시'로 점층적으로 가속화되는 무력감과 함께 '어디선가'를 네 번 반복적으로 씀으로써 초조하고 불안한 작중인물의 내면심리를 탁월하게 묘파하고 있다.

[예 8]은 나름대로 성실하게 살아가고자 했던 한 만화가가 정부를 비판하는 내용으로 인해 신문사로부터 해고당하는 과정에서 나타나는 작중인물의 자조적 내면상황을 '어쩌다가'를 반복적으로 쓰면서 보여주고 있다.

위에서 살핀 바와 같이 이상이 보여주는 언어감각, 즉 반복과 점층을 통한 가속효과와 대조의 병치는 황순원을 거쳐 김승옥에게서도 지속적으로 드러나고 있음을 발견할 수 있다. 이상이 그의 시와 소설, 수필 등에서 허다하게 보여주는 무한 반복은, 언문일치를 바탕으로 하는 문법에 대한 권태감과 그로부터 일탈하려는 미적 자의식에 기인한다고 볼 수 있으며 "제도의 규율로부터 탈출하려는 전략"[36]이라고 볼 수 있다. 이러한 이상의 전략이 재미와 위트를 야기한다는 점에서 동시대 혹은 후배 작가들에게 반복 혹은 변형되면서 수용되고 있다고 본다.

---

35 개구리는 lunar animal로서 달과 연관되고 있다. 또 개구리는 다산과 생산력, 창조와 부활을 상징하기도 한다. J.E. Cirlot, *A Dictionary of Symbols*, 114~115쪽. 이 작품에서는 성적 욕망으로 상징되고 있다.
36 나병철, 앞의 글, 131쪽.

3. 시적 생략과 모던한 감각

이상 소설에서 자주 발견할 수 있는 수사적 양상은 자동기술법과 구어체 파괴, 한자 혼용, 빈번한 비유, 띄어쓰기 파괴, 의인화, 이미지의 중첩성 등을 들 수 있는데, 무엇보다도 모더니즘의 특성이라 할 수 있는 시적 생략과 모던한 감각을 「실화(失花)」 등에서 발견할 수 있다. 이상의 단편 「실화」[37]는 "일인칭의 설화체로 쓰여진 일종의 독백"[38] 형식의 소설로서 주체의 해체와 분열을 다루고 있는 작품이다.

[예 9] 아스팔트는 젖었다. 鈴蘭洞 左右에 매달린 그 鈴蘭꽃 모양 街燈도 젖었다. 크라리넽 소리도 ―눈물에― 젖었다. 그리고 내 머리에는 안개가 자욱이 끼었다.[39]

[예 9]에서 볼 수 있듯이 이상은 모더니즘이 지향하던 청각적 요소 '크라리넽' 소리에, 『삼사문학』 동인이 추구하던 시각적 요소를 더하여, "령란동 좌우에 매달린 그 령란꽃 모양 가등도 젖었다"라고 서정적 감정을 중첩적으로 이미지화하고 있다.

이상이 보여주는 이러한 시적 생략과 모던한 감각은, 시에서 소설로 전환하여 쓴 황순원의 첫 소설 「거리의 부사(副詞)」에서도 확연히 드러나고

---

37 이 작품은 이상이 동경에서 1936년 12월 23일 이후에 쓴 작품으로 『문장』(1939.3)에 유고로 발표되었다.
38 조연현, 「근대정신의 해체」, 김윤식 편, 『이상문학전집 4』, 문학사상사, 1995, 24쪽.
39 이상, 「失花」, 『이상문학전집 2』, 김윤식 편, 문학사상사, 1991, 365쪽.

있다.

[예 10] 창문을 연다. 기왓장에 하얗게 내린 서리가 빛나며 녹는다. 지붕과 지
붕 사이로 먼 하수도 구멍이 보인다. 하수도 구멍이 빛을 받고는 제법
생선처럼 번득이기도 한다.[40]

[예 11] 오후에는 종내 비가 온다. 빗줄기가 누워 내린다. 유리창 너머로 우산
이 빗줄처럼 누워 떠다닌다. 비안개가 지붕 보다 높다.[41]

[예 12] 구두닦이 앞에서 그냥 더러운 구두로 떠난다. …(중략)…
쇼윈도에 낮이 가고 밤이 왔다. …(중략)…
승구의 그림자가 승구의 앞에 선다. 새 가로등이 가까워진다. 승구가
그림자를 앞선다.[42]

[예 10]에서는 빛을 받고 번뜩이는 하수도 구멍을 '생선'에 비유하여 모
던한 감각으로 포착하고 있으며, [예 11]에서는 시각적 이미지를 사용하여
"빗줄기가 누워 내리"고 우산이 "빗줄처럼 누워 떠다닌다"라고 묘사함으로
써 작중인물의 불안하고 우울한 내면 풍경을 보여준다. [예 12]에서는 친
구의 도둑질을 불안해하며 "구두닦이 앞에서" 떠나는 모습을 "그냥 더러운
구두로 떠난다."라고 재치 있게 묘사하고 있다. 나아가 식민치하에서 어렵
게 살아가는 조선 지식인의 절망적인 현실을 "승구의 그림자가 승구의 앞
에 선다."로 묘사하고, 이어 "승구가 그림자를 앞선다"라고 대조적으로 병

---

40 황순원, 「거리의 副詞」, 47쪽.
41 황순원, 「거리의 副詞」, 51쪽.
42 황순원, 「거리의 副詞」, 53쪽.

치시키고 있다. 황순원 역시 1930년대의 작가들이 즐겨 쓰던 전도법이나 가정법 등을 철저히 배제하고, 시적인 생략법과 모던한 감각으로 문장을 재치와 위트로써 처리했음을 여러 곳에서 발견할 수 있다.

특히 이상의 「날개」(1936)에서 드러나고 있는 작중인물의 권태로운 내면 묘사는 '돋보기' 장난과 '거울' 등을 매개로 반어적 기법으로 묘사되고 있다. 특히 '금붕어' 이미지를 사용함으로써 무위하고 혼돈스러운 내면 풍경을 드러내고 있는데, 최인호의 「견습환자」(1967)에서도 '금붕어' 이미지를 사용하여 권태로운 작중인물의 내면 풍경을 시적 생략과 모던한 감각으로 묘사하고 있음을 발견할 수 있다.

[예 13] 나는 쪼꼬만 「돋보기」를 꺼내 가지고 아내만이 사용하는 「지리가미」를 끄실려가면서 불장난을 하고 논다. 평행광선을 굴절시켜서 한 초점에 모아 가지고 그 초점이 따끈따끈해지다가, 마지막에는 종이를 끄실리기 시작하고 가느다란 연기를 내이면서 드디어 구녕을 뚫어 놓는 데까지에 이르는 고 얼마 안 되는 동안의 초조한 맛이 죽고 싶을 만치 내게는 재미있었다.⁴³

[예 14] 그러기에 나는 빈대가 무엇보다도 싫었다. 그러나 내 방에서는 겨울에도 몇 마리씩의 빈대가 끊이지 않고 나왔다. 내게 근심이 있었다면 오직 이 빈대를 미워하는 근심일 것이다. 나는 빈대에게 물려서 가려운 자리를 피가 나도록 긁었다. 쓰라리다. 그것은 그윽한 쾌감에 틀림없었다. 나는 혼곤히 잠이 든다. …(중략)…
내가 제법 한 사람의 사회인의 자격으로 일을 해 보는 것도 아내에게 사설 듣는 것도 나는 가장 게으른 동물처럼 게으른 것이 좋았다.

---

43 이상, 「날개」, 『이상문학전집 2』, 김윤식 편, 문학사상사, 1991, 322쪽.

될 수만 있으면 이 무의미한 인간의 탈을 벗어 버리고도 싶었다.

나에게는 인간사회가 스스로왔다. 생활이 스스로왔다. 모두가 서먹서먹할 뿐이었다.[44]

[예 15] 허리를 굽혀서 나는 그저 금붕어나 들여다보고 있었다. 금붕어는 참 잘들 생겼다. 작은 놈은 작은 놈대로 큰 놈은 큰놈대로 다— 싱싱하니 보기 좋았다. 내려 비치는 五月 햇살에 금붕어들은 그릇 바탕에 그림자를 내려뜨렸다. 지느러미는 하늘하늘 손수건을 흔드는 흉내를 내인다. 나는 이 지느러미 수효를 헤어보기도 하면서 굽힌 허리를 좀처럼 펴지 않았다. 등어리가 따뜻하다.

나는 또 희락의 거리를 내려다 보았다. 거기서는 피곤한 생활이 똑 금붕어 지느러미처럼 흐늑흐늑 허비적거렸다. 눈에 보이지 않는 끈적끈적한 줄에 엉켜서 헤어나지들을 못한다.[45]

[예 16] 입원 생활은 금붕어 같은 생활이었다. 모든 환자들은 양순한 민물고기처럼 조용히 지느러미로 미동을 하면서 병원을 부유(浮遊)하고 있었다. 나는 이 붕어 같은 병원 생활이 무척 마음에 들었다. 오랜 방황 끝에 고향에 닻을 내린 범선처럼 나는 한가로왔고, 그리고 즐거웠다.[46]

[예 13]에서 볼 수 있듯이 '돋보기'를 가지고 놀 정도로 권태로운 작중인물이 휴지에 구멍을 뚫는 잠깐 동안에 느끼는 '초조감'을 "죽고 싶을 만치" '재미있었다'라고 반어적으로 묘사하고 있다. [예 14]에서도 빈대에 물려 가려운 자리를 피가 나도록 긁어 '쓰라리다'고 하면서 동시에 '쾌감'을 느

44 이상, 「날개」, 324쪽.
45 이상, 「날개」, 343쪽.
46 최인호, 「見習患者」, 『신춘문예당선전집 4』, 중앙서간, 1983, 11쪽.

낀다고 반어적으로 표현하고 있다. 권태는 작중인물에게 '게으름'을 좋아하게 만들고 그리하여 '잠'에 탐닉하게 만들고 인간사회와 생활이 무의미하고 서먹서먹하게 만드는 결정적 동인이 된다. 이러한 권태의 양상은 [예 15]에서와 같이 '금붕어' 지느러미를 세는 작중인물을 통하여 "거기서는 피곤한 생활이 똑 금붕어 지느러미처럼 흐늑흐늑 허비적거렸다"라고 표현되고 있다.

이렇게 이상 소설에서 발견할 수 있는 '권태로움'에 빠진 작중인물에 대한 묘사는 [예 16]에서 볼 수 있듯이 최인호의 「견습환자」에서도 유사하게 드러나고 있다. 최인호의 「견습환자」[47]는 기계화되어 인간성이 마멸되고 물신주의가 팽배해 있는 현실을 비판한 작품으로 작중인물은 의욕을 상실한 채 권태에 빠져 있다. 그의 입원생활은 '금붕어' 같은 생활로서 "조용히 지느러미로 미동을 하면서 병원을 부유(浮遊)"하고 있는 다른 환자들처럼

---

47 최인호는 1967년『조선일보』신춘문예에 소설 「견습환자」가 당선되면서 문단에 나왔다. 그러나 최인호는 재등단하기를 원했고 황순원에 의해 『현대문학』에 추천받음으로써 재등단하게 된다. 황순원이 추천하여 등단한 작가로는 오유권, 승지행, 이호철, 최상규, 김채원, 안영, 이욱종, 백우암을 들 수 있다. 이들은 황순원이 경희대에서 정년하기 전 1970년대 말경에 『황문회』모임을 만들어 한 달에 한 번씩 모임을 가져 1980년대까지 지속되었다고 한다. 오유권이 회장이었으나 고혈압으로 쓰러지면서 이 모임은 해체되었다고 한다. 한편, 1979년 6월에 김동리 제자단과 황순원 제자단의 모임이『문예중앙』지의 주최로 열렸는데 이때 찍은 사진은 김용만이 관장으로 있는 '잔아문학관'에 남아 있으며, 장현숙,『황순원 문학 연구』에 실려 있다. 특히 황순원의 3남 황진규는 서울고와 연세대를 졸업하였는데 고등학교와 대학교 동창이었던 최인호와 절친한 친구였다고 전해진다(필자와 작가 안영과의 대담, 2014.8.13). 따라서 최인호는 황순원의 영향을 직·간접적으로 받았다고 필자는 본다.
황순원은 최인호의 딸 이름을 장편『日月』의 주인공인 '다혜'로 지어주었다고 말했다(1990년대 필자와의 대담).

"한가로왔고, 그리고 즐거웠다"라고 묘파된다. 이상의 「날개」에서 작중인물의 권태가 재미와 쾌락으로 반어적 기법으로 표현되고 있듯이, 최인호의 「견습환자」에서도 '한가로움과 즐거움'의 양상으로 묘사되고 있는 것이다.

무위하고 권태로운 작중인물의 내면상황은 황순원의 단편 「풍속」과 김승옥의 「차나 한잔」 「무진기행」에서도 발견할 수 있는데, 이들 작품에서도 역시 이상이 즐겨 썼던 반복법과 대조법, 반어와 위트, 시적 생략과 모던한 감각이 드러나고 있다.

[예 17] 거리가 길기만 하다. 어지럽다. 피로한 눈앞에 풍선이 어지럽게 난다. 물기 낀 풍선 표면마다 무지개가 어린다. 풍선이 날아도는대로 무지개가 돌려난다. 무지개와 무지개가 서로 부딪쳐 깨진다. 깨진 풍선과 풍선. 눈앞을 손으로 저어도 깨진 풍선 자리에 또 새로운 풍선이 얼마든지 떠오른다. 풍선, 풍선, 풍선,…… 퍽도 많은 풍선이 날며 무지개가 깨진다. 물고기가 뺃은 거품처럼 거품처럼. 거품, 거품, 거품, 무지개, 무지개, 공, 공…… 목이 마르다.
찻집이 어디냐. 물. 아 시원하다. 인생을, 해저무는 시냇가에서 조약돌을 줍는 거와 같다는 청년을 조약돌처럼 버리고 찻집을 나온다.
어떤집 가게 앞에서 다람쥐가 쳇바퀴를 달린다. 쳇바퀴가 동그라미를 그린다. 많은 동그라미가 자꾸 쌓인다. 동그라미, 동그라미, 동그라미…… 그러나 결국 동그라미는 하나가 남을 뿐이다. 그러니까 달리는 다람쥐는 머무른 다람쥐다. 아 눕고 싶다. 집으로 가자.[48]

[예 18] 아내가 킬킬거리며 그의 귀에 대고 속삭였다. 그만 해두자, 아내야,

---

48 황순원, 「風俗」, 『늪/황순원전집 1』, 문학과지성사, 1992, 151쪽.

그는 갑자기 웃음이 터졌다. 하하하하…… 꽤 오랫동안 웃었나보다. 아주머니가 지금 무안해하고 있나보다. 재봉틀 소리가 그쳐 있었다. 돌려요, 아주머니, 어서 재봉틀을 돌려요. 웃음소리가 잠꼬대였던 것처럼 할 수는 없나, 고 그는 생각했다. 그러면서 아까 낮에 버스칸에서 자기에게 자리를 내주던 영감. 아주머니, 그건 건강한 증거입니다. 돌려요, 어서 돌려요. 그 사이에 재봉틀이 다시 돌아가는 소리가 들리고 있었다. 흥, 방귀 좀 뀌었기로서니, 하며 입술을 삐죽 내민 아주머니의 얼굴이 보이는 듯하다. 그럼요, 아주머니, 방귀 좀 뀌었기로서니 재봉틀 소리를 죽여야 할 거까지는 없습니다. 돌려요, 어서요.[49]

[예 19] 모든 것이, 흔히 여행자에게 주어지는 그 자유 때문이라고 아내의 전보는 말하고 있었다. 나는 아니라고 고개를 저었다. 모든 것이 세월에 의하여 내 마음 속에서 잊혀질 수 있다고 전보는 말하고 있었다. 그러나 상처가 남는다고, 나는 고개를 저었다. 오랫동안 우리는 다투었다. 그래서 전보와 나는 타협안을 만들었다. 한 번만, 마지막으로 한 번만, 이 무진을, 안개를, 외롭게 미쳐가는 것을, 유행가를, 술집 여자의 자살을, 배반을, 무책임을 긍정하기로 하자. 마지막으로 한 번만이다. 꼭 한 번만. 그리고 나는 내게 주어진 한정된 책임 속에서만 살기로 약속한다. 전보여, 새끼손가락을 내밀어라. 나는 거기에 내 새끼손가락을 걸어서 약속한다. 우리는 약속했다.
　　그러나 나는 돌아서서 전보의 눈을 피하여 편지를 썼다.[50]

　[예 17]에서 드러나듯이 작중인물은, 환시를 통하여 '풍선'을 보게 되고, 풍선 표면에서 '무지개'를 보게 되고, 무지개의 부딪침 속에서 물고기의

49　김승옥, 「차나 한잔」, 156쪽.
50　김승옥, 「무진기행」, 45쪽.

'거품'을 보게 되고, 다시 '거품'에서 '공'을 연상한다. 즉 '풍선→무지개→거품→공'으로 시각적 이미지가 치환되면서 작중인물의 피로가 점층적으로 가속화되고 있다. 또한 작가는 "인생을, 해저무는 시냇가에서 조약돌을 줍는 거와 같다는 청년을 조약돌처럼 버리고 찻집을 나온다."에서와 같이 "줍다/버리다"를 대조적으로 병치시키면서 시적 생략과 모던한 감각으로 위트 있게 묘파한다.

다시 작중인물은 '다람쥐'를 통하여 권태로운 '쳇바퀴'를 상기하면서 무수한 '동그라미'를 인식하게 된다. 시작도 끝도 없는 '동그라미'의 무한 반복. 결국 무수한 '동그라미'는 '하나'일 뿐임을 인식하면서, 자신의 분신이라 할 수 있는 '다람쥐'는 앞을 향하여 달리는 것이 아니라 정지해 있음을 발견한다. 그는 피로함을 느끼고 집으로 가자고 독백한다.

[예 18]에서 정부를 비판했다는 이유로 해고당한 만화가 '그'는 옆방 아주머니가 밤늦도록 재봉틀을 돌리는 소리를 듣고, "어지간히 성실하게 사는 척하지?"라고 야유한다. 이 야유는 나름대로 성실하게 일했으나 하루아침에 해고당한 자신의 모습을 자조하는 것과 같다. 그때 옆방에서 '방귀 소리'가 들린다. 아내는 "그래도 별 수 없이 보리밥만 먹는 신세"라고 낄낄댄다. 그는 보리밥은커녕 언제 자신이 밥을 굶게 될지 모른다는 불안감과 절망 속에서 "그만 해두자, 아내야"라고 속으로 울부짖지만 마음과는 달리 "'하하하하' 하고 긴 허한 웃음을 웃는다. 그는 아주머니가 무안해하고 있다고 느끼자, 재봉틀을 "돌려요, 어서 돌려요"라고 재촉한다. 아주머니에게 삶의 현장으로 돌아가 열심히 생활해야 한다고 그의 내면에서 격려하는 것이다. '돌려요', '어서 돌려요'를 반복적으로 쓰면서 작가는 상승하는 그의 불안감을 위장시킨다. 그리고 다시 상승되는 그의 절망감을 "흥, 방

귀 좀 꿰었기로서니" 하는 아주머니의 해학적인 얼굴로 치환시킴으로써 그의 절망감을 하강시킨다. 그럼에도 불구하고 이 작품 결미에서 그는 "앞으로 다가올, 아직 확인되지 않은 수많은 날들이 무서워져서 그는 울음이 터질 뻔했다"고 독백하는 것이다. 이 작품에서 작가는 '좀', '어쩌다가', '차나 한잔' 등의 용어를 매개로 하여 가식과 위선으로 포장된 도시의 인간관계와 상업성만을 추구하는 현실을 비판하고 산업화의 과정 속에서 빚어지는 현대인들의 고독감을 위트와 반어 그리고 시적 생략법과 모던한 감각으로 묘파하고 있다.

김승옥이 보여주는 감각적 묘사는 [예 19]에서도 탁월하게 묘파되고 있다. 서울로 가고 싶어하는 하인숙을 사랑하면서도 갈등하다 결국 아내의 전보와 타협함으로써 부끄러움을 느끼는 작중인물의 내면을 '전보'를 의인화시켜 위트 있게 묘사하고 있는 것이다.

4. 숫자의 도입과 해체적 기법

이상은 1929년 조선총독부 내무국 건축과 기사로 근무하였고 조선건축회지『조선과 건축』의 표지도안 현상모집에 당선될 정도로 미적 감각과 재능이 뛰어났다고 전해진다. 그는 시에서 시각성을 중시하여 설계학에서 빌린 기호와 수식들, 숫자, 거꾸로 선 숫자, △, ▽ 등을 즐겨 사용하였으며, 시의 전통적 운율을 거부하면서 시의 해체를 시도하고 있음을 발견할 수 있다.

[예 20] 十三人의兒孩가道路로疾走하오.
(길은 막다른골목이適當하오.)

第一의兒孩가무섭다고그리오.
第二의兒孩도무섭다고그리오.
第三의兒孩도무섭다고그리오.
第四의兒孩도무섭다고그리오.
第五의兒孩도무섭다고그리오.
第六의兒孩도무섭다고그리오.
第七의兒孩도무섭다고그리오.
第八의兒孩도무섭다고그리오.
第九의兒孩도무섭다고그리오.
第十의兒孩도무섭다고그리오.
…(중략)…
(길은뚫린골목이라도適當하오.)
十三人의兒孩가道路로疾走하지아니하여도좋소.[51]

[예 21] 數字의方位學
4 ᨆ 4 ᨇ
數字의力學
時間性(通俗思考에依한歷史性)
速度와座標와速度[52]

　　[예 20]에서 보여주듯 '조감도'가 아닌 '오감도'라는 시 제목 안에는 이상의 상상력과 비약, 해학, 회화성 등이 내재해 있다. 第一의兒孩, 第二의兒

51　이상, 「詩 第一號」, 「烏瞰圖」, 『이상』, 김용직 편, 문학과지성사, 1977, 204~205쪽.
52　이상, 「線에 關한 覺書 6」, 『이상문학전집 1』, 김주현 편, 소명출판사, 2005, 62쪽.

孩, 第三의兒孩‥‥‥‥로 점차 상승하는 숫자는 불안감과 절망감을 고조시키고 있는데 마지막 '十三人의兒孩'에 와서는 막다른 골목에서 벗어날 수 없을 것 같은 절박한 분위기를 조성한다. '무섭다고 그리오' 역시 반복되면서 공포를 가중시키고 있다. '무섭다고 그리오'의 반복 사용은 시각적으로 언어가 아닌 도형과 같은 느낌을 주면서, 상자 안에 갇힌 추상화를 보고 있는 듯하다. 특히, '兒孩'가 나타내는 시각적 효과는 "제멋대로 달아나는 아이들의 발"을 연상시킨다. 이상이 그의 시에서 추구해왔던 회화성은 아내 변동림의 말로써 증명되고 있다. 이상의 아내였던 변동림은 "이상의 문학은 쉬르의 영향을 받았지만, 그리고 막 태동한 실존의식이 움트기도 했지만, 「오감도」는 쉬르도, 다다도 아니다. 반세기 가까이 지나서 구라파에 유행한 개념의 예술—시(詩)는 그림처럼 보고 그림은 읽는 (詩처럼)—을 시도한 거라고 본다."[53]라고 「오감도(烏瞰圖)」를 분석한다. 또한 동양의 불길한 '까마귀'와 서양의 불길한 숫자 '13'을 구성해서 '무서운 그림'을 그린 것이라고 분석하고 있는데 설득력이 있다고 필자는 본다. 처음에는 13인의 아해가 가지각색의 모양으로 달아나는 모습을 재미있게 묘사하다가 점점점 무서운 모습의 아해들로 변하고, 무서워하는 아해와 무서운 아해가 뒤섞인다. 여기서 무서워하는 아해와 무서운 아해는 바로 식민치하를 살아갔던 당대의 '우리들 자신'의 모습들이다.[54] 일본을 표상하는 까마귀가 내려다본다. 아해들은 무서워서 달아날 곳을 찾지만 땅 위에는 숨을 곳도 달아날 곳도 없다. 그래서 무서운 아해와 무서워하는 아해들의 전쟁이 벌어

---

53 김향안, 「이젠 이상의 진실을 알리고 싶다」, 문학사상, 1986,5. 61쪽.
54 위의 글, 60~61쪽 참조.

진다.[55]

　이 작품에서 이상은 식민치하에서 절망적이고 불안한 삶을 살아야만 했던, 자신을 포함하여 당대 조선인의 삶을, 일본을 표상하는 까마귀가 하늘 위에서 재미있게 내려다보는 그림, '오감도'를 통하여 그림처럼 시각적으로 보여주려고 시도했던 것으로 보인다. 이렇게 볼 때 이 시에는 이상의 민족의식이 내재해 있다고 볼 수 있다. 특히 "의례 검문 당하면서도 한복을 즐겨 입었던"[56] 이상의 내면세계에는 식민지 치하라는 '치명적인 모욕감'을 당했을 때 치미는 "분노와 저항의식"[57]이 내재해 있었으며 이것이 바로 이상의 불행이었다고 변동림은 술회하고 있다. 이러한 "분노와 저항의식"은 이상의 상처받은 자의식으로부터 분출되는 것으로서, 그로 하여금 일상과 기존 질서와 제도에서 일탈하게 만들었던 것이다. 이상의 이러한 내적 욕망이 숫자나 기호의 도입으로 유희화되고 해체적 기법으로 파편화되었다고 보는 것이다. 결국 그의 자의식은 식민지 시대의 수도 경성을 떠나게 함으로써 불행을 자초했다고 볼 수 있다.

　김윤식이 "종래의 기호를 해체하여 재조립함으로써 전에 보지 못한 의미군을 창출해내는 일이야말로 이상문학의 본질적 측면"이라고 지적하고 있듯이, 「동해」[58] 「오감도」에는 이상의 해체적 글쓰기가 내재해 있는

55　위의 글, 60~61쪽 참조.
56　"한복 차림의 이상은 수상한 인물의 인상을 주었지만 보호색으로 바꾸려 하지 않고 하루 한 번씩 일경과의 언쟁을 각오하면서도 어머니가 기워주시는 한복을 편하게 즐겼다."라고 변동림은 회상한다. 위의 글, 61쪽.
57　위의 글, 61쪽 참조.
58　제목 동해(童骸)는 '어린이의 해골'을 뜻하는 말로서 실상 이런 낱말은 없다. 어린이의 해골이라 하는 섬뜩한 의미 창출은 광의의 monogram의 일종이다. 우리가 일상

것이다.

[예 21]에서처럼 이상의 시에는 행과 행 사이의 유기적 연관성이 결여되어 있으며 숫자 4를 거꾸로 함으로써 다다적 경향을 드러내고 있다. 이러한 다다적 기법은 황순원의 「숫자풀이」에 와서 숫자를 매개로 하여 재미있는 유희성을 획득하게 된다.

황순원의 「숫자풀이」(1974)는 4·19에 동참하지 않았다는 죄의식 때문에 미쳐버린 한 남자의 심리상황을 '숫자풀이'를 통해 초현실주의적이며 신심리주의적 기법으로 묘사하고 있는 작품이다.

[예 22] 대체 오늘이 며칟날입니까? 4월 16일이라구요? 햇수는요? 그럼 1974
년 4월 16일이라는 거죠? 또 6자와 9자가 바뀌었군요. 바로잡으면
1674년 4월 19일이겠군요. 아시겠어요? 그러니 1천 6백년대가 1천 9
백년대로 잘못 돼있지 않은, 진정 1천 9백년대에 가서나 몰수당한 내
세월을 되찾으러 다시 나와볼까요, 어디.[59]

[예 22]에서 '나'가 보여주는 숫자풀이는 바로 4·19 이전의 시간 속으로 퇴행하고 싶은 욕구와 태어나기 이전의 상태로 돌아가고 싶은 내적 욕구의 반영이며, 이러한 무의식적 심리상황이 빚어내는 도착행위라 할 수 있다. '나'에 대한 환멸은 4·19의 9자를 6자로 바꾸어 놓는 유희, 즉 숫자풀이로 나타난다.

에서 사용하는 낱말은 童孩(아이)이다. '子' 대신 '咳'자를 바꿔치기한 것에 지나지 않는다. 그러나 이러한 방법을 구사함으로써, 전혀 낯설고도 새로운 의미가 창출될 수 있었다. 이는 오감도(烏瞰圖)의 경우와 같다. 김윤식 편, 『이상문학전집 2』, 285쪽 참조.

59 황순원, 「숫자풀이」, 『탈 기타/황순원전집 5』, 1990, 182쪽.

이처럼 운율과 무관한 해체적 시, 숫자와 수식, 기호의 도입으로 특징되는 이상의 글쓰기는 황순원, 김승옥, 최인호의 글쓰기에서 지속적으로 수용·확장되어왔다. 특히 황순원의 「막(幕)은 내렸는데」(1967.7)에 오면서, 한 작품 안에서 시점의 다양성을 실험함으로써 개성적 글쓰기의 한 정점에 도달하게 된다.

「막은 내렸는데」에는 친구의 배반으로 절망에 사로잡힌 한 남자가 한 창녀의 젖 불은 가슴으로 인해 새로운 인생의 길을 모색하게 되는 과정을 다룬 작품이다. 이 작품에는 '모체회귀' 현상이 보여지고 있는데, 이것은 죽음을 통해서 새로운 삶에로의 재생을 갈망하는 심리상황을 표출시킨 것이라 볼 수 있다.[60]

[예 23] 주인공 나와요! 아, 아, 걸음걸이가 그래서 쓰나. 끼니가 없어 죽는 자살자는 아니잖어. 실연한 자의 죽음두 아니구. 어깨를 좀 펴구 큰걸음으루 걸어요. 한 손은 포켓에 찌른 채루 좋아! 그렇지, 그 손으룬 약을 만지작거려야지. 이따가 먹을 극약 말야.

　내가 죽음을 두려워하구 있는줄 아나보군. 천만에. 자살하기루 작정한 뒤룬 오히려 마음이 담담해졌다는 걸 알아야지. 내 걸음이 이런 건, 요 얼마전부터의 습관에서 온 것 뿐인데.

　남자는 약간 걸음에 신경을 쓰면서 앞으로 걸어간다. …(중략)… 주인공의 뒤를 펜끝이 바싹 쫓는다.

　…(중략)…

　에잇, 한심한 녀석! 인제 난 모르겠다. 너 될대루 되거라!

---

60 장현숙, 앞의 책, 353쪽.

펜이 바닥으로 내던져졌다. 주위로 잉크가 튀어났다.[61]

[예 23]에서 볼 수 있듯이 작가는 주인공에게 행동을 명령하고 지적하면서, 마음대로 작품 속에 들어갔다 나왔다 한다. 시점도 전지적 작가 시점과 1인칭 시점, 3인칭 시점이 혼효되어 있으면서도 전체적으로 조화와 통일성을 획득하였다는 점에서 작가의 역량을 인정하게 한다. 동시에 이 작품은 과거와 현재를 넘나드는 해체적이며 전위적 기법의 특이함을 실험한 소설로서 독특한 아름다움과 리얼리티를 야기하고 있는데 이는 작가의 끊임없는 실험정신의 결과라고 볼 수 있다.

이상이 보여주었던 해체적 기법은 황순원에 이어 김승옥의 「서울, 1964년 겨울」(1965)에 오면서 극대화되고 있다. 이 작품에서 김승옥은 근대화되는 도시의 물질문명 안에서 소통되지 않고 단절되어 모두가 타인일 수밖에 없는 고독감, 권태감, 무책임성, 익명성, 인간소외 현상 등을 해체적, 초현실적 기법으로 보여준다. 분절적 언어와 동문서답식 대화로 이루어진 이 작품은 이상의 「지주회시」가 '돈'을 매개로 하여 작중인물들이 서로에게 타자화되고 있다는 점에서 닮아 있다.

[예 24] "그것은 틀림없이 꿈틀거림입니다. 난 여자의 아랫배를 가장 사랑합니다. 안형은 어떤 꿈틀거림을 사랑합니까?"
"어떤 꿈틀거림이 아닙니다. 그냥 꿈틀거리는 거죠. 그냥 말입니다. 예를 들면…… 데모도……."
"데모가? 데모를? 그러니까 데모……."

---

61 황순원, 「幕은 내렸는데」, 『탈 기타/황순원전집 5』, 1990, 159~169쪽.

"서울은 모든 욕망의 집결지입니다. 아시겠습니까?"

"모르겠습니다."라고 나는 할 수 있는 한 깨끗한 음성을 지어서 대답했다.

그때 우리의 대화는 또 끊어졌다. 이번엔 침묵이 오래 계속되었다.[62]

[예 25] 나는 꺼졌다고 생각하고 있던 '학'에 다시 불이 붙고 있는 것을 보았다. 물줄기가 다시 그곳으로 뻗어가고 있었다. 그러나 물줄기는 겨냥을 잘 잡지 못하고 이리저리 흔들리고 있었다. 불은 날쌔게 '용'을 핥고 있었다. 나는 '미'까지 어서 불 붙기를 바라고 있었고 그리고 그 간판에 불이 붙는 과정을 그 많은 불구경꾼들 중에서 나 혼자만 알고 있기를 바랐다. 그러나 그때 문득 나는 불이 생명을 가진 것처럼 생각되어서, 내가 조금 전에 바라고 있던 것을 취소해버렸다.[63]

[예 24]에서 볼 수 있듯이 작가는 '안'과 '나'를 통하여 산업화된 도시에서 서로에게 타자화되고 있는 도시 대중들의 전형을 유희적 언어와 침묵과 단절의 반복을 통하여 보여주고 있다. 이들의 대화 속에서 보여주는 '꿈틀거림, 여자의 아랫배, 데모'는 인과관계가 없이 파편화되어 해체되고 있다. 왜냐하면 도시대중들은 인격적인 유대 없이 '돈'과 '매스미디어'의 기호적 세계에 의해 '매개'되어 있기 때문이다.[64]

[예 25]에서 볼 수 있듯이 광고 즉 "'매스미디어' 등에 의한 '기호적 매개'

---

62 김승옥, 「서울, 1964년 겨울」, 『한국 대표 중단편 소설 50』, 중앙일보사, 1995, 53~54쪽.

63 김승옥, 「서울, 1964년 겨울」, 66쪽.

64 최인자, 「김승옥 소설 문체의 사회시학적 연구-「서울, 1964년 겨울」을 중심으로」, 『현대소설연구』 제10호, 한국현대소설학회, 1999.6, 364쪽.

는 타인과의 관계뿐 아니라 세계와의 관계를 즉물적으로 만들고 있다."[65]
소통되지 않는 '안'과 '나' '아저씨'는 광고들뿐인 도심의 거리를 걷는다. 아
내의 시체를 판 돈으로 넥타이를 사주고 아저씨는 '미용학원'에 불길이 솟
자 남은 돈을 불 속에 던져버린다. '미용학원'의 글자를 역순으로 리듬감을
살려 반복적으로 보여주면서 위트 있게 묘사하고 있는 김승옥의 언어 유
희는 이상의 글쓰기와 닮아 있다.

이렇게 숫자의 도입과 해체적 수사, 말장난(Fun), 패러디,[66] 역설법, 분
열증, 환영, 사물화 등의 특징을 갖는 이상의 글쓰기는 황순원과 김승옥에
게 영향을 끼치고 최인호에게 오면서 환영, 사물화, 언어 유희, 익살과 기
지로 극대화되고 있음을 「술꾼」(1970), 「타인의 방」(1971), 「잠자는 신화(神
話)」(1972), 「개미의 탑」(1977), 「유령의 집」(2002) 등을 통하여 고찰할 수
있다.

[예 26] 그는 확대경으로 방바닥으로 몰려든 햇빛을 모아 뜨거운 불빛을 일으
     켰다. 확대경이 이루는 원의 크기가 점점 좁아질수록 개미들은 돌연
     한 열에 몸부림치며 딩굴었다. 그리고 타 죽었다.[67]

[예 27] 온 방안이 꿈틀거리고 있었다.

---

65 위의 글, 364쪽.
66 이상의 수필 「19세기式」의 표제는 이후 김승옥에 오면서 소설 「60년대式」으로 재탄
    생하고, 최인호의 「2와 1/2」은 한수영의 「공허의 1/4」이라는 제목으로 변형된다. 또
    최인호의 「뭘 잃으신 게 없으십니까」(1971)의 표제는 황순원의 장편 『神들의 주사
    위』(1982)의 결미에 와서 "무얼 잃어버렸습니까?"라는 대화로 재탄생되고 있다. 이
    로써 이상, 황순원, 김승옥, 최인호는 서로 깊은 영향관계에 있음을 고찰 가능하다.
67 최인호, 「개미의 탑」, 『술꾼』(우리작가 우리소설 1권), 도서출판 동아,1988, 226쪽.

아, 아, 개미·개미·개미·개미·개미. 수를 헤아릴 수 없는 개
미들이 방안을 가득 채우고 있었다. 어디 한 군데도 빈 곳이 없었
다. 마치 1/3을 소수점으로 환산하면 끊임없이 나뉘어지지 않는
0.33333333333……의 영원한 숫자 행렬로 연속되듯이.[68]

[예 26]의 「개미의 탑」에서 '그'는 광고회사의 직원으로서 근대화와 물
신화된 사회 속에서 지쳐 있는 인물이다. '그' 역시 이상의 「날개」의 주
인공이 권태로움을 이기기 위해 '돋보기' 장난을 하듯이 '확대경'을 가지
고 '개미'를 태우고 있다. [예 27]에서 '그'는 "끊임없이 나뉘어지지 않는"
"0.33333333333……의 영원한 숫자 행렬로 연속되듯" 개미에 둘러싸인
채 공포에 떨고 있는 인물이다. '그'는 '개미'처럼 날카로운 감식력과 조직
력과 추진력으로 표상되는 물신화된 거대 조직망 속에서 갇혀 있는 소외
자인 것이다. 특히 "0.33333333333……"에서 볼 수 있듯이 '3'은 개미의
모양과 닮아 있어 해학성과 회화성을 동시에 가지고 있다. 이상의 글쓰기
에서 나타나는 반복법과 숫자의 도입, '돋보기' 장난, 회화성은 최인호의
작품에서도 이렇게 발견되고 있다. 이로써 이상 문학과의 영향관계에서
작품을 논의할 때 최인호의 작품에서도 이상 문학의 편린들을 확인할 수
있다.

---

68 최인호, 「개미의 탑」, 244쪽.

5. 결론

바흐친은 "소설은 진행 중인 장르이며 아직도 만들어지고 있는 이 세계로부터 태어났으며 그것과 가장 닮아 있는 장르"라고 말한다. 이 세계의 다양한 모습을 표출하기 위해서는 그와 가장 유사한 문학양식이 필요한 것이다. 따라서 개별화된 기의를 표출하기 위해서는 개별화된 기표가 필요하다고 말한다. 이 지점에서 현대소설 역시 시대와 역사의 흐름 속에서 새롭게 탄생하고 재구성 되어야 한다는 당위성 앞에 놓여진다.

이러한 관점에서 볼 때, 전통과 기존의 질서와 가치관에 대해 반항하고 이를 탈피하고자 했던 이상의 글쓰기는 새로운 서사양식을 추구할 수밖에 없었을 것이다. 동인지『삼사문학(三四文學)』과 '동경학생예술좌'를 중심으로 모더니즘과 신심리주의, 초현실주의적 세계를 수용하고자 했던 이상의 글쓰기는 작가 황순원과 김승옥, 최인호 등에게 직·간접적으로 영향을 끼쳤으리라고 본다. 왜냐하면 작가 황순원, 김승옥, 최인호는 인간의 삶이 역사와 시대의 흐름에 놓여 있듯이, 인간의 삶을 담고 있는 문학 역시 정체되지 않고 다양한 방법과 방식으로 역동적으로 흘러가야 한다는 사실을 누구보다도 철저히 인식한 우리나라 대표적 작가들이라고 보기 때문이다.

이상과 함께『삼사문학』과 동경학생예술좌의 동인으로서 동시대를 살았던 작가 황순원, 60년대에 감수성의 혁명을 불러 일으켰던 김승옥, 황순원의 추천으로 재등단한 작가 최인호. 이들은 다양성과 실험성을 바탕으로 그들의 삶과 시대와 역사를 개별화된 기표와 기의로써 드러내고자 시도하였을 것이다. 그런 가운데 동시대인들로서 공유할 수밖에 없었던 내면의식과 서사방식이 있었으리라고 본다. 이 글은 이러한 전제에서 출발하였다. 문학은 원심력을 가진 강력한 자장성을 가질 수 있기 때문이다.

이상은 「날개」에서 "박제가 되어버린 천재를 아시오. 나는 유쾌하오"라고 자조하고 있듯이, 제국주의와 자본주의의 규율 속에서 질식할 것만 같았던 식민 지식인의 내면상황을 '낯설게 하기'[69]의 기법으로 그의 문학 속에서 형상화시켰다. 19세기를 대표하는 전통과 제도로부터 일탈하고자 하는 충동은 현실에 대한 거부와 부정정신을 잉태하고, 20세기적인 모더니티의 지향이 있었음에도 여전히 19세기적 전통과 부정적 현실에서 탈출할 수 없었던 아니러니 속에서 이상의 죽음의식과 분열 충동은 가속화된다. 따라서 그는 자동기술법, 수식과 비수식을 위한 동일어의 반복, 숫자를 도입함으로써 기존의 언어체계를 거부하였으며, 역설과 언어의 유희, 패러디를 통하여 일상과 제도와 물질숭배에 반항한다.

이렇게 형성된 이상의 실험정신은 서술기법의 측면에서 반복과 점층을 통한 가속효과와 대조의 병치, 시적 생략과 모던한 감각, 기호의 도입과 해체적 기법으로 특징되고 있음을 「운동」「오감도」「지도의 암실」「실화」「날개」「선에 관한 각서 · 6」을 통하여 고찰하였다.

나아가 이상의 글쓰기가 『삼사문학』과 동경학생예술좌의 동인으로서 동시대를 살았던 작가 황순원에게 직 · 간접적으로 영향을 끼쳤으리라 유추하면서, 이상 작품과의 대비를 통하여 살펴보았다. 특히 황순원의 단편

---

69 낯설게 하기란 지각력을 중폭시키는 장치로서 고도의 예민한 정신 작용이 수반되는 메커니즘이다. 낯설기 하기 장치에는 제도로부터의 일탈의 충동과 대상에 대한 지각의 욕망이 혼합되어 있다. 나병철, 「이상의 모더니즘과 혼성적 근대성의 발견」, 『한국문학연구』 제14집, 한국문학연구회, 2000 재인용.

「거리의 부사」「배역들」「풍속」 등을 중심으로 한 초기단편집 『늪』에는 모더니즘의 특징이라 할 수 있는 시적 생략과 모더니티 지향성이 뚜렷하게 드러나고 있음을 고찰하였다. 특히 황순원은 「숫자풀이」「막은 내렸는데」에서 살펴볼 수 있듯이, 숫자의 유희성과 시점의 혼용 등을 통하여 실험성 강한 소설을 완성하였다. 이렇게 언어유희, 해체적 수사로 특징되는 이상의 글쓰기가 황순원에게 수용되어 확장되고 있음을 살펴보았다.

1960년대의 산업화와 도시화의 경험을 거치면서 등단한 작가 김승옥, 최인호 역시 1930년대 식민지 시대의 수도 경성과 동경을 오가며 우리 문학에서 본격적인 모더니즘의 출발을 알린 이상의 글쓰기를 계승하고 있음을 고찰하였다. 김승옥 역시 1930년대의 모더니즘적 경향을 계승하면서 정신과 감각, 문체면에서 새로운 형식의 실험을 단행함으로써 1960년대의 새 지평을 여는 신선하고 참신한 감수성의 문학을 일구었다. 김승옥의 「무진기행」「차나 한잔」「서울, 1964년 겨울」 등에서 나타나는 분절적 언어와 동문서답식 대화, 단절과 비약, 시적 생략과 모던한 감각 등이 이상의 글쓰기와 공통성을 지니고 있음을 살펴보았다.

최인호는 「견습환자」로 "등단한 이후 「술꾼」「타인의 방」 등의 문제작을 쏟아내자 60년대 김승옥의 감수성을 이어갈 작가라는 상찬을 받았"으며 "세련된 문체로 도시문학의 지평을 넓혔다."[70]는 평가를 받았다. 이는 최인호가 김승옥의 감수성을 계승하고 있음을 확인시킨다. 최인호 역시 그의 작품 「견습환자」「개미의 탑」 등을 통하여 도시 물질문명과 물신숭배에

---

70 신준봉 · 하현옥 기자, 「머리말만 남겨 놓은채 …… 책 쓰다 떠난 '영원한 문청'」, 『중앙일보』, 2013.9.26(목요일).

대한 비판을 김승옥처럼 도시적 감수성과 기지, 익살, 환상 등으로 보여주고 있음을 살펴보았다. 이로써 최인호는 이상이 구가했던 "모더니즘을 관념적 수사 형태가 아니라 살아 움직이는 현실의 징후"[71]로서 드러내면서 대중성을 획득한다고 평가받는다. 특히 황순원의 추천에 의해 『현대문학』으로 재등단한 최인호는 황순원에게서도 직접적인 영향을 받았으리라 본다.

따라서 이 글에서는 1930년대 모더니즘을 대표하는 이상의 글쓰기가, 『삼사문학』과 동경학생예술좌의 동인으로 함께 활동했던 황순원의 글쓰기에 직·간접적으로 영향을 끼쳤으리라고 보았다. 또한 1960년대 산업화·도시화의 물질문명 속에서 모더니티에 대한 민감한 인식과 실험성을 가지고 이들에 대해 비판을 가했던 김승옥, 최인호의 작품에서도 이상 문학의 편린을 발견할 수 있었다는 점에서도 이상 문학은 이들에게 지대한 영향력을 끼치고 있음을 고찰하였다. 즉 이상, 황순원, 김승옥, 최인호는 그들이 직면한 당대의 현실과 이상의 괴리 사이에서 누구보다도 모더니티에 대한 예리한 감각과 감성을 가지고 작품화하였으며, 그들의 수사적 특징은 그들이 내면에 가지고 있는 현대문명에 대한 깊은 자의식에서 출발하였던 것이라 본다.

---

71 남진우, 「현대의 신화」, 『타인의 방』, 문학동네, 2013. 335쪽.

「비어 있는 들」 분석

1. 기본자료

오정희, 「비어 있는 들」, 『유년의 뜰』, 1998.

———, 『별사』, 지식더미, 2007.

———, 『내 마음의 무늬』, 황금부엉이, 2006.

———, 『살아있음에 대한 노래를』, 창, 1999.

오정희 · 박혜경, 「작가대담 · 안과 밖이 함께 어우러져 드러내 보이는 무늬」, 『문학과 사회』, 1996, 가을호.

2. 논문 및 저서

김병익, 「세계에의 비극적 비전」, 『월간조선』, 1982.7.

김예림, 「세계의 겹과 존재의 틈, 그 음각의 사이를 향하는 응시」, 『문학과사회』, 1996. 가을호.

김종호, 『물, 바람, 빛의 시학』, 북스힐, 2011.

김치수, 「오정희론, 삶의 양면성에서 느껴지는 긴장감」, 『한국현대작가연구』, 문학사상사, 1991.

김화영, 『문학 상상력의 연구』, 문학사상사, 1989.

김혜순, 「여성적 정체성을 가꾼다는 것」, 우찬제 편, 『오정희 깊이 읽기』, 문학과지성사, 2007.

나병철, 『환상과 리얼리티』, 문예출판사, 2011.

로지 잭슨, 『환상성』, 문학동네, 2001.

박세길, 『다시 쓰는 한국현대사』 2권, 돌베개, 1989.

박인숙, 「품격 · 인물소묘」, 우찬제 편, 『오정희 깊이 읽기』, 문학과지성사, 2007.

박혜경, 「오정희 소설 연구」, 경원대학교 박사학위 논문, 2009.

───, 『오정희 문학 연구』, 푸른사상사, 2011.

우찬제 편, 『오정희 깊이 읽기』, 문학과지성사, 2007.

윌프레드 L. 궤린 외, 『문학의 이해와 비평』, 정재완 · 김성곤 역, 청록출판사, 1981.

이승훈, 『문학으로 읽는 문화상징사전』, 푸른사상사, 2009.

임진수, 『환상의 정신분석』, 현대문학, 2005.

장현숙, 『현실인식과 인간의 길』, 한국문화사, 2004.

───, 『황순원 문학 연구』, 푸른사상사, 2005.

최윤정, 「부재의 정치성」, 우찬제 편, 『오정희 깊이 읽기』, 문학과지성사, 2007.

하응백, 「자기정체성의 확인과 모성적 지평」, 『작가세계』, 1995. 여름호.

황도경, 「어긋나는 말, 혹은 감추어진 말」, 『우리시대의 여성작가』, 문학과지성사, 1999.

「불꽃놀이」에 나타난 주제의식

1. 기본자료

오정희, 「불꽃놀이」, 『불꽃놀이』, 문학과지성사, 2007.

──, 『내 마음의 무늬』, 황금부엉이, 2006.

──, 『살아있음에 대한 노래를』, 창, 1999.

──, 「자술연보」, 우찬제 편, 『오정희 깊이 읽기』, 문학과지성사, 2007.

──, 『작가와 함께 대화로 읽는 소설 「별사」』, 지식더미, 2007.

오정희·박혜경 대담, 「안과 밖이 함께 어우러져 드러내보이는 무늬」, 『문학과 사회』, 1996. 가을호.

2. 논문 및 저서

곽은희, 「일상 속에 퇴적된 여성의 내면을 찾아서」, 『문예미학』 No.11, 2005.

김상희, 「최서해 소설 연구」, 대구대학교 석사학위 논문, 1994.12.

김선미, 「박완서 장편 소설의 아버지 극복 과정 연구」, 이화여자대학교 석사학위 논문, 2004.

김승환, 「오정희론-오정희적 자아의 존재양상에 대하여」, 『한국현대작가연구』, 민음사, 1989.

김예림, 「세계의 겹과 존재의 틈, 그 음각의 사이를 향하는 응시」, 『문학과 사회』, 1996.11.

박세길, 『다시 쓰는 한국현대사·3』, 돌베개, 1992.

박 신, 「부성 콤플렉스의 분석심리학적 이해」, 『심성연구』 19권, 한국분석심리학회, 2004.

박인숙, 「맑고 단단한 빛살들」, 『우리시대 우리작가·오정희』 제11권, 동아출판사, 1987.

박혜경,『오정희 문학 연구』, 푸른사상사, 2011.

양선규,「오정희 소설의 소설화 과정 분석」,『현대소설연구』제6호, 한국현대소설학회, 1997.

오은정,「오정희 소설의 불확실성의 시학」, 서강대학교 석사학위 논문, 2000.

이승훈,『문학으로 읽는 문화상징사전』, 푸른사상사, 2009.

이재선,『한국문학주제론』, 서강대학교 출판부, 1991.

이지현,「부권부재 상황의 소설 연구」, 중앙대학교 석사학위 논문, 2002.6.

임정민,「오정희 소설연구」, 연세대학교 석사학위 논문, 2000.

장현숙,「이상 소설의 작중인물과 이미지의 유사성 연구」,『현대소설연구』제60호, 한국현대소설학회, 2015.12.

정연희,「오정희 소설에 나타나는 시간의 이미지와 타자성」,『현대소설연구』제39호, 한국현대소설학회, 2008.

──────,「오정희 소설의 욕망하는 주체와 경계의 글쓰기」,『현대소설연구』제38호, 한국현대소설학회, 2008.

최영자,「오정희 소설의 정신분석학적 연구」, 강원대학교 석사학위 논문, 2004.8.

최윤자,「출생의 미스터리와 재생신화」,『융, 오정희 소설을 만나다』, 푸른사상사, 2001.

C.G. 융 · C.S. 홀 · J. 야코비,『융 심리학 해설』, 설영환 역, 선영사, 1986.

M. 엘리아데,『종교형태론』, 형설출판사, 1979.

시몬느 · 드 · 보봐르,『제2의 성』, 조홍식 역, 을유문화사, 1977.

아지자 · 올리비에리 · 스크트릭,『문학의 상징 · 주제 사전』(상), 장영수 역, 중앙일보사, 1986.

앙리 르페브르,『현대세계의 일상성』, 박정자 역, 기파랑, 2016.

윌프레드 L. 궤린 외,『문학의 이해와 비평』, 정재완 · 김성곤 역, 청록출판사,

1981.

프로이트,『꼬마 한스와 도라』, 김재혁 · 권세훈 역, 열린책들, 2003.

―――,『늑대인간』, 정연희 · 김명희 역, 열린책들, 2003.

「파로호」에 나타난 주제의식

1. 기본자료

오정희,「파로호」,『불꽃놀이』, 문학과지성사, 2007.

―――,『내 마음의 무늬』, 황금부엉이, 2006.

―――,『살아있음에 대한 노래를』, 창, 1999.

―――,「자술연보」, 우찬제 편,『오정희 깊이 읽기』, 문학과지성사, 2007.

―――,『작가와 함께 대화로 읽는 소설「별사」』, 지식더미, 2007.

오정희 · 박혜경 대담,「안과 밖이 함께 어우러져 드러내보이는 무늬」,『문학과
사회』, 1996. 가을호.

2. 논문 및 저서

강숙아,「파로호의 시간 배치와 시간의 불일치 연구」,『한국문예창작』제11권 제
2호(통권 25호), 2012.8.

강준만,『한국현대사 산책 1 · 2 · 3』, 인물과사상사, 2003.

곽은희,「일상 속에 퇴적된 여성의 내면을 찾아서」,『문예미학』, No.11, 2005.

김경희,「오정희 소설에 나타난 강원도의 힘」,『강원문화연구』제24집, 2005.

김승환,「오정희론―오정희적 자아의 존재양상에 대하여」,『한국현대작가연구』,
민음사, 1989.

김영순, 「오정희 소설의 여성 인물 연구」, 경기대학교 석사학위 논문, 2012.12.

김예림, 「세계의 겹과 존재의 틈, 그 음각의 사이를 향하는 응시」, 『문학과 사회』, 1996.11.

나민애, 「죽은 바람의 심폐소생술」, 『시와 시』 제3호, 2010. 여름호.

단유경, 「오정희 소설에 나타난 여성 인물의 정체성 연구」, 중앙대학교 교육대학원, 2010.2.

박미란, 「오정희의 소설에 나타난 트로마의 시학」, 서강대학교 석사학위 논문, 2000.

박세길, 『다시 쓰는 한국현대사 · 3』, 돌베개, 1992.

박인숙, 「맑고 단단한 빛살들」, 『우리시대 우리작가 · 오정희』 제11권, 동아출판사, 1987.

박혜경, 『오정희 문학 연구』, 푸른사상사, 2011.

서재원, 「오정희 소설의 타자성 연구」, 『우리어문연구』 56집, 우리어문학회, 2016.9.30.

송창섭, 「한국영문학 속의 비교문학, 비교문학 속의 한국영문학」, 『영미문학교육』 제9집 2호, 2005.

신석초 편, 『석북시집』, 대양서적, 1973.

오은정, 「오정희 소설의 불확실성의 시학」, 서강대학교 석사학위 논문, 2000.

윤애경, 「오정희 소설에 나타나는 '죽음'의 의미 연구」, 『한국문학이론과 비평』 35, 한국문학이론과 비평학회, 2007.6.

이가원, 「오정희 소설의 '내면의식' 드러내기에 대한 고찰」, 『한국문예창작』 제4권 제2호(통권 제8호), 2005.12.30.

이봉일, 「일상성, 내면성, 테러리즘」, 『고황논집』 제24집, 경희대학교 대학원, 1999.

이소연, 「오정희 소설 속에 나타난 여성 정체성의 의미화 과정 연구」, 『한민족문화연구』 제30집, 2009.8.31.

이승훈,『문학으로 읽는 문화상징사전』, 푸른사상사, 2009.

이재선,『한국문학주제론』, 서강대학교 출판부, 1991.

이정희,「오정희 소설에 나타난 탈영토화 전략」,『여성문학연구』제4호, 2000.

임정민,「오정희 소설연구」, 연세대학교 석사학위 논문, 2000.

장현숙,「오정희의「비어 있는 들」분석」, 한국문학논총 제62집, 한국문학회, 2012.12.

정미숙,「오정희 소설과 노년 표상의 시점시학」,『인문사회과학연구』제14권 제 2호, 부경대학교 인문사회과학 연구소, 2013.10.31.

정연희,「오정희 소설에 나타나는 시간의 이미지와 타자성」,『현대소설연구』39, 한국현대소설학회, 2008.

정효구,「질료에서 우주적인 몸 혹은 구체가 되기까지」,『시와 시』제3호, 2010. 여름.

조회경,「일상과 비일상의 지도에서 길 찾기」,『우리문학연구』25, 우리문학회, 2008.10.

최세이,「오정희 소설의 작중인물 연구」, 전남대학교 석사학위 논문, 2004.2.

최영자,「오정희 소설의 정신분석학적 연구」, 강원대학교 석사학위 논문, 2004.8.

최윤자,「출생의 미스터리와 재생신화」,『융, 오정희 소설을 만나다』, 푸른사상 사, 2001.

C.G. 융ㆍC.S. 홀ㆍJ. 야코비,『융 심리학 해설』, 설영환 역, 선영사, 1986.

M. 엘리아데,『종교형태론』, 형설출판사, 1979.

아지자ㆍ올리비에리ㆍ스크트릭,『문학의 상징ㆍ주제 사전』(상), 장영수 역, 중앙 일보사, 1986.

앙리 르페브르,『현대세계의 일상성』, 박정자 역, 기파랑, 2016.

윌프레드 L. 궤린 외,『문학의 이해와 비평』, 정재완ㆍ김성곤 역, 청록출판사, 1981.

「구부러진 길 저쪽」에 나타난 주제의식

1. 기본자료

오정희, 「구부러진 길 저쪽」, 『문학과 사회』, 1995. 가을호.

———, 『내 마음의 무늬』, 황금부엉이, 2006.

———, 『살아있음에 대한 노래를』, 창, 1999.

오정희 · 박혜경 대담, 「안과 밖이 함께 어우러져 드러내보이는 무늬」, 『문학과
　　　사회』, 1996. 가을호.

박인숙, 「맑고 단단한 빛살들」, 『우리시대 우리작가 · 오정희』 제11권, 동아출판
　　　사, 1987.

우찬제 편, 『오정희 깊이 읽기』, 문학과지성사, 2007.

2. 논문 및 저서

공종구, 「존재와 세계에 대한 비극적 통찰」, 『문학과 사회』, 1995. 가을호.

권다니엘, 「오정희 소설에 나타난 물 이미지와 여성성 연구」, 서울대학교 석사
　　　학위 논문, 2002.8.

김병익, 「세계에의 비극적 비전」, 『월간조선』, 1982.7.

김예림, 「세계의 겹과 존재의 틈, 그 음각의 사이를 향하는 응시」, 『문학과사회』,
　　　1996. 가을호.

김종호, 『물, 바람, 빛의 시학』, 북스힐, 2011.

김치수, 「오정희론, 삶의 양면성에서 느껴지는 긴장감」, 『한국현대작가연구』, 문
　　　학사상사, 1991.

박세길, 『다시 쓰는 한국현대사』 제3권, 돌베개, 1992.

박혜경, 「오정희 소설 연구」, 경원대학교 박사학위 논문, 2009.

———,『오정희 문학 연구』, 푸른사상사, 2011.

신진숙,「오정희 소설의 일상성」, 충북대학교 석사학위 논문, 2009.

오은정,「오정희 소설의 불확실성의 시학」, 서강대학교 석사학위 논문, 2000.

이상우 · 이기한 · 김순식,『문학비평의 이론과 실제』, 집문당, 2005.

이승훈,『문학으로 읽는 문화상징사전』, 푸른사상사, 2009.

임정민,「오정희 소설연구」, 연세대학교 석사학위 논문, 2000.

정연희,「오정희 소설의 욕망하는 주체와 경계의 글쓰기」,『현대소설연구』38,
     한국현대소설학회, 2008.

———,「오정희 소설에 나타나는 시간의 이미지와 타자성」,『현대소설연구』39,
     한국현대소설학회, 2008.

하응백,「자기정체성의 확인과 모성적 지평」,『작가세계』, 1995, 여름호.

황도경,「어긋나는 말, 혹은 감추어진 말」,『우리시대의 여성작가』, 문학과지성
     사, 1999.

윌프레드 L. 궤린 외,『문학의 이해와 비평』, 정재완 · 김성곤 역, 청록출판사,
     1981.

진 쿠퍼,『세계문화상징사전』, 이윤기 역, 까치, 1994.

최명희 초기 단편소설

1. 기본자료

최명희,「잊혀지지 않는 일」,『내가 그 나이였을 때 소설이 나를 찾아왔다』, 여
     백, 2001.

———,「脫空」,『문학사상』, 1980.11.

———,「貞玉이」,『전북대신문』, 1971.12.31.

───, 「貞玉이」, 『한국문학』, 1980.5.

───, 「오후」, 『전북대신문』 400호, 1972.

2. 논문 및 저서

구자희, 『한국현대소설과 에콜로지즘』, 국학자료원, 2008.

김병용, 「최명희소설연구」, 전남대학교 박사학위 논문, 2004.

───, 『최명희 소설의 근원과 유역: 『혼불』의 서사의식』, 태학사, 2009.

김윤식, 「헤겔의 시선에서 본 '혼불'」, 『현대문학이론연구』 제12집, 현대문학이론학회, 2009.

───, 「미숙성과 가능성 ─ 80년도 신춘문예 소설을 읽고」, 『서울신문』, 1980.1.17.

김혜니, 『외재적 비평문학의 이론과 실제』, 푸른사상사, 2005.

김화영, 『문학 상상력의 연구』, 문학사상사, 1989.

김　훈, 「내 마음속 사랑의 호롱불 한 점」, 『내 가슴에 섬 하나 있어』, 푸른숲, 1990.

박현선, 「최명희 소설 연구」, 경원대학교 박사학위 논문, 2002.

이덕화, 「'혼불'의 작가의식과 그 외 단편소설」, 『현대문학이론연구』 제12집, 현대문학이론학회, 1999.

이상우 · 이기한 · 김순식, 『문학비평의 이론과 실제』, 집문당, 2005.

이승훈, 『문학으로 읽는 문화상징사전』, 푸른사상사, 2009.

이재선, 『한국문학주제론』, 서강대학교 출판부, 2009.

장현숙, 『황순원 문학 연구』, 푸른사상사, 2005.

최명희, 「혼불과 국어사전」, 『새국어생활』 겨울호, 국립국어연구원, 1998.

현길언, 『한국소설의 분석적 이해』, 문학과 비평사, 1991.

아지자 · 올리비에리 · 스크트릭, 『문학의 상징 · 주제 사전』(상), 장영수 역, 중앙일보사, 1986.

알베르 카뮈, 『시지프 신화』, 김화영 역, 책세상, 1999.

──────, 『이방인』, 김화영 역, 책세상, 2000.

윌프레드 L. 궤린 외, 『문학의 이해와 비평』, 정재완 · 김성곤 역, 청록출판사, 1981.

Cirlot, J.E., *A Dictionary of Symbols*, New York, Philosophical Library, 1971.

Jacques Lacan, 『욕망이론』, 민승기 역, 권택영 편, 문예출판사, 1994.

최명희 단편소설

1. 기본자료

최명희, 「쓰러지는 빛」, 『우리시대의 한국문학』 제25권, 계몽사, 1993.

──, 「晩鐘」, 전북대교지 『比斯伐』 8호, 1980.8.

──, 「袂別」, 『우리시대의 한국문학』 제25권, 계몽사, 1993.

──, 「住所」, 1983(유족 소장. 출처 미상).

──, 「까치 까치 설날은」, 『이들을 보소서』, 홍성사, 1988.

──, 「이웃집 女子」, 『일곱 빛깔 무지개 같은』, 서울신문사, 1983.

2. 논문 및 저서

구자희, 『한국현대소설과 에콜로지즘』, 국학자료원, 2008.

김병용, 「최명희소설연구」, 전북대학교 박사학위 논문, 2004.

──, 『최명희 소설의 근원과 유역: 『혼불』의 서사의식』, 태학사, 2009.

김순례, 「최명희 소설의 여성인물 정체성 연구」, 경희대학교 석사학위 논문,

2005.

김윤식, 「헤겔의 시선에서 본 '혼불'」, 『현대문학이론연구』 제12집, 현대문학이
　　　론학회, 2009.

―――, 「미숙성과 가능성―80년도 신춘문예 소설을 읽고」, 『서울신문』,
　　　1980.1.17.

김혜니, 『외재적 비평문학의 이론과 실제』, 푸른사상사, 2005.

김화영, 『문학 상상력의 연구』, 문학사상사, 1989.

박현선, 「최명희 소설 연구」, 경원대학교 박사학위 논문, 2002.

―――, 『최명희의 문학세계』, 한길사, 2004.

윤영옥, 「최명희 소설에 나타난 젠더의식」, 『현대문학이론연구』 제32집, 2007.

이덕화, 「'혼불'의 작가의식과 그 외 단편소설」, 『현대문학이론연구』 제12집, 현
　　　대문학이론학회, 1999.

이상우·이기한·김순식, 『문학비평의 이론과 실제』, 집문당, 2005.

이승훈, 『문학으로 읽는 문화상징사전』, 푸른사상사, 2009.

이재선, 『한국문학주제론』, 서강대학교 출판부, 2009.

장일구, 「환원론의 오류를 경계함」, 『작가세계』, 1997, 가을호.

―――, 「교감의 서사, 우리 이야기 『혼불』」, 『문학동네』 제6권, 제1호, 1999, 봄
　　　호.

장현숙, 「최명희의 초기 단편소설 연구」, 『아시아 문화 연구』 제20집, 경원대학
　　　교 아시아문화연구소, 2010.12

조나영, 「『혼불』의 교육인간학적 의미 연구」, 연세대학교 석사학위 논문, 2006.

최기우, 「최명희 문학의 원전 비평적 연구」, 전북대학교 석사학위 논문, 2008.2.

최명희, 「혼불과 국어사전」, 『새국어생활』 겨울호, 국립국어연구원, 1998.

알베르 카뮈, 『이방인』, 김화영 역, 책세상, 2000.

Cirlot, J.E., *A Dictionary of Symbols*, New York, Philosophical Library, 1971.

현대소설에 나타난 만주체험

강진호, 「추상적 민족주의와 간도문학」, 『작가연구』 2호, 1993.

김경희, 「안수길의 북간도 연구」, 『한국언어문학』 19집, 1980.

김윤식, 『안수길연구』, 정음사, 1986.

김종회, 「일제강점기 한국문학의 만주체험」, 『문학의 숲과 나무』, 민음사, 2002.

───, 「간도이주사를 통해 고취한 주체적 민족의식」, 『한국현대문학100년 대표소설 100선 연구』, 문학수첩, 2006.

김종회 편, 「중국조선족문학의 어제와 오늘」, 『한민족문화권의 문학』, 국학자료원, 2003.

민현기, 「민족적 저항과 수난의 재현」, 『어문학』 56집, 1995.

박은숙, 「안수길소설연구」, 성균관대학교 박사학위 논문, 2002.

박창순, 『『북간도』 연구』, 인하대학교 박사학위 논문, 1988.

───, 「역사성과 허구성의 대면─『북간도』」, 『현대한국소설사』, 민음사, 2000.

박창옥, 「1920~30년대 재만 민족주의 계열의 반일민족운동」, 『역사비평』, 1944년 겨울호.

심원식, 『『북간도』의 인물형상화 연구』, 목포대학교 석사학위 논문, 2002.

오양호, 『한국문학과 간도』, 문예출판사, 1988.

───, 『일제 강점기 만주 조선인 문학 연구』, 문예출판사, 1996.

윤재근, 「안수길론」, 『현대문학』, 1977. 10.

이상경, 「간도체험의 정신사」, 『작가연구』 2호, 1996.

이선미, 「『만주체험』과 『만주서사』의 상관성 연구」, 『상허학보』 4집, 1998.

장은영, 「'만주'에 대한 중층적 공간의식」, 『국제한인문학연구』 제3호, 국제한인문학회, 2006.

조수진, 「안수길장편소설연구」, 고려대학교 석사학위 논문, 2002.

채　훈, 『재만한국문학연구』, 깊은샘, 1990.

최경호, 「안수길소설 연구」, 계명대학교 박사학위 논문, 1988.

한석정, 『만주국 건국의 재해석』, 동아대학교 출판부, 1999.

이상 소설의 작중인물과 이미지의 유사성

1. 기본자료

이　상, 「날개」, 김윤식 편, 『이상문학전집 2』, 문학사상사, 1991.

──, 「逢別記」, 김용직 편, 『이상』, 문학과지성사, 1977.

──, 「地圖의 暗室」, 김윤식 편, 『이상문학전집 2』, 문학사상사, 1991.

──, 「幻視記」, 김윤식 편, 『이상문학전집 2』, 문학사상사, 1991.

──, 「終生記」, 김윤식 편, 『이상문학전집 2』, 문학사상사, 1991.

──, 「黿鼈會豕」, 김윤식 편, 『이상문학전집 2』, 문학사상사, 1991.

김승옥, 「多産性」, 『김승옥소설전집 2』, 문학동네, 1995.

──, 「무진기행」, 『김승옥소설전집 1』, 문학동네, 1995.

──, 「서울, 1964년 겨울」, 『김승옥소설전집 1』, 문학동네, 1995.

──, 「幻想手帖」, 『김승옥소설전집 2』, 문학동네, 1995.

최인호, 「견습환자」, 『최인호중단편소설전집 1』, 문학동네, 2002.

──, 「타인의 방」, 『최인호중단편소설전집 1』, 문학동네, 2002.

──, 「뭘 잃으신 게 없으십니까」, 『최인호중단편소설전집 1』, 문학동네, 2002.

──, 「개미의 탑」, 『최인호중단편소설전집3』, 문학동네, 2002.

──, 「잠자는 신화」, 『우리작가 우리소설 1권』, 도서출판 동아, 1988.

황순원, 「이날의 遲刻」, 『탈/기타』, 황순원전집 5, 문학과지성사, 1992.

─────,「風俗」,『늪/기러기』, 황순원전집 1, 문학과지성사, 1992.

2. 논문 및 저서

김성수,『이상 소설의 해석』, 태학사, 1999.

김승희,「반영과 차단의 문법」,『문학사상』, 1985.12.

김연수,『꾿빠이, 이상』, 문학동네, 2006.

김유중 · 김주현 편,『그리운 그 이름 이상』, 지식산업사, 2004.

김윤식,『한국현대문학사상사론』, 일지사, 1992.

김주현,「이상소설에 나타난 패러디에 관한 연구」,『한국학보』, 1993.9.

김향안,「이젠 이상의 진실을 알리고 싶다」,『문학사상』, 1986.5.

나병철,「이상의 모더니즘과 혼성적 근대성의 발견」,『한국문학연구』14집, 2000.

박영정,「한국 근대연극과 재일본 조선인 연극운동」,『연극과 인간』, 2007.

백지은,「김승옥 소설에 나타난 글쓰기 특징」,『국제어문』44호, 2008.

서영채,「이상의 소설과 한국문학의 근대성」,『민족문학과 근대성』, 문학과지성 사, 1995.

송효섭,「탈근대의 문화상황과 서사담론의 지형학」,『한국문학이론과 비평』3집, 1998.

윤범모,「백석과 정현웅 혹은 결벽증 시인과 월북 화가」,『인간과 문학』, 2013. 3.

이재선,『한국문학주제론』, 서강대학교 출판부, 1991.

임경순,「김승옥소설의 모더니즘적 특성에 대한 연구」,『현대소설연구』11호, 한 국현대소설학회, 1999.12.

장현숙,『현실인식과 인간의 길』, 한국문화사, 2004.

─────,『황순원 문학 연구』, 푸른사상사, 2005.

정혜경, 『한국민족운동사연구』 35집, 2003. 6.

조연현, 『한국현대문학사』, 성문각, 1980.

──, 「근대정신의 해체」, 김윤식 편, 『이상문학전집 4권』, 문학사상사, 1995.

조윤제, 『한국문학사』, 탐구당, 1984.

최인자, 「김승옥 소설 문체의 사회시학적 연구―「서울, 1964년 겨울」을 중심으로」, 『현대소설연구』 10호, 1999. 6.

한국문학연구회 편, 『현역중진작가연구 Ⅵ』, 국학자료원, 1999.

아지자 · 올리비에리 · 스크트릭, 『문학의 상징 · 주제 사전』(상), 장영수 역, 중앙일보사, 1986.

Cirlot, J. E., *A Dictionary of Symbols,* Philosophical Library, New York, 1971.

이상의 글쓰기 방식 수용 양상

1. 기본자료

이 상, 「날개」, 『이상문학전집 2』, 김윤식 편, 문학사상사, 1991.

──, 「烏瞰圖」, 『이상』, 김용직 편, 문학과지성사, 1977.

──, 「烏瞰圖」, 『이상문학전집 2』, 김윤식 편, 문학사상사, 1991.

──, 「失花」, 『이상문학전집 2』, 김윤식 편, 문학사상사, 1991.

──, 「運動」, 『이상문학전집 1』, 김주현 편, 소명출판사, 2005.

──, 「線에 關한 覺書 6」, 『이상문학전집 1』, 김주현 편, 소명출판사, 2005.

──, 「地圖의 暗室」, 『이상문학전집 2』, 김윤식 편, 문학사상사, 1991.

김승옥, 「서울, 1964년 겨울」, 『한국 대표 중단편 소설 50』, 중앙일보사, 1995.

──, 「무진기행」, 『한국 대표 중단편 소설 50』, 중앙일보사, 1995.

──, 「차나 한잔」, 『강의실에서 소설 읽기』, 장현숙편, 푸른사상사, 2010.

최인호,「見習患者」,『신춘문예당선전집 4』, 중앙서간, 1983.

───,「타인의 방」,『한국 대표 중단편 소설 50』, 중앙일보사, 1995.

───,「개미의 탑」,『술꾼』, 우리작가 우리소설1권, 도서출판 동아,1988.

황순원,「거리의 副詞」,『늪/황순원전집 1』, 문학과지성사, 1992.

───,「風俗」,『늪/황순원전집 1』, 문학과지성사, 1992.

───,「配役들」,『늪/황순원전집 1』, 문학과지성사, 1992.

───,「幕은 내렸는데」,『탈 기타/황순원전집 5』, 1990.

───,「이날의 遲刻」,『탈 기타/황순원전집 5』, 1990.

───,「모든 영광은」,『너와나만의 時間/내일』, 문학과지성사, 1991.

───,「숫자풀이」,『탈 기타/황순원전집 5』, 1990.

2. 논저 및 단행본

고 은,『이상평전』, 민음사, 1977.

김성수,『이상 소설의 해석』, 태학사,1999.

김승희,「반영과 차단의 문법」,『문학사상』, 1985.12.

김연수,『꾿빠이,이상』, 문학동네, 2006.

김윤식,「근대주의 문학사상 비판」,『한국현대문학사상사론』, 일지사, 1992.

김정은,「해체와 조합의 시학」,『문학사상』, 1985.12.

김정자,「1930년대 소설의 문체」,『한국 근대소설의 문체론적 연구(제2판)』,
       1995.

김주현,「이상소설에 나타난 패러디에 관한 연구」,『한국학보』, 1993.9.

김향안,「이젠 이상의 진실을 알리고 싶다」, 문학사상, 1986,5.

나병철,「이상의 모더니즘과 혼성적 근대성의 발견」,『한국문학연구』제14집, 한
       국문학연구회, 2000.

박영정, 『한국 근대연극과 재일본 조선인 연극운동』, 연극과 인간, 2007.

서영채, 「이상소설의 수사학과 한국문학의 근대성」, 『소설의 운명』, 문학동네, 1995.

송효섭, 「탈근대의 문화상황과 서사담론의 지형학」, 『한국문학이론과 비평』 3, 1998.

이강수, 『이상 텍스트 생산과정 연구』, 서울대학교 석사학위 논문, 1997.2.

이경훈, 「이상 연구1 －「가외가전」에 대하여」, 『비평문학』 10호, 1996.7.

─────, 「이상 연구2 － 이상의 또 다른 질병에 대하여」, 『문학과 의식』, 1996. 겨울호.

─────, 「이상과 정인택1 －「업고」와 「우울증」에 대하여」, 『작가연구』 4호, 1997.

이진순, 「동경 시절의 이상」, 『그리운 그 이름, 이상』, 지식산업사, 김유중 · 김주현 편, 2004.

오생근 편, 『말과 삶과 自由』(황순원전집 제12권), 문학과지성사, 1993.

윤범모, 「백석과 정현웅 혹은 결벽증 시인과 월북화가」, 『인간과 문학』 2013. 봄호(창간호).

우정권, 『이상의 글쓰기 양상』, 서울대학교 석사학위 논문, 1996.8.

장현숙, 『현실인식과 인간의 길』, 한국문화사, 2004.

─────, 『황순원 문학 연구』, 푸른사상사, 2005.

─────, 「자유와 절망의 꽃」, 『한국소설의 얼굴』 제5권, 푸른사상사, 2013.

정명환, 『한국인과 문학사상』, 일조각, 1964.

조연현, 『문학과 사상』, 세계문학사, 1947.

─────, 『한국현대문학사』, 성문각, 1980.

─────, 「근대정신의 해체」, 『이상문학전집 4권』, 김윤식 편, 문학사상사, 1995.

조윤제, 『한국문학사』, 탐구당, 1984.

최동호, 「동경의 꿈에서 피사의 사탑까지」, 『황순원연구』, 문학과지성사, 1993.

최병우, 「이상 소설고 － 소설구조를 중심으로」, 서울대학교 석사학위 논문,

1982.

최인자,「김승옥 소설 문체의 사회시학적 연구－〈서울, 1964년 겨울〉을 중심으로」,『현대소설연구』제10호, 한국현대소설학회, 1999.6.

천이두,『한국현대소설론』, 형설출판사, 1983.

Cirlot, J.E., *A Dictionary of Symbols*, New York, Philosophical Library, 1971.

발표지 목록

오정희의 「비어 있는 들」 분석 : 『한국문학논총』 제62집, 한국문학회, 2012.12
　　(교재용)

오정희의 「불꽃놀이」에 나타난 주제의식 연구 : 『현대소설연구』 제68호, 한국현
　　대소설학회, 2017.2

오정희의 「파로호」에 나타난 주제의식 연구 : 『현대소설연구』 제76호, 한국현대
　　소설학회, 2019.12

오정희의 「구부러진 길 저쪽」에 나타난 주제의식 연구 : 『현대소설연구』 제64호,
　　한국현대소설학회, 2016.12

최명희 초기 단편소설 연구 : 『아시아문화연구』 제20집, 경원대학교 아시아문화
　　연구소, 2010.12(교재용)

최명희 단편소설 연구 : 『한국문학논총』 제58집, 한국문학회, 2011.8

현대소설에 나타난 만주 체험 ─『북간도』를 중심으로 : 『아시아문화연구』 제14
　　집, 경원대학교 아시아문화연구소, 2008.5

이상 소설의 작중인물과 이미지의 유사성 연구 : 『현대소설연구』 제60호, 한국
　　현대소설학회, 2015.12

이상의 글쓰기 방식 수용 양상 연구 : 『현대소설연구』 제57호, 한국현대소설학
　　회, 2014.12(교재용)

*　오정희 관련 논문의 경우, 서론에서 중복되는 부분은 일부 수정하였음.

*　학회 논문 게재 시 지면 관계로 축약된 부분이 있어 〈교재용〉에서 원문을 살린 것임
　　을 양지해주시기 바람.

용어 및 인명

작품 및 도서

한국 현대소설의 정점